硝子の塔の殺人

〔日〕知念实希人 ……… 著　　　烨伊 ……… 译

知念实希人

破璃塔谜案

四川文艺出版社

图书在版编目（CIP）数据

玻璃塔谜案 /（日）知念实希人著；烨伊译 . -- 成都：四川文艺出版社，2023.1（2024.1 重印）
ISBN 978-7-5411-6536-8

Ⅰ . ①玻… Ⅱ . ①知… ②烨… Ⅲ . ①推理小说—日本—现代 Ⅳ . ① I313.45

中国版本图书馆 CIP 数据核字（2022）第 242815 号

著作权合同登记号 图进字：21-2022-346

BOLITA MI AN

玻璃塔谜案

〔日〕知念实希人 著　烨伊 译

出 品 人	谭清洁
策划出品	磨铁图书
责任编辑	邓　敏
责任校对	段　敏

出版发行　四川文艺出版社（成都市锦江区三色路 238 号）
网　　址　www.scwys.com
电　　话　028-86361781（编辑部）

印　　刷　河北鹏润印刷有限公司
成品尺寸　146mm×210mm　　开　本　32 开
印　　张　14.875　　　　　　字　数　330 千
版　　次　2023 年 1 月第一版　印　次　2024 年 1 月第二次印刷
书　　号　ISBN 978-7-5411-6536-8
定　　价　68.00 元

目录

Contents

玻璃之塔 立体图

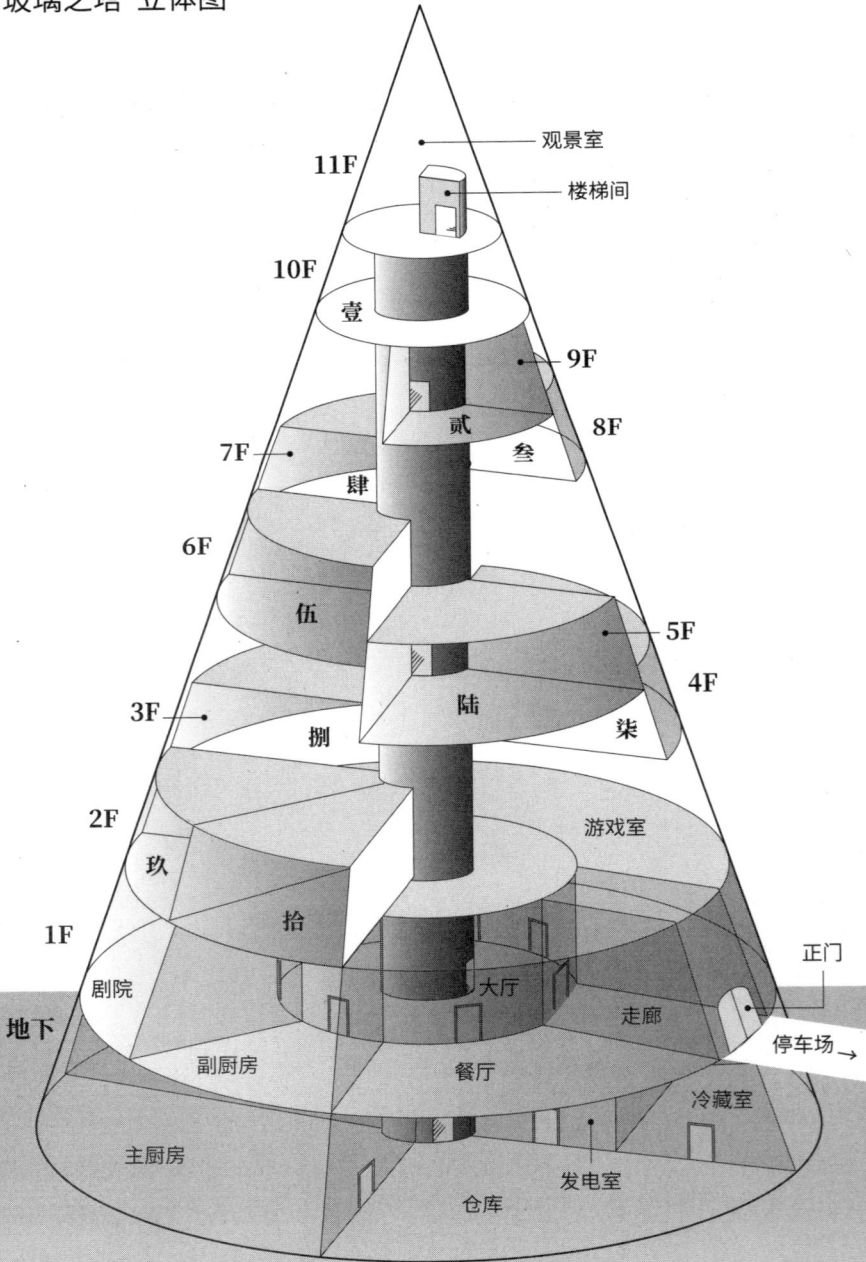

11F — 观景室

楼梯间

10F

壹

9F

贰 8F

参

7F

肆

6F

伍 5F

4F

陆 柒

3F

捌

2F

玖 游戏室

1F 拾

剧院 大厅

正门

地下 走廊

停车场 →

副厨房 餐厅

冷藏室

主厨房 仓库 发电室

玻璃之塔 截面图

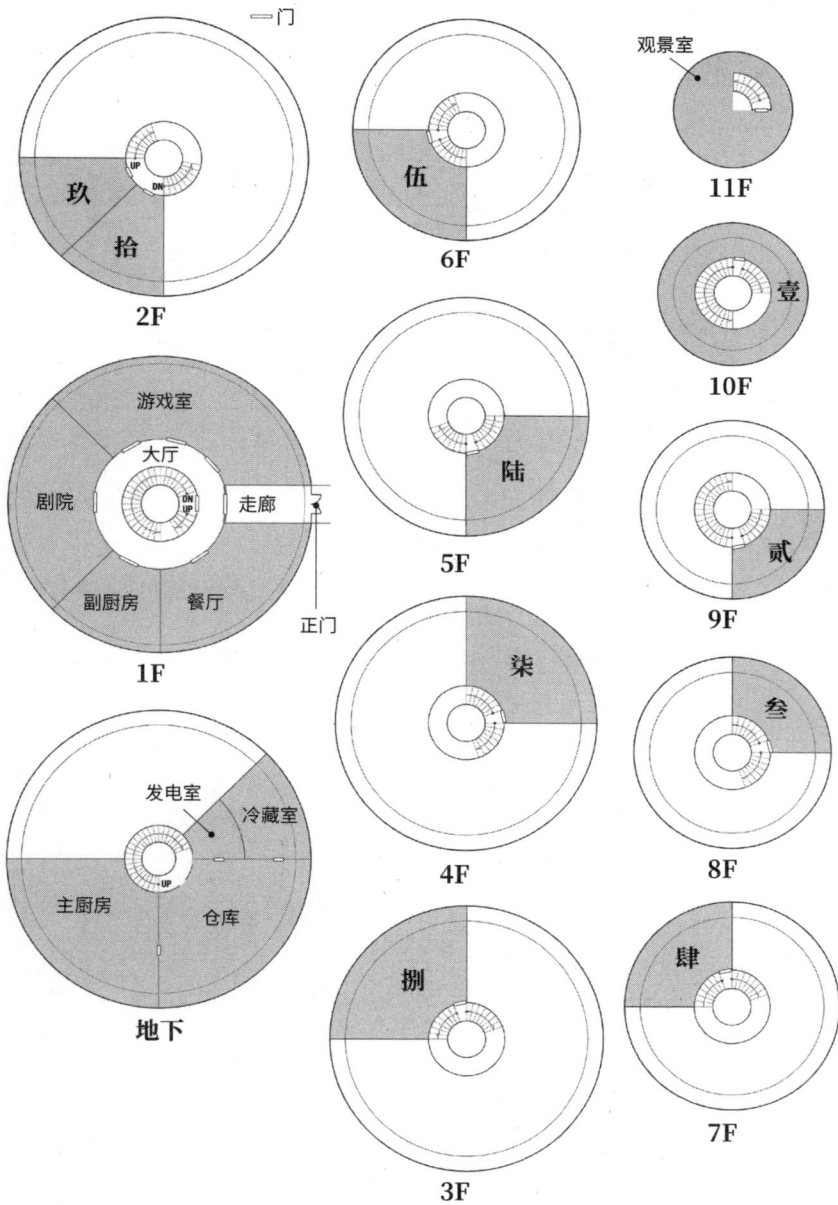

门

玖
拾

2F

伍

6F

观景室

11F

壹

10F

游戏室

大厅

剧院

走廊

副厨房 餐厅

正门

1F

陆

5F

贰

9F

柒

4F

叁

8F

发电室

冷藏室

主厨房 仓库

地下

捌

3F

肆

7F

神津岛太郎　馆主————————壹之屋

加加见刚　刑警————————贰之屋

酒泉大树　厨师————————叁之屋

一条游马　医生————————肆之屋

碧月夜　名侦探————————伍之屋

巴圆香　女仆————————陆之屋

梦读水晶　灵能者————————柒之屋

九流间行进　小说家————————捌之屋

左京公介　编辑————————玖之屋

老田真三　管家————————拾之屋

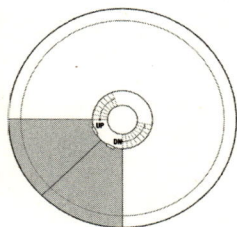

序

怎么会变成这样呢？

一条游马靠着楼梯间的墙壁，一屁股坐在长绒毛的地毯上，仰天长叹。

晴朗的天空不知不觉被浓云笼罩，细雪洋洋洒洒地飘落，落在构筑这座空间的透明玻璃上，又轻飘飘地滑下去。

游马看了一眼手表，已经过了下午五点。被关进观景室后，已经过了将近五个小时。

九流间等人将游马带到观景室后，担心他服毒自杀，还从屋里拿走了写有"河豚肝脏"的玻璃瓶才离开。

地毯传来的冰冷打透了裤子，从屁股沁入骨髓。游马蜷了蜷身子，拢紧为了御寒穿的那件皱巴巴的外套——据说那是拍摄《神探可伦坡》时，彼得·福克穿的外套。

"我到底错在哪儿了……"

他的唇间下意识地吐露出这句独白。

是在心中暗藏杀意，接近神津岛太郎的时候吗？还是认为在这玻璃馆召开的神秘宴会是个绝好的机会，决定赴宴的时候？或者是……

"……是遇到那位名侦探的时候吗？"

游马的呢喃伴随着白色的哈气，消散在冰冷彻骨的空气中。

再怎么想也于事无补，一切已经结束了。这个故事已经落下帷幕。

以名侦探揭露真相，将我这名罪犯缉拿归案的形式。

发生在玻璃尖塔中的凄惨的连环密室杀人案已经告破。犯人再没什么可做的了，只有静待从舞台消失的那一刻。

游马慢慢闭上眼睛。

名侦探端庄的脸上浮出冷笑的模样，映在他的眼底。

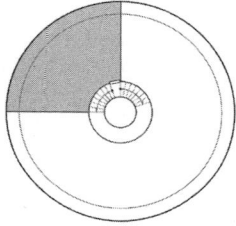

第一天

1

"是碧小姐吧？我记得，你好像是侦探？"

一条游马和单手拿着威士忌杯站在壁炉边的那位女子打招呼。

"不是侦探，是名侦探。我叫碧月夜。请多关照，一条游马先生。"

游马握住对方伸来的手，观察这名女子。对方应该比自己小几岁，二十五六岁的样子。个子高挑，和一米七五的自己站在一起也毫不逊色。她穿一件薄外套，里面是英式三件套西装的格纹衬衫。

她的领带花纹和衬衫相配，胸前的口袋里塞着一条手帕，平跟皮靴。一整套男装和她格外相称。一头短发做了简单的挑染，用发蜡轻轻绾了几个卷。鼻梁细高，唇形薄而姣好，端正的面容不施粉黛，双眼皮稍微下垂，并不让人觉得冷淡。

"名侦探……"

游马口中重复着这个词，忽然明白为什么第一次见到月夜便觉得莫名的熟悉。她的装扮和以前电视剧里的夏洛克·福尔摩斯一模一样。说起来，她进馆时甚至还穿着大衣，戴着猎鹿帽。

"请问……侦探和名侦探有什么不同呢？"

面对游马疑惑的询问，月夜自豪地挺起胸膛：

"如果是普通的侦探，只要是委托人的请求，什么样的调查都会去做。比如搜寻失踪者、调查订婚对象的身世，甚至还会搜集偷情证据。"

"也就是说，名侦探不一样？"

"嗯，不一样。"月夜欢快地回答，"名侦探只接手复杂又不可思议的案子，比如那种警察都破不了的神秘事件。"

"哦？是吗？"

游马被对方故弄玄虚的言论噎住，敷衍地点点头，盘算着找个合适的时机撤离。他的目的已经达到了，没必要再和这个怪人闲扯。

就在游马要说"告辞"的时候，背后传来一个声音："哎呀，这不是名侦探吗？！"游马转过身，顿时瞪大了眼睛。他身后站着一个穿和服的矮个子老人。

"九流间老师！"

游马站得笔直，看着本格推理界的权威九流间行进一脸老好人似的苦笑着，挠了挠秃了的头顶。

"'老师'就免了吧。特别是被医生这么叫，实在让人坐立难安。"[1]

"不，没有的事……九流间老师就是九流间老师。"游马颤声道。

---

1. 日语中，"先生（せんせい）"一词有"老师"和"医生"的意思。

游马很久以前就喜欢看推理小说。特别是本格推理这一类，由侦探通过逻辑推演解开种种不可思议的难解之谜的故事。

六年前当了医生后，因为工作繁忙，读书的时间渐渐少了。但上学时，游马经常随身带着文库本，有空就翻开读一读。

读初中时，游马沉迷于阿加莎·克里斯蒂的推理小说。读《无人生还》《东方快车谋杀案》《罗杰疑案》的时候，完全出乎意料的真相频频给他当头一棒的冲击感。从那以后，他便贪婪地搜集推理小说来读，埃德加·爱伦·坡、阿瑟·柯南·道尔、埃勒里·奎因、约翰·狄克森·卡尔、范·达因、F.W. 克劳夫兹……海外的古典推理小说大概都被他读完了，之后倒也不缺作品读——日本也有的是优秀的本格推理，并不比那些经典作品逊色。

20 世纪 80 年代后半期到 90 年代前半期，新本格推理运动从岛田庄司的《占星术杀人魔法》开始萌芽，到绫辻行人的《十角馆事件》终于遍地开花，法月纶太郎、有栖川有栖、歌野晶午、我孙子武丸、折原一、北村薰等作者将光彩夺目的才华奉献于世，争先恐后地刊发了一部又一部多姿多彩的原创作品。

九流间行进也是在新本格推理运动初期崭露头角的作家之一。他尤其擅长密室主题的作品，出版过好几部名作。晚宴时，游马的雇主——也就是玻璃馆的主人神津岛太郎介绍九流间的时候，游马甚至怀疑自己听错了。

"不过，竟然还有人认识老夫，真高兴啊。毕竟最近的年轻人都不怎么读小说了嘛。莫非你读过一点我的书？"

游马不知该如何回答。九流间的作品他全都读过。可能的话，他想如实告诉对方，和自己崇拜的作家好好聊一聊。但现在他没有这个时间。

他必须和到场的每个人说话，尽可能让大家记住自己。

"以前，有几本……"

有几本是读过的——话还没说完，忽然有人从背后冲过来，把他撞到了一边。

"当然全都读过！"

月夜推开游马，挺身而出，激动地提高了声音，紧紧地握住九流间的手。

"我非常喜欢九流间老师的书。特别是您的出道作品《密室游戏》，那真是绝了。结合物理诡计和心理诡计打造的密室，简直就是艺术品。还有您的第二部作品《打破密闭之门的手》，其中的密室诡计也很精彩，还有初次登场的名侦探户塚开——人物角色塑造得很有魅力，性格安静，却默默地怀着对案情的热忱。人们都说，您的《透明的钥匙》是户塚系列的最好作品，读完这本书之后，我整个人都惊呆了，我觉得这简直就是密室推理的高峰。"

月夜的话说起来像没句号似的，一刻不停。刚才她浑身上下还散发着"男装丽人"的气场，现在却闪着一双大眼睛，脸上飞着红潮，和见到偶像的少女没什么两样。

"谢谢你，对我的作品如此熟悉。"九流间微微向后仰了仰身子。

"我不光熟悉您的作品，还很了解您。九流间行进，七十三岁，曾以一级建筑师的身份工作。四十二岁的时候，《密室游戏》获东京推理文学新人奖，出版后大受好评，您一跃成为本格推理界的宠儿。

您尊敬的作家是狄克森·卡尔，尤其喜欢马奇上校 [1] 大显身手的《怪奇案件受理处》。九流间行进是您的笔名，取自'卡尔'和'马奇'。[2] 您的作品风格和卡尔一样，以密室推理为主。特别是……"

"不要急，不要急。原来你对推理小说有这么多了解，是老夫有所不知。"

月夜仿佛还有话没说完，有些不满似的鼓着一张脸，在九流间的安抚下，到底还是闭了嘴。

什么，原来是个御宅——游马后退一步观察两个人交谈，在心里嘟囔着，这人估计是个推理重度爱好者，才会穿上夏洛克·福尔摩斯的装扮，自称"名侦探"。

他正要扫兴地走开，却听见九流间轻咳一声：

"其实啊，老夫也听过关于你的传闻。没想到推理小说中的'名侦探'真的存在。"

游马眨了眨眼，只见向前倾着身子的月夜恢复了正常的站姿。方才浮现在她脸上的天真无邪的笑容，已经换成了成年人的微笑。

"有幸得到九流间老师赏识，是我无上的光荣。"

月夜将手放到胸前，像谢幕的演员般优雅地行了一礼。

"听说今年年初，停在东京湾的那艘豪华客船上发生的 IT 公司社长碎尸案就是你侦破的。是真的吗？"

---

1. 马奇上校：Colonel March，狄克森·卡尔多部作品中登场的名侦探角色。

2. "九流间行进"的日文为"九流間（くるま）行進（こうしん）"。其中"くるま"既有"车"的意思，又与狄克森·卡尔的"卡尔（Carr）"日语发音相同。"こうしん"有"前进"的意思，与"马奇（March）"的英文意思相同。

游马不由得发出一声惊叹。他知道那起案子，一位被媒体奉为时代宠儿的 IT 公司社长惨遭分尸，尸体出现在豪华客船的套房。案发时，房间上了锁，屋里没有其他人。舆论一度沸腾，称这是不可能发生的命案。不过案发一个多月后，受害人的公司合伙人被缉拿归案。

听到月夜施施然答了句"是真的"，游马瞪大了眼睛。

"但那不是警察调查后抓的犯人吗……"

"调查受害人的周边情况，追查受害人和合伙人的纠纷，并最终将合伙人逮捕。这些都是警方的所作所为。当时有相熟的刑警找我商量对策，问我犯人到底为什么要制造密室、具体又是如何制造的，为什么必须分尸——我弄清楚的，不过是这点小事。"

"这怎么可能？警方竟然找侦探商量对策？"

"嗯，警方当然不会找普通侦探出主意，不过……"

月夜顿了顿，得意地扬了扬下巴。

"如果是'名侦探'的话，就有可能了。"

她自称名侦探，是认真的吗，还是开个玩笑？游马困惑不解。此时，九流间的脸上似乎也泛起一丝兴奋的潮红：

"在杂志上读到案件的详细情况时，老夫着实吃了一惊：现实生活中真能发生那么惨烈又复杂的杀人案啊！没想到你竟然把这个案子破了！"

"没什么，这不算多大的案子。"

月夜的语气中没有谦逊，而是透着失望。

"乍一看，这个案子的确骇人听闻，作案手法好像还挺复杂。可实际上，凶手用的诡计都没什么大不了的。分尸是使用物理诡计，用尸体的一部分从外面把门锁上。将房间做成密室的理由也很单纯，就是希望自己下船后尸体才被人发现，给自己争取时间。就算我不出面，再给警方一段时间，他们肯定也能找到真相。我原本还满怀期待，以为是个更棘手的谜题呢……"

"哪有的事？已经很厉害了。你不是还破了许多别的案子吗？六本木某座高层公寓屋顶发现的坠楼死尸案，犯人在足立警署的拘留所突然失踪的案子，还有……"

听着九流间掰着手指一个个数出来的案件，游马简直怀疑自己的耳朵。每件案子都是新闻曾经重点报道的谜案。而这个自称名侦探的人竟然参与了这些案件的侦破……饶是如此，月夜仍旧没有露出愉悦的神色。

"这些案子都一样。光听简要情况，每个案件都是独具魅力的难解之谜，但仔细分析下来，都是二流犯罪者干的无聊事儿。我一直没遇到残酷而凄美的艺术型犯罪，无法发挥名侦探的全部实力呀。"

凄美的艺术型犯罪……这话听上去就像期待发生什么惨案似的，游马不禁哑然。就在此时，耳边传来一阵忍俊不禁的笑声。一位中年男子坐在离他们几米远的沙发上，扬起厚嘴唇的两端。下巴上胡子拉碴，有点发皱的西装裹着他厚实的身体。

"什么名侦探啊，什么发挥全部实力啊。你不过是挑容易的案子接罢了。"

九流间皱起眉头，像是对男人的态度不满。

"这话是什么意思？呃，我记得，你是刑警吧？"

"啊，没错。我是长野县刑警搜查一科的加加见刚。请多指教。"

男人说着，扬了扬手里的玻璃杯，"再来一杯一样的。"馆里的女仆巴圆香马上赶来，接过杯子："好的，马上就来。"

"一条大夫的杯子也空了呢，要给您来点儿什么吗？"

圆香拖着复古的女仆长裙走过来，一张圆脸上浮起娇媚的笑容。她一定也过了二十五岁，却长着一张孩子脸，看上去甚至像还没成年。

"不用了。谢谢你，阿巴。"

游马举起鸡尾酒杯，圆香行礼后离开："那我告退了。"

"既然如此，我来回答您的问题吧。"加加见"哼"了一声，"这位自称'名侦探'的小姐，的确在警方内部也小有名气，听说能解决各种难办的案子。不过呢，那些真正棘手的案子，凭一己之力无望解决的案子，她可都拒掉了呢。"

加加见一根根竖起手指："喷气式客机乘客失踪案、游泳选手于泳池烧死案、博物馆恐龙化石突袭案……"

这些案件都曾引起大规模的新闻报道，而且均未告破。游马正努力回忆这些事的简要情况，只见加加见指着月夜道：

"我说的这些案子，警方都寻求过你的帮助，但你都拒绝了。也就是说，你一遇到看上去解决不了的案子，就夹起尾巴逃跑。我说得没错吧，'名侦探'小姐？"

加加见的话中饱含挑衅，但月夜的神色没有一分动摇。

"如果我有分身术，也想协助警方调查这些案子。但无论如何，名侦探也没法一个人干两个人的活儿。于是我只好含泪拒绝。"

加加见站起来，夺过圆香端来的杯子，愤而离席。

"真是个没礼貌的男人。碧小姐，你不必放在心上。"九流间说。

月夜耸了耸肩，微笑道：

"这没什么。名侦探总是不被人理解，尤其难被警方理解。"

"你能看开就好。对了，一条大夫。"

"啊，嗯！"九流间突然将话题一转，游马慌张地回应。

"你是神津岛君的私人医生吧。也就是说，你在这玻璃馆里住了很久了？"

"不，大概半年前，我成为神津岛先生的私人医生。因为有家人要照顾，所以我无法做全职工作。我平时住在山脚的镇上，每周来这里两三次，给先生看诊。吃住都在馆内的工作人员只有女仆阿巴和管家老田。"

"哦，原来如此。对了，听说今晚神津岛君好像有什么特殊计划，说是有重要的消息要向大家宣布。你知道吗？"

"没有，我什么消息都没听说。"

反正没什么好事——游马在心里念叨着，想起上个月的事来。

"我准备办个小活动。"

测血压时，神津岛躺在床上，对游马说。

"要办活动吗？"游马一面在电子病历的输入板上写下血压的数值，一面回应。

"正是。"守在床边的管家老田真三殷勤地替神津岛回答。他穿一身黑西装，浆好的衬衫上打着蝴蝶领结，斑白的头发打足了发蜡做好造型，管家派头十足。

"下个月第四个周末，老爷要请很多客人到玻璃馆来，计划宣布一个非常重要的消息。到时，希望一条大夫也能在场。活动在晚间举办，准备请客人们住上一晚，希望您也一起住下。"

"到底要宣布什么消息呢？"

"这还不能说，大夫。这是当天的惊喜。"

神津岛从床上支起半个身子，摸着下巴上白花花的胡须，冷酷的脸上绽放出纯真的笑容。

既然用了"宣布"这个词，难道是有了什么生命科学方面的重大发现？游马暗自期待。几年前，神津岛才卸任帝都大学生命工学系教授的工作。他在生命科学领域留下了丰硕的功绩，还有人觉得他能获诺贝尔奖。

不过刚才在餐厅用晚宴时，听神津岛介绍来客的身份，游马觉得，自己的期待怕是落空了。

名侦探、推理作家、刑警、灵能者、推理杂志编辑……怎么看也不像是宣布生命科学领域的重要消息时会请到的人。既然如此，神津岛恐怕不会以科学家的身份宣布消息，而是会用自己的另一副面孔。

神津岛太郎是重度推理爱好者，还是推理领域的收藏家。他毫不吝惜地倾注丰厚的家财，四处收集国内外推理小说、推理电影的贵重资料，收藏于这座玻璃馆的观景室中。他的收藏被推理爱好者称为"神津岛私藏"，在圈子里颇有名气。这次他一定又挖出了什么宝贝，打算在众人面前扬扬自得一番吧。

"我当然期待馆主要宣布的消息，能到这有名的玻璃馆来，我就已经很感动了。"

月夜的话里掩藏不住的兴奋令游马回过神来。

"能欣赏神津岛私藏，真是荣幸之至。收到请柬的时候，我都开心得跳起来了。"

月夜十指交叠，双眼炯炯有神，祈祷似的抬头仰望高高挂着吊灯的天花板。

这个自称名侦探的家伙，说到底也就是个穿成福尔摩斯模样的推理御宅吧？游马呆愣愣地望着月夜时，九流间开口了：

"碧小姐和神津岛君认识吗？"

"嗯，我们在东京见过几次，他想听我说说那几件解决的案子，我就在不违反名侦探保密义务的前提下，和神津岛先生聊了聊。话说，九流间老师和神津岛先生是什么关系呢？"

"几年前，他来听过老夫的小说讲座。你知道的，经常会有重度推理爱好者萌生创作的想法。"

"神津岛先生写小说？！"月夜拔高了声音，"举世闻名的推理收藏家写的小说，会是什么样子呢？真想读读看！"

"遗憾的是，就算再怎么喜欢推理，也不等于能写出好作品。怎么说呢，他写的小说……缺乏独创性。写出的作品总让人觉得在哪里读过。"九流间苦笑着，"他自己好像也发现了这个问题，似乎是放弃了创作。然后就没再来听过老夫的讲座了。不过老夫也因为这个机缘，收到了今晚的活动邀请。我对大名鼎鼎的神津岛私藏和玻璃馆这座建筑都很感兴趣，就这样喜滋滋地来了。"

"原来，这座玻璃馆是比着神津岛先生发明的托莱德精准建造的。我是在刚才的晚宴上才第一次听说其中的故事。"

月夜兴奋地说个不停，边说边看向放在壁炉旁边的物件。那是玻璃馆的精巧模型。此时此刻，游马等人都聚在这座建于长野县飞骅山脉蝶之岳半山腰的建筑之中。一米来高的圆锥体模型上铺着亮红酒色装饰玻璃，和玻璃窗呈螺旋状一圈圈交替着排布，仿佛一条透明的蛇盘踞在尖塔之上。圆锥顶端的空间外面铺的是透明玻璃，那里正是存放神津岛私藏的观景室。

"这座建在深山中的圆锥形玻璃尖塔，活像是本格推理小说的舞台，就像会发生杀人案似的。"

游马的心脏猛地一紧，喉咙深处溢出轻轻的气音。

"怎么了，一条大夫？"

月夜凝神看了过来，掺着些许棕色的黑亮眼瞳仿佛要将自己吞噬——游马从错觉中挣脱，挤出一句沙哑的话：

"啊……没什么。我就是打了个嗝。"

"听说打嗝的话，喝点糖水就能压下去。"

"是吗，那我试试看，先失陪了。"

游马转身，快步离开了那里。

不能打退堂鼓！那个自称名侦探的人，不过是爱说漂亮话罢了——游马对自己说着，目光移向右手边的全景落地窗。听说这一带以前是滑雪场，馆外果然积着纯白的雪，几十米开外就是葱郁的森林，黑黢黢的林子里飘荡着微光。

游马反复地深呼吸，穿过游戏室。这间屋子宽超过十米，外围画出一道足有三十米的和缓曲线。除了壁炉和几组沙发，还配有桌球台、扑克桌、自动唱机，最里面是吧台。室内有几根大理石粗立柱，表面用半透明的米黄色装饰玻璃贴面，因此死角较多。现在除了馆主神津岛，所有人都在这里随意打发时间。

必须和每个人都说几句话。先从谁开始呢……游马朝吧台走去，管家老田正和圆香一起给客人端送酒水。路过的时候，游马向他打了声招呼："您辛苦了。"

"一条大夫，您也辛苦。今天还尽兴吗？"

老田一只手端着盛鸡尾酒杯的托盘，优雅地向游马点头致意。

"挺好的。不过我不能喝太多酒，毕竟我是神津岛先生的私人医生。"

"别这么说，请务必放轻松。老爷有言在先，今天邀请您来，不是请您作为医生行使职责，而是要以贵宾的身份好好款待您。"

"既然如此，我就恭敬不如从命，再来一杯吧。"

"您放开了喝。"老田微笑着走开了。

"酒泉君，帮我调一杯鸡尾酒好吗？"

在吧台里摇晃调酒壶的是一位黄头发的年轻人，T恤外面套了件夹克外套。游马和他搭话。

"噢，一条大夫来了！想喝什么？"

厨师酒泉大树欢快地说。

"来一杯吉姆雷特吧。不过，没想到你还会调鸡尾酒。"

"别开玩笑了，大夫。我可是姓酒泉啊。酒的源泉！区区鸡尾酒，对我来说岂不是小菜一碟？而且我做菜的时候，一直在努力让菜品和酒相配呢。你不觉得，今天的香煎合鸭和红葡萄酒是绝配吗？是不是很美味？今天的红酒价格不菲呢。托大家的福，我也能蹭上一顿。"

酒泉取过吧台上的玻璃杯，啜了一口血一样红的葡萄酒。

"是呀，很美味。你做的饭菜总是这么棒。"

"对吧，对吧！"酒泉听了游马的回答，得意极了。

实际上，由于太过紧张，游马完全没尝出饭菜的味道。只不过，神津岛屡次三番地从山脚的镇上叫酒泉来做菜，他的水平肯定是超一流的。神津岛之前请游马吃过几次酒泉的菜，每次都是让人口齿留香的美味佳肴。

今天傍晚，客人们各自驱车来到玻璃馆，先被带到下榻的房间入住。晚上六点半，在一层的餐厅品尝了酒泉做的全套法式料理。

晚宴上，东道主神津岛逐一介绍了每一位客人，接着便聊起自己的推理收藏来，一直讲到上了甜点才结束。因此，游马几乎没有和客人们讲话的机会。

晚上八点，宴会结束，神津岛走出餐厅，只留下一句："十点有要事向各位宣布，请大家在游戏室稍事休息。"

"不过，神津岛先生到底要宣布什么消息呢？"

酒泉一面麻利地往调酒壶里倒酒，一面嘟囔。

"酒泉君对这个有兴趣？"

"也没有。我只要能做好吃的料理就满足了。所以每次神津岛先生找上我，我都很开心。因为他说过，预算想要多少都管够。"

"可是，做饭不是你来这里的唯一目的吧？"

游马扬起唇角，伸出拇指，朝圆香比画了一下。忙于工作的她，身上的女仆长裙裙角翻飞。他看到酒泉和圆香套过好几次近乎了，圆香似乎也没有要拒绝的样子。

"啊哈，当然也有别的原因。"酒泉挠挠头，"要是没有这点儿乐趣，就是给再多钱，我也不会定期到这深山野岭里来啊。而且，说实话，在这儿做饭真是有点儿吓人。这座建筑，根本没把建筑标准法和火灾预防条例放在眼里嘛。"

"我对这方面的法律知识不太了解，但你说得应该没错。不过神津岛先生为此缴了高得吓人的税，恐怕相关部门也不好对他动手。话说，你和巴小姐处得怎么样？"

"相当好呢。我们已经约好了，下次她休息的时候去镇上约会。"

酒泉有点害羞，却依然利索地晃着调酒壶，然后将透明的液体倒在矮玻璃杯中。

"久等了，你要的吉姆雷特。"

游马接过酒杯，一饮而尽。杜松子酒做底的鸡尾酒很烈，从嗓子滑下去时，带来几乎要灼伤喉咙的痛感。

"啊，你还好吗？这酒挺烈的，你竟然一下子喝光了。你会醉的。"

"我酒量还行。多谢你，很好喝。我会为你祈祷的，愿你和巴小姐进展顺利。"

若是再不用酒精稀释紧张的情绪，游马恐怕就要疯了。

"那就多谢了！"酒泉举起红酒杯朗声道。游马朝他轻轻挥手，离开吧台。还剩下谁没说过话呢……

游马的目光落在十几米开外的扑克桌前坐着的两个人身上：一位是瘦削的中年男子，戴着眼镜。另一位是高大的中年女子，身着粉色礼服，连头发也染成艳粉色。

他走过去："二位在玩扑克吗？"

男人回过头来："哦，你是神津岛先生的私人医生……"

"我叫一条游马。"

"初次见面，这是我的名片。"男人起身，从怀中掏出名片递给游马。名片上写着"月刊《超推理》主编左京公介"。游马听说过这本杂志，是一份有名的月刊，发表的内容鱼龙混杂，既有正经的推理小说，又有令人难辨真假的超自然现象的故事。

"我们可没在打扑克。"

左京坐回椅子，面对坐在庄家位置的女人。

"要是和这位老师打扑克，我的牌怕是会被她都算准。"

"您就是梦读老师吧？"

眼前这位涂着大红嘴唇的女人——梦读水晶露出微笑，看向游马。

"哎呀，您知道我啊。"

她那张擦着厚厚一层雪白粉底的脸笑开了花。

梦读水晶以灵能者自居，定期参加电视节目，主打动用灵能解开谜案的人设。游马看过几次那档节目，因为节目组太能装神弄鬼，每次都很快换台。

"久仰大名。《灵能侦探案件档案》这个节目，我每一期都会看。"

"那真要多谢您的支持了。"

梦读得意地挺起胸膛，裹在胸前的粉色礼服到处都是褶子。

"今天有幸见到梦读老师，于是请她替我做了占卜。这是个难得的好机会。"左京饶有兴致地说。

原来放在扑克桌上的不是扑克，而是塔罗牌。

"找我做占卜，的确需要提前几个月预约。不过，承蒙神津岛先生长期以来对我的赞助，今天我破例来参加这次活动。您是一条大夫吧？需要我帮您占个运势吗？"

梦读熟练地洗起牌来。

"还是算了。如果占卜的结果不好，我肯定很难过，怕是会寝食难安的。"

游马对占卜毫无兴趣，也压根儿不相信什么灵能。交流的目的既已完成，没必要在此长留。他刚要转身撤离，却听到一句尖厉的"等等"。梦读不再抬头看着他，而是收起下巴，眼睛向上斜着：

"你最好小心一点，你的面相现在很糟。"

"面相很糟……"游马摸了摸自己的脸。

"没错。最近你会卷入一场大规模的纠纷之中。在这座馆里的时候，尤其要小心。这片土地上积累了强烈的负面情绪，凝聚在一起。"

梦读耸人听闻的语气听得游马扭歪了脸，赶忙离开扑克桌，留下一句"我会小心的"。

什么面相糟糕啊，一听就是找些模棱两可的话来唬人，这是骗子的常用伎俩——游马留意着四周的动静，慢慢踱步。客人们各行其是地打发着时间，起初紧张的气氛已彻底轻松下来，室内热闹了不少。

这样就没问题了。游马往立柱的阴影里走去，没有人关注他的行动。他压下自己激动的情绪，极为自然地接近游戏室三扇门中的一扇，悄无声息地拉开门，敏捷地滑进门缝。

总算没有引起任何人的注意就离开了游戏室。游马呼出憋在肺里的空气，抬眼望去，环形的一层大厅天花板约有五米高，几盏金碧辉煌的吊灯从上面垂下来。墙上有好几扇门，分别通往剧院、副厨房、餐厅和正门的走廊。空间中心耸立着一根巨大的柱子，直径达几米，柱子的表面贴着五颜六色的装饰玻璃。他走进开在侧面的入口，眼前便是上下延伸的旋转楼梯。

游马咽了口唾液，滋润了干燥得要冒烟的喉咙后，开始爬楼。

尽管是旋转楼梯，但由于柱子两边没有挖空，无法从楼梯上看到楼上和楼下的光景。台阶表面由宽约两米的黑色装饰玻璃铺装，在墙上嵌入的 LED 灯的照明下泛着暗淡的光。

沿着旋转楼梯疾步攀行了大概 1.25 圈，游马来到一个小平台，这里有两扇门，厚实的金属门板上刻着"拾"和"玖"两个大字。游马瞥了它们一眼，脚下动作不停。从这里往上，每爬 0.25 圈都建有小平台和门。

"捌""柒""陆""伍"，游马依次从写有汉字的大门前经过，在自己住的"肆之屋"前停下脚步。目的地"壹之屋"就快到了。

——真的要这么干吗？我下得了手吗？

因为爬楼而加快的呼吸越发粗重，游马的身体像火烤般炙热，却有冰一样寒凉的冷汗不停地从汗腺涌出。他浑身上下止不住地颤抖。

这样的状态肯定不行，回房间稍微冷静一下吧。游马从牛仔裤的口袋里掏出刻有"肆"字的钥匙。那是打开"肆之屋"的"肆之匙"。

下一个瞬间，脑海中掠过少女的身影，少女的脸上是无忧无虑的笑容。钥匙从游马手中滑落，在玻璃台阶上弹跳。颤抖消失了，沸腾的脑细胞迅速冷却。

不是能不能下得了手，而是必须下手。除此以外，已经无路可走。

游马弯腰捡起钥匙，快步登上台阶。"叁"之后是"贰"，通过贰之屋的大门后再沿着楼梯走半圈，他终于来到了刻有"壹"的大门前。

游马站在平台上，缓缓地呼出一口长气，敲响了门。沉重的声音砸在玻璃墙上，激起回声。"是谁？"屋里立刻传来一个沙哑的声音。

"我是一条。您现在方便吗？"

房间里的人没有回答，十几秒后，解开门锁的咔嚓声震动耳膜。

游马攥住门把手，拉开房门，眼前跳入一轮光辉灿烂的满月。房间昏暗，只靠间接光线照明，朝外的一侧贴着全景玻璃，可以眺望星光璀璨的夜空。

五年前，由于心肌梗死引起的心脏后遗症，神津岛几乎没怎么离开过这间壹之屋。他的日常起居都在这里，由老田和圆香照料他的生活。不过，因为后遗症并不严重，只要他愿意，上下楼梯也不成问题。今天晚上他也是独自往返于一层和壹之屋的。

房间的装潢还是如此古怪。游马的手绕到背后，一面悄悄给房门上锁，一面思索着。每次来壹之屋给神津岛看诊，他都有一种踩在半空中的不适感。

整个房间呈甜甜圈形状，环绕着玻璃馆中心矗立的柱子。屋里没有隔断，办公桌、待客沙发组合、餐桌、床等家具分散地摆放在屋里。游马身旁的墙上，比着馆主的身高挂了一面椭圆的镜子，镜子下面是一个小书架。

办公桌旁边的书架里塞满了生命科学领域的专业书，而镜子底下的小书架上放的都是小说。其中大部分是在 20 世纪 80 年代后半期到 90 年代前期，即所谓的新本格推理运动时期出版的本格推理小说。那是日本国内的一批年轻推理作家相继出道，一部又一部杰作问世的时代。

"打扰了，神津岛先生。"

游马站在玻璃馆的主人神津岛太郎背后，向他打招呼。办公桌正对着房门，神津岛坐在桌子后面的皮椅上，背朝着游马。办公桌旁边也摆着一个玻璃馆的模型，比摆在游戏室里的那个大上两圈。

"有什么事吗，一条大夫？现在还不到晚上九点，我刚才好像说过，活动十点才开始……"

"没什么，就是担心您的身体状况。"游马在喉咙口使力，尽量不让自己的声音发颤。

"身体状况？好得不得了。一想到马上就要向大家宣布那件事，我就热血沸腾、欢欣雀跃啊。"

神津岛将椅子转过来，面对游马。幽暗的光线里，他的双眼熠熠生辉，嘴角上扬，露出一口尖牙，仿佛一头亮出獠牙利爪的猛兽。如雪的银发蓬松浓密，颊须及胸，让人想起狮子的鬃毛。

"您还是尽量不要太兴奋，血压升高会对心脏造成负担的。"

神津岛气势大盛，很难想象他已是一位七十多岁的老人。面对威压，游马仍然用轻松的语气回应着。五年前，神津岛突发心肌梗死，接受了冠状动脉搭桥手术。定期检查他的身体状况，用降压药和抗凝药调节血压，避免再次发生心肌梗死，是游马作为私人医生的使命。

"这个恐怕办不到啊。我对今晚的活动已经期待多时了。"

神津岛从办公桌上的巧克力盒子里捏起一粒巧克力放进口中。用玻璃做的烟灰缸里，丢着几个吸完的烟蒂。

"和您说过很多次了，请尽量少吃甜食和脂肪过多的食物。您怎么还抽烟了呢？"

"不要这么死板嘛，今天是个特殊的日子。"

神津岛舔着沾在指尖上的巧克力，游马站在他面前，目光在办公桌上睃巡。一只雕工精美的玻璃小盒子里装着刻有"壹"字的钥匙。神津岛在房间时，习惯将钥匙放在这个盒子里。

一切和自己想象中一样。游马确信自己已经跨过计划中的第一道关卡。

"话说回来，客人们都很有个性呢。刑警、推理小说作家、灵能者，居然还有名侦探。"

"其实我还想再叫一位医生来的。"

"医生？除了我以外的其他人吗？"

"东京一家医院，好像叫天医会综合医院吧，里面有一位女医生，接连解决了几件不可思议的案子，可惜她手头正有一个案子在忙，拒绝了我。真是太遗憾啦。"

神津岛摇摇头，像是打心里觉得不甘。

"哎呀，至少来了一位名侦探，不也挺好的吗？不过，如果那位女医生来了，今晚我就没必要参加这个活动了吧。"

"一条大夫，您在说什么呀。您有重要的任务在身呢。"

"的确如此。我可不想把调养您身体的工作让给其他的医生。"

"我很感激您。愿意定期来这深山老林里的医生可是很难找的。"

"我才应该感激您。虽然我每周只看诊两三次,您依然给我丰厚的报酬。因为不能全职工作,我之前一直很头疼呢。"

"您要照看家人,很不容易吧?"

"……嗯,是的。"

坐在轮椅上的少女从游马脑海中闪过,他强迫脸上的肌肉拉扯起来,做出一个笑容。

"对了,神津岛先生,今晚您要宣布的重要消息,是什么呢?"

"现在可不能告诉您呀。毕竟我也花了不少心思做准备呢。"

"也是哦。"游马挠了挠头。他并不认为神津岛会提前对自己透露消息,只是想泰然自若地把对话继续下去,消除神津岛的戒备之心,好能自然地把"那个东西"递到神津岛手里。

"不过呢……"

神津岛舔了舔嘴唇,慢条斯理的模样活像一条吐芯子的蛇。

"平日里承蒙大夫关照,告诉您大概的情况也不碍事。"

"大概的……情况?"游马反问。

神津岛探出身子,压低了声音道:"我拿到了一部未曾公开发表的长篇小说。"

"您的意思是,发现了某位著名作家的遗作?"

游马提高了声音。作家去世后,常会有人阴错阳差地发现其生前未曾发表的小说原稿。如果作者名声在外,遗稿的价值就会变得不可估量。

"既然是神津岛先生拿到的稿子,那应该是推理小说吧?是谁的作品?是国内的作家还是国外的?"

神津岛的话勾起了推理爱好者游马的好奇心，他连连发问。

"答案敬请期待。现在我只能告诉您，作者极负盛名，其作品可以说是家喻户晓。"

尚未公开的作品落入他人之手，也就意味着作者已经不在人世了吧。如此说来，到底是谁呢？

江户川乱步、横沟正史、鲇川哲也、松本清张、狄克森·卡尔、埃勒里·奎因……许许多多举世闻名的推理作家的名字在游马的脑海中盘旋。

"这部作品一旦公之于世，必将颠覆推理界的历史，一定会成为世界性的新闻。"

颠覆推理界的历史？难道他发现的遗作出自柯南·道尔、阿加莎·克里斯蒂、埃德加·爱伦·坡这类顶级推理作家之手？

"费了我九牛二虎之力啊……真是费了九牛二虎之力……"神津岛的目光在天花板上游移着。

"那么，您今天晚上面向社会为这部作品做了隆重的宣传之后，就要出版它了吧，所以才叫来推理小说杂志的编辑左京先生？"

"嗯，没错。能被更多人读到，作品才有其存在的意义。不过，在这之前，我打算先做一场小小的预热活动。"神津岛笑得像个天真的少年，"这部作品是本格推理。揭露真相的暗示全都写在故事里，只要认真阅读，分析其中的逻辑，就能找出真凶。"

"就是有'写给读者的挑战书'的那类作品吧？"

"对。所以，这次的活动中我只公开故事的问题部分，让客人们来解谜。"

"原来如此。推理作家、刑警、灵能者和名侦探，每一位都是解开谜题的最佳人选啊。那么，推出正确答案的人有什么奖赏呢？"

"正确答案？"神津岛掩饰不住笑意，"没人能找到正确答案。我读了很多遍，这部作品的诡计堪称是艺术品，不可能有人猜中真相。"

"如果是这么厉害的推理，谁都解不开的话，为什么还要让客人们挑战呢？"

"为了宣传。这是一部精彩绝伦的推理，那些有头有脸的人物都会在它面前败下阵来。经过新闻媒体的报道，便会吸引全日本，不，会吸引全世界的目光。作为推出这部作品的人，我的名字也将家喻户晓。"

"即使不这么做，您作为托莱德的发明人，也已经在世界范围内赫赫有名了呀。"

听了游马的话，神津岛脸上的笑容像退潮一般消失了。

"托莱德啊……"

神津岛喃喃道，伸手抚摸着放在办公桌上的摆件。那是一块高约二十厘米的圆锥形玻璃体，里面灌了油，藏在尖顶内部的灯泡淡淡地照亮了在油水中漂浮的 DNA 模型。

由神津岛开发的划时代药物托莱德，改变了基因治疗的历史。

神津岛曾在制药公司的协助下，在大学研究药物传递系统，以便找到最佳的给药位置、给药剂量和药效时间。大约十年前，他研发了使用纳米技术的新型药物传递系统——托莱德。

通过细致改变圆锥状纳米制剂前端部分的分子构造，托莱德仿佛拥有了所向披靡的武器，能够与各种细胞的受体结合，使得将 DNA

送入细胞核的技术成为可能。这一成果使基因治疗有了质的进步，从根本上改变了癌症等许多疑难杂症的治疗方式。

神津岛一跃成为诺贝尔奖的强有力竞争者。同时，每年都能获得数十亿日元的巨额专利费用。他能建造这座玻璃馆，以及搜集全世界珍贵的推理私藏，都是托莱德为他带来的财富。

"托莱德确实为我赢得了财富和名声。不过，我并未就此满足。我拼尽全力继续研究，希望能获得更高的声望，但是，一堵厚厚的墙挡在了我面前。"

"墙？"

"那就是伦理道德。现代伦理这堵墙阻碍了我。一条大夫，你觉得这个世界上，是谁最大限度上推动了医学的进步？"

"医学的进步？也许是发现抗生素的弗莱明吧。"

"不，是纳粹。"

游马的脸僵住了。

"别绷着脸嘛。你是医生，应该知道纳粹对医学发展做出了多少贡献。他们不被任何伦理束缚，只要对研究有帮助，再惨绝人寰的事都能毫不犹豫地干出来。纳粹才是在最短的时间内推动医学进步的啊。"神津岛长叹一口气，摸着那个小摆件，"我真是失望透顶啊，对碍于伦理而绑住自己手脚的科学失望。或许，我原本就对科学没有什么梦想。你知道我为什么要建这座玻璃馆吗？"

神津岛起身，朝摆在办公桌旁的玻璃馆模型走去。

建筑物的顶端，是兼作神津岛私藏展览室的观景室，它被圆锥形的玻璃圆顶笼罩着。观景室下方是游马和神津岛所在的壹之屋，房间四周是全景玻璃窗。再往下是"叁"到"拾"的房间窗户，呈螺旋状排列。

　　除去窗户的部分，建筑外墙贴的是光滑的酒红色装饰玻璃，只有一层餐厅和游戏室的墙壁用的是全景玻璃窗。模型还再现了户外的风景，做了基台上被雪覆盖的纯白地面，和四面八方的宽阔森林。

　　"这个模型做得不错吧？是工匠把装饰玻璃放在印花纸板上，用精巧的拉伸工艺做成的。"

　　神津岛从办公桌上拿起托莱德的摆件，放在玻璃塔模型的那片积雪的原野上。它们的形状和配色几乎相同，摆在一起像套娃一样。

　　"不是为了纪念您发明托莱德的丰功伟绩，所以按照它的构造建了这座建筑吗？"

　　是扭曲的虚荣心建起了这座恶趣味的场馆——恐怕任谁都会这么觉得。

　　"嗯，倒也没说错。建这玻璃馆的时候，我的确命人在它身上完美地再现了托莱德的细节。话说，你知道我父亲生前是做什么的吗？"

　　"好像是玻璃工匠？"游马回忆起之前在看诊时听到的内容。

　　"没错，他是玻璃工匠，手艺很糟糕，以致一直受穷。父亲强迫我刻苦学习。他说：'我之所以穷，就是因为学问不够。你给我学到吐，今后好赚大钱。'如果我偷懒贪玩被他发现了，会被他打到脸都变形。"

　　神津岛干笑了几声。游马不知该作何反应，只是含糊地点了点头。

"我听父亲的话，靠学问出人头地，有了用也用不完的万贯家财。于是斥巨资建了这座玻璃塔，为的是向世人宣告，即便是没有学识的玻璃工匠的儿子，也能有这样的成就——直到最近，我一直都这样认为。其实是我想错了。"

"哪里错了呢？"

"我一直都很喜欢推理小说，尤其喜欢江户川乱步的作品。可在我还是孩子的那个年代，乱步的小说被视为低俗作品，读他小说的人，都会遭人白眼。"

"这一点我有所耳闻。"

"父亲当然也不允许我读乱步的小说，一旦被他发现，我就会被绑在木桩上，罚站一整晚。尽管如此，我还是没有放下阅读。看着明智小五郎、夏洛克·福尔摩斯、赫尔克里·波洛在故事的舞台上大显身手，只有推理小说的世界，能让我从痛苦的现实中逃离。我尤其被本格推理所吸引，它是一种崇高的智力游戏。"

神津岛的声音里饱含热忱。

"开始做研究后，我难过的时候也总会去读小说。但到了松本清张引领的社会派推理小说的全盛时期，本格推理在日本失去了它的光辉。不过，20世纪80年代后半期，岛田庄司在横沟正史、高木彬光、鲇川哲也等作家艰难维系的本格推理的火焰上加了一把柴火，再加上《十角馆事件》这桶汽油，促成了新本格推理运动这一团盛大而绚烂的烟火。每个月都有杰出的推理小说刊发，阅读它们的喜悦为我的研究注入了能量，我就这样成了一名成功的科学家。拜它们所赐，我才能建起这座玻璃馆，住在这里。"

"拜它们所赐？"

"第一次见到这座古怪的建筑时，你怎么想？"

神津岛指着玻璃馆的模型。

"我觉得，这里好像能成为推理小说的舞台……"

游马迟疑着给出的回答似乎正中神津岛的下怀，他满意地点了点头：

"你说得不错。这座建筑不正是暴风雪山庄[1]模式的本格推理的舞台吗？住在这里，我有一种生活在虚构世界的感觉。在这座诡异的玻璃馆里、在五花八门的推理收藏的包围下度过每一天，这才是我理想中的生活。"

神津岛将手中的托莱德摆件随意地放回办公桌上。

"原来生命科学领域的声望，对我来说毫无意义。我对诺贝尔奖也没兴趣。我想成为的不是沃森或克里克，而是绫辻行人。"

比起成为发现 DNA 双螺旋结构且享有 20 世纪生物学最高成就的两位科学家，神津岛更希望成为推理小说界的权威人物——在 1987 年发表《十角馆事件》，点燃新本格推理运动之火的绫辻行人。他的话语中流露出对推理的满腔热忱。

游马瞟了一眼墙边的小书架。最上面一层摆着十一本简装版小说，从《十角馆事件》到《奇面馆事件》，每一本的书名都是"××

---

1. 暴风雪山庄：推理小说的一种舞台设定模式，由英国作家阿加莎·克里斯蒂的小说《无人生还》首创。指若干人聚集在一个相对封闭的空间内，由于特殊情况而无法与外界取得联络，所有人都暂时无法离开这个环境。与此同时，这些人中的若干人先后遭到杀害，而凶手就在这些人当中或隐藏在某个角落。主角在这样的情形下展开搜查和推理。

馆事件"。

说起来，自己住的肆之屋的书架上，好像也摆着同样的一排书。游马还在回忆，神津岛则摊开了双手。

"而今晚，就是梦想成真的夜晚。发表那部作品之后，我的名字将刻在推理界的历史上。"

向世界宣布自己发现了超一流作家未公开的遗稿，这份功绩的确会被世人久久地传颂。

"我期待听到这位作家的名字。"

"嗯，敬请期待。我也打算邀请你参加这次推理挑战。"

"那我已经等不及啦。"

这是游马的心里话。没错，可能的话，他真想参加这个精彩的活动，接受这份难能可贵的挑战。如果是这样，他就必须在"那件事"上说服神津岛。

"对了……听说判决马上就要下来了？"

游马尽量问得漫不经心，不让神津岛猜中自己的意图。"判决？"神津岛低声重复着，脸上的笑容消失了。

"叫停潮田制药新药生产的诉讼案，好像下个月就要判了？"

"哦，是吗？"

神津岛摸着鼻子嘟囔道，仿佛对这个话题没什么兴趣。

"那个案子，您真的打算起诉到底吗？"

"当然了。那帮人侵犯了我的专利嘛。"

见神津岛烦躁地吐出这句话，游马探出身子。

"但是，有很多患者迫切地等着他们的药呢……比如渐冻症患者。"

渐冻症，即肌萎缩侧索硬化，是一种全身肌肉逐渐萎缩的疑难病症，目前尚无根治的疗法。随着症状恶化，患者会因肌肉力量减退而无法行走，保持固定姿势也将变得困难，只能长时间卧床，最终连维持呼吸所需的肌肉也开始萎缩。发展到这一地步，想要拯救患者的生命，只能切开气管，插入管子，接上人工呼吸机。

一旦开始使用人工呼吸机，就没有人能让它停下来了。因为人工呼吸的停止意味着夺走患者的生命，根据日本的法律，相当于犯了杀人罪。

患者除了眼球能动，其他地方都不能动，就这样靠着机器，继续生存几年、几十年。因此，渐冻症晚期的患者和其家属无时无刻不面临着艰难、痛苦的最终选择：无法自主呼吸的时候，是要迎接生命的终结，还是宁愿动弹不得地和机器捆绑在一起也要求生呢？

但在两年多前，这一状况出现了一丝转机。国内最大的制药公司潮田制药开发了治疗渐冻症的新型基因治疗药。新药将 DNA 送入脊髓侧索的神经细胞中，使致病基因恢复正常，在医疗实验的过程中显示出惊人的疗效。通过给药，几乎能够完美地抑制渐冻症的恶化。

得到实验结果后，潮田制药向厚生劳动省提出了新药的批准申请。可神津岛却按下了审批的停止键。

神津岛提起诉讼，称潮田制药开发的将新药的 DNA 送入细胞内部的技术侵犯了托莱德的专利，要求厚生劳动省终止审核。审议结果表明，新药系统中的一部分确实触犯了托莱德的专利。潮田制药与神津岛交涉，表示愿意支付巨额款项达成和解，希望神津岛撤回终止审核的要求。但是，神津岛拒绝接受和解，诉讼仍在继续。

"那是划时代的新药。如果它获准生产，全日本乃至全世界会有几十万的渐冻症患者得救。"

游马的手撑在办公桌上，拼命组织语言。可神津岛随意地摆了摆手：

"这跟我没有任何关系。"

"没有……关系？"

"没错。就算不认识的人死得再多，对我来说也不痛不痒。技术是我拼尽全力发明的，现在我要让盗用专利的药品从这个世上消失，这再自然不过了。"

"潮田制药并没有盗用，只是将 DNA 送入细胞内部这一点偶然和您的相似……"

"唉，够了。"神津岛烦躁地摇了摇头，"一样的话我听了太多，耳朵都要起茧子了。这件事和你们说的理由无关，我就是看那家制药公司不顺眼。"

"但是，潮田制药不是愿意向您支付巨额的和解金吗？"

"和解金？"神津岛狠狠地瞪了游马一眼，"你觉得我要的是钱吗？坐拥万贯家财的我会缺钱？那帮人以为拿着钞票去打我的脸，我就会听他们的话？"

"不是的。潮田制药只是想要表达他们的诚意。如果和解达成，就能拯救在渐冻症中挣扎的患者……"

"闭嘴！"

神津岛大喝一声，游马吓得浑身一紧。

"我才不管那些尘世凡俗呢！刚才已经说了，我要在这座馆里生活，活在推理的世界里！"

"……对不起。"

游马收回前倾得几乎要栽倒的身体，内心深处的温度急速冷却。

是啊，神津岛就是这样一个男人：只顾自己的利益，没有丝毫为别人着想的心思。这一点我从一开始就是知道的啊，我到底还在期待什么呢……游马口中不由得发出几声讪笑。

是听了神津岛少年时代的故事，对他抱有同情，还是同为推理爱好者的一种惺惺相惜？我真是太蠢了，明明是先下定决心——让神津岛太郎从这个世上消失的决心，才来和这男人接触的啊。

"难得的好心情，都让你搅和了。你赶快从这间屋子滚出去。"

神津岛大声咂嘴，伸手指着房门。

"好的。不过，我走之前还有件事要做。"

游马不带任何情绪地说着，从外套口袋里掏出一个棕色的药盒。

他打开盒子，从里面捏起一粒小小的胶囊，递给神津岛。

"以防万一，请您把这颗药服下。"

"这是什么？"神津岛接过胶囊，夹在指尖端详。

"短时间起效的降压药，可以防止您在今晚的活动上因为兴奋导致血压过高。"

游马直直盯着神津岛的双眼。假如神津岛拒绝，他宁可用强硬的手段也要逼他服下去。

一直以来，每次给神津岛看诊，管家老田都会陪在一旁，如同监视游马的行动一般。只有趁今晚老田忙着宴请宾客，游马才有机会和神津岛独处。

"有必要特意吃这玩意儿吗？"

"有的，如果您不想再犯心脏病，就吃了它吧。"

游马毫无感情地给出建议，神津岛气鼓鼓地把胶囊扔进嘴里，用杯子里的科涅克酒将药送了下去。

"这下行了吧？"

"嗯，可以了。对，这样就行了……"

游马紧绷着的脸放松下来，继续把话说下去："对了——

"神津岛先生，您记得上个月给我看过您的新收藏吗？河豚的肝脏研成的粉末。"

"哦，当然记得。怎么了？"

"那是九流间老师的代表作《无限密室》里使用的毒药吧。虽然是推理名著中使用的杀人凶器，可那毒药毕竟剧毒。您居然搞到了货真价实的毒药，不愧是世界上数一数二的收藏家。我从心里感到佩服。"

"你到底想说什么？"

神津岛皱起眉头，突然把手放在喉咙上，"嗯？！"地呻吟了一声。

"看来药已经见效了。我还以为要过一会儿才有效果呢，可见给您的量是够的。"

"……见效了？……你说什么？"神津岛痛苦地挤出声音。

"我刚才不是说了吗？是河豚的肝脏啦。刚才吃的胶囊里，就是您收藏的那味剧毒。抱歉，我擅自挪用了一下，能这样还给您真是太好了。"

"给我解药……"神津岛目眦欲裂，朝游马伸出颤抖的手。

"很遗憾，河豚的毒目前没有解药。"

听到游马冷冰冰的回答，神津岛歪倒了身子，靠在办公桌上。

"你为什么……要这样做？"

"我之前说过要照料家人吧。您是不是以为我照顾的是父母或者祖父母？并不是。我的双亲和祖父母早已去世，只剩下一个比我小很多的妹妹……患有渐冻症的妹妹。"

神津岛深吸了一口气。

"她前年发病，去年年初已经不能走路了。病情发展迅速，如果继续发展下去，很可能去年年内就要用上人工呼吸机。在这种走投无路的情况下，我们参加了潮田制药的医学实验。"

游马弯下腰，凑近神津岛的脸。

"潮田制药的新药效果很好。开始用药后，立刻阻止了病情的恶化。从那以后一年多的时间里，妹妹的肌肉力量得以维持。不仅如此，还在逐步恢复，如果坚持复健，也许有希望恢复到自己走路的水平。可如果新药不被获准生产，无法继续接受治疗，妹妹的呼吸肌一年内就会麻痹。现在您明白我为什么要这样做了吧？"

半年前，听说神津岛在招募私人医生的消息，游马便做好了心理准备。为了妹妹，不惜弄脏自己的手。

"你……这样做……会……进监狱的！"

也许是舌头上的肌肉已经开始麻痹，神津岛说话时断断续续的。

"不，不会有人来抓我的。这件事根本不会发展成罪案，因为你是在密室里自然死亡的。"

游马从玻璃盒子里拿起壹之屋的钥匙。

"确定你死了以后，我就离开房间，用这把钥匙把门锁上，回到游戏室。到了十点，你一直不下来，而且联系不上，客人们开始骚动。然后就会有人用万能钥匙开锁，进入这间屋子。发现你尸体的客人们乱作一团，这时，我趁机把钥匙悄悄放在地上。让人们以为，是你发病时挣扎着把钥匙连盒子一起，从办公桌上拨到了地上。"

游马把钥匙装进外套口袋，随随便便地抬手将盒子一扬，玻璃盒滚落在铺着地毯的地板上。

"然后我来给你的尸体做检查，向大家宣告你死于心肌梗死。只要我这个医生宣布你是因病死亡，所有的怀疑都会烟消云散，你的死就成了自然死亡，不会成为案件。警察不会来，尸体也不会被司法机构解剖，然后你被火化，罪证就会永远消失。"

游马解释的时候，坐在椅子上的神津岛眼见着一点点歪下身子。

"您已经坐不住了？河豚毒素作用于神经，会麻痹全身的肌肉，最后呼吸肌也被麻痹，中毒者便会窒息死亡。这和渐冻症的症状很像吧？现在您正以超快的速度，体会渐冻症患者的痛苦。渐冻症患者和他们的家人是多么期待潮田制药的新药，您是不是多少能够体会了呢？"

"你……竟然……"神津岛狠狠瞪着游马。

"太好了啊，神津岛先生。密室杀人，这正是推理小说的世界呢。如您所愿，您成了小说中的角色。只不过很遗憾，是被害者的角色。"

神津岛脸色发青，只顾着大口喘气，大概是连话也说不出来了吧。游马看着他的样子，激动的心情渐渐冷却。

神津岛死后，诉讼便会终止，新药将获准生产。这将拯救许多渐冻症患者的生命，但也不能因此认为自己做了正确的事。

虽然我是为了守护妹妹的性命才这样做，但还是犯下了杀人之罪。无论面临着怎样的惩罚，我都应该心甘情愿地接受。可是……

"可是，我绝不能被警察逮捕……"

游马握紧了拳头。如果自己被捕，妹妹就会背上"杀人犯家属"的十字架。

"实在是对不起了，神津岛先生。"

游马尽管明白这不过是任性的自我满足，还是朝着神津岛说出谢罪的话。而就在这个瞬间，已是奄奄一息的神津岛忽然双手并用，牢牢地抓起了办公桌上的电话听筒。

游马大惊失色。那是直通管家老田随身携带的手机的内线电话。

他慌忙跑到桌前，要抢下神津岛手中的听筒。可神津岛像保护婴儿的母亲一样，使出浑身解数紧抱着听筒，无论如何也不松手，力气大到完全不像个濒死之人。

"老爷，您有什么吩咐？"

听筒那端传来老田的声音。

"救……我……"神津岛挤出气若游丝的呼喊。

"老爷？！老爷，您还好吗？"

老田焦灼的声音响起的同时，游马从神津岛手中夺过听筒。

"我马上过去！您等一等！"

话音一落，电话也切断了。听筒从游马手中滑落。

老田要来了。不，既然听到的是神津岛的求助声，游戏室里的客人们可能就会蜂拥而至。

必须逃走，立刻离开这间屋子。游马两脚飞蹬，跑到门口，开门走出房间，就要冲下楼梯。这时，他的身体开始颤抖。

神津岛还在挣扎。如果老田就这样来了，神津岛会亲口说出一切。必须拖延时间，等神津岛彻底断气。

游马从外套口袋里取出壹之屋的钥匙，准备插到锁孔里，可手抖得插不进去。花了几秒钟，钥匙总算插进去了。游马转动钥匙给房间上锁，然后冲下楼梯。

他脚下拌蒜，连滚带爬地跑到伍之屋门前的那个小平台时，听到下面传来了脚步声。而且不止一两个人，恐怕游戏室里的所有人都在爬楼。游马吓得浑身僵硬。

要往回返吗？经过壹之屋往上爬到头，是陈列神津岛私藏的观景室。从"壹"到"拾"的每间屋子的钥匙肯定都能打开观景室的门。只要藏在观景室……

不行。游马猛地摇摇头。老田和客人们接下来一定会到壹之屋的小平台，试图开门。现在处于混乱之中，也许还没人发现少了个人，但大家在小平台等着门开的时候，肯定会发现自己不在现场。客人中毕竟有刑警和名侦探。

怎么办？该如何是好？这时，游马乱到短路的大脑里忽然蹦出一个想法。方才像遭了电击般浑身发抖的游马猛地一个转身，开始往楼上跑。背后传来的脚步声撺着他来到自己住的肆之屋前面，他取出肆之屋的钥匙开了门。

游马溜进屋里，喘着粗气靠在紧闭的门上。老田等人的脚步声透过金属门板，拍打着他的后背。游马背靠着门，哧溜滑坐到地上。

总算躲过一劫。这下完美犯罪成立了。

不，还没有。双手抱腿、垂头丧气的游马忽然抬起头来，还没有结束。他还要乘大家不备，和要打开壹之屋房门的人们会合。

游马将耳朵贴在冰冷的门板上。脚步声已经听不到了。

他站起来，小心地打开门，从门缝中窥探楼梯间的动静。视线范围内没见到人影，好像所有人都上去了。

游马迅速离开屋子，小跑着上了台阶。楼上传来老田的喊声："老爷！老爷！"路过叁之屋，再往上走几步，游马看到了圆香身穿女仆服的娇小背影。九流间站在她前面，神色峻厉地盯着台阶上面。狭窄的楼梯间站着好几个人，像是一路排到了壹之屋门口。

"巴小姐，什么情况？"

游马靠近站在叁之屋小平台的圆香，尽可能不让她起疑心，问得极为自然。

"啊，一条大夫。门好像一直打不开。"

"老爷！"重重的敲门声和老田悲痛的呼喊声，从玻璃墙上反射过来。

"老田管家，你没有这间屋子的钥匙吗？"

一个男声传来，好像是编辑左京。

"钥匙在老爷手里。不过，游戏室壁炉旁边的钥匙柜里有万能钥匙。"

"我去取！"

　　这次的声音来自酒泉。"借过、借过。"他分开人群跑下楼梯，和游马擦肩而过。游马目送着他的身影消失在死角里，目光移回前方的瞬间，一阵惊惧袭过全身。

　　站在九流间前面的碧月夜身子未动，只回过头来，此时正死死地盯着游马。

　　"呃，碧小姐，怎么了？"游马哑着嗓子问。

　　"哦，没什么。"名侦探眯了眯眼，把头转了回去。

　　她是不是发现了什么？我在哪里露了马脚吗？游马按着胸口，心脏剧烈的搏动像急敲的警钟，打在他的手心。

　　"找到了！"几分钟后，酒泉手里拿着钥匙，上气不接下气地从游马等人身边跑过。立刻便听得开锁的咔嚓声，接着是推开门的声音。人群向前挪动。

　　咽气吧，拜托了，一定要咽气。

　　游马一面在心中拼命地祈祷，一面爬上楼梯，走进壹之屋。眼前的景象令他一时失语。

　　办公桌旁的玻璃馆模型倒在地上，外墙的装饰玻璃摔得粉碎，溅得满地都是。而且不知怎的，模型像是被人用力拧过似的，底部的衬纸破了，从中间向外斜扭着。

　　"老爷！您还好吗？老爷！"

　　悲痛的喊声响彻房间。老田拼命摇晃着倒在桌前的神津岛。

　　如果神津岛还有一口气，一切就完了。他会指认我为犯人，我就会被逮捕——游马紧张地和其他客人一起走进房间，围在神津岛身旁。

"巴小姐，快叫救护车！"老田抬起头，声嘶力竭道。

圆香慌忙将手伸向办公桌上的电话。就在此时，一个低沉的声音响起："住手！"圆香的身子跟着抖了一下，胳膊肘撞在玻璃烟灰缸上。烟灰缸从桌上掉下来摔得粉碎，烟灰扑散着撒在地毯上。看到这一幕，加加见哑了哑嘴。老田朝他怒吼：

"加加见先生，你为什么要阻止？这样下去，老爷他……"

"救护车从镇上开到这儿，要几十分钟呢。"加加见俯视着软绵绵地躺在地上的神津岛。

"这……"老田的话说了一半，便说不下去了。

"来不及了。他已经死透了。我见过几百具尸体，不会有错的。"

人们的目光集中在板着脸的加加见身上。游马的手探向外套口袋，将壹之屋的钥匙收入掌中。攥着拳头的手伸出口袋，他垂下手腕，轻轻松手。钥匙掉在地毯上，几乎没发出声音。

"怎么会……为什么……"

老田搂着神津岛的身体，肩膀开始颤抖。游马舔了舔干燥的嘴唇，谨慎地开口：

"我想，可能是心肌梗死复发了。神津岛先生以前曾因心脏病发作，接受过冠状动脉搭桥手术。"

"但为什么偏偏是这一天？老爷一直满心期待着今晚的活动……"

"也许正是今天才会发作吧。期待已久的活动让他过于兴奋，血压升高，给血管造成了负担。"游马一边解释，一边走到人群前面，"不介意的话，请允许我做一下死亡确认。"

只要能以医生的身份宣告病人死于心肌梗死，神津岛的死就成了自然死亡，完美犯罪就成立了。

游马站在神津岛身边，正要蹲下，突然有一只胳膊横到眼前。

"你怎么确定就是心肌梗死？"

加加见伸着胳膊，冷冰冰地斜眼望着自己。游马的心狠狠地跳了几下。

"不是这样……神津岛先生心脏一直不好……"

"即便如此，如果不做解剖，也不能断定他的死因就是心肌梗死吧。"

"这个……"加加见的目光中杀气腾腾，面对如此重压，游马吞吞吐吐地说不出话来。

"神津岛先生说过，今晚有要事向各位宣布。在这个节骨眼上突然病逝，哪里有这么巧的事？说不定他要宣布的消息是有些人不想公开的秘密，比如揭发某人的罪行之类的。"加加见继续沉声说道，"如果是这样的话，也许有人想封住神津岛先生的嘴。"

"你是说神津岛先生是被杀的？那么他叫我来，是想让我把消息登在杂志上？"

左京仿佛嗅到了独家爆料的味道，激动地说。

"别着急，现在还不能确定呢。不过既然不能否决这种可能，就有必要报案。"

"报案……是说要找警察？"游马的声音沙哑。

"当然了，因为这可能是谋杀。首先要让鉴定科把这间屋子彻底检查一下。如果鉴定官根据检查结果判断这里可能是犯罪现场，尸体就要接受司法解剖。"

一旦接受司法解剖，神津岛被毒杀的事实就会暴露。必须设法阻止事态的发展。

"如果解剖发现死者身上有外伤，警方就会视作杀人案，展开调查。辖区警署将成立调查总部……"

游马听着加加见的话，斜眼看着掉在地上的壹之屋钥匙。既然加加见怀疑神津岛死于直接暴力，也许只要让他相信这间屋子是密室，他就不会再怀疑这起死亡与案件有关。

快发现钥匙吧，来个人发现钥匙啊——游马在心里祈祷的时候，九流间喃喃道：

"可是，这间屋子是上了锁的啊。如果神津岛君是被人杀的，岂不是说，凶手还在屋里？"

气氛一下子紧张起来。"凶手？！"酒泉慌忙四下张望。

"这座馆中，除了在场的各位，应该没有别人了。"老田困惑地说。

"那可不一定。也许有人趁大家不注意，潜伏在这里呢。等一下！"

加加见开始警惕地搜索房间。几十秒后，他在甜甜圈形状的屋子里转了一圈，吭哧吭哧地挠着头回来了。

"卫生间和床底下我都看了，没有人藏在里面啊。也就是说，凶手杀害神津岛先生后离开了这座房间，把门锁上了。"

"等等，现在还不能肯定神津岛先生就是被杀害的吧？"游马抗议。

加加见撇了撇嘴："这只是假设有人犯案的推断。"

这时，圆香"啊"地叫了一声。

"钥匙。这间屋子的钥匙在这里！"

圆香看到游马刚才弄掉的钥匙，准备把它捡起来。

"不许碰！"

加加见的怒吼传来，圆香吓得缩成一团。

"我都说了，这里可能是犯罪现场。什么都不能碰！"

"对……对不起。"

圆香铁青着脸道歉，加加见昂首阔步地走到她旁边，蹲下来端详掉在地上的钥匙。

"上面写着'壹'，也就是说，这是这间屋子的钥匙吧。"

"是壹之屋的钥匙。老爷一般都把它放在那个小玻璃盒里。"

老田指了指滚落在地毯上的盒子。

"原来如此。他挣扎的时候打翻了盒子，钥匙就在那时候滚到了这儿？"

加加见摸着生着络腮胡子的下巴，回头看老田。

"这间屋子有几把钥匙？"

"只有一把。这座馆里的每个房间都只打了一把钥匙。壹之屋的钥匙平时就放在老爷手里。老爷很谨慎，无论他在不在屋里，都会锁上壹之屋的门。"

"会不会有人偷偷打了备用钥匙？"

"不，这不可能。这座馆的钥匙是特制的，里面有特殊的 IC 芯片，不找原本的制造公司绝对打不出备用钥匙。而且那家公司和我们签了合同，如果有人申请制作备用钥匙，公司会先问老爷的意思。能开这扇门的，只有掉在地上的这把钥匙和万能钥匙。如果您有疑问，可以向那家公司咨询。"

"嗯，随后我会问一下的。"

九流间走到一脸无趣的加加见身边。

"这把钥匙在屋里，万能钥匙之前一直保管在游戏室的钥匙柜里。也就是说神津岛君死亡的时候，这间屋子是密室喽？"

"什么密室啊。"加加见扭过头白了九流间一眼，"现在是真的有人死了！这和你写的那些不入流的推理小说可不一样。给我靠边去。"

"推理小说哪里不入流！"

一个清亮而严肃的声音响起，刚才一直沉默的月夜正目光冷冷地盯着加加见。

"推理小说是崇高的智力游戏，是作者和读者竭尽全力的智慧比拼。自埃德加·爱伦·坡发表《莫格街谋杀案》至今，推理小说堪称是一项拥有一百多年历史的传统艺能。一个个故事的伏笔埋得精巧细致，谜题美妙动人，简直就是艺术品。"

见月夜热血沸腾地讲起推理论来，加加见不禁哑口无言。过了一会儿，他猛地起身，好像是重新振作了精神：

"总之——既然没搞清事情的经过，自然有必要仔细调查。"

还是逃不过报警的命运吗……游马几近绝望之时，站在他旁边的梦读水晶拖着晚礼裙的荷叶边走上前，将手遮在神津岛脸上。

"你在干什么？！"

"我在读取神津岛先生残留的意念。他的尸体散发着一股强烈的怒气，恐怕是对冤死的愤怒。如你所说，神津岛先生被人谋杀的可能性的确很高呀。"

"我对玄学没兴趣。大家听好了，鉴定科的人来之前，不能碰这屋子里的东西。"

梦读被加加见按着肩膀，浓妆艳抹的脸变了形。这时，"咔嚓"一声，电子音传来，只见月夜不知什么时候来到歪倒的玻璃馆模型前，举起了手机。

"喂，我不是刚说完吗？什么都不许碰。"

"我没碰啊，我只是拍张照片。"月夜一脸坦然。

加加见走到她旁边："你一个门外汉，拍照片是想干吗？"

"我不是门外汉，是名侦探。而且，你看……"月夜指着歪倒的模型，"这里写的东西挺有意思呢。"

"有意思？"

加加见皱着眉头，低头去看那模型。游马等人也凑了过来。

玻璃塔被拧坏的底座部分，有人在白雪覆盖的大地上用棕色的粗糙线条写了一个字母。

"……Y？"

酒泉喃喃道。那字体歪歪扭扭，但看上去的确是一个大写的"Y"。

"搞什么鬼名堂啊？"加加见嘟囔着。

月夜笑眯眯地对他说：

"这一定是死亡信息。"

"死亡？那是什么玩意儿？"

"您竟然不知道什么是死亡信息？"月夜惊呼着，像外国电影的演员一样夸张地耸肩又摇头，"我建议当刑警的还是应该读一点推理。死亡信息指的是受害人殒命前留下的信息，一般来说会是与案件真相相关的重要信息。"

"犯人的名字？那就是说犯人的名字里带'Y'？那这群人里……"

加加见依次看过在场每个人的脸，然后伸手指着梦读：

"是你。你的姓氏首字母是'Y'。"

游马意识到自己的名字首字母也是"Y"，不觉得浑身僵硬。那个字母是为了表明我是犯人吗？

"开什么玩笑！我可什么都没干！"

"那你说这儿写的字母'Y'是什么意思？"

"先别急。"月夜告诫大声相向的梦读和加加见，"这个字母到底是不是'Y'现在还不好说。多数死亡信息里暗藏的内容都没那么容易解开。"

"暗语？有什么必要留暗语呢？直接写凶手的名字不就好了吗？"

"那就有可能被凶手涂掉呀。所以受害人才要留下复杂的暗语，让凶手也看不懂这个信息。这是推理小说的基本常识哦。"

"差不多得了！"加加见大喝一声，挥了挥手，"都说了这不是推理小说！这是真实发生的事。一个快要死的人，哪会有工夫特意留什么暗语？"

"这个嘛，一般人可能是做不到的。"月夜顿了顿，在脸边竖起食指，"但神津岛先生不是'一般人'。他是日本屈指可数的推理狂热者。"

加加见的喉咙里仿佛有什么东西卡住了，挤出古怪的声音。

"神津岛先生对推理的热爱，甚至可以称得上偏执。他这样的人会在临死前突然想到留下死亡信息，然后付诸行动，也不足为奇。"

"……胡诌八扯。现实世界里不可能发生这种事。"

加加见怨愤地说着，但语气里已经没有了刚才的气势。

"也许我是在胡诌。但既然没有全盘否定的根据，不就有必要探讨吗？当你排除一切不可能的情况，剩下的，不管多难以置信，那都是事实——这是夏洛克·福尔摩斯的名言。[1]"

加加见瞪着月夜左右摇晃的食指，一脸苦涩地沉默了。

"所以说，请允许我继续拍摄吧。"

月夜再次拿起手机，对准了玻璃馆的模型"咔嚓咔嚓"地拍照。

"喂。"加加见朝月夜裹在西装里的瘦弱背影喊道，"就算你说得没错，侦查犯罪现场也是鉴定科的工作。门外汉可不能在现场捣乱，你给我老老实实地等着警察来。"

"我知道啦。我哪儿都不碰，就拍点儿照片。"月夜扭头应付了一句，不耐烦地绾起头发，"刚才你不是说了吗？就算叫了救护车，也不知什么时候才能开到这深山老林里。警察也一样。就是报了警，警车从镇上开过来也得一个小时。鉴定科的人到现场开始调查，花的时间肯定更长。我说得有错吗？"

"……没错。"

"犯罪现场就像刺身。"月夜猝然抬起头，望着天花板感叹，"如

---

1. 出自英国推理小说家阿瑟·柯南·道尔的著作《四签名》，原文为：When you have eliminated the impossibles，whatever remains，however improbable，must be the truth.

果立刻品尝，就是入口即化的美味。但随着时间的流逝，刺身会逐渐干瘪，鲜度会下降，最后烂掉。同样，留在犯罪现场的信息也会随着时间流逝而走样。"

望着轻飘飘地遣词造句的月夜，一阵冷战在游马背后蹿过。能拿生鲜食品比喻犯罪现场，这名侦探果然够疯狂。

"所以，既然碰不得，我认为至少应该拍下照片，以后调查的时候也好拿出来看。你觉得呢？"月夜歪了歪头。

中年刑警使劲咂了咂舌头，扔下一句："随你的便！"

"那么，我就随便拍啦！"

"不过，尸体的照片由我来拍。你去拍其他地方。"

"欸——"月夜听加加见补上这么一句，像个孩子似的埋怨起来。

"这不是理所应当的吗？万一你把尸体的照片发到网上去，那可怎么得了！"

"我不会这么做的，因为……"

"吵死了，少废话。你要是有意见，就全都由我来拍。"

月夜鼓着腮帮子，不情不愿地继续拍起模型来。加加见也从西装的怀兜里掏出手机，开始拍摄倒在地上的神津岛和他周围的环境。安静的房间里只有快门声在回荡，游马伫立在当场，心绪翻江倒海。

几分钟后，加加见问月夜："拍得差不多了吧？"

"再拍一会儿，马上就好了。"

她跪在地板上，歪着身子从各种角度拍摄玻璃馆的模型。

"差不多得了！你已经拍得够多了，赶紧的。"

"知道啦。"月夜嘟着嘴，把手机放进兜里。

"那大家都出去吧。"

屋里的一众人等在加加见的催促下，迈着沉重的步子往门口走去。

糟透了……下楼的时候，游马咬紧了后槽牙。本该处理成发病身亡的，怎么就走上案件流程了呢。神津岛的尸体一旦被解剖，肯定会检出河豚毒素。只要警方开始正式调查，自己的罪行一定会暴露。

我要怎么办？怎么办？

"管家，这房间的暖风怎么才能停下来？我想把房间温度调低，尽可能保存尸体。"

"好的。"老田表情晦暗地喃喃着，按下了装在墙上的空调开关。天花板上的空调停止了工作。

"喂，那边的厨子，把万能钥匙给我。"大家从壹之屋出来，关上门后，加加见对酒泉说。

"啊，好的。"酒泉慌忙递上刻着"零"字的万能钥匙。加加见接过来，把钥匙插进锁孔。

"为了保护现场，这间屋子在警察来之前封闭。各位没有意见吧？"

谁都没有说话。加加见满足地翘起嘴角，转动手腕给门上了锁。"咔嚓"一声脆响敲打着游马的耳膜，在他听来，仿佛是给自己的手上了手铐。

2

"综上所述，神津岛先生打的那批钥匙，敝社到目前为止没有做过任何一把备用钥匙。确实每间屋子只有一把，万能钥匙也只有一把。"

开着免提的手机里传出的回答摇撼着沉闷的空气。离开壹之屋大概二十分钟后，游马等人来到了餐厅。

算上游马在内的六位客人心事重重地坐在铺着纯白桌布的长桌前。酒泉和圆香正惴惴不安地往每个人的杯子里倒咖啡。

也许是为了吃饭时营造气氛，餐厅天花板上除了安有空调，还有几盏复古的煤油灯，散发着柔和的暖光。窗边摆着几棵栽在花盆里的白杨，枝条上顶着杨絮。听说神津岛曾说过，他很喜欢杨树萌发杨絮的样子，觉得像是枝头积了白雪，于是特意买来装饰在这里。

"知道了。多谢。"

加加见伸手挂掉电话，环视屋里的人。

"大家都听见了。管家老爷子刚才说得没错，看来能给壹之屋房门上锁的钥匙，只有掉在屋里的壹之匙和我手里这把万能钥匙。"

来到餐厅后，加加见立刻联系给馆内配钥匙的公司，确认他们是否打过备用钥匙。

"如此说来，果然还是密室……"

左京话未说完，就被加加见狠狠地瞪了一眼，闭上了嘴。

"我都不知道说了多少次了。这不是你们最爱的推理小说，现实世界里怎么可能发生什么密室杀人案呢！"

游马瞟了一眼坐在自己身旁的名侦探，以为她又要反唇相讥。可月夜正凝视着手机屏幕，似乎没听见加加见的话。

　　所有人都低下头来，不再说话。晚宴时一派祥和的餐厅，此刻降下了重若千钧的沉默。

　　"那……那个……各位客人，要不要再来杯咖啡？"圆香仿佛耐不住沉默似的开了口。

　　"老夫来一杯吧。"九流间举起手来。

　　"不过，这儿的风景可真棒啊。灯光下的雪景很美。"

　　九流间大概想赶走这沉闷的空气，朗声和倒咖啡的圆香聊了起来。

　　"是的，春天来之前，这一带都会被白雪覆盖，每天都能看到这样的风景。不过也得定期用除雪车铲雪，以防大雪封住通往镇上的山路。"

　　游马听到圆香的说明，抬头看了看贴着全景玻璃的窗户。馆里透出的灯火照得纯白的雪原闪闪发亮，那画面的确美不胜收。

　　"的确很美呀。"左京立刻附和，"从这间屋子往外看，风景好像尤其美呢。"

　　"那是这扇窗户的功劳。"倒完咖啡的圆香回答。

　　"窗户？"左京疑惑地歪了歪头。

　　"嗯，为了吃饭的时候更好地享受美景，在这间屋子的玻璃窗上多花了些心思。"

　　"欸，真是匠心独具呢。不愧是神津岛先生精心打造的馆。"

　　"不过，有一个小问题。"

　　"问题？"左京反问。

　　圆香香肩一耸："这间屋子朝东。早晨阳光直射时会有危险，所以在这里吃早饭要拉上遮光窗帘，这算是设计上的失误吧。"

"哦，那么就不能一边在这儿眺望晨辉中耀眼的银白世界一边吃早餐了，真可惜啊。这么说来，之前在馆里留宿的时候，我都是在自己的屋里吃的早餐？"

左京的语速很快，仿佛要拼命维系好不容易活跃了一点的气氛。

游马也在馆里留宿过几次，在餐厅吃早饭的时候，屋里好像确实总是挂着窗帘。

"不过，神津岛君住在这人迹罕至的地方，平时都是怎么生活的啊？日本难得出了这么一位大名鼎鼎的科学家，他却隐居山林，实在是有点儿浪费——肯定会有不少人这么想吧。"

可能是不想让沉默再次来袭，九流间也立刻接上话头。

"老爷也在这儿做过实验，但大概一年多前突然就不做了，以前我也帮了不少忙呢。"

"嚯，帮忙做实验。你又不是搞科研的，不会很辛苦吗？"

"是挺辛苦的。照顾实验用的动物是最累人的。它们叫声很大，给它们喂饭也很困难，做实验的时候又很不老实。"

说话间，紧盯着手机屏幕的月夜突然起身，大步流星地走到窗边。

"哟，碧小姐也来欣赏雪景吗？"左京说。

月夜沿着高约五米、划出柔和弧线的曲面全景玻璃窗踱步：

"不，我来看看脚印。"

"脚印？"

"嗯，对的。从我们傍晚来这里到现在，一直没有下雪。如果有人杀害神津岛先生后逃了出去，雪地里一定会留下他的脚印。可是，至少我这边能看见的范围内没有脚印。要把游戏室那边也看过一遍，才能算确认过一圈。如果那边也没有脚印，就说明神津岛先生死后，没有任何人离开过玻璃馆。"

"……那么如果神津岛先生是被人杀害的，也就说明凶手还在馆里？"九流间问。

"没错。"月夜重重地点了点头。屋子里一片哗然，客人们面面相觑，轻松的气氛又一下子沉重了许多。游马的手使劲地抓着膝盖，拼命按下颤抖的双腿，指甲几乎要抠进肉里。

真切地感受着逐步被逼上死路的绝望，游马的心一点点跌至冰点。他恨不得立刻夺门而出。

在刑警和名侦探的眼皮底下犯罪，自己还是太鲁莽了。可是要救妹妹的命，也就只有今晚这个机会。

喝杯咖啡，冷静一下吧——游马伸手将放在桌子中间的玻璃糖罐拉到眼前。他皱了皱眉：刚才放糖罐的那个位置，桌布上有一个五百日元硬币大小的褐色污渍。

是晚宴的时候留下的污渍吗？游马边想边从罐子里拿出一大块方糖。这时，加加见猛地站了起来：

"你们是不是听不懂话啊？都说了别再玩破案的过家家游戏！警察马上就来了。来之前都给我老实点！"

餐厅门伴随着他的怒吼打开，在大厅报完警的老田站在门外。

"加加见先生，能否借一步说话？"

"什么事？"加加见朝面色青白的老田走去。

"警方说，想让您接一下电话……"

老田吞吞吐吐地把手机递了过去。

"我是加加见。怎么了？赶紧派机动搜查队和鉴定科的……"加加见抓着老田递来的手机，说着说着，突然怒目圆睁，"你说什么？！"

"喂，到底是什么情况啊？为什么？那要什么时候才能……"

他双手抓着手机，激动地吼了几十秒，大声哑了下嘴。与此同时，电话断掉了。

"出什么事了？"

在九流间的询问下，加加见吭哧吭哧地挠乱了自己油腻的头发："警察来不了。"

"啊？来不了是什么意思？"梦读在椅子上直起腰来。

"你别大呼小叫的。说是从这里通到镇上的路因为雪崩封路了，现在正在抢修，但离开通还要很久。"

"还要很久是多久？"

"预计是三天后的傍晚。"

"三天后？！"梦读痛呼，"怎么会这样？！我后天还要去录节目呢。而且在一个死了人的馆里住上三天，这让人怎么受得了？"

"那你就自己找辆车下山看看吧。听说雪崩的范围很广，你加把劲儿，试试看能不能徒步翻山，但愿别冻死你。"加加见冷嘲热讽，"你号称灵能者，在电视上预言谁是案件的真凶，其实就是个胡诌八扯的江湖骗子。根本就不应该让你这种人占用公共资源！"

"你说谁是江湖骗子！"尽管施着浓妆，还是能看出梦读气红了脸，"我能巧妙地操纵灵能，感知受害人或凶手留在犯罪现场的灵识，从中获得破案的线索——"

"别再胡扯了!"

加加见一拳捶在桌上,吓了梦读一哆嗦。

"破案的线索?你知不知道,你们这种人信口胡诌几句,会给我们警察制造多大麻烦?所谓的案件侦查,是要磨破了鞋底,把收集来的信息一点点凑起来分析的。如果真有灵能之类的玩意儿,那你现在就告诉我,神津岛先生是怎么死的?你刚才可是在尸体还热乎着的现场待过了,肯定充分感受到受害人的心愿了吧!"

"可是……我要动用灵能的时候,你过来妨碍……"

梦读像个编造迟到借口的小学生一样,支支吾吾起来。

"看吧!果然是个骗子!"

"才不是骗子!我能感觉到这座玻璃馆沾上了一股黑暗又肮脏的灵气。神津岛先生的死一定和它有关。"

"黑暗、肮脏啊。你就用这种模棱两可的词迷惑人吧!都是诈骗分子的专用伎俩。"

梦读紧紧地咬着涂了粉色口红的嘴唇,恶狠狠地瞪着加加见,坐回椅子上。此时,屋子里传来"啪"的一声愉悦的轻响。

"那我们就开始吧?"窗边的月夜双手合十,用响亮的声音说道。

"开始?开始什么?"

月夜看到加加见皱起眉头,在脸旁竖起食指:

"当然是推理啊。我们来推理一下,神津岛先生到底遭遇了什么。"

"喂,我警告了很多次了,你到底有没有听见?警察——"

"警察来之前,门外汉要老实待着。对吧?"月夜打断了加加见,

"我本来也是这么打算的。想等到比你脑子灵活点儿的警官来了，再公布我的推理。可是他们因为雪崩来不了了。既然如此，继续等下去也不是办法。"月夜晃动食指，"况且，我不是门外汉，而是名侦探。"

"……警察也不是不来，只是稍微晚点儿来。"

"稍微？三天以后欸。等到那时候，恐怕就麻烦大了。"

"麻烦大了是什么意思？"

"通往镇上的唯一一条路被雪崩堵住了，现在这座玻璃馆就相当于一座孤岛。也就是说，这里成了封闭空间，开启了典型的暴风雪山庄模式。"

"暴风雪山庄？封闭空间？"加加见眉头紧皱。

"在这种情况下，发生的罪案必将不止一起，后续可能出现连环杀人案。随着时间的推移，出场人物一个个死亡，甚至所有人都——"

"别说这些奇怪的话！"

直到加加见喝住接连吐出不祥预言的月夜，她才一副恍然大悟的样子，轻咳几声，说了句抱歉。

"总之警察一时半会儿是赶不过来了。我想至少该梳理一下目前的情况，商量出下一步的对策。"

"目前的情况？你一个门外汉能搞清楚什么？"

"这个嘛……比如神津岛先生的死因之类的。"

屋子里的气氛顿时有了变化。

"你是说，你知道神津岛君是怎么死的了？"九流间问。

月夜毫不迟疑地点头："嗯，当然。刚才我看到案发现场，立刻就有所察觉。只不过，这位刑警先生完全听不进去我说的话，所以我只好等警官过来。"

"难道……不是死于心肌梗死……不是因病身亡吗？"

这位名侦探到底发现了什么？她到底离真相还有多远？游马几乎喘不过气来，颤抖着抛出问题。

"当然不是。神津岛先生不是因病身亡，多半是被杀害的。"

人们一瞬间沉默了，转瞬又像捅了马蜂窝似的乱作一团。

"你说老爷被人谋杀……为什么会这样？"

"喂，不要信口开河！"

"你是怎么看出来的？！"

"神津岛先生真的是被人谋杀的吗？"

老田、加加见、梦读和酒泉的声音交叠在一起，其他人也不约而同地向月夜发起质疑。月夜端庄的脸庞上露出一个优美的微笑，"唰"地举起右手。仅这一个举动，所有人便安静下来。这间餐厅正逐渐化为名侦探一个人的舞台。

"了解到神津岛先生的死因，是因为我解开了他的死亡信息。"

"死亡信息，就是写在坏掉的玻璃馆模型上的字吗？"圆香面色青白地问。

"是的。"月夜愉快地回答。

"那个字是什么意思呢？神津岛先生留下了什么信息？"

听了左京的疑问，月夜摸了摸鬓角：

"这个嘛，用影像说明，会比用语言解释容易理解一些。老田管家，馆里有没有能投影手机图像数据的设备？"

旋转式门闩

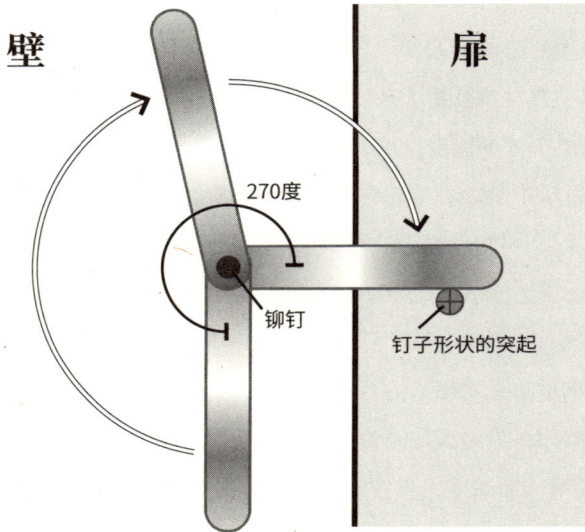

壁　　　　　　　　　　**扉**

270度

铆钉

钉子形状的突起

　　"剧院的放映机倒是有您说的那种功能……"老田有些犹豫地回答。

　　"剧院，太好了。投影在大屏幕上更有冲击力。我就去那边给大家说明吧。"

　　月夜步伐轻盈地走到门口，拉开门就出去了。

　　"啊，碧小姐，等一等！"

　　老田紧随其后。剩下的人面面相觑了几秒钟，也开始朝门口移动。

　　她真的破解了死亡信息吗？信息该不会指认出我是凶手吧？

　　游马的脚软绵绵的，好像踩了两团棉花。他跟跟跄跄地跟在大部队的队尾，就在迈出房门的刹那，忽然发现门边的墙上有两个金属装置，一个在上一个在下：墙里打了一根铆钉，接着一根以它为中心旋转的金属棒。游马将目光移向拉开的房门，和墙上的金属装置同样高的位置，有一个钉子形状的突起。

"哦……原来是门闩。"

游马嘟囔道。将可旋转的金属棒挂在突起上，从大厅那一侧就无法开门。和内置 IC 芯片的客房钥匙相比，这个装置简直就像玩具。大概就是餐厅打扫的时候为了防止客人进来而设的。

"一条大夫，您不一起过来吗？"

"来了，不好意思。"听到圆香的询问，游马离开了房间，身后传来重重的关门声。

游马等人从一层大厅进入剧院。屋里光线暗淡，有二十多张座椅，正面装有一块近三百英寸的银幕。与其说是私人剧院，不如说更像一座小规模的电影院。不知道为什么，现在这块银幕上映现出一座纯蓝色的洋楼。

"画面上的房子是怎么回事？"加加见指着银幕问。

"怎么说呢……这个类似于屏保，是老爷喜欢的图片。老爷经常在这座剧场看推理电影。"

老田站在房间里侧一角的放映机前面，语气里不无哀伤。

"如果能连上这台机器，手机上的画面就可以在银幕上显示了。"

"是吗？那我就尽快——"

月夜拿着手机操作了一阵，然后把它放在放映机上。剧院正面的银幕上出现了倒在地上的玻璃馆模型，代替了刚才的洋楼。

"那么各位请就座。"

在月夜的催促下，游马等人磨磨蹭蹭地陆续落座。游马避开众人的视线，坐在最后一排。在这里可以从旁观察站在放映机旁边的名侦探。

"看到这幅画面，我首先注意到，模型是坏掉的。"

月夜的声音在昏暗的剧场中回荡。

"应该就是神津岛先生痛苦挣扎的时候，不小心碰倒打碎的吧？"酒泉质疑。

"不。"月夜答道，"你仔细看。模型的底座衬纸从中间被弄破了。如果只是被碰倒在地打碎的，不会出现这样的损坏。"

"也许是这样吧……那么，它为什么会坏成这个样子呢？"

"很简单，是神津岛先生故意把它弄坏的。"

"故意？你是说，神津岛先生他，把模型捏碎了？"

"准确地说，不是捏碎的，是拧碎的。"

"欸？有什么区别吗？"

"神津岛先生在这玻璃馆里住了很久。对他来说，玻璃馆就是他的家。所以他才有必要拧坏它。"

"那……那个……我完全没听懂你的意思。"酒泉困惑地说。

"你马上就会明白了。"月夜没有多做解释，继续往下讲，"我其次注意到的，就是写在模型雪地上的文字。一般来说，死亡信息都是以暗语的形式留下来的。可这里只写了一个字母。"

画面切换，银幕上清晰地映出看上去像是字母"Y"的棕色粗体字。看到这张照片，九流间说：

"一个字母就构不成暗语了。而且，这字母怎么看都是'Y'。难道说，神津岛君想写以'Y'开头的句子或者暗语，写到一半中断了吗？"

"我想不是的。如果是写着写着断气了，神津岛先生的尸体肯定在倒下的模型旁边。可实际上，他却倒在离模型几米远的地方。更合理的推断是他写完了死亡信息，在往门口去的路上耗尽了力气。"

月夜的解释思路清晰，不知不觉间，所有人都听了进去。

"而且，虽然只有一个字母，但这个'Y'里包含了非常重要的信息。"

"非常重要的信息是指……？"九流间回头望着月夜。

"字母的颜色和粗细。"

听了月夜的话，在场的所有人都仔细地盯着银幕。

"请大家仔细看。这个字母是深棕色的，大概几毫米粗。神津岛先生究竟是用什么写下这个字的呢？"

"还能用什么？不是签字笔之类的吗？"

梦读话音刚落，画面就切换成了办公桌的照片。

"办公桌上的笔架里，有钢笔、黑色签字笔等好几支笔，但没有能写出棕色粗体字的笔。我之前确认过，没有笔掉在地上。"

"那还怎么写啊？这是怎么回事？"

"不，可以写。加加见先生。"

"干吗？"被月夜点到名字，加加见闷闷不乐地回应。

"能不能请您将刚才拍的神津岛先生的尸体照片投到银幕上？"

"啊？凭什么啊？我不同意。怎么能用尸体照片给门外汉解闷儿呢？”

"这样啊。那就没办法了。画质不好，大家将就着看吧……"

月夜摆弄着手机，画面再次切换，出现了倒在地上的神津岛，是在稍远一些的地方拍的。

"喂，你这家伙！不是告诉过你不能拍尸体的照片吗？！"

加加见直起身子，却被坐在他身边的九流间"好啦好啦"地安抚着，最后抱着胳膊，屁股又坐回椅子上。

"请看神津岛先生的右手。"

画面逐渐放大。游马不禁"啊"地惊呼一声。月夜重重地点头。

"各位注意到了吧？神津岛先生右手的大拇指和食指上染着棕色。也就是说，神津岛先生不是用笔写下的'Y'字母，而是直接用自己的手指写的。"

"可是，碧小姐，"老田举起手来，"老爷似乎没有棕色的墨水。"

"字不是用墨水写的。神津岛先生是把桌上的其他东西蘸在手指上，留下的字母'Y'。"

"其他的东西是什么？废话少说，赶紧的！"加加见似乎是耐不住性子，"噌"地站了起来。

"是这个啦——"月夜说着将办公桌的照片换掉，放大画面中桌上的一只盒子。

"巧克力……"

左京望着银幕上映出的棕色圆球，嘟囔道。

"没错，是巧克力。各位都曾有过这样的体验吧？捏着德芙巧克力，结果弄脏了手。仔细观察可以看到，画面中有一颗碎掉的巧克力。神津岛先生就是把手指贴在这颗糖果上，用它写了模型雪地上的'Y'字母。"

"老爷为什么要这样做……"圆香呆愣愣地说。

月夜打了个响指："这就是解开死亡信息的重要线索。办公桌上明明有笔，他为什么偏偏要用巧克力来写呢？"

月夜将画面切换回最初的那张模型倒在地上的照片，慢慢走到剧场前面，轻快地纵身跳到台上。"啊，台上有……"老田手足无措地开了口，但月夜仿佛什么也没有听见，伸手指着映在银幕上的字母"Y"。

"用来写这个字母的巧克力本身，就是重要的线索。这是狂热的推理爱好者的遗言。扭曲的家、字母'Y'，还有巧克力。诸位，没有想到什么吗？"

放映机的光照在月夜身上，宛如一束追光，就在她摊开双手的瞬间，游马不由得脱口而出："啊！！"

"噢，一条大夫！"月夜指着游马，"你好像明白了什么，不愧是推理爱好者，那就请公布你的答案吧。"

强烈的矛盾几乎要将游马撕成两半。他明白了死亡信息的意思，但如果说出来，就会证明神津岛不是死于疾病，完美犯罪的计划便会土崩瓦解。

可是……游马低下头，抬眼望着施施然站在台上的月夜。这位名侦探毫无疑问解开了死亡信息的真相。就算自己此刻不回答，也于事无补。既然如此，不如尽量洗清自己的嫌疑，亲口给出答案。游马慢慢抬起头来：

“……是毒。”

话语从他颤抖的双唇滚落。与此同时，名侦探笑逐颜开。

“答得漂亮！对，就是毒。神津岛先生想要暗示大家：他服下了毒药。”

“等一下，怎么就是毒了？”加加见疑惑道。

“您没明白吗？我刚才都说了，刑警最好读一读推理小说。”

月夜讽刺地歪动薄唇，敲了敲银幕。

“被拧坏的玻璃馆模型、字母‘Y’，还有巧克力，它们分别代表一部有名的古典派推理小说。对不对，一条大夫？”

游马轻轻点头，报上三部推理杰作的名字：

“……阿加莎·克里斯蒂的《怪屋》、埃勒里·奎因的《Y的悲剧》，还有安东尼·柏克莱的《毒巧克力命案》。”

“啊！”九流间和左京惊叹。

“完全正确。”月夜满足地说，“没有哪个推理迷不知道这几部作品。所以神津岛先生才立刻留下了提示这三部作品的死亡信息。”

“你都说了些什么乱七八糟的？说点儿不是废宅的人也能听懂的话！”

听了加加见的抗议，月夜皱起了鼻梁。

“我们不是废宅，请叫我们推理爱好者，或者发烧友。那几部作品都称得上是崇高的古典文学，值得阅读以提高自身的修养。推理本来就是——”

“够了，快点解释！”

“知道啦。”月夜噘着嘴，“《怪屋》《Y的悲剧》《毒巧克力命案》，这几部作品的共同点，是其中都写到了毒杀。"

"那老爷……"圆香的声音暗哑。

"没错，他服了毒，并且为了告诉大家这一点，他拧坏了模型，用巧克力写下字母'Y'，留下死亡信息后才咽气。"月夜的语速飞快，"古典派推理小说中有名的毒杀案，还有狄克森·卡尔的《燃烧的法庭》。神津岛先生一定也想到了这本书。有评论家说，尽管卡尔出版了许多优秀的作品，但其中没有哪部称得上是他的代表作。可是，我认为《燃烧的法庭》正是他的代表作。不管怎么说——"

"这些都不重要！"

加加见的怒吼，令滔滔不绝的月夜不情不愿地噤了声。

"重要的是神津岛先生究竟是不是被毒杀的。没错吧？"

"有必要通过司法解剖进行更详细的检查，但受害人被毒杀的可能性很高。至少他的死亡信息传递的内容是：'我服毒了。'"月夜回答。

此时，坐在游马前排位置的老田嘟囔道："毒……"耳朵尖的加加见猛地转过身：

"喂，管家，你是不是想到了什么？"

"也没什么……就是上个月，老爷好像……买了些毒药……"

"买毒药？！这是怎么回事？他买来做什么！"

"不不不，毒药怎么可能拿来用呢？"老田缩着脖子，"老爷只是给自己添一样藏品。他说想把九流间老师的代表作《无限密室》里用的毒——河豚肝脏研成的粉末收藏过来。"

听到老田提及自己的作品，九流间的表情复杂。

"那毒药在哪儿放着？"加加见瞪着老田。

"在观景室。老爷的藏品全都保管在那里。"

"你来带路。赶快去看看。"

加加见扬起下巴。"是!"老田慌忙起身,朝门口走去。

见两人出去了,九流间喃喃道:"我们也去吧。"剩下的人也犹豫着起身,开始往门口走。

糟透了。一切都在往最坏的方向发展——游马一筹莫展之际,忽然有人拍了拍他的肩膀。回过头,只见月夜站在他身后。

"刚才多谢你了。"

"欸,谢我什么?"

"那三部作品呀。如果没人想起它们,我不就成了唱独角戏的吗?多亏大夫回答了我的问题,才成就了我这个名侦探的一场好戏。"

"哦……啊,那太好了。"

游马强颜欢笑,心里则是怨声载道:

要是没有这位名侦探,谁也不会发现神津岛被下毒一事。很有可能最后就按照馆主因病身亡来处理这个案子。即便是司法解剖,也不可能把每一种毒药都检查一遍。而且在警察来之前的三天里,河豚毒素也许就能分解,说不定查也查不出来。

但一切已经晚了。这下警察肯定会仔细检查神津岛的尸体是否存在河豚毒素,并且会以毒杀案的名目立案调查。自己身为死者的私人医生,又有杀人动机,马上就会成为第一嫌疑人。这样下去,无异于坐以待毙。

"那我们也过去吧。"

　月夜蹦蹦跳跳地离开了剧场，游马则像戴着枷锁一样挪动沉重的双腿，跟在她身后。两人再次从一层的玻璃旋转楼梯一点点往上爬，经过壹之屋的小平台，再转过一圈零四分之一圆周，楼梯的尽头出现了一扇门。

　"所有房间的钥匙都可以打开这扇门。"

　老田说着打开门锁，将门推开。或许是生锈的缘故，门开时响起难听的吱嘎声。那声音仿佛哀鸣，听得梦读龇牙咧嘴，双手捂住了耳朵。门缝里吹来一阵冷风，刺得人脸生疼。

　"这真是了不起！"

　从楼梯间走进观景室，九流间不由得感叹。

　站在高耸的玻璃尖塔顶端，从观景室望出去的风景蔚为壮观。白雪覆盖的群山连绵不绝地延伸到远方，仿佛飘荡在月光之中。

　巨大的圆锥形玻璃覆盖下的空间里零七八碎地摆满了神津岛花大价钱从国内外搜集来的和推理相关的贵重物品。

　游马吐了一口气。哈气在冷透了的房间里结出白雾。

　"搞什么啊，怎么冷成这样？"加加见埋怨道。

　老田又缩起脖子："万分抱歉，观景室的空调几天前就坏了……"

　"哇！这不会是收录《莫格街谋杀案》的《故事集》[1]初版吧？啊！竟然还有连载《斑点带子案》的《河岸杂志》[2]！"

　听到左京在书架前惊呼，老田难过地眯起眼来。

---

1. *Tales*，威利 - 普特南（Wiley & Putnam）出版公司编纂的爱伦·坡的小说集。

2. *The Strand Magazine*，英国出版人乔治·纽奈斯（George Newnes）创办的英国杂志月刊，于 1891 年 1 月至 1950 年 3 月在英国出版，因刊登福尔摩斯系列小说而闻名于世。

"不只《斑点带子案》，而且收录夏洛克·福尔摩斯短篇小说的《河岸杂志》这里一期不落。不仅如此，柯南·道尔、阿加莎·克里斯蒂、埃勒里·奎因等许多著名推理作家代表作的初版这里也应有尽有。这些都是老爷引以为傲的收藏。"

"这件大衣，难道是可伦坡穿过的那件？"

九流间凝视着收在玻璃柜中的大衣。

"对，这是拍摄'神探可伦坡系列'时用过的一件剧组服装。除了大衣，老爷还有彼得·福克吸过的烟卷和可伦坡的警察勋章。观景室里还存放着夏洛克·福尔摩斯、波洛侦探、金田一耕助等系列电视剧主人公们穿过的衣服。老爷甚至还收藏了可伦坡的爱车——标致403 敞篷轿车。要说最近的影视作品收藏，有电影《利刃出鞘》里用过的匕首。"

"那，这条礼服裙是哪里来的？款式古雅，做工也很棒。"

梦读指着玻璃柜，里面的人体模型上套着一条纯白的婚礼裙。

"那是 BBC 制作的电视剧《神探夏洛克：可恶的新娘》里使用的服装道具之一。"

游马望着陈列在玻璃柜中的无数件藏品。无论欣赏多少次，神津岛私藏的收集程度都令人吃惊。神津岛第一次带他来看这些藏品的时候，他不禁热血沸腾。如今却只觉得寒意逼人，浑身上下都在发抖，这明显不只是这里室温过低的原因。

"太棒了！太棒了！实在是太棒了！"

月夜蹦蹦跳跳地往返于存放藏品的玻璃柜之间，兴奋得满面通红，不住地大喊。那样子就像捡到蝉蜕后激动地跑来跑去的小学男生。

"我们可不是来博物馆参观学习的！刚才说的毒药放在哪儿呢？"

加加见的怒吼在观景室中回荡。

"不好意思。在这边。"

老田走到一个复古风格的橱柜前，打开玻璃窗，从里面取出一只棕色的玻璃瓶，上面写着"河豚肝脏"。

"喂喂，怎么能把毒药放在连锁都不上的橱柜里啊！"

"因为平时只有老爷出入观景室。"

"话虽如此，但无论哪个房间的钥匙都能打开观景室的门吧？这不是太粗心了吗？那边那个展示老式霰弹枪的橱柜，不会也没上锁吧？神津岛先生还有狩猎的爱好吗？"

加加见指着玻璃橱柜里摆着的霰弹枪。

"那是早期的推理电影名作《罗拉秘史》中用过的枪支，这是老爷的藏品之一。加了电子锁，妥善地保管着。密码只有老爷知道。柜门是用钢化玻璃做的，很难破坏。"

老田回答。如他所说，橱柜的玻璃门上嵌有一块液晶屏幕，看上去仿佛是电子锁。

"那就是开不了枪喽？"

"不，枪的话恐怕是可以用的。因为子弹就放在旁边。"

老田说完又缩起脖子。加加见的脸抽了抽。

"枪和子弹毫无疑问应该分开放吧！这件案子结束后，得请所在的警署查查这儿。总之，赶快把那个瓶子给我。"

加加见从老田手里夺过玻璃瓶，一只手伸到盖子上。

"啊……里面装的是剧毒，请您一定要小心。"

"啰唆。我知道的。"加加见说着取下瓶盖，"白色粉末还在里头啊。这不是没喝吗？"

听着加加见百无聊赖的念叨，游马在内心祈祷：但愿就这样不被人发现。但他的渴望也是徒劳的，伴着一句"失礼了"，老田站到加加见身后，端详那瓶子。

"……粉末比以前少了。我上次看见的时候，瓶子里的粉末比现在多几倍呢。"

"你是说，有人从里面取出了一部分药粉？"

"恐怕是的。"老田怯生生地点头。

"是吗？看来这确实是杀人凶器啊。也就是说，神津岛先生是被人投毒杀害的。"

加加见兴奋地说个没完，酒泉却冷不丁嘟囔了一句："真是这样吗？"加加见听了，眼睛眯缝起来：

"毒药的量变少了啊！神津岛先生是被毒杀的，基本上毫无疑问吧？"

"不，也许神津岛先生的确是中毒身亡，可是他的死，真的是杀人命案吗？"

"……什么意思？"

"刚才壹之屋的门是锁着的啊。这不就说明，神津岛先生去世的时候，那间屋子里没别人吗？"

"那可不一定。可以用某些办法……"

加加见说到一半，月夜扬声道："是密室诡计啦。"

"你给我闭嘴！"加加见瞪了月夜一眼，把目光移回酒泉身上，"如果原本就是毒杀，那么受害人死亡的时候凶手不一定非要待在屋里。只要事先在神津岛先生可能入口的东西上下毒，就可以完成杀害了。"

"既然如此，不就只能等到三天后警察来查过那个房间之后，才能知道毒被下在什么地方了吗？至少这不是现在该做的事吧？"

"……也不一定。"加加见的神色中闪过一丝动摇，"知道这里有毒药的人，能潜入这里拿到毒药的人——只要关注这两点……"

"不，想弄清楚这些，估计很难。"

话被打断的加加见气歪了嘴，但酒泉仿佛没看见似的，自顾自地说下去：

"因为神津岛先生逢人就炫耀自己的收藏嘛。就连我这个对推理毫无兴趣的人，也没少听他自夸。当然，我也听说了他弄到那种毒药的事。"酒泉指着加加见手中的玻璃瓶，"所以就算这里的每个人都听他说过毒药的事，我想也不足为奇。而且，大家都有弄到毒药的机会。用自己房间的钥匙，就能进入这个观景室。大家抵达玻璃馆的头一两个小时，都是在各自的房间里度过的吧？完全可以在那段时间来这里取药。"

加加见听了这番合理的推论，不禁哭丧着脸陷入了沉默。

"其实，我压根儿不觉得神津岛先生是被人杀害的。他说不定是自杀呢。"

"自杀？"加加见眉头紧皱，"他并没有写遗书，死前还发出了求救的信号。更何况，他还用那座模型留下了那个古怪的信息。怎么可能是自杀呢？"

"想必您是不熟悉神津岛先生的性格，才会这么想。他之前雇过我好几次，所以我比较熟悉他的为人。这种事像是神津岛先生干得出来的。"

"……此话怎讲？"加加见压低了声音。

"五年前的那次心脏病发作，曾害得神津岛先生性命垂危。也许他已经失去了活下去的动力呢。我听他抱怨过好几次，说自己虽然研究大获成功，出了名，又赚了大钱，却没做过真正喜欢的事，浪费了人生。他说自己想干点不一样的事，从而名垂青史——这些话听得我耳朵都起茧子了。"

"所以他就选择了自杀？"

"肯定不光是自杀。他是想借此出名。"

"通过自杀出名？"加加见讶异地反问。

"没错。他建了这么一座古怪的馆，费尽心思搞来奇毒，然后服毒自杀；而且留下一个奇怪的暗号——叫什么来着，餐饮信息[1]？"

"不是餐饮，是死亡。餐饮信息的话，说的就是吃饭的事了。"月夜立刻纠正。

"咳，是什么都无所谓了。总之我觉得，他想通过这番华丽的演出，给自己的生命画上休止符。不对吗？"

酒泉环视四周的人。大家都被他这通超乎常理的假说搞糊涂了，集体陷入了沉默。

---

1. 餐饮信息：日语中的"餐饮"和"死亡"发音相似。

"的确……"老田犹豫着打破了死寂，"我想，老爷会干出那种荒唐的事也并不奇怪。毕竟他的思维是我等凡夫俗子理解不了的。或许请各位客人解开他的死亡信息，正是老爷准备的活动内容。通过解读信息，'宣布'自己服毒身亡……这个临终方式还真符合老爷的个性。"

"喂喂，你们都在开玩笑吗？这根本不是自杀，是谋杀啊！谋杀！杀掉神津岛先生的嫌犯，一定就在我们之中。"

加加见连连摇头，老田倏地走到他身边。

"您何以能够如此断言？"

"因为……"加加见一时语塞。

"目前的状况，的确无法认定到底是自杀还是他杀。难道不是吗？"

"话是这么说……"加加见没想到会有人公然和自己唱反调，不满地嘟囔道。

"既然如此，我们能做的就是等警察来。所以，希望在警方确定这起案件的确是他杀之前，您不要把各位尊贵的客人以及我们这些员工当成犯人来审。"

听了管家毅然决然的宣告，加加见大声咂着舌头，把脸扭到了一旁。

接着，老田面向各位客人，深深地鞠了一躬：

"将各位卷入这样的局面，实在非常抱歉。我代替老爷，向各位真心诚意地道歉。大家想必都累了，可否先请各位回各自的房间休息呢？食物方面的储备非常充足，请大家不必担心。在公路开通前的三天里，还望大家允许我、巴和酒泉先生三人竭尽全力，照顾各位的饮食起居。"

圆香慌忙跟着行礼，酒泉也缩着脖子，低下了头。

"嗯……那么大家就此解散，回各自的房间休息吧！"

无人反对九流间战战兢兢的提议。

加加见带着一脸的愤懑朝楼梯间走去，见到其他人也惶惶然地跟在后头，游马不由得长长吐了口气。

他原本已经觉得逃不过凶杀案的搜查了，没想到酒泉三言两语就让大家的态度产生了根本的转变。就算神津岛死于中毒的事实昭告天下，只要警方判断其死因不是他杀而是自杀就万事大吉。游马原本也是做了这样的打算，才刻意将犯罪现场布置成密室，并使用神津岛上个月买来的毒药做凶器的。

所以，要冷静。小心别因焦急露了马脚——游马暗暗地叮嘱自己，忽然感觉身旁有人。他条件反射地扭头一看，对上了月夜近在咫尺的一双眼睛。

"你……你干什么？"迫于对方视线的压力，游马稍微别过脸去。

"没什么，只是在想你怎么还不回房间。看，老田管家在那边等着呢。"

月夜轻轻地扬了扬瘦削的下巴。游马望过去，只见老田站在楼梯间的入口，正看着这边。大概是想等所有人离开后给房间上锁吧。

"啊呀，抱歉。我有点儿走神……"

"你的心情我懂！"月夜提高了嗓门，"面对如此精彩的收藏陈列，你一定觉得好像在做梦吧！每一样物品对应的作品自然而然地浮现在脑海中，整个人都沉浸在推理的世界里，推理爱好者对此神思恍惚再正常不过了。"

月夜满怀热忱地滔滔不绝，忽然竖起食指："只不过——

"和馆内这些精彩的藏品相比，还有更让我神魂颠倒的东西。"

"让你神魂颠倒的东西？"

"嗯，就是扑朔迷离的案件啊！"月夜朗声道，"世界著名的科学家，同时是大富豪的人物，在馆内自己的房间离奇死亡。而且死亡现场还是密室，死者甚至还留下了死亡信息。这么有魅力的案件，可是不常有啊！"

"我说……现在是真有人死了啊。"

"我知道这样说不礼貌。不过，在这样的案件面前，名侦探可谓热血沸腾，怎么也抑制不住自己的冲动……"

月夜像个少女般羞涩地挠了挠头。

游马不知该如何回答，只得含糊地应着。

"总之，虽然依依不舍，但还是等以后再仔仔细细地欣赏这座观景室吧。藏品不会长脚跑掉，让老田管家等太久也不好。"

"也是。"

游马和月夜一同朝楼梯间走去。进入楼梯间后，老田关上观景室的门，上了锁。

"碧小姐、一条大夫，搅了二位的雅兴，真是抱歉。这间观景室有一处设计失误，在屋里是开不了锁的。"

老田抱歉地解释道。月夜眨了眨眼：

"欸？也就是说，如果观景室里有人的时候从外面上锁，屋里的人就会被关起来？"

"是这样的。不过请您放心，观景室内设有内线电话，万一发生这样的事，我们立刻就会发现。那么，我就告辞了。虽然发生了这么大的意外，还是希望二位回房间后好好休息。"

老田恭敬地行了一礼，健步如飞地走下楼梯，那副样子让人难以相信他已经是个年过花甲的老人。小平台上只剩下游马和月夜。

"大家好像都回自己的房间了。一条大夫也要回去吗？"

"嗯，我累坏了，只想早点儿休息。"

游马所言不虚。持续高度的紧张令他的身体和精神都到了极限，哪怕稍微分神都可能当场倒在地上。

"这样啊。我要再去一趟游戏室，看看外面到底有没有脚印。只要确认没有脚印，就能证明这几个小时里没人离开过这里。"

"你打算调查这件事吗？你觉得，神津岛先生不是自杀的？"

游马谨慎地提问。既然月夜能解开死亡信息，又有本事指出神津岛是中毒身亡，那么他最应该提防的人，毫无疑问就是这位名侦探了。

"现阶段还不能下定论，得先收集信息。"月夜说到这里顿了顿，狡黠地眨眨眼睛，"不过，这玻璃馆如此奇妙，馆主的尸体竟然在密室被人发现，而且他死前还留下了死亡信息。面对这样充满诱惑的情形，我们这些客人不就像迷失在本格推理小说中一样吗？如果实际上死者只是自杀，那就未免有点儿扫兴了。所以，我期待一个让人惊掉下巴的真相。"

月夜步履轻盈地离开了。确认她的身影消失不见后，游马一拳捶在玻璃墙上——

　　什么充满诱惑的情形啊，什么让人惊掉下巴的真相啊。揭露别人的罪行，岂是能凭着兴趣去做的事？我可是为了救妹妹的命，赌上必死的决心才执行那个计划的。

　　游马死死地咬住嘴唇，慢慢地走下楼去，嘴唇几乎要被他咬到出血。

　　就算是为了妹妹，我也不能被指认为杀人凶手。无论如何也要让神津岛的死以自杀收场。但要怎么做，才能在那位名侦探的眼皮子底下藏起真相呢？

　　颓丧的游马忽然停下脚步，往旁边看去，刻着"壹"的大门闯入他的眼帘。

　　这扇门里有一具尸体，是我杀害的神津岛的尸体。

　　这样想着，气温仿佛骤然下降了许多，游马抱住自己的肩膀。

　　我用这双手夺走了人命——这双曾经拯救无数患者的手……凉意此时才蹿上后背，游马真正意识到自己犯了杀人之罪。他躬起身子，再一次迈开双脚，沿着旋转楼梯又往下走了半圈，来到贰之屋前面的小平台上。

　　住在这间屋子里的，好像是……加加见吧。游马回忆起房间分配的表格。

　　壹之屋……神津岛太郎　馆主

　　贰之屋……加加见刚　刑警

　　叁之屋……酒泉大树　厨师

肆之屋……一条游马　医生

伍之屋……碧月夜　　名侦探

陆之屋……巴圆香　　女佣

柒之屋……梦读水晶　灵能者

捌之屋……九流间行进　小说家

玖之屋……左京公介　编辑

拾之屋……老田真三　管家

"加加见这人真是死要面子活受罪啊，确实跟本格推理小说里的**警察挺像。**"

游马嘲讽似的嘟囔了一句。下一个瞬间，他突然猛地一回头——楼上好像隐约传来了脚步声。他本能地冲上楼梯，可是跑到楼梯尽头，也没见到一个人影。

"我到底在干吗啊……"

游马嘴里露出干笑——是出于杀人的罪恶感吗，还是出于被捕的恐惧？我竟然产生了幻听。

颓丧的他步履蹒跚地朝自己的房间走去。打开肆之屋的门，走进屋子，转动门把手锁好圆筒弹子锁，然后走到卫生间。游马目不斜视地穿过西式浴室和更衣室，来到最里面的厕所，从口袋里取出药盒。药盒里装有神津岛服下的毒药，他准备将它扔到马桶里，可就在松手之前，他停下了手里的动作。

现在扔掉它为时尚早。现阶段还没有断定神津岛死于他杀，警方搜查房间的可能性很低。既然如此，还是应该先把这毒药留好。

……如果发生意外，说不定还能用上。

游马脑海中浮现出名侦探冷冽的微笑。他被自己可怕的想法吓得浑身发抖，打开水箱盖子，将药盒丢了进去。塑料药盒在水面上浮浮沉沉。

他盖好盖子，从卫生间走出来，左摇右晃地穿过房间。游马现在什么也不想思考，只想一头栽到床上呼呼大睡，忘记发生的一切。

走到离床只有几步远的地方，游马忽然僵住了。他似乎感受到了什么人的目光。回过头的瞬间，他本能地做出防御的姿势，撇歪了嘴。

一个男人一动不动地望着他，一个和自己长得一模一样的男人。

游马咧开嘴，走近墙上挂的那面椭圆形的镜子。镜子下方和壹之屋一样摆有一个齐腰高的书架，里面塞满了国内的推理小说。

"你为什么要面冲着我啊？"

镜中映出的男人面色苍白，面部肌肉无力地耷拉着。

这就是杀人凶手的脸吗？游马朝镜子伸出手，指尖传来一股冰冷光滑的感触。

"……没有办法。我只能杀了他。"

游马哑着嗓子喃喃道。

镜中人朝他投来一道冷峻的目光。

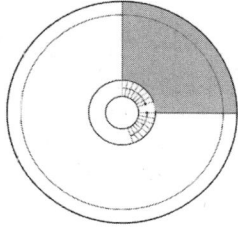

第二天

1

一个男人倒在地上。一个白发和胡须浓密得如雄狮鬃毛般的男人。

男人身边倒着损坏的玻璃馆模型。

"神津岛……先生？"游马听到自己沙哑断续的声音。

到底发生了什么？我怎么会一个人站在壹之屋里，站在这个有神津岛尸体的房间？

必须离开这里——游马心里想着，连接大脑和身体的神经却好像断开了，他连一根手指头也动不了，浑身上下唯一能动的地方是眼球。他四下环视，发出尖细的哀呼。

动弹不得的游马，逐渐化为一尊折射出米黄色精光的玻璃雕像。

"你……竟敢……"

听到那宛如从地狱深处传来的声音，游马将视线挪回原处，又一次哀叫起来。

倒在模型旁边的神津岛瞳孔散大，浑浊的白眼珠瞪着游马：

"你……竟敢……杀了……我……"

神津岛抬起铁青的脸，一步一蹭地朝游马爬过来。每挪动一下，脸上、手上的肉就腐烂脱落一些，黑红色的血肉下，隐隐可见里面的骸骨。

"我也是没有办法，谁让你阻碍新药的审批！都怪你夺走了渐冻症患者的希望！"

游马喊哑了嗓子，但神津岛仍然在朝他靠近。神津岛身上的肉随着他的蹭动崩落，眼见着露出了白花花的骨头。

"你也……给我一起……下地狱吧！"

神津岛的眼球也脱落了，空荡荡的眼窝瞪着游马，几乎不剩几块肉的手就要碰到游马的身体。

"放开我！"

游马大叫着，身体倾斜，倒在地上摔得粉碎。碎成玻璃粉末的身体把灯光折射得五彩缤纷。

"哇啊——！"

凄厉的喊声震颤着耳膜，游马花了一段时间，才意识到那声音是从自己口中发出的。

他鲤鱼打挺般支起身子，战战兢兢地环视四周。宽敞的房间里摆着复古风格的家具，自己正躺在窗边的床上。

"哦……我是在玻璃馆留宿了呢。"

游马一面嘟囔，一面抹了把额头。黏糊糊的冷汗沾满了他的手背。

看来我是做噩梦了。想起噩梦内容的瞬间，昨天晚上发生的事立刻在脑海中复苏，一股强烈的呕意向游马袭来。空空的胃里只泛上来一些胃酸，一股灼烧般的苦楚在口腔里蔓延开来。

原来夺走人的性命，并对被指认为杀人凶手感到恐惧，竟会如此侵蚀人的精神。游马用一夜未脱的外套袖口无力地擦了擦嘴，接着他听到屋里响起"嘭嘭"的声音，好像是有人在敲门。大概就是这敲门声把他叫醒的。

他下了床，移动着沉重的身体，觉得自己的关节像锈住了一般。他看看手表，刚过早晨六点。

这大清早的，会是谁呢？游马脱下外套挂在椅背上，走到门边："请问是哪位？"

"我是碧。你现在方便吗？"

隔着门板听到月夜的声音，游马脑袋里的云雾仿佛一下子散去了。

那位名侦探在这个时间找我，到底想干吗？

"是碧小姐？您有什么事吗？"游马尽力使自己的语气保持平稳，不露出内心的忐忑。

"能否让我进您的房间详谈？情况有点儿复杂。"

游马回头看了一眼屋里。尽管没有什么可疑的东西，他还是想尽量回绝。可在这种时候，如果不让人进屋，说不定反而会引起对方的怀疑。

几秒钟的天人交战后，游马转动门锁，开了门。

"早上好，一条大夫！"

名侦探和昨天一样，穿着男士西装，快活地向游马问候。

"……早上好。您一大早就这么有精神呢。"

"嗯，我本来就习惯了早起。而且发生了那起案子，我太兴奋了，以至于比平时醒得更早。所以刚才我去了一楼的游戏室和餐厅，调查了许多细节，想找到破案的线索。说起来，今天早上的天气非常好，但半夜好像下了一点儿雪。游戏室的窗户上沾了一层雪花。哎呀，那间屋里没开空调，可冷了。"月夜搓了搓手，"我看六点了，我想如果是这个时间过来，也许不会打扰您睡觉，就来找您了。哦，说到早起，老田管家也很厉害呢。我刚才过来的时候，在楼梯上和他打了个照面。不过他打扮得可利落了，穿着浆洗过的管家服。雇主去世了，他还能一丝不苟地工作，很有专业人士的风范。"

月夜清脆的嗓音在游马刚刚睡醒的脑海中回荡。"您请进。"游马忍着头痛，招呼月夜进了屋子。月夜点点头，朝放在房间中央的沙发走去。

"哎呀，馆里的房间几乎每一个角落都是精雕细琢的呢。有一种复古情调，床铺也舒服得不得了，昨天晚上，我睡得可好了。"

月夜倏地眯起眼，朝游马看去。

"不过，一条大夫好像没睡好啊。您穿的还是昨天那套衣服，还皱巴巴的，大概昨天是穿着衣服直接睡的吧。"

"……我昨天的精神糟透了，回到房间立刻就倒在了床上。等到醒过来，才发现自己已经睡过去了。不过，碧小姐穿的不是也和昨天一样吗？"

"没有没有，我可是仔细换过了。这身衣服我有好几套一样的。毕竟它类似于名侦探的制服。而且，我今天的领带花纹和昨天也不一样。昨天那条是我去伦敦贝克街的夏洛克·福尔摩斯博物馆的时候买的，上面印着福尔摩斯的剪影。今天的领带花纹是列车，是《东方快车谋杀案》的那辆列车……"

"请问……"游马打断月夜的话，"衣服的事已经搞清楚了，您一大早来找我到底是为了什么呢？"

"真是不好意思。扰您清梦的理由，自然是想和您聊一聊昨天晚上的那起案子。"

月夜的目光锐利起来。游马背上一阵战栗。

"您是挨家挨户地敲门，在收集信息吗？"

"没有没有。"月夜的手在脸前摇晃，"我没有挨家挨户地走访，而是想先问一条大夫几个问题才来的。"

"为什么是我？"

自己果然还是被盯上了吗？冰凉的冷汗爬满了游马的后背。

"那当然是因为您是神津岛先生的私人医生啊。了解受害人的情况，在犯罪调查之中是至关重要的。"

原来不是怀疑我才找上门的。游马暗自松了一口气。

"如果是这样的话，也许您和老田管家、巴小姐他们聊一聊更好。他们毕竟吃住都在这座馆里，一定比我对神津岛先生的了解更多。"

"我当然也很想这么做，可他们两个好像正忙着给客人们准备早饭呢。"

"哦，想想也是。好吧，我尽量知无不言。你请坐吧。"

游马多少安心了一些，请月夜坐在沙发上聊。月夜却朝窗边走去。

"今天天气不错呢，我们却要在这昏暗的屋子里说话，您不觉得有点儿浪费吗？"

月夜猛地拉开遮光窗帘。早晨的阳光从宽敞的窗户照进来，刺得习惯了黑暗的眼睛一阵酸涩。

"落地窗的视野果然让人心情舒畅啊，而且窗子还可以打开。刚才我打开自己房间的窗户换气，新鲜的空气扑面而来，还带着森林的清香，感觉好极了，似乎连思路都清晰了不少。"

月夜双手举高，修长的身子略向后抻了抻。确实如她所说，馆内其他的房间和壹之屋不同，壹之屋的玻璃窗环绕在房间外侧，其他房间则是在外墙并排贴了几块长方形玻璃窗，高度从天花板直通地板，只要按下装在墙上的按钮，就能自由地开关窗户。

"对了，难得有个好天气，把这间屋子的窗户也打开吧。"

月夜不等游马答应便按下按钮。埋在天花板里的滑轨启动，送出连着窗户上半边的金属线，一扇窗子的上半部分逐渐倾斜着朝户外敞开。开到 45 度左右便停住了，刺骨的寒风从外面吹进来。

"不要随便开窗啊。很冷的。"

"可是这间屋子的空气似乎不太好呢，得通通风。"

"就是通风，也用不着把窗户开到最大吧。"

"窗户从上面开，应该是防止有人跌落吧。不过这山中是多雪地带，如果窗户开着的时候下雪，雪就会全都飘到屋里来。更糟糕一点，要是雪都压在窗户上，还可能把窗户压塌。"

月夜抱着胳膊，观察窗户四周的结构，仿佛根本没听到游马的抗议。无奈，游马只好自己按下按钮，关上窗户。

"干吗要关上啊？空气清新，脑子转得动，不是更方便推理吗？"

"不是说了吗？因为太冷了。你都干了些什么啊？突然跑到我屋里来，还随便动屋里的东西。如果你没什么想说的，就请回吧。"

此人的行为举止，简直像夏洛克·福尔摩斯一样荒唐。从某种角度来看，倒是符合其"名侦探"的身份。游马感到脑袋隐隐作痛。

"啊，对不起。"月夜忽然低头道歉，"因为发生了死人的案件，我从昨天开始，就一直情绪高涨。睡着之后做的梦也全都和案件有关。那真是一个愉快的梦。"

月夜陶醉地盯着天花板。

"……我也是。只不过我做的是噩梦。"

"好了，一直闲聊对案件也没有帮助。我们切入正题吧。"

月夜在沙发上坐下，长长的双腿交叉放着。

"你印象中，有没有人对神津岛先生怀恨在心？"

听了这突如其来的问题，游马的脸僵住了。

冷静。她不可能知道妹妹的事。我只需从私人医生的角度，回答她几个普通的问题——游马不动声色地安抚着自己的情绪，坐在月夜对面的沙发上。

"那可就太多了。"

"你是说恨他的人很多？"

"也许说雇主的坏话不太合适，但神津岛先生确实是个难沟通的人，该说他是偏执还是不近人情呢？按说，他取得了那么高的成就，即便退休后辞去教授的职务，也会有不少大学朝他伸来橄榄枝。可是，神津岛先生好像没有接到过这类邀请。以前我听他本人抱怨过这一点。"

"怎么会没人邀请他呢？我听说，神津岛先生研发了有名的药物托莱德，那可是拿诺贝尔奖也不稀奇的功劳呢。"

"您了解得很清楚呢。这些基础研究的内容，普通人大都是不知道的。"

"因为我不是'普通人'，是名侦探。"月夜微微一笑，轻轻歪着头，"您还没有回答我的问题呢。"

"神津岛先生很能滥用职权，嗯，大学的话应该说是学术压迫吧。这在业界是出了名的。不管对方是学生、助教还是副教授，他都毫不留情地怒吼、责骂，听说有时候还会动粗。"

"这样学界也能允许吗？"月夜皱紧眉头。

"现在这年月恐怕是不行了。但那是很早以前的事，神津岛先生的研究给世界上许多被疑难杂症困扰的人带去了希望，想必学校也不想把事情搞大，迫使研究中断吧。可先生的做法却导致研究室的很多员工精神崩溃，听说有些人不得不去疗养，甚至还有人选择了轻生。"

"原来如此，那么他杀的动机的确很充分了。"

"不仅如此。神津岛先生申请到了托莱德的专利权，继而向参与共同研发的制药公司要了一大笔专利使用费。他还威胁对方，如果拒绝支付，就要把专利让渡给其他公司。"

"即使对方提供了不少研究支持？"

"以前制药公司向他支付研究费的时候，没做过正式的合同，多数做法也不太正规。但好歹也要顾及仁义道德，一般的研究人员都不会把共同研究的成果卖给其他公司。"

"但神津岛先生不是'普通的研究人员'。"月夜嘴角上扬。

"对。他是个对金钱极为计较的人，说他是守财奴也不为过。听说那件事还闹到了法院，搞得沸沸扬扬，最后还是制药公司对神津岛先生的要求妥协，用一笔天文数字的专利使用费置换了托莱德的制作技术，开发出一系列新药。"

"那笔专利使用费，就成了神津岛私藏和这座玻璃馆的建设资金吧？"

"是的。因为向神津岛先生支付了巨额的专利使用费，新药的定价也相当昂贵。等待用药的病人当中，有不少人因为付不起药费而无法接受治疗。"

"我听说，神津岛先生没有能继承他遗产的亲人，是这样吗？"月夜的手按在嘴边。

"好像是吧。"游马回答。

"那就是说，如果神津岛先生辞世，制药公司就不用再向其支付专利使用费，药价将会下调，众多患者也能够享受新药的恩惠。原来如此，也就是说，具备犯罪动机的人数也数不过来。就算现在馆里有憎恨他的人，也并不稀奇。"

月夜的薄唇上浮起一抹妖冶的笑容。

"……你很开心吗？"游马嘟囔道。

"不不不。"月夜双手在胸前摇晃着，表情却是恢复了平静。

"碧小姐还是认为，神津岛先生是被人谋杀的吗？"

"昨天我也说了，现在的信息还不够做出判断。但如果是自杀的话，后天警察到现场侦查的时候，就能通过科学的调查手段找到相应的证据。那样的话，就用不着我出场了。所以，作为名侦探，我现在是在假定神津岛先生被人用诡计杀害的前提下，进行调查的。"

"可是案发现场壹之屋的门是锁着的啊。而且那间屋子和其他客房不同，窗户是嵌入式的，无法打开。既然如此，自杀的可能性就很高了呀。那间屋子也就是所谓的密室……"

游马拼命想把名侦探的思路往自杀上带，可在"密室"二字脱口而出的一刹那，月夜立刻眯起了眼。看到她的反应，他就明白自己失败了。

"密室"——没有什么比这个词更能触动推理狂热者的心弦了。

"对，案件发生时，壹之屋的确像是密室。但仅凭这个就推论神津岛先生是自杀，也未免有悖常理。不管怎么说，他是中毒死亡。"月夜将食指竖在脸旁，意气风发地说，"毒药是不需凶手在现场也能杀死受害人的凶器。也就是说，只要事先把毒下在神津岛先生可能入口的东西上，凶手完成杀害时就不必出现在壹之屋。此外，还可以利用时间差，让受害人先服下延时发作的毒药，等他进屋锁好门后药才起效。不过，如果凶手用的是河豚毒素，在晚饭时下毒的可能性就不大了。从晚宴结束到神津岛先生打来求救电话，过了大概一个小时。河豚毒素是一种起效较快的毒药，案发时间和药的生效时间不相符。"

月夜滔滔不绝地讲着，不给游马说话的机会。

"当然，凶手也可以在管家老田接到的求救电话上做文章。比如，找人伪装神津岛先生的声音，在电话那头播放事先录好的音频。还有可能是管家老田说了谎，实际上神津岛先生根本就没有打过电话。这些细节的状况要再花些时间，收集好信息再讨论。"

"你连这些都考虑到了啊。"游马咕哝着，明显被对方的气势压倒了。

月夜眨眨眼："名侦探想到这些，不是理所应当的吗？好了，下面我们先来讨论第一种情况吧：假设神津岛先生是在晚上八点半，事先服下凶手准备好的毒药死亡的。如果是这样的话，毒药很可能被下在桌上的巧克力或科涅克酒里。这些只要警方调查，就一定可以水落石出。只不过……"

月夜顿了顿，压低了声音说道：

"如果这是一起杀人案，我觉得凶手犯案的时候，应该就在壹之屋里。"

"……为什么呢？"游马大声咽了口唾沫。

"如果事先下毒，受害人的服毒时间就不确定，从而无法确切把握受害人的死亡时间。神津岛先生本应该在昨天晚上十点宣布某个重要的消息，却在临近的时间丧命。也许凶手夺走他的性命，是为了封住他的嘴，不让他将消息公之于世。这样的话，凶手就要亲手将毒药递给神津岛先生，花言巧语地骗他喝下去。"

不对。神津岛要公布的消息，是他发现了某位著名作家遗作的事。我不是为了阻止他公布这个消息杀人灭口的——游马在心里嘀咕着。不过，名侦探尽管搞错了犯罪的前提，却离真相只差一步之遥，这令游马焦躁难安。

"可是我刚才说了，那间屋子是密室啊……"

"对，正是密室！"月夜提高她尖厉的嗓门，站起身，指着游马的鼻子。

"你……你干什么？"

"一条大夫，您知道'密室讲义'吗？"

"你是说……卡尔的密室讲义？"

"没错。约翰·狄克森·卡尔创作过许多密室推理，甚至被誉为'密室之王'。1935 年，他发表了名为《三口棺材》的作品。第十七章中的'密室讲义'被归为密室诡计类的著名文献，后世的无数推理小说都引用过它。'密室讲义'的行文方式别具一格，在故事的开头，侦探菲尔博士便明确表示，自己是小说中的主要角色。或许可以说，这样的写法是一种超推理。"

月夜像唱歌一般娓娓道来。

"哦，对了。说到超推理的杰作，我想不能不提东野圭吾的《名侦探的守则》。故事的讲述者大河原番三警部知道自己是小说的出场人物，还有天下一大五郎，他在故事中一直苦于必须长期扮演名侦探的角色。这两个人联手演绎了形形色色的常见推理桥段。这部作品不仅是一部出色的幽默推理小说，还在一定程度上提出了推理小说这一题材的反命题。东野圭吾近期的推理作品往往建立在浓厚的人情冷暖之上，但在创作初期，他也曾作为出题人，发表过许多优秀的本格推理小说。所以也可以说，东野圭吾这位稀世大作家具备本格推理的素养。他的代表作《嫌疑人 x 的献身》不仅斩获直木奖，还摘得本格推理大奖的桂冠，就是这一观点的最好佐证。可是另一方面，《嫌疑人 x 的献身》出版时也有人提出疑问：这部作品究竟能不能算本格推理？甚至还引发了更深层次的讨论：究竟什么才是本格推理……"

月夜滔滔不绝地说着，投向空中的目光里没有焦点。游马呆望着她——她似乎完全沉浸在自己的世界之中。

正好，就利用这段时间让自己的心情恢复平静吧。游马任凭月夜在自己耳边侃侃而谈，慢慢做了个深呼吸，让不停加速的心跳慢下来。

"……所以，我想提出一种方案，用来解决后期奎因问题[1]——"

"那个——"听月夜说了足有二十分钟后，游马重新找回了内心的安宁。

"什么事？"月夜说得正起劲儿，被打断后很是不满。

"尽管我对碧小姐的推理论深感兴趣，但……我们是不是该切入正题了？"

"正题？是关于如何定义本格推理吗？"

"不是！是案发当时，壹之屋是密室这件事！"

月夜的目光中闪过几秒钟的迷茫，突然拍了下手。

"哦，是的是的！我们是从那儿聊到'密室讲义'的吧。"

看来她真的是话到兴头上，把正经事忘了啊。游马不禁哑然。月夜则板起脸来：

"'密室讲义'将密室诡计分为两大类。"月夜竖起两根手指，"一类是杀人凶手自始至终都不在屋里。凶手事先下好毒，神津岛先生在密室里服毒后死亡就属于此类。"她折起其中一根手指，继续说道，"还有一类，是作案时凶手在屋里。他杀人灭口后离开屋子并把

---

1. 后期奎因问题：日本推理作家法月纶太郎对埃勒里·奎因的后期作品进行分析后，总结出这些作品的两种特征，即：一、侦探角色最终提出的解决方案，无法在作品中被证明是否有效。二、探讨侦探角色是否应该占据主导地位，左右其他故事角色的命运。

门锁好，或者让旁人以为门是锁上了的。根据前面解释的理由，我推断昨天的案件中，凶手用的是这一招。"

"可是大家赶到屋里的时候，壹之屋的门的确是上了锁的吧。还是说，其实没有上锁，凶手只是从房间里面用什么东西把门卡住了？"

游马尽一切努力，想将名侦探的思路往自己的诡计之外引。

"不，我们最后是用万能钥匙开的门，所以门在这之前毫无疑问是锁着的。"

"那也许还是有人配了钥匙。"

"这种可能性很低吧？昨天已经跟安保公司电话确认过了，没有新配的钥匙。那家公司我很了解，办事还是牢靠的。"

"这样的话，就是凶手用了万能钥匙吧。"

"对，万能钥匙。"月夜指着游马，"凶手用万能钥匙给壹之屋上锁的可能性很大。不过我认为并非如此。"

"为什么这么说？"

"万能钥匙保管在游戏室壁炉旁边的钥匙柜里对吧？可自从晚宴结束，大家移动到游戏室开始，我一直站在壁炉旁边。那段时间没有人开过钥匙柜。"

"也许凶手在那之前把万能钥匙从柜子里拿走了呢……"

"能做到这一点的，就只有酒泉了。昨天晚上，壹之屋的房门打不开时，下楼取来万能钥匙的是酒泉。说不定当时，万能钥匙其实就在他身上，他回到游戏室，假装从钥匙柜里取了一趟钥匙。这样还是有可能的。"

"那么，是酒泉君？！"

游马装出吃惊的模样。如果能把怀疑转移到酒泉身上，也许这位名侦探就会离真相越来越远。但是，月夜摇摇头："这不可能。"

"怎么不可能呢？那时，酒泉一个人去游戏室取钥匙，没有任何人看到他从钥匙柜里拿出万能钥匙呀。"

"但是，酒泉无法直接杀害神津岛先生。从晚宴结束，直到大家移动到游戏室，他一直待在吧台里面。"

"啊……"游马不由得感叹。

月夜微微颔首："是的，酒泉一直在给客人调酒。如果他不见了，立刻会有人察觉。接待宾客的管家老田和巴小姐也是一样。能在不被人察觉的情况下偷偷溜出游戏室，到壹之屋杀害神津岛先生的人，应该是客人当中的某一个吧。"

"这么说来，我也是嫌疑人之一了？"

游马玩笑般地发问，尽量不让对方看出自己内心的忐忑。

而月夜朗声道："嗯，那是当然。"

游马的喉咙颤抖着，一时间说不出话来。

"你……你瞎说什么呀？！为什么我非要杀神津岛先生不可？"

"你别那么激动。在信息还没收集完全的时候，所有人都是嫌疑人。当然，也包括我。"

月夜露出的妖艳笑容与她干练的外表不符。

"我也没完全将酒泉是犯人的可能性排除。他很难单独作案，但如果有人一起配合，他是有可能参与其中的。不过，我想先讨论一下单独作案的情况。"

这位名侦探在怀疑我。尽管不知道她离真相有多近，但我在她心里毫无疑问是头号嫌疑人——游马慌忙将双手放在膝盖上使力，稳住因不祥的预感而颤抖的双腿。

"如果既没有备用钥匙，也没有万能钥匙，凶手如何给壹之屋上锁呢？"

"第一种可能的推测是，掉在壹之屋地上的钥匙是假的。现在我们无法试着用它打开壹之屋的门锁，但也许那把钥匙是仿造的赝品，真正的钥匙在凶手身上。不过这种可能性不大。"

"怎么讲？"

"一把假钥匙很容易被人识破，只要把它插进锁孔试试就知道了。警方介入调查之后，立刻就能见分晓。就算警方不来，也很容易在昨晚露出马脚。如果不是加加见把我轰走，我昨天就打算试一试，看那把钥匙能不能真的将门锁上。凶手没必要用如此轻易就被拆穿的方法打造密室。"

月夜的解释逻辑清晰，很难找到反驳的余地。

"那……凶手也许用了某些道具？"

"你是指物理诡计吧。凶手在门外用丝线等物品给门上锁。虽然手法老套，却很有效。但遗憾的是，这次的情况不同。昨天晚上，大家各自回房后，我独自一人仔仔细细地研究了壹之屋的房门。那扇门完全没有缝隙，无法从外面把道具塞进屋里。圆筒弹子锁要在小把手上发力才能上锁，本来就不适合使用物理诡计。同样的道理，凶手也无法借助吸铁石之类的道具。还剩下把门板整个卸下来这一招，但我没在墙上发现相应的痕迹。所以，这次的密室不是通过物理诡计制造的。"

"那是怎么制造的？"

"还可能是凶手下好毒后，神津岛先生在药效发作前自己给门上了锁，制造出偶发的密室。但直觉告诉我并非如此。凶手一定是确认药效发作后才离开房间，制造了密室。这样的话，神津岛先生的死亡多半会被当作自然死亡或自杀。实际上，假如没有那条死亡信息，恐怕每个人都会认为神津岛先生是死于心脏病发作吧。"

"所以说，我问的是，那间密室是怎样造出来的！"

游马感到自己被渐渐逼入绝境，不由得提高了嗓门。

"啊，不好意思，我太啰唆了。可是，每一部推理小说里的名侦探，解释起案件来不是都很啰唆吗？这样似乎一方面能给凶手制造压力，另一方面也能吊住读者的胃口。"

讲到这里，月夜停顿了一下，舔了舔单薄的嘴唇。那副模样，在游马眼中活像一头急不可待地想要用餐的猛兽。"所以——"月夜低声说着，两只胳膊环抱在胸前。

"我猜测，这起案件中的凶手用的是心理诡计。"

"心理诡计是指……？"游马感到喉咙火辣辣的，嗓子都哑了。

"昨晚，壹之屋之所以被当作密室，是因为房间的钥匙掉在屋里。可是，案发时钥匙真的在屋里吗？"

"你在说什么呀？那把钥匙不是在壹之屋的地上……"

"嗯，钥匙是掉在地上了。可钥匙是什么时候掉的呢？"月夜微微低头，目光朝上望着游马，"巴小姐是在进入房间几分钟后发现钥匙的。所以说，在她进入房间的时候，钥匙不一定就掉在那里哦。"

"……那你觉得，钥匙是什么时候掉在地上的？"

游马呻吟般问道。房间里的空气好像突然稀薄了许多。

"应该是大家刚进房间不久吧。当时所有人的注意力都在倒在地上的神津岛先生身上。凶手就瞅准这个时机，掏出壹之屋的钥匙，轻轻扔在地上。壹之屋铺着柔软的地毯，掉落一把钥匙，恐怕几乎不会发出声音。凶手用这个办法制造出钥匙一直在屋里的假象，让大家以为壹之屋是一间密室。"

完美的推理……恐惧滑过游马的身体。自己的招数全被看穿了。这位名侦探一下子点破了我绞尽脑汁制造的诡计。

到底该如何脱离这个困境？游马头晕目眩，却一刻不停地鞭笞着自己的大脑。

就算密室诡计露了马脚，也不能就此断定我是凶手。那点儿小把戏，每个客人都做得到。可毫无疑问，名侦探怀疑的人是我。这也正常。恐怕谁都会觉得，神津岛的私人医生最有可能给他下毒。

如果放任她继续查下去，名侦探一定会找出我是凶手的证据。在此之前，我必须做点什么。

游马忽然发现，自己的目光下意识地凝视着月夜细长的脖子。

不管月夜的个子有多高，她毕竟是个女人。力量上还是自己更占优势。而且，一定没有别人知道月夜现在在这间屋里。既然如此……

想到这儿，游马猛然清醒过来。自己到底在想些什么？竟然为了明哲保身，盘算着杀掉一个没有任何罪过的女子……强烈的自我厌恶感毫不留情地苛责着游马。

自己夺走神津岛的性命是迫不得已。不这样做，将有无数渐冻症患者身陷苦海。这件事迟早有人要做。对，必须有人这样做……

尽管明白自己这样想是在为脱离负罪感找借口，游马心中还是反复默念着这些。

可如果对眼前的女人动手，自己就真的还不如畜生。不可能这么做。可不这么做，又该如何是好……

正当游马天人交战的时候，月夜站起身来："请问……"

游马猝不及防地摆出防御的姿势："你要干吗？"

"可以借用一下厕所吗？"

"欸？哦，啊，请便！"

游马的回答慢了半拍。月夜说了句"失礼"，便朝卫生间走去。随着关门的声音，月夜的身影消失了，游马长长地出了一口气。

穷途末路的状态并未结束，幸运的是，至少有了片刻喘息的时间。游马看了一眼墙上的时钟，马上七点了。不知不觉已经和月夜聊了一个小时，也难怪自己感到身心俱疲。

接下来要怎么办呢？游马粗暴地向上捋着头发，忽然如遭了电击一般全身僵硬。他凝视着卫生间的门。马桶的水箱里，藏着装有毒药胶囊的小药盒。那位名侦探不会是要确认这一点，才去卫生间的吧？

他好不容易平稳下来的心跳又在瞬间加速。游马等着月夜走出卫生间，如同等待法官宣判的被告。

门开了，月夜用手帕擦着手走出来。

"你怎么了？脸色好差。"

月夜发现游马正盯着自己，轻轻歪了下头。

"什么事也没有。"

游马慌忙移开视线，感到一阵呼吸困难。这位名侦探究竟只是借了个厕所呢，还是去水箱里找藏在里面的凶器了呢？

他竭力控制着下巴的肌肉，避免发出牙齿打战的声音，等待月夜的下一句话。

"对了，一条大夫……"

月夜将手帕装进口袋里的瞬间，警报声忽然响起，搅乱了房间里的空气。

"欸？这是怎么回事？"

月夜警惕地环视四周。游马回答："我也不知道！"与此同时，安装在窗边天花板上的马达一齐启动，所有的窗户都朝外打开。

"餐厅失火了。餐厅失火了。请立即避难！"

屋子里响起一串电子警报。

失火了？所以开窗是为了通风排烟吗？游马还在呆立着思考，忽然有人拉住了他的手。

"一条大夫，我们走吧。待在楼上可能会被浓烟困住。"月夜抓住游马的手说道。

"啊，好的！"游马这才像刚刚松了绑似的，呆呆地应了一声，和月夜一起跑向门口。

两人打开门，离开房间。幸好，楼梯间还没被浓烟或火焰侵袭。游马和月夜对视一眼，朝彼此轻轻点头，跑下楼梯。

大概跑了四分之三的路，两人看到柒之屋的房门开了，穿着艳粉色睡衣的梦读正在窥探楼梯间的状况。

"梦读小姐，我们到一层避难吧。"月夜对她说。

梦读困惑地看着他们："可是，我穿成这个样子……"

"现在不是考虑这些的时候。快走吧！"月夜揪住梦读的睡衣。

"我去就是了，别拽我！"梦读大叫着，踩着拖鞋啪嗒啪嗒地走下楼梯。

游马等人在警报声中来到一层。大厅里并未浓烟滚滚，但空气中也隐约能闻到一丝丝焦煳的味道。

"在这边！"

一声悲惨的呼喊传来。游马大步流星地朝声音的方向冲过去。穿着女仆服装的圆香和一身厨师装扮的酒泉正在用力推餐厅大门。

"怎么回事？"

见游马走过来，圆香转过身："门打不开了。"她几乎要急哭了。

游马和圆香他们一起推门。门稍微动了动，还是没有打开。

"发生了什么？"

身后传来低沉的声音。游马回头一看，是加加见来了。接着，左京和九流间也来了。

"餐厅好像着火了，可是打不开门。"

加加见听了游马的回答，立刻捏住圆香的肩膀：

"喂，这扇门的钥匙在哪儿？我这把万能钥匙能打开吗？"

"不，用钥匙打不开。"圆香怯生生地回答，"这扇门只在打扫时不让客人看到才关上，所以只安了两个简单的门闩，从外面是打不开的。"

正如圆香所说，这扇门上没有钥匙孔。游马想起昨晚看到的门闩，钉子状的突起上只挂着一根可旋转的金属棒。

"这么说来，餐厅里面有人吗？"

听了左京的话，游马不禁环视了周围每个人的脸。圆香尖叫道："老田管家！"

"老田管家肯定在整理桌子，为大家吃早饭做准备！"

"既然如此，那个管家为什么不出来啊？在里面干吗呢？"

梦读的嗓门不自觉地高了上去，圆香狠狠地瞪了她一眼：

"就是因为不知道他出了什么事，现在才想方设法要把门打开啊！"

圆香的态度剑拔弩张，仿佛已经忘了对方是客人。梦读吓得往后仰了仰身子。

"……没办法了。"加加见把圆香推开，站在她前面，"既然用钥匙打不开，就只好破门而入了。喂，大夫、厨师，过来帮忙！"

被他叫到的游马和酒泉用力点点头，在大门前三个人摆好了架势。

"听我的号令一起撞门。来吧，一、二……三！"

加加见一声令下，三人一齐撞向门扉。猛烈的撞击震得肩膀生疼，门板发出巨大的吱嘎声。游马等人一起深吸了口气，再次朝大门突进。伴随着一声巨响，门开了。三人一下子失去平衡，向屋里倒去。

浓重的黑烟涌向大厅。一股刺痛袭击了游马的双眼，泪水模糊了视线，浓烟侵入喉咙，他剧烈咳嗽着，却淋了一头冷水。抬起头，原来是天花板上的自动灭火器正在大量喷水。一股刺鼻的臭味伴着焦煳的味道，刺激着他的鼻子。

下一个瞬间，一声哀号响彻餐厅，游马怀疑自己的耳朵都要炸了。他回头往后看，梦读面色铁青，双手紧捂着嘴巴。其他人也都表情僵硬。圆香腿一软，当场跪倒在地，手指颤抖着，指向餐桌那边。

"老……老田……先生……"

游马揉着模糊的双眼，朝圆香指的方向看去。朝阳毫不留情地从全景玻璃窗照进来，刺得他头晕眼花，过了好一会儿才适应屋里的光线。可就在屋里的情形映入游马眼帘的瞬间，他的大脑就罢工了。他根本不敢相信自己的眼睛。

老田仰面朝天，倒在餐桌前。管家制服的衬衫已经变成了红黑色，自动灭火器的水冲淡了他身下涌出的红色液体，在地上形成很大的一摊。老田的脸朝着里侧，看不见表情，但是人一动不动。

不知怎么回事，老田周围散落着类似白色羽毛的东西。

加加见站起来，毫不在意自动灭火器的喷水，走到老田身边蹲下，将手放在他的脖子上。

"死了，胸口被刺了好几刀。"

"怎么会这样……"游马口中的声音虚弱到连自己都感到异样。

与此同时，一直在馆内回荡的警报声戛然而止，自动灭火器也不再喷水。

"喂，这是怎么回事……"

加加见起身一看餐桌，立刻提高了嗓门。游马挪动身子，跌跌撞撞地走去屋里。他的目光落在餐桌上，浑身上下立刻起了鸡皮疙瘩。

桌布中间的位置烧得焦黑，恐怕火就是从这里点燃的吧。但是，吸引游马目光的，却不是这片焦黑。

纯白的桌布上潦草地写着几个大字。

暗沉的红黑色，用这不祥的颜色写成的文字……

"这难道是……"

游马嗓音低哑地喃喃着。加加见吭哧吭哧地挠着头，动作粗暴。

"嗯，不会有错。这是用老田的血写的。"

"用血……"

游马感到视线东摇西晃，他的目光追随着那行凌乱而难以辨认的血字——

蝶之岳神隐

游马觉得这几个字仿佛飘到半空中，朝自己袭来。他的身体猛地摇晃了一下。

2

"第二位牺牲者出现了。"

月夜凑过来，低头看着倒在地上的老田。

"不过，和第一次的犯罪现场对比，这一次相当讲究排场嘛。写在桌布上的'蝶之岳神隐'指的是十多年前发生在这一带的连环杀人案吧？特意用血来写，是什么意思呢？"

"喂，门外汉别在犯罪现场瞎掺和！"

月夜轻轻挥开加加见想要推开她的手。

"别这么死板嘛。我又不会破坏现场。况且现场早被自动灭火器的水浇得乱七八糟，再怎么现场保护也是形同虚设。"

"无论环境如何，在鉴定科的人来之前，现场都要尽量保持原样。"

"可是，鉴定科的人后天才能来。时间拖得太久，说不定证据也会消失的。我们还是应该先做个记录。"

听了月夜从容不迫的回答，加加见皱起眉头：

"你倒是挺淡定啊。是因为你昨天说的那个吗？你确信会发生连环杀人案？"

不，不是什么连环杀人案。我只杀了神津岛。可老田为什么也被杀了？游马茫然伫立在一旁，身边的月夜耸了耸肩膀：

"您不会怀疑我是犯人吧？身为名侦探，我的淡定不过是因为见多了惨烈的犯罪现场。只是……"

月夜嘴角上扬，眯起眼睛。看到她接近意乱情迷的表情，游马不由得浑身发紧。

"我的确考虑过连环杀人发生的可能，但我可没想到会目击如此超乎寻常的犯罪现场。"

"……你还挺高兴的，见到这种现场还笑得出来，你的脑袋是断了几根弦啊？"加加见出言不逊。

月夜恭敬地欠身："多谢夸奖，不胜荣幸。"

"夸奖个屁！赶紧给我离开这儿。就算你说出大天来，也不许进入这间屋子。"

"等一等！"呆站在房间外的圆香忽然大声喊道，"就把老田管家放在那儿不管吗？"

"当然了。"加加见瞥了一眼圆香。

"可是，警方要后天傍晚才能来吧。一层用的是中央空调，无法单独调低餐厅的温度。所以……"

圆香的嗓子哽住了，月夜温柔地接过她的话头：

"这样下去，老田管家的尸体就会腐烂，对吧？"

圆香两眼通红，不住地点头。

"是老田管家教会我如何做一名女仆招待客人的。四年了，我们一直住在这座馆里，一起照料老爷的饮食起居。"

圆香双手掩面，指缝间传出呜咽的声音。

"加加见先生，保护现场固然重要，可让尸体腐烂也不太好吧？可能会失去许多原本能从尸体上提取的信息。即使不考虑这个，住在馆里的每个人日常起居都免不了要使用一层的设施，如果任凭尸体在这里腐烂，恐怕也不利于大家的心理健康呀。"

加加见听了月夜的劝说，愁眉苦脸地沉思了几十秒，望着圆香说道：

"喂，女仆，既然如此，要把尸体放到哪里保存才好？有没有保存食物的冷藏室之类的？"

"等一下！"这回轮到酒泉不干了，"冷藏室就算了吧。我每天要去那儿拿好几次食材。大家也不希望自己吃的东西曾经和尸体存放在一起吧！"

"反正我不介意。"月夜歪头道。

酒泉用力摇头："即使碧小姐不介意，其他人也会介意的！绝对不能把尸体放在冷藏室。"

"那要放到哪儿去啊？"加加见恼火地抓着头发。

"拾之屋怎么样？"圆香怯怯地问，"老田管家平时就住在拾之屋，那里的空调是独立的，可以关上暖风，让房间的温度低下来。而且房间就在最低的楼层，把老田管家搬上去也不会太费力。"

"拾之屋的钥匙在哪里？"

"老田管家平时都把它放在制服的胸前口袋里。"

加加见在老田的口袋里摸出一把钥匙，上面刻着"拾"字。

"就这么定了。你来帮忙抬一下，我抬上半身，你抓住脚下。"

圆香没想到加加见会让自己来搬，整个人僵在那里。游马见状走了过去：

"就算老田管家很瘦，也不该让一个女人来搬吧。我来替她……"

"少废话，你给我闭嘴！"

加加见大喝一声，游马浑身一颤。

"是这女仆求着我想办法，我拗不过她，才同意把尸体搬走的。这个责任必须让她本人承担。大夫，你要是听明白了，就退下吧。"

"但是……"游马还在犹豫，圆香已经板着脸走过他身旁。

"巴小姐，你不必勉强……"

"没关系。"圆香的声音里饱含勇气，"加加见先生说得对。而且，我也想为老田管家做些什么，来报答他对我的教导。所以，老田管家的尸体就由我来搬吧。"

"挺自觉，那就赶紧准备起来吧。"

加加见的手从老田的两臂下方穿过，圆香移开目光，抬起老田的双脚。

　　也许是加加见的力气比较大，两人轻而易举地就将老田的身体抬了起来。

　　"好，就这样往上抬吧。放下尸体之后，我会给拾之屋上锁，防止有人进入，然后回去把这身湿衣服换了。你们老老实实地在这里等着。都听明白了吧？"

　　加加见下完命令，便和圆香一起抬着老田离开了餐厅。两人的身影慢慢消失在大厅中间那根玻璃柱子的阴影里。望着他们离开的时候，酒泉对游马说：

　　"一条大夫，我们也去换身衣服吧？这样下去会感冒的。"

　　在酒泉的提醒下，游马才发现自己被灭火器的水淋得精湿。

　　"啊……是哦，那我们走吧。"

　　游马和酒泉一起站起来，跟在加加见他们的后面，走到楼梯出入口。沿着旋转楼梯转了 1.25 个圆周后，正好看到拾之屋的大门在缓缓合上。看来加加见和圆香已经平安无事地将老田搬进了屋里。

　　两人继续往上爬，到了肆之屋前面的小平台。由于刚才走得匆忙，没来得及给房间上锁，游马直接推开了门。

　　"一会儿见，一条大夫。不过，真不知道接下来还会发生什么……"

　　酒泉郁闷地嘟囔着，向楼上走去。

　　的确，接下来到底会发生什么呢？游马走进房间。事态的发展过于出人意料，他只觉得脑子里一团乱麻，根本无法集中精神思考。

　　看样子月夜和加加见都认定了这是一起连环杀人案。这也无可厚非，毕竟仅仅半天的工夫，就出现了两位牺牲者。

老田的死亡明显是凶手作案，恐怕不会再有人相信神津岛是自杀的吧。这样一来，以自然死亡或自杀为死因将神津岛下葬的计划，是彻底破灭了。

"不过，也不是只有不利的一面……"游马低声念叨。

肯定所有人都觉得神津岛和老田是被同一个凶手杀害的。也许可以善加利用大家的这个心理。

被冲击力极强的突发事件搅乱的大脑逐渐恢复了神志。

可究竟是谁杀了老田，又是为什么而杀呢？游马开始思索。

最有可能的情况就是，想杀神津岛的人不止自己一个。就像自己刚才对月夜说的，杀害神津岛一案，有作案动机的人多到数不清。神津岛平时待在这座馆里，几乎不与人碰面，想要夺取他的性命，这次的活动是一个难得的好机会。假若除了自己还有其他人企图杀害神津岛，也不足为奇。

游马拿好换洗衣服，到卫生间脱下湿透的衬衫。

"那家伙的目标不止神津岛一个……"他用毛巾擦拭身体。

为什么连老田也要干掉呢？为什么要将犯罪现场布置得那么诡异呢？用鲜血写成的"蝶之岳神隐"几个大字，一定就是解开谜团的关键。

不，现在不是琢磨这些的时候。游马一面换上新衣服，一面摇头。

"如果一切顺利，说不定能把杀害神津岛的罪名转嫁到那家伙身上，这才是当下的关键。"

　　游马走到马桶旁边，掀起水箱的盖子。棕色的小药盒还在水箱里浮浮沉沉。

　　幸亏没把它扔掉。只要找到杀害老田的凶手，神不知鬼不觉地把这个小药盒混在他的随身物品里，他就变成了毒杀神津岛的人。到时无论他怎么否认，只要有这个关键的证据，他就百口莫辩。

　　明确了接下来该干的事，游马盖好水箱盖子，双手拍拍脸颊，给自己打气。

　　游马换好新衣服，走出肆之屋，锁好门，朝一楼走去。之前担心喝药时神津岛反抗扯坏自己的衣服，特意带了几件衣服备用，现在看来是正确的选择——他想着这些，回到餐厅门口，只见九流间等人皱着眉头，正在往屋里张望。

　　"出什么事了？"

　　游马说着将目光瞥向餐厅，顿时哑口无言。月夜正在老田先前倒下的位置附近爬来爬去，脸几乎要挨上地板上那摊浑浊的红色液体。那副模样像极了一头四脚爬行的野兽正在舔舐滴在地板上的血。

　　"你在干什么？"

　　直到游马走过去问她，月夜才抬起头来，一脸困惑地回答："在调查啊。"

　　"调查……跪在这摊湿乎乎的东西上会弄脏你的衣服的。"

　　"我之前说了，这套衣服是名侦探的制服。为了调查案子弄脏它也是再自然不过。我才不在乎呢。"

　　"……这样啊。那么，你有什么收获吗？"

　　"当然有，搞清楚不少东西呢。我刚才把桌子底下之类的地方确认过了，有犯罪嫌疑的人现在不在这屋里。"

"此话倒是不假。"

餐厅和游戏室不同，除了餐桌椅和观叶植物白杨、加热器之外，就没有别的东西了。几乎没有死角。如果凶手在屋里，立刻就会被人发现。

"还有，因为外面阳光刺眼，现在屋里挂着窗帘，你也许看不出来。这间屋子的窗玻璃和游戏室、壹之屋一样，都是镶嵌式的。也就是说，它的窗户和贰之屋到拾之屋那九个房间不同，是打不开的。最后，请看这个门闩。"

月夜走到门口。门边墙上装的两个旋转式门闩中，上面的那个明显朝内侧扭曲，几乎要从墙上掉下来了。

"是黄铜的呢。肯定是因为上了这个门闩，刚才门才推不开吧。而一条大夫和其他人一起把门撞坏、摔进屋里的时候，餐厅里只剩下老田的尸体，凶手不见了。"

"难道说，这座房间也是……"

"正是。"月夜打了个响指，"是一间密室。"

"可是，壹之屋是圆筒弹子锁，这里的门闩只是简单地转一圈就能扣好。在这种锁具上，更容易用物理诡计吧？"

"也不一定。在门被破坏之前，烟雾和水都没有漏到外面去，说明这扇门几乎是没有缝隙的。丝线之类的诡计并没有那么容易使用。而且用那种物理诡计的过程中，多数时候是会留下痕迹的，比如门会掉漆什么的。但目前没有发现这种情况，只有门闩被破坏时留下的伤痕。密室专家九流间老师对此有何高见呢？"

月夜忽然向站在房间外面的九流间发问。

"专家不敢当，老夫不过是写写以密室为主题的小说……"

"九流间老师不必谦虚。恐怕全日本都没有像您这样精通密室之道的人了。更何况现在摆在我们面前的，正是只在小说中才会出现的案子。请您务必助我一臂之力。"

面对月夜热忱的邀请，九流间犹豫着走进餐厅，端详另一个完好的门闩。

"如果上面那个坏掉的门闩和下面这个的构造完全一样，使用丝线这类物理手法就过于单调，反而会增加难度。这个门闩是柱状，前面是圆的，要在它上面挂丝线相当困难。而且，如果门与墙几乎没有缝隙，用其他的东西从外面锁门也不太现实。"

"谢谢您，九流间老师。您的意见很有参考价值。"月夜殷勤地低头行礼，"所以说，杀害老田管家一案，首先要解决的谜题是：凶手如何制造密室。"

"你说'首先'，意思是说，除此以外还有其他疑点？"

房间外面传来左京的声音。

"嗯，当然了。"月夜点头，"犯罪现场起火，大概是凶手为了抹去犯罪证据干的。不过自动灭火器启动了，桌布只烧焦了一点儿，火就灭了。那么，犯人是怎么放的火呢？"

"欸？用打火机或者随便什么工具，不是都可以放火吗？"左京说。

月夜摇摇头："我想不是这样的。既然桌布只烧焦了一点儿，那就说明火刚被点燃，自动灭火器就立刻启动了。同时警报拉响，大家都赶到了一层。我和一条大夫大概是警报响起两分钟就下楼了。巴小姐他们一定来得更早。在这段时间里，凶手要用某种诡计将房间做成密室再逃跑，还是很有难度的。"

"那到底是怎么回事呢？"左京的手按在太阳穴上。

"恐怕着火的时候，凶手已经将房间做成密室逃跑了吧。"

"你的意思是，凶手没有直接放火，而是使用了某种自动点火的诡计，用了某种定时点火装置吧？"九流间问。

"没错。"月夜说着指向餐桌，"不过，现在还不知道这个'定时点火装置'是什么。一般来说，利用时间差放火的装置有蜡烛或钟表，再就是火柴等燃烧后会留下痕迹的东西。可刚才我找了半天也没有找到。"

"是不是已经烧干净了，或者是被水冲走了？"游马插嘴。

"火马上就灭了，很难想象装置在这么短的时间内燃烧殆尽。我也想到了装置被水冲走的可能，于是刚才趴在地上，把每个角落都找遍了，也没发现什么明显的东西。要说唯一的收获，也就是这个——"

月夜捏起放在桌上的一片小小的、像白色羽毛的东西。

"这是什么？"游马凑近了瞧。

"可能是杨絮吧。屋里摆着好几盆观叶植物白杨。你看，摆在屋里的白杨，很明显被薅了一些下来。"

"这是为什么呢……"

"目前还不清楚。不过昨天晚上，听老田管家说，神津岛先生似乎是把杨絮当作未化的积雪装饰在房间里的。另外，看杨絮散落的情况，恐怕大部分是撒在老田的尸体上了。"

"难道是比拟杀人 [1]？想让我们感觉尸体像是埋在雪中？"

九流间摸着自己半秃的脑袋。

"有这个可能。单看用血写在桌布上的文字，就知道凶手肯定想传达某些信息。只是，这一部分也有疑点。凶手既然不惜用血字向我们传递信息，又为什么要放火呢？如果自动灭火器没有启动，这个信息不就被烧掉了吗？那样就谁也看不到了啊。"

游马不禁"啊"了一声。如此明显的谜团，自己竟然没有发觉，他为此感到羞愧。

"这个案件过于复杂。假如不能耐心地将谜团一个个解开，就不可能找到真相。不过，想解开谜团，信息首先是不可缺少的。总而言之，要先从这里开始。"月夜指着桌布上的血字，沉吟道，"'蝶之岳神隐'，我听说过这个案子，不过这是在我以名侦探身份出道之前的事了，具体的情况不太了解。"

这时，左京举起手来："这个案子我很熟悉。我们杂志去年还为它组了个专题呢。"

"是吗？那就拜托您做详细说明了。"月夜的眼睛一下子亮了。

"那么……"左京刚刚摆正姿势准备开口，就听得一阵怒吼。

"你们干什么呢？！"

加加见回来了。他身后还跟着圆香和酒泉。

---

1. 比拟杀人：推理小说创作中一种连环杀人案的设计手法。凶手按照（比拟）某个规律依次进行杀人作案，使杀人作案的过程仿佛根据或沿着某个特殊的痕迹进行。有人戏称此类故事为"杀人进行曲"或"血色华尔兹"。

"干什么？如您所见，在做现场取证啊。您不是让我们在这儿等着吗？"

"我让你们老老实实在这儿等着！老老实实！门外汉怎么能糟蹋犯罪现场呢？"

"我们可没有糟蹋。"

"赶快从这屋子里出去！我会和县警联系的，接下来做什么要听他们的指令。"

月夜不情不愿地和游马等人离开了餐厅。

"不过，就是联系上了，警方也不会提前过来吧？"酒泉不安地问。

"已经死了两个人了。如果县警认为案情严重，也许会开直升机过来。今天天气也好。"

"他们有直升机？！"之前一直铁青着脸不发一言的梦读，突然抬高了嗓门，"那赶快叫他们开一架过来，把我们救出去吧！已经有两个人被杀了啊！从昨天晚上开始，我就一直有心灵感应——某种邪恶势力侵入了这座馆，瞄准了我们这群人。一定是有杀人狂魔偷偷潜进来，杀了神津岛先生和老田管家，又逃跑了！"

"不，恐怕不是您说的那样。"月夜立刻否认，"一条大夫他们回房间换衣服的时候，我从这间餐厅和游戏室的窗边确认过，馆周围的雪地上没有留下脚印。昨晚下了小雪，但不至于隐去凶手的足迹。神津岛先生丧命后，没有人出入过这座馆。"

"那就是说……"梦读逐一看过身边的人，往后撤了一大步。

"没错，杀掉这两个人的凶手，极有可能现在还在馆里。"

　　这句极具冲击力的话从月夜口中漫不经心地说出来，大厅的空气几乎都为之扭曲。大家面面相觑，每个人都神色慌张。

　　"哦，请各位不必担心。我并没有认定罪犯就在大家之中。也可能昨天傍晚之前有什么人偷偷地潜入了这里，像梦读小姐说的那样。但如果想长时间藏在馆内不被任何人发现，毕竟是件困难的事。所以，凶手就在我们之中的可能性确实很大。"

　　月夜的话令空气越发沉重了。

　　"我才不管是谁杀的人呢！关键是杀人犯在这座馆里啊。拜托了，赶快通报上级，让他们用直升机把我们带到镇上去吧！"梦读尖叫道。

　　加加见双手捂住耳朵："不要大呼小叫！用不着你说，我也会通报的。"

　　他从裤兜里掏出手机，却一下子怔住了："这是怎么回事？

　　"没有信号。你们的手机呢？"

　　游马慌忙地从外套口袋里拿出手机，昨天晚上还连着的无线网现在连不上了。

　　"我的也没了。""我也是。""我也一样。"……

　　每个拿出手机的人都发出了同样的惊叹。

　　"那我来用座机打——"

　　圆香摘下装在墙上的电话听筒，贴在耳朵上。刚要拨号，却突然停止了动作。听筒从她手中滑落。

　　"喂，怎么了？"加加见问。

　　圆香的脊椎像被锈住了似的，迟疑着转过头，面朝大家：

　　"电话……拨不通。应该是……电话线被人切断了。大家的手机没有信号，恐怕也是因为这个……"

"这是怎么回事？！为什么电话线断了，手机也会没有信号？！"梦读的叫喊近乎悲鸣。

"这一带远离城镇，手机收不到信号，所以拉了电话线和网线，平时用无线电波和手机相连。电话线大概和网线一起被切断了。"

"修不好了吗？"

听到左京的问话，圆香摇了摇头："网线设备平时都是老田管家负责的，我不知道线布在什么位置。非常抱歉。"她深深鞠了一躬。

而梦读继续逼道："现在不是道歉的时候吧！"

"好了好了，梦读小姐。责备巴小姐也没有用啊。"九流间劝慰梦读，"不过，电话线这个关键的东西断了，确实挺要命的。电和燃气的供应还正常吗？"

"目前供电应该没有问题。万一电缆也断了，地下还有备用的发电机。汽油也还充足，您不必担心。燃气都存在高压储气罐里。"

"那就好。至少目前我们还没有冻死的危险。可是，这也就意味着馆内和外界的联络完全中断了吧？"

"这里就成了一座陆地上的孤岛！作为'暴风雪山庄'这一封闭空间下发生连环杀人案的舞台，是极具代表性的！"

所有人都向欢呼雀跃的月夜投去责难的目光。大概是她自己也发现这样做不合时宜，不由得耸了耸肩。

"那么——"九流间似乎想让大家重振精神，"总之，我们得想想接下来要怎么办。"

"你在说什么呀！肯定是要下山啊！"梦读的脸上泛起红潮。

"可是，路已经被雪崩堵住了……"

"那就把车开到堵住的地方，接着下来走，不就行了？那里至少有人在抢修吧？向那些人求助吧！"

"这样做也许是最安全的。"

九流间抱起双臂沉思时，月夜"唰"地举起手来：

"说到这里，车现在还开得出去吗？"

"……你的意思是？"

"既然切断了电话线，那大概就是为了让这里和外界失去联系。既然如此，汽车应该也不会被人放过。"

几秒钟的沉默后，梦读疾步向外跑去。圆香追在她后面："请等一等！"

其他人也立刻跟上。众人从连通大厅到正面玄关的大门穿过，来到蓝色玻璃砌成的拱廊下面。前面就是金属的正门了。梦读卸下铁制的门闩，推开沉重的两扇门，刺骨的寒气灌了进来。游马等人在严寒中瑟缩着朝外面走去。

从正门到停车场一路有屋檐遮挡，正方形的玻璃如石板般铺在地上。多亏屋檐的遮挡，这段玻璃铺就的路上没有积雪，游马等人得以快步向前。约莫走了三十米，众人来到了宽阔的停车场。这边也有屋檐，所以车上没有积雪。

"这是怎么回事啊？！"

梦读站在一辆亮粉色的皇冠汽车前，两手不住地挠着头发。圆香呆呆地伫立在她身旁。

"这到底……"

紧追着两人赶来的游马话还没说完就噤了声。皇冠汽车的四个轮子都瘪瘪的。游马掉头朝他的爱车阿特兹跑去。

"不是吧……"

阿特兹的轮子也和皇冠一样干瘪，彻底没办法开了。

"载我们来的巴士车也报废了，这下走不了了。"

九流间站在一辆小型巴士旁边，闷闷不乐地说。就是这辆巴士从镇上把没有车的客人载进山的。"可恶！"加加见飞起一脚，踢在巴士干瘪的车轮上。

游马忽然发现，月夜站在几米开外的那辆红色迷你轿跑车前面，露出了绝望的神情。尽管先前发生残酷的杀人案时，这位名侦探一直不解风情地兴高采烈，如今似乎连她也意识到，此番事件非同寻常。

"碧小姐，你还好吗？"

游马走到月夜身旁，逐渐听清了她的低吟：

"我上个月才提的新车……为了来这里参加活动，还特意换了防滑轮胎……"

没想到月夜竟然如此没心没肺，游马惊呆了。这时，左京抱着双肩大声道：

"各位还是先回馆里吧。一直在这里待着，会被冻坏的。"

"就这么办吧。先暖和过来，再讨论接下来怎么办。"

没有人反对九流间的提议。大家在寒冷中哆里哆嗦地准备打道回府，只有月夜一个人还在停车场里转悠。

"碧小姐，你在干吗？大家都回馆里去了。"

游马招呼着月夜，却见她伸手指着停车场四周的雪野。

134

"一条大夫，你看。这停车场周围也没有脚印。凶手一定就在馆里。哦，如果馆内有秘密的地下通道通往外界，事情又要另当别论了。"

"好了，快回去吧。你就不冷吗？"

"不冷。能够挑战如此令人神往的谜题，我相当兴奋。现在又看到自己的新车报废，此时的我是怒火中烧啊。"

月夜攥紧了拳头，伸到胸前，但她的牙齿已经开始咯咯打战。

"你看，就算你有满腔热血，身体该冷还是会冷的。我们走吧。"

游马拉起月夜的手，沿着玻璃铺的路往回走。不经意间一抬头，玻璃馆悠然高耸，唯有顶端观景室的玻璃上顶着一层薄雪。看来半夜确实下了小雪。

"好美啊……"

走在他身边的月夜小声说道。游马意识到自己还拉着她的手，慌忙松开。

"你觉得哪里美？"

"这座玻璃馆啊。能在这么漂亮的建筑中挑战连环杀人案之谜，简直像做梦一样美好。说不定，这本身就是一场梦吧。"

听着月夜神情恍惚的喃喃自语，游马打了个冷战，却不是因为天气寒冷。

这位名侦探比我想象中还要疯狂——游马一面往前走，一面用目光横扫着月夜，心里又多了一分戒备。

一行人表情沉痛地从入口穿过玻璃隧道回到大厅，冻透了的身子还在瑟瑟发抖，没有人说话。残忍的杀人案发生后，馆内和外界的联系也被切断，现在连唯一的下山工具也报废了。这短短的十几分钟里，情况急转直下，空气变得沉重而凝滞。

"我们先去游戏室吧。在那儿冷静一下，也许能商量出办法。"几分钟的沉默后，九流间郁闷地说。

"好吧。"游马点头，正和其他人一起往游戏室走，却发现刚才还在自己身边的月夜不见了。他四下望了望，看到月夜在副厨房那边转悠，不知是什么时候过去的。

游马几乎已经对她的举动见怪不怪了，身心俱疲地跟着她走进副厨房。一股芝士融化的香味扑鼻而来，要是放在平时，一定会引得他食指大动，如今也许是被突发事件搞得过于疲劳，他只感到胃里一阵灼痛。副厨房应该是用来准备早餐的吧，桌上摆着色泽鲜艳的煎蛋卷和盛好沙拉的盘子。

"碧小姐，你在干什么？"

"闻见这边的香味，我肚子都饿了。"月夜伸手戳破煎蛋卷，捏起一小块放到嘴里，"哇，超级好吃！鸡蛋煎到半熟，芝士化在里面，这味道绝了！"

她边说边舔沾在指头上的酱汁。

"你这样不太好吧。"游马冷冰冰地说。

"我太丢人现眼了是吧？真是不好意思。啊，好像还有咖啡呢。一条大夫要不要也来一杯？"

月夜取来银壶，往杯中倒咖啡，些许热气从杯中飘出。

"不必了。"游马实在跟不上月夜这异于常人的举止。这时，圆香和酒泉走了进来。

"尊贵的碧小姐，咖啡已经凉了，我重新给您冲泡。

"煎蛋卷我也重做一份，凉了就没那么好吃了。"

月夜喝了一口咖啡，将杯子放回桌上。

"咖啡还是温的，不过外面太冷了，能喝热的当然更好。巴小姐，辛苦你重新泡一壶吧。我们就一边喝着咖啡暖身子，一边在游戏室慢慢商量接下来要怎么办。您觉得怎么样，九流间老师？"

九流间等人正观察着副厨房里的动静，听了这话，犹豫着点了点头。

"各位，早饭打算吃什么？我重新给大家做煎蛋卷可以吗？"

"那还要花不少时间吧？我希望酒泉先生也能参加讨论，能不能简单做点儿什么？稍微垫下肚子就行了。"

"三明治的话比较省事，大家愿意吃吗？"

"嗯，三明治就足够了。那就拜托你了。好了，其余的人都去游戏室吧。"

月夜欢快的声音在副厨房回荡，不知不觉间，她竟成了主持大局的人。

3

游马啜了一口黑咖啡，差点把舌头烫伤。浓郁的苦味和清爽的酸味在口中扩散，醇厚的香气蹿上鼻腔。他感受着滚烫的液体从嗓子流到胃中，长出了一口气，转动眼珠，观察周遭的情形。

从停车场回来到现在，大概过了三十分钟。馆里的人都聚集在游戏室，待在壁炉旁边的组合沙发附近。矮桌上放着咖啡杯和盛三明治的盘子。但大家似乎都食欲不振，酒泉花功夫做的三明治几乎没人动。只有啜咖啡的声音在宽敞的游戏室里此起彼伏，直听得人凉飕飕的。

"好了……"九流间打破令人窒息的沉默，"我们讨论一下后面的事吧。"

"后面的事，是指怎么下山或者怎么寻求帮助吗？"

梦读问道。她刚才回了柒之屋一趟，把睡衣换成了礼服裙。加了许多砂糖和牛奶的咖啡从杯子里洒出几滴，弄脏了她粉红的长裙。

"不，这些恐怕很难实现。巴小姐，现在没办法和镇上取得联络吧？"

圆香拿着装满咖啡的银壶，小声答道："是的，没办法。"

"既然如此，就没法请求救援。爆胎的车跑不了雪道，要想徒步离开这座雪山，也有很大难度。"

"那要怎么办呢？已经有两个人被杀了！"

"后天傍晚警察一定会来。在那之前，除了在这里等，没有别的办法了。"

"怎么能这样？！还得在这儿待上两天吗？在这座有两具尸体的建筑里，这我可忍不了。一开始我就有不好的预感。从昨天晚上开始，我一直感应到馆里飘荡着一股不祥的气场。这座馆被诅咒了！"

梦读神经质般喋喋不休。加加见交叉着双腿，身体向后靠着沙发，不屑地轻笑道：

"忍不了又怎样？你难道要一个人从山上走下去不成？想走就走，

我可不拦你。你这一身脂肪，兴许下山也不会被冻死。"

"你说什么？！"梦读从沙发上挺起身子。左京慌忙地夹到两人中间：

"你们俩都冷静一下！现在不是吵架的时候。"

梦读瞪着加加见，粗暴地拨了拨染成粉色的头发。

"凶手为什么非要把我们关在这儿呢？既然杀了人，一个人逃跑不就得了？"

"一定是有他的打算吧。想在警方介入调查之前多争取时间跑路。"酒泉试图安抚梦读。

所有人之中，只有月夜食欲不减，嚼着三明治。此时，她突然开口："我想不是因为这个。

"如果凶手切断玻璃馆与外界的联络、毁了大家的车是为了在警方搜索之前争取时间，那他不可能到现在还没逃跑。可是，我们之中却没有人失踪。"

"凶手肯定早就潜入馆内啦。他杀了神津岛先生和老田管家，从这儿逃跑啦。"

"不，这也不对。如果藏在馆里的凶手逃跑，一定会留下痕迹。可是这座建筑周围的雪地上既没有脚印，也没有轮胎印，这说明凶手还在这座馆里。"

"您是说，杀害老爷和老田管家的凶手，还藏在某个角落里吗？"圆香的询问声细若蚊蚋。

"不排除有这种可能，但我觉得事情没有这么复杂。"

月夜像煞有介事地停顿了一下，在脸旁竖起食指。

"凶手就在我们之中。"

气氛顿时异样起来。"这……这怎么……"酒泉连声音都变了。

"你是问这怎么可能？怎么不可能？一种推测是杀人狂魔躲在馆里，一直没被任何人发现。另一种推测是我们之中的某个能在馆里自由活动的人杀了两个人。显然是后者更符合实际吧？"

月夜气定神闲的解释合情合理，没人能够反驳。每个人都开始观察身边的人的反应，周遭的空气迅速变得浑浊。

"等一下！"梦读几乎上气不接下气，"你还没回答我的问题呢。"

"问题？哦，为什么凶手非要让这座馆成为孤岛，把我们关在这里？这个很简单。因为凶手的目的还未达到。"

"目的？那他有什么目的啊？"

月夜舔了舔薄薄的嘴唇，缓缓开口：

"当然是要杀更多的人。"

每个人都隐约意识到却并未说出口的话，就这么轻轻松松地被月夜说了出来。房间里的温度仿佛一下子坠入冰点。

"我不知道凶手最终打算杀几个人。可能只要再杀一个就好，最糟糕的情况，也许是像阿加莎·克里斯蒂的代表作《无人生还》那样。"

"《无人生还》是什么啊？到底是什么意思？"

梦读抛出了疑问，然而，由于目前的情况和这部推理名作过于相似，没有一个知道其内容的人愿意开口解答。

"那难道我们只能这样担惊受怕？"左京嘟囔道。

"那怎么可能？"月夜扬起嘴角，"现在我们与外界的通信和交通都被切断了，被困在馆里，确实和《无人生还》的情形类似，但有一点很大的不同。"

"很大的不同？"左京蹙起眉头。

"是的。那就是是否有名侦探的存在。"月夜提高了声音，"《无人生还》是没有名侦探出场的推理作品，所以最终酿成了惨剧。不同的是，这座玻璃馆有我这位名侦探。"

"你又能做什么啊？！"梦读烦躁地抱怨着。

"当然是以名侦探的身份揭露案件的真相。这样一来，就不会发生《无人生还》那样的悲剧。为了破案，我需要了解更多的信息。所以从现在开始，请允许我多问大家几个问题。"

"不要想一出是一出了。我才不管你是不是名侦探，为什么非得听你的不可？和寻找凶手相比，更紧要的是要想办法从这里逃出去啊！"

梦读连珠炮般地发起责难，一直抱着胳膊的加加见却嘟囔了一句："用不着这样。

"自称名侦探的小姐说得没错。这个案子的罪犯肯定打算继续杀人，现在也没法下山。这样的话，最好的办法是揭开罪犯的真面目，把他抓起来。而且，相比之下，认为凶手藏在馆里简直是无稽之谈，还是认为凶手在这群人之中比较妥当。"

"我们的意见终于一致了。随着名侦探逐渐侦破案件的真相，头脑顽固的刑警也会慢慢认可她的实力。推理小说都是这样写的。"

"我可没有认可你。"

加加见哑舌。但月夜充耳不闻，愉快地打开了话匣子。

"老田管家这个案子的疑点主要有三个：凶手如何制造密室、如何放火、为何非要放火。想要解决它们，首先……"

"唉，密室什么的都不重要啦。"

月夜被加加见的话打断，嘟起嘴来。

"由我来提问。首先，管家还活着的时候，最后一个看见他的人是谁？"加加见环视屋里的人。

"我是早上五点五十分左右，从一层上楼的时候，和老田先生擦肩而过。"月夜愤愤道。

"这么早，你干什么去了？"

"我到餐厅和游戏室的窗边向外观察，确认外面有没有脚印，调查晚上有没有人从馆里逃跑，没有发现脚印。"

"又在玩侦探过家家是吧。"

加加见嘲讽的语气令月夜沉下脸来。两人的目光碰撞的刹那，圆香甚至捏紧了拳头。她的脸上没有一丝血色，苍白到让人担心随时会晕倒。

"最后看到他的人应该是我。为了给各位客人准备早餐，我先到副厨房和酒泉先生碰了个头，然后我们一起去了地下的仓库，路上在大厅碰到了老田管家。"

"真的吗？"加加见将目光投向酒泉。

"真的啊。老田管家直接进了餐厅，应该是打扫卫生或准备餐具去了。"

"你记得当时的时间吗？"

"当然记得。我做饭的时候，从备菜开始，每个环节都会看好时间来做。当时应该刚过早上六点。"

"那就是说，早上六点，受害人进了餐厅。六点以后还有人见过管家吗？"

没有人回答加加见的问题。

"从早上六点到七点刚过，火灾报警器响起的大概一个小时——管家就是在这段时间里被杀的。还有办法进一步缩短犯罪时间的范围吗？"

"那个……"圆香细若蚊蚋的声音再次响起，"我在地下仓库帮了酒泉先生一会儿，就回了一楼的副厨房……酒泉先生在地下的主厨房做完煎蛋卷，会用小型货梯端到副厨房来。我就一边取餐，一边泡咖啡。在此期间，副厨房的门是开着的，能看见餐厅的入口。在火灾报警器响起之前，没有人进出餐厅。"

"你是说，从六点半到七点出头，没有任何人出入餐厅？确定吗？"

听了加加见尖锐的发问，圆香缩了缩脖子。

"是的……我确定。餐厅开门的时候，会发出很大声响。如果有人开门，我肯定会注意到。"

"原来如此。那么犯罪就是在早上六点到六点半这三十分钟内完成的了……当然，前提是你没有说谎。"

"当……当然没说谎！请相信我！"

加加见看着圆香说话时怯生生的样子，摸了摸鼻子：

"杀人犯就经常说'我没说谎，请相信我'。如果你是凶手的话就简单了，六点半从地下上楼后，立刻到餐厅杀了管家。然后花三十分钟，布置好那个怪诞的场景，就放火离开了房间。"

"那密室是怎么做到的呢？"

月夜一插嘴，加加见立刻像赶飞虫似的挥了挥手：

"密室？谁管那玩意儿啊！好啦，女仆小姐，你有办法反驳我的话吗？"

加加见身体前倾，死死盯着欲哭无泪的圆香。

"不是这样的。"酒泉替圆香回答。

"此话怎讲？"加加见的目光转移到酒泉身上。

"地下的主厨房和副厨房之间有直连的对讲机。从六点半开始做煎蛋卷，直到火灾警报响起，我一直和圆香保持着通话。"

"……通话过程中，就没有几分钟的中断吗？"

"没有啊。我这人是个话痨，一边跟她说话，一边做饭来着。所以圆香她不可能是凶手啦。"

酒泉朝圆香眨眨眼。可是，圆香脸上的恐惧并未消失。

加加见一脸郁闷，仰身靠在沙发上。

"也就是说，凶手应该是早上六点到六点半的这三十分钟里作案的。除了女仆和厨师，还有谁在这段时间内有不在场证明？"

"大清早的，谁能有不在场证明啊？肯定都一个人待在自己房间里啊。"

梦读的话引得九流间等人也频频点头。

早上六点到六点半这段时间，我和名侦探在同一个房间——游马刚要开口，月夜便抢在他前面，大声说：

"我也没有不在场证明。"

为什么要刻意隐瞒？游马目瞪口呆。月夜对着他使了个眼色，游马明白她这样做应该是别有用心，于是不情不愿地跟着说："我也没有。"

"所有人都没有吗？这样的话，就算推出了犯罪时间，也无法缩小凶手的范围嘛。"

"不过，就算不知道凶手是谁，他的目的也已经很明显了。"九流间自言自语似的小声说。

"这话是什么意思？"加加见瞪着九流间。

"桌布上写着'蝶之岳神隐'几个血字。用如此恐怖的方式留下信息，可见凶手的动机非同寻常。犯罪现场飘荡着极强的怨念。凶手杀害神津岛君和老田管家的动机，一定就藏在那几个字里。老夫没记错的话，蝶之岳神隐案是十多年前令舆论哗然的案子吧。"

"我正准备给大家讲这个案子呢。刚才提到，我供职的杂志社去年做了有关蝶之岳神隐案的专题。我就是在写那期专题报道的时候认识了神津岛先生，当时我采访了他。"左京举起手，征询加加见的意思，"能让我说说吗？"

加加见不置可否地点了点下巴，仿佛在说"随你的便"。

"那就恭敬不如从命。蝶之岳神隐案是十三年前发现的一起连环杀人案。那时，这一带有一个小小的滑雪场。这里离飞驒山脉连峰的登山口上高地也不远，开车到蝶之岳的山间腹地，走在修好的游步道上，可以享受登山的感觉，在当时吸引了一拨游客。可是，从案件被发现的几年前开始，这片滑雪景区就隔三岔五地传出女性旅客失踪的消息，网民把这类失踪案传成了'蝶之岳神隐'，说得有模有样的。"

听左京的讲解就像听鬼故事似的，大家都竖起耳朵，聚精会神。

"受害人都是独自旅行的女性，事先没有制订旅行计划，和家人的关系也较为疏远。凶手大概是非常慎重，专挑这些即使失踪也无人过问的女性下手。而且每年仅作案一两次，这也是案件迟迟没有浮出水面的原因之一。但十三年前的冬天，一位浑身是血的二十多岁女性在滑雪场获救，案件调查就此启动。"

左京压低声音，继续述说：

"这名女子下榻在附近的民宿，不料被监禁在民宿的地下室，遭遇了残暴的对待。凶手是一名中年男子，名叫冬树大介，是那家民宿的经营者。警方接到通报后立刻出动，但冬树已经从民宿逃离，只留下一串通往森林的脚印。警方认为冬树逃到了森林中，立刻展开搜索，不巧的是，当地很快刮起了暴风雪，搜索不得不暂时中断。当天晚上，冬树逃去的那片森林深处发生了大规模的雪崩。天气转好的第二天开始，警方派出超过百名警力，在森林中搜找，最终也没能找到冬树，断定他已被埋在雪崩之中身亡。此外，警方彻底搜索涉案民宿，发现地下室的水泥墙中藏有十一具年轻女性的尸体，已成白骨状。"

这段描述过于毛骨悚然，游马听得神色僵硬。左京喘了口气，接着往下说：

"此案经媒体大张旗鼓地报道后，蝶之岳滑雪景区的客流量一落千丈。原本滑雪场就面临着经济萧条和年轻人对滑雪逐渐失去兴趣的困境，加之媒体的讨伐，无异于屋漏偏逢连阴雨，经营景区的公司宣告破产，景区周边的私人旅店也成片成片地停业。十三年前发生的那起案件，大概情况就是这样。"

左京一口气说完，拿起杯子，喝下已经凉了的咖啡。

"原来如此。案件的经过听明白了。可是，你当时为什么要采访神津岛君有关这起案件的问题呢？"

九流间的疑问使左京将咖啡杯放回碟子上。

"这块滑雪景区的地皮长期以来一直闲置，几年前由神津岛先生低价买了下来。他将与废墟无异的相关设施全部拆除翻新，建了这座玻璃馆。"

"这么说来，建造玻璃馆的地方以前是滑雪景区的酒店？"

"不，并非如此。"左京缓缓摇头，"这座玻璃馆，正是蝶之岳神隐案发生的那家民宿的所在地。"

游马哑口无言。他目光闪动，往旁边看了看，就连名侦探也是一脸讶异。

"……也就是说，神津岛君在多人遇害的地方，建起了这座场馆？"

九流间的脸上显出明显的厌恶。

"是的。神津岛先生自己也承认了这一点。对吧，巴小姐？"

被点到名字的圆香浑身发抖，用旁人几乎听不到的声音嗫嚅道：

"正是这样。老爷觉得，既然要长住，就要住在这种有说头的地方。他认为这种地方才吸引人。"

"吸引人……"

游马无言以对时，梦读突然站起来：

"我的感应果然是对的！有不祥的东西附在这座馆上！这里一定沾

染了被害女子的怨恨！"

"梦读小姐，你先冷静冷静吧。现在不是惊慌失措的时候。"

梦读在九流间的安抚下，像个脱线的木偶般跌回沙发，双手抱头，俯下身去。

"好吧，"九流间再次强打精神，"现在大家已经知道了，十三年前在这里发生过一起耸人听闻的案件。不过，这是很久以前的事了，而且凶手已经死了。这起案子和玻璃馆里发生的凶杀案之间，究竟有什么关系呢？"

"故事还没有结束。"左京再次挑起话头，"蝶之岳是飞驒山脉中小有名气的一座山峰，几年前，电视台还做过一个专题，讲述了山峰名字的由来——每到春天，融化的积雪会在山脊组成类似蝴蝶飞舞的图形。这期节目播出后，越来越多的登山者开始造访这里。从上高地的登山口爬到长塀山脊，大约需要五个半小时。对中等水平的登山者来说，是一段很合适的路线。但有的人看了电视节目就想来登山，事先并未做足准备，以为轻轻松松就能爬完这段山路。最近几年，已经有几位这样的登山者下落不明。"

"这不就是单纯的登山遇难吗？"酒泉问。

左京点头："这种可能性很大。失踪者中的大多数都是小看了登山难度的外行人，随便找些未经开发的路来走，最后不幸遇难。当中甚至有人没有提交登山计划书，有关部门想要发动救援也很困难。所以最后连尸体也没有找到。可是，蝶之岳出现失踪者一事，很难不让人联想到十三年前的蝶之岳神隐案。"

"可是，就算都在蝶之岳，这里可是山间腹地，离登山道颇有一段距离呀。"九流间疑惑道。

"您说得没错。不过，前面也说了，大多数失踪者都是初学登山的人。于是，有一种传闻渐渐在网上散布开来，说他们也许走岔了路，误打误撞地来到了这一带……也许遇上了稀世罕见的杀人狂魔冬树大介，成了他的猎物。"

"等等。那个凶手不是已经死了吗？"

"官方是这么说的。但是，一直也没有找到他的尸体啊。"

"意思是，他可能在寒冷的雪山中活了下来？"

"正是。"左京深深点头，"十三年前，冬树从雪崩中生还，至今仍然潜藏在森林深处。而且……至今仍会以偶然迷路、闯入深山的登山者作为猎物。"

左京这番耸人听闻的描述，让游马不寒而栗。这时，一直默默听着大家说话的加加见粗暴地将手中的咖啡杯放在碟子上。杯碟相碰，发出一声脆响。

"蠢蛋！那不过是小瞧登山运动的外行人赶时髦来爬山，结果不知道从哪儿坠崖身亡，尸体一直没被发现而已。飞骅山脉这么大一片地方，发生这种事也不稀奇。"

"不过，加加见先生也曾为了搜寻下落不明的登山者，来过这座馆好几次吧？神津岛先生和我说过，他还因此认识了长野县警搜查一科的刑警。"

加加见被左京指出破绽，满脸不悦。

"他怎么连这个都跟你说了。的确，他认识的那个刑警就是我。只不过，我当时到这儿来，并不是真心实意地想要找人。去年有个年

149

轻的女白领在蝶之岳登山时失踪，她的老妈坚信女儿一定被卷入了案件之中，我们怎么劝都不管用。咳，那是个单身妈妈，毕竟是一个人把女儿养大的，从情绪上来说也不是不能理解。而且，她的前夫还和警方有点儿关系。我只好接了这个烂摊子。唉，真是麻烦透顶。"

加加见摇摇头，那意思大概是"这件事就到此为止吧"。

"蝶之岳神隐案的来龙去脉是弄明白了，但还是不知道杀害老田的案发现场为什么会用血字写着这个案子啊。"

九流间抱起胳膊喃喃自语。

"哎，案子的事怎么都无所谓吧，我们现在应该商量的，难道不是如何才能平安无事地活到后天吗？"梦读一下子抬起低垂着的头。

加加见夸张地仰天长叹："现在努力找出嫌犯，为的不就是平安无事地度过这两天吗？你这个人真是没脑子啊。"

"如果把凶手逼上绝路，他急红了眼，说不定也会对目标之外的人下手啊。我没做过招人恨的事，还是不参与找凶手比较好。"

"你就只顾着自己吗？听好了，在搞不清楚凶手作案动机的情况下，没有人敢说自己一定不是下一个目标。说不定那是个无差别杀人犯，逮着一个杀一个呢。"

梦读被加加见冷嘲热讽了一通，脸一下子绿了。

"你啊，既然自称是灵能者，难道不想用自己的能力猜猜凶手是谁吗？你不是经常在电视上胡诌八扯吗，好像对没告破的案子很有自信似的。"

"才不是胡诌八扯！"梦读惨绿的脸又忽然涨得通红，"我的灵能是货真价实的。即使是现在，我也能感受到潜藏在这座馆里的那股非人的气息。"

"你是说，凶手是被杀害的女人的幽灵，还是说，凶手是已经亡故的连环杀人狂魔？真是够了，之前我以为自己走进了枯燥的推理小说的死胡同，现在又变成鬼故事了！"

"我没说是死人直接动的手！只是留在现世的怨灵影响了活人的神志，才令凶手做出了那样可怕的事……"

"行了行了，别再跟我说什么灵异事件了，说点儿符合实际的东西。"

梦读的话说了一半就被加加见打断，她气愤地咬住了涂着粉红色口红的嘴唇。

"可梦读老师说得也没错，讨论如何才能在警方赶到之前平安无事地活下去，也是非常现实的问题啊。"

九流间环视周围的人，仿佛在征求大家的同意。

"首先，避免单独行动非常重要。最好是三个人或更多人一组，如果做不到这一点，也要让其他人知道你和谁在一起。这样可以降低不少风险。"

"还不知道谁是杀人凶手，就要大家一起行动？！如果凶手打算一下子杀掉一群人呢？我绝不同意！"

梦读歇斯底里地大喊。九流间流露出困惑的神色。

"那你打算怎么办呢？实际情况就是这样，到后天为止，我们都无法离开这里啊。"

"大家都待在各自的房间，把门锁好！这样不就谁也进不来了吗？！"

"啊……这是在立 flag[1] 吗？"

月夜一直默默地听着，忽然嘟囔了这么一句。梦读狠狠地瞪了她一眼。

"怎么就立 flag 了？"

"在暴风雪山庄模式的闭环推理小说中，选择把自己关在屋里的角色通常都将遇害。"

"不要说这么不吉利的话！我对推理小说毫无兴趣！无论你们说什么，我都要留在自己的房间里，不受任何人指使！"

"随便你。没有你这个神经质的女人，我们的讨论更好往下推进。"

加加见伸手在自己脸旁挥了挥。

可梦读把手指向他："在那之前，你还有事要做。对，说的就是你。"

"你要我干什么？"

"万能钥匙在你那儿吧？这样的话，我即便躲在房间里也放心不下。你得把它处理掉。"

"……难道你认为我是凶手？"

加加见的声音里嗅到了几丝危险的气息。梦读被他的威压逼得后退一步，环视其他人，仿佛在寻求帮助。

"你们就不担心吗？万能钥匙能打开任何一个房间的门啊。"

"嗯……说得也是哦。"

---

1. 立 flag：网络流行语，有"不祥的预兆"之意。寓意说话者将无法实现其立下的目标。

酒泉小心翼翼地表示认同，立刻遭了加加见一记猛瞪。

"喂，厨师，我可是刑警!你知道自己在说什么吗？"

"哎呀呀，加加见先生，冷静一下。"九流间挤到两人中间，"没有人认为你是凶手，但是现在已经死了两个人了。老田管家也是在密室被害，甚至还留下了血字。大家都很害怕。而且除了巴小姐和酒泉先生，没有人拿得出今天早上这起案件的不在场证明。现在谨慎一些也是理所应当的。"

听了上岁数的人一番温和有理的规劝，加加见蹙着眉头，从西装内兜里掏出万能钥匙。

"那你们说怎么办吧。给我以外的其他人拿着，也是一样吧？还是说，你们想把它扔进下水道？"

"那个……"圆香怯生生地举手，"放在保险柜里怎么样？"

"保险柜？如果有人知道密码，不就形同虚设吗？"

"密码只有老爷知道。现在里面没放东西，应该可以打开。"

"那样的话，一旦锁起来就再也打不开了吧？和扔进下水道没什么区别。今后说不定还有用到万能钥匙的时候呢。"

"不，那个保险柜输入密码后，还要同时旋转两把钥匙才能打开。所以，我们是不是可以不上密码锁，把两把钥匙给不同的人拿着？"

"把两把钥匙给不同的人啊……"加加见摩挲着长出胡须的下巴，"听上去是个不错的主意。就算我们之间有凶手，也无法独自取出万能钥匙。有需要的时候，就在所有人的见证下打开保险柜拿钥匙。"

"就这么办吧!那个保险柜在哪儿？"梦读兴致高昂地起身。

"在地下仓库。我来给您带路吧？"

"嗯，快带我们过去吧。你也没意见吧？"

加加见咂了咂嘴，没有说话。

"那就大家一起去吧。所有人都看着万能钥匙放进保险箱，这样就不会互相猜忌了。"

在九流间的催促下，房间里的人跟在圆香身后，迈着沉重的步伐开始挪动。圆香的脸色仍旧很难看，她从壁炉边的钥匙柜里拿出两把小钥匙，走出游戏室——"这边请。"

在圆香的带领下，游马等人从一层大厅沿玻璃台阶向下走。从旋转楼梯往下转了大概四分之三圈，来到地下仓库。网球场大小的空间由荧光灯照明，里面摆着好几个架子，放有大米、小麦粉、罐头等食材以及其他生活必需品。右手边有一扇门，左手边有两扇门。

"那里面就是主厨房了，相当宽敞，厨具也都很上档次，水准不亚于高级饭店。在这里做饭感觉很棒。"

酒泉指着右手边的门说。

"那边的房间里有什么呢？"

九流间看着左手边的门，问圆香。

"金属门的那个房间是冷藏室，生鲜食品都保存在里面。另外一间屋子是发电室。特殊情况发生时，可以通过馆内的发电设备维持供电。里面还放着汽油燃料，比较危险，所以平时尽量不要进去。保险柜在这边。"

圆香往架子那边走去，游马等人紧随其后。就在这时，忽然传来一声裂帛般的尖叫，震在仓库的白墙上，发出回声。游马觉得耳膜生疼，急忙用双手按住耳朵。

"怎么回事？！"九流间摆出防御姿势。

刚才发出尖叫的梦读颤抖着手指，指着她身旁那个架子的下层。只见一排红酒桶中间，有一只身长二十多厘米的死老鼠。

"不就是老鼠吗，有什么好大呼小叫的！"加加见无奈地说。

梦读面色苍白，慌张地摇头："说什么轻巧话？看看这个大小。突然看见这么大的老鼠，当然会吓一跳了。我最讨厌老鼠了。"

"对不起，尊贵的梦读小姐。"圆香柔弱地欠身行礼，"到了冬天，难免会有老鼠钻进来找吃的。架子下面放了老鼠药，所以它们是不会在仓库里繁殖的……"

"不用理她。赶快带我们去保险柜那边吧。"加加见催促道。

"是……"圆香继续往前走。众人来到仓库的最深处，那里放着一个齐腰高的保险柜。柜门中间嵌着转盘锁，锁的两边各有一个钥匙孔。圆香蹲在保险柜前，压下月牙形的门把手。

"转盘没有上锁的情况下，门把手是可以活动的。但不用钥匙的话，门就打不开。"

圆香拽了拽门把手，保险柜只发出咔嗒咔嗒的声音，没有打开。接着，圆香从女仆制服的口袋里掏出两把钥匙，分别插进钥匙孔，同时旋转。"啪"的一声，锁开了。圆香再次拽动门把手，保险柜的门吱呀着打开。

"尊敬的加加见先生，现在可以把万能钥匙交给我吗？"

圆香接过加加见递来的刻有"零"字的钥匙，将它放在空无一物的保险柜中，关上门，旋转两把钥匙。

"这样保险柜就锁上了。"

"我来试试——"月夜说着拉了拉把手，门自然没有开。圆香摊开手，两把钥匙躺在她的手心。

"那么……这两把钥匙要交给谁比较好呢？"

"其中一把当然要给我。"

加加见刚伸出手拿钥匙，就被梦读从旁边打了一巴掌。

"你干什么？！"加加见怒吼。

"干什么？你都要拿钥匙了。我前头不是说了吗？我不信任你。"

"别开玩笑了！我可是刑警……"

"刑警又怎样！这群人里，数你最粗鲁、最吓人！这钥匙应该让更靠谱的人拿着。"

"你不会想自己拿着吧？你这个招摇撞骗的灵能者才可疑呢！"

"都说了，我没有招摇撞骗！"

看梦读那架势，似乎随时可能扇加加见一巴掌。

"不要吵啦！"九流间赶忙打断他们，"这样的话，梦读小姐觉得让谁来拿钥匙放心？能不能告诉大家？如果没人反对，钥匙就由这个人来保管吧。"

"放心……"梦读依次看过每个人的脸，"这个刑警当然不行。一天到晚喊什么'名侦探'的女人也信不过。女仆之前和管家在一起工作，谁知道两个人之间有没有过争执？这位厨师显得有点儿轻浮，也不靠谱……"

梦读一面嘟囔着得罪人的话，一面沉思，最后指着九流间的鼻子道：

"第一把就给你吧。"

"我？"九流间指着自己，"可是你也知道，老夫是个推理作家，写了三十多年杀人的故事。客观来说，算不上值得信赖的人……"

"可是，你上年纪了嘛。"梦读的口无遮拦听得九流间直犯蒙，"从体力上判断，你想杀死那个管家恐怕很难。所以，钥匙之中的一把就由你拿着吧。"

"……行吧。"九流间不情不愿地从圆香手里取过钥匙。

"另一个人嘛……"梦读挠了挠鼻尖，对上了游马的目光，"大夫，另一把由你来拿。"

"欸，我可以吗？"

"因为那个编辑是做灵异杂志的嘛。"

"不是灵异，是推理。"左京纠正，可梦读满不在乎地说："我才不管呢。

"总之，你这个当医生的看上去最靠谱了，你就拿一把吧。"

游马的大脑飞快地转动起来，考虑拿保险柜钥匙的利弊。可他还没得出结论，梦读已经逼问道："你是拿，还是不拿？"

"……好的。"

游马百般犹豫，还是从圆香手里拿了钥匙。梦读见状满足地点头转身，礼服裙的下摆翻起优雅的波浪。

"那我就回自己的房间待着了。"

她说着，独自朝楼梯走去。

"真是个自私自利的女人。"加加见恶狠狠地说着，挠了挠脖子，"我也回房间了。至少犯罪现场是保护好了。现在没我什么事了吧？"

"欸，你是刑警，难道不去调查吗？"

加加见朝惊讶的左京投去锐利的目光："真正的犯罪调查，和你们最爱的那些无聊的推理小说不一样，需要很多调查员踏踏实实地履行各自的职责，警方才能逐渐接近真相。如果我擅自行动，会搅乱调查的秩序。我的使命就是擦亮眼睛，在后天之前，尽可能保证犯罪现场不被破坏。"他指着月夜道："这句话是对你说的。"

"的确，调查员们不像我这样的天才，他们能做的，无非是利用人海战术来收集情报吧。但是，一位名侦探，拥有数十名乃至数百名警察的破案能力。我认为，在警方无法赶到的情况下，由我来办案合情合理。"

不知是懒得再和自负的月夜兜圈子，不想再听她反复强调她的"名侦探""天才"，还是觉得无论说多少也没用，加加见只留下一句"听着，你给我老实点"便走了。

"接下来，我们要怎么办呢？"九流间目送加加见的身影消失在楼梯口。

"我去主厨房准备晚饭好了。这些突发情况搅得我的脑子一团乱。这种时候，做饭最能让我平静。"酒泉指着主厨房的门。

"但刚才大家都说，最好不要一个人在自己房间之外的地方待着。"九流间若有所思地说。

"那我就和他一起吧。"圆香文文弱弱地说，"帮忙准备食材本来就是我的工作。而且，一个人待在房间……想起老爷和老田管家，我就很难过。"

"好吧。那酒泉君就和巴小姐在那边的厨房做饭。我想到游戏室转换一下心情，有人愿意陪我一起吗？"

"我和您一起。"左京立刻说。

"不好意思啊，左京君，让你陪我这么一个老头子。"

"我一个人在屋里也会害怕，正想找人说说话呢。而且，我一直希望敝社能有机会再出版九流间老师的大作。可能的话，还想和您聊聊这个话题。"

听了左京玩笑间说出的话，九流间不禁哈哈大笑：

"不愧是聪明能干的编辑老师，简直是滴水不漏。那一会儿我就和左京君去游戏室。"

"好的。所以万一下一个牺牲者出现在你们四个当中，和死者在一起的人就是凶手。"

月夜露出天真的笑容。听了她的话，好不容易才稍有缓和的气氛再次冻结。

"好，好啦。就尽量避免这种事发生吧。那么碧小姐和一条大夫要去哪儿呢？要不要和我们一起到游戏室去？"九流间强颜欢笑地提问。

月夜摇摇头："虽然我很想和九流间老师交换推理的心得，但比起享受推理狂热者的喜悦，当下我更应该行使名侦探的使命。我想回房间整理一下至今为止的线索。"

"这样啊。一条大夫呢？"

被点到名字，游马有些困惑。一时间，他无法判断自己应该如何选择。

"……我也回房间休息一下，发生了太多事情，我实在是累了。"

他说出了自己真实的想法。从昨晚让神津岛服下胶囊开始，不，从决心执行这份计划开始，他的心就没有感受过片刻安宁。更别说名侦探还步步紧逼，之后自己又卷入了完全意想不到的局面之中。一直紧绷着的神经已逐渐濒临崩溃。他真想躺下来，忘掉这一切，哪怕只是片刻也好。

"你们两个待在房间，对吧。那我们就分开行动吧。多提醒各位一句，一定要多加小心。在警方来之前，千万不要再让悲剧发生了。"

游马等人听了九流间的话，神情复杂地点点头，各自行动起来。

酒泉和圆香进了主厨房，其他人开始爬玻璃旋转楼梯。到了一层，九流间和左京朝游戏室走去，只剩下游马和月夜继续爬楼。

月夜以手掩口，一面爬楼，一面念念有词。"那个……"游马和她搭话，她却一点儿反应也没有，只是继续迈着步子。看样子不像是刻意不理游马，而是没有听到他说话。大概是彻底进入了自己的世界吧。

"碧小姐，说句话可以吗？"

无奈之下，游马只好碰了碰月夜的肩膀。转瞬之间，他猛地被撞开，玻璃墙面直逼眼前，整个人差点拍在墙上。游马忙将右手伸到脸前遮挡，巨大的冲击力从掌心传来，震得脑袋发晕，左臂和肩膀一阵剧痛。

"你要做什么？"游马大喊。他的左臂被拧到背后，脸紧贴着墙。

"啊，对不起。突然被人拍了肩膀，吓了我一跳，你叫我就好了啊。"

说话间，月夜仍然反扣着游马的胳膊。

"我叫你了啊!好了，你先松手。"

"啊，不好意思!"月夜慌忙松手。游马终于获得了自由，揉着钝痛不已的肩膀。

"你刚才那是合气道?"

"是啊。身为名侦探，四处走动时难免遇到危险，所以我学了几招防身。别看我这样，其实身手很不错呢。"

"我感受到了。对了，我有个问题想问你，方便吗?"

"我喜欢的推理作家是经典中的经典，克里斯蒂。尤其喜欢她那部《罗杰疑案》。尽管有人认为这部作品作为推理小说不公平，但我觉得其实还好，而且得知凶手是谁时的冲击简直让人大脑一片空白，公平与否已经不那么重要了。哦，《东方快车谋杀案》当然也是脍炙人口的作品，只不过侦探的话，和波洛相比，我还是更喜欢福尔摩斯——虽然可伦坡、马普尔小姐、御手洗洁和金田一耕助也都很好……[1]"

"没人问你这些，能不能先好好听别人说话啊?"

游马脱力地耷拉下肩膀，月夜这才歪歪头问道:"你要问什么?"

"刚才加加见先生确认不在场证明的时候，你为什么不告诉他当时我们在一起?老田管家遇害的那段时间里，我们毫无疑问是有不在场证明的。"

月夜的神情中原本还有几分少女的活泼，听了游马的问题，一下

---

1. 这些人物均为著名系列推理小说或影视作品中登场的侦探角色。波洛、马普尔小姐出自推理作家阿加莎·克里斯蒂之手，福尔摩斯出自推理作家阿瑟·柯南·道尔之手，御手洗洁出自推理作家岛田庄司之手，金田一耕助出自推理作家横沟正史之手，可伦坡为《神探可伦坡》系列原创影视剧集的主人公。

子严肃起来，两片薄嘴唇露出淡淡的微笑，翩然伫立的身姿散发着名侦探的威严。

"一条大夫，你仔细想一想。如果当时我们承认了自己有不在场证明，会发生什么？"

"会发生……什么呢？"

游马被月夜猝然转变的气场压倒，支吾着说不出话来。月夜放缓语气，向他解释道：

"只要馆内没有秘密的地下通道，除非杀害神津岛先生和老田管家的凶手有办法在逃跑时抹去雪地的足迹，否则他就还在这座馆里。并且，目前很难认为凶手能躲过所有人的眼睛偷偷潜入馆内，所以凶手很可能就在我们之中。"

游马咽了一口唾沫，认真听月夜说下去。

"凶手在主要出场人物当中——这是'孤岛模式'或'暴风雪山庄模式'等封闭空间模式的推理小说中不成文的规律。说到封闭空间，人们最先想到的作品往往是《无人生还》，但日本本土的新本格推理运动的导火索、绫辻行人的'馆系列'也是毫不逊色的经典作品。最近由于情节过于出人意料，吓得读者魂飞魄散的《尸人庄谜案》也……"

"碧小姐，你跑题了。请告诉我你刚刚不提供不在场证明的理由。"

游马忍着头疼指正。

"失礼了。"月夜轻咳一声，"昨天晚宴的时候，馆里有十个人。如果凶手在这十人当中的话……"

月夜举起摊开的双手，放在胸前。

"神津岛先生昨天晚上中毒身亡，接着是今天早上，老田管家遇害。这样还剩下八个人。"

她折起两根手指。

"另外，凶手犯案的时间段是巴小姐和酒泉先生的工作时间，他们一直在用内线通话。如果这份不在场证明成立，嫌疑人就又减少两个。"

月夜又折起两根手指。

"这样嫌疑人就剩下六个。在这种情况下，如果我们俩也提供了不在场证明，会怎么样呢？"

"……嫌疑人的范围就缩小到四个人。"

九流间、加加见、左京、梦读。这四个人的脸在游马的脑海中逐一出现，然后消失。

"没错。"月夜把竖起四根指头的手举到游马脸前，"就只剩下四个人了。如果凶手真的就在这四个人当中，一定被逼得走投无路、心急如焚，说不定就会破罐破摔，当场爆发。"

"爆发？"

"比如不再试图隐瞒自己的罪行，准备拿起武器，把在场的人全杀了。"

月夜淡淡地说出令人心惊胆战的猜测，吓得游马呆若木鸡。他不由得在心里感叹：真没想到她能计算到这个地步。

"那样的话就没意思了，难得连着发生了两起密室杀人案。而且今天早上的犯罪现场吓人得很，还有很强的信息性，平时难得一见。

就算是为了充分争取时间，解开这富有魅力的谜题，我也不能当场把凶手逼入绝境，让他破罐破摔啊。"

"为了解开富有魅力的谜题啊……"

游马重复着这句冷漠而肆无忌惮的话，月夜却盯着他问："是啊，有什么问题吗？"眼中不带一丝阴霾。看来是没法要求这位名侦探讲究常理了——游马放弃了原本的打算，继续说下去：

"九流间老师、加加见先生、左京先生、梦读小姐。也就是说，这个案子的凶手在这四个人之中？那个毒杀了神津岛先生，又刺死老田管家，还留下血字的凶手。"

游马试图在神不知鬼不觉之间加深月夜的意识，让她认为神津岛和老田是被同一个人杀害的。

"一般来说是这样吧。可是，这次的案件绝不一般。"月夜露出妖媚的笑容，瞳孔中闪着危险的幽光，"受邀来到这座诡异的玻璃塔的客人，多少都有异于常人之处。被毒杀的馆主留下了死亡信息。密室起火，管家死于血泊之中，留在现场的血字写着十三年前的案名。一切犯罪行为都很不寻常，凶手设计的诡计荒谬绝伦——这是名侦探的直觉告诉我的。因此，凶手不一定就在没有不在场证明的四个人之中。比如说……我或者一条大夫是凶手的可能性，也还没完全排除。"

月夜的眼睛眯成一条缝。游马只觉得自己的心脏像被一只冰冷的手死死攥住，浑身颤抖。

"别再开这种玩笑啦。"

"哎，虽然是开玩笑，但我想说明的是，这个案子的疑点很多。所以，名侦探我打算一个人集中精神，整理一下脑子里的信息，好尽快解开谜底，揭露真相。那么，一条大夫，我先失陪了。"

月夜将手放在胸前，深深弯下腰去。修长的身子包裹在男装中，这个戏剧性的动作倒是很适合她。

月夜从西装内侧的口袋里取出钥匙，打开伍之屋的门锁，消失在门后。

游马呼出残存在肺里的空气，沿着台阶继续往上绕了四分之一圆周，来到了肆之屋。脱下外套挂在衣架上，整个人便像被杀虫灯引诱的飞虫般，跌跌撞撞地走到床边，一下子瘫倒在床上。

他仰躺着看天花板。从昨晚到现在的事像走马灯般轮番在脑海中闪现。

与世隔绝的巨大玻璃尖塔，两位受害人所在的两间密室，死亡信息和血字，明显背离常理的事情一件件发生，令现实感越发稀薄。就像月夜说的那样，眼下的一切都宛如迷失在推理小说之中。

昨晚毒杀神津岛使他精神紧绷，睡得一点儿也不踏实。因长期紧张而疲惫的神经仿佛马上就要超载短路。游马的身体沉重不堪，就像血管中注满了水银似的。

稍微休息一下，暂时忘记一切，让身心都沉醉在酣眠之中吧。

游马慢慢闭上眼睛。

意识很快沉入昏聩而深不可测的黑暗之中。

4

睁开眼，视网膜中映出陌生的天花板。游马伸手摸了摸脖子，沾了一手心的汗。

好像又做噩梦了。内容记不太清，似乎是被什么人追赶的梦。

梦里的人是谁呢？是神津岛来复仇了吗，还是名侦探看穿了自己，在追赶杀人犯？

"……无所谓了。反正是梦。"

脱口而出的话虚弱无力，仿佛不是从他自己的嘴里说出来的。

游马在床上撑起半个身子，看了看手表，将近下午一点。回房间时是上午九点左右，看来自己大概睡了四个小时。

多亏躺了一会儿，浑身上下的倦怠多少好了一些。大脑的运转速度也相应地有了恢复。

"……接下来怎么办呢？"大概是口干舌燥的缘故，游马的独白夹着沙哑。

他希望尽量将神津岛的死亡处理成病死或自杀，可老田出事后，这一计划已经彻底宣告破灭。

恐怕现在所有人都认为，有个人杀掉了神津岛和老田。

"既然如此，就彻底利用这一点。"游马给自己打气般喃喃道。

除了自己，这座馆里还有人计划杀人。这个人残忍地杀害了老田。想到这里，游马将手放在额头上。

凶手的目标只有老田吗？不，这个可能性很小。虽然老田性格顽固，但总的来说是个善良的男人，不太可能惹人忌恨，以至于被人以那样残忍的手段杀害。那么……游马脑海中浮现出神津岛太郎的身影，神津岛的脸上堆满恶意十足的笑容。

是神津岛。凶手真正的目标是神津岛。可是被我抢了先，于是杀了老田。

凶手为什么除了神津岛之外，还要对老田下手呢？一定和用血写下的"蝶之岳神隐"几个字有关吧。

也许老田协助神津岛，做过什么招人恨的事。因此，凶手才残忍地将他杀害，并在犯罪现场留下了血字。

想到这里，思维走入了死胡同。神津岛和老田之前究竟做了什么呢？十三年前的杀人案，和这次的案子之间，又有怎样的联系呢？说起来，凶手到底为何要制造密室，又在密室中放火呢？

游马感到额角烧得火热，起身朝卫生间走去。他盯着洗脸台前的镜子，里面那个满脸胡楂、黑眼圈浓重的男人与他四目相对。

"你这副样子，真吓人啊。"

他自嘲似的嘟囔着，洗了脸。冷水的刺激冲淡了蒙在思绪上的浓雾。

重要的不是作案动机，也不是作案手法，而是找出谁杀了老田。

只要大家一直像现在这样，认为神津岛是被毒杀的，迟早会发现杀掉他的人是我。避免这种局面发生的唯一方法就是刚才想的……

游马的目光瞥向厕所。找出真凶，将藏在水箱里的药盒混入那个人的随身物品中，就能掩盖自己杀害神津岛的罪证。除此以外，没有别的办法。

与此同时，游马背上打了一个寒战。

也许杀害老田的凶手也是这样想的。也许对方也打算找出杀害神津岛的凶手，将杀害老田的罪状转嫁过去。

游马一直心存一丝侥幸：如果自己杀的只有神津岛一人，即使被捕，只要老实交代是为了救妹妹的命，兴许法院还有量刑余地，多半不会被判成无期徒刑之类的重刑。可如果杀了两个人，就要另当别论了。无期徒刑都算是好的，就是被处以极刑也无话可说。

必须抢在杀害老田的凶手前面。最好是在警方介入、失去行动自由之前——也就是后天傍晚之前。

随着思路逐渐清晰，游马也越发清楚地认识到自己的处境有多危险。可他毕竟是个大夫，眼下根本不知道该怎样找到另一个凶手。

游马绞尽脑汁，回忆几小时前目睹老田倒在血泊中的犯罪现场。

自动灭火器把屋子弄得水淋淋的，老田胸口染血，门闩被破坏，围着老田的身体散落了一地白杨絮，桌布上还有血字涂鸦……他毫无头绪，不知该把什么当作突破口。

那个犯罪现场充满不祥的气氛，自己简直像是闯入了一部推理小说，又在其中迷失了方向。

"推理小说啊……"游马一面与镜中的自己对视，一面喃喃道。

如果我是推理小说中的出场人物，应该担任怎样的角色呢？是被名侦探追查的凶手，还是背上连环杀人犯罪名的、可怜的替罪羊？

不，那可不行。游马轻轻摇头。为了妹妹，我也要找出杀害老田的凶手，让他为我顶罪。

那就来挑战一下名侦探的角色？开什么玩笑。我的思绪早就成了一团乱麻，哪还可能去挑大梁？既然如此……游马忽然倒吸了一口凉气。

"不是还空着一个角色吗……一个重要的角色。"

镜中的男人露出大胆无畏的笑容。

游马将剃须膏涂在脸上，刮掉胡须。确认剃干净后，双手拍了拍脸。和分明的痛感一起传来的，还有一声愉悦的轻响。

天下武功，唯快不破。立刻行动吧，趁那重要的角色还没被其他人抢走。

游马用毛巾擦过脸，离开卫生间，穿上放在椅背上的外套，走出房间。锁好门下楼后，特意在伍之屋前面驻足片刻。

游马做了几个深呼吸，让心情平静下来，敲了敲刻有"伍"字的金属大门。十几秒钟的沉默后，门里传来一个声音："谁呀？"

"碧小姐，我是一条。"

"一条大夫，有什么事吗？"

"嗯，我有很重要的话想和你说，方便在你房间里谈谈吗？"

"你要进来？你清楚现在的状况吗？刚才九流间老师不是说了吗？现在还不知道谁是凶手，大家行动时都要谨慎。"

月夜的语气不像在提防，倒像是有几分乐在其中。

月夜不会立刻让自己进房间，这一点游马早有预期。此时能否说服月夜，是决定自己能否得到那个角色的关键。游马舔了舔干燥的嘴唇。

"可是，碧小姐和我都清楚，对方不是凶手。老田遇害的那段时间，我们不是一直在谈事情吗？虽说当时我有种受审的感觉……"

"原来如此。也就是说，我们双方都有不在场证明喽？"

"是的，无法告诉别人的、秘密的不在场证明。所以，可以让我进去吗？"

月夜没有回应。这一招行不通吗？游马的手心沁出一把汗。

就在游马颓丧地打算放弃的时候，开锁的声音回荡在玻璃楼梯间里。门慢慢打开，月夜从门缝中露出脸来，朝他恶作剧般眨了眨眼。

"秘密的不在场证明。这个关键词很有诱惑力呢。感觉能用它当书名，写一个推理短篇。请进。"

"非常感谢。"游马走进屋里。只见组合沙发的长桌上，放着茶壶和茶杯。

"我刚才一边喝红茶，一边推理了好多内容呢。"

"那么你推出了什么呢？"

"暂且保密。名侦探是不会公布自己未成形的推理的。啊，既然一条大夫来了，就一起喝红茶吧。我重新给你泡。"

"碧小姐不用管我。"

"不要客气。一条大夫是来和我聊这个案子的吧。这么难得的机会，就边喝红茶边聊吧，还可以体会马普尔小姐的心情呢。"

"那就恭敬不如从命。"

"我和你说过，我喜欢克里斯蒂的作品吧。在她的作品里，我爱读波洛那个系列，其实也很喜欢马普尔小姐呢。马普尔小姐的系列作品里，《命案目睹记》《破镜谋杀案》等长篇当然都是经典，不过我个人最喜欢的是《死亡草》。各行各业的人来到马普尔小姐家中，讲述自己经历过的神秘事件，由马普尔小姐逐一破案。北村薰的出道作品《空中飞马》开创了'日常之谜'这一推理小说的流派，后来《古书堂事件手帖》和《咖啡馆推理事件簿》的热销确立下来。而我认为，《死亡草》可谓日常之谜的雏形。最近兴起的轻推理这一领域，也有特殊的女店主将客人的谜题……"

月夜一面将茶叶放入茶壶，一面喋喋不休地发表有关推理小说的长篇大论。游马漫不经心地听着，环视客房四周。这间屋子基本上和肆之屋的格局相同，而本应摆在墙边书架上的推理小说此时在书架下面堆成了一座小山。这堆书旁边有一张躺椅，书架上面放着一个大行李箱。

"难道这些放在外面的书，你刚才都读了一遍？"

还在煮茶的月夜听了游马的问话，转过身来：

"没有全读，一进屋，我就躺在那张躺椅上，适当选了些显眼的书来看。虽然这些书我之前都读过了，但有机会重读，还是很怀念的。"

"为什么要把行李箱放在书架上？"

"哦，放在高一些的地方不是方便拿东西吗？我准备了许多名侦探必备的道具，想拿的时候随时能拿出来，会比较方便。"

"……这样啊。"

她还是这么让人捉摸不透——游马想。这时，月夜端来了装有红茶的杯子。

"是伯爵红茶，要是能配点儿司康饼就更好了。"

月夜在游马对面的沙发上落座，优雅地取过茶杯，啜了一口红茶。游马也照她的样子喝了茶，清爽的茶香多少舒缓了他紧绷的神经。

月夜满足地叹了口气，收了收下巴，视线朝上凝视着游马。

"我们切入正题吧，一条大夫，现在可以告诉我，你一定要来我房间的理由了吗？"

游马将杯子放回茶碟，直视着月夜的目光。

"那我就开门见山了。碧小姐，你愿不愿意让我做你的搭档？"

"搭档？"月夜脸上露出疑惑，"那个，一条大夫，不好意思，这个怎么说呢……时机不太合适。"

"你已经有了？"来晚了吗？游马轻轻咬了咬嘴唇。

"不，倒也不是。只不过，现阶段我并没有特别想要，而且在这个当口追求女性是不是也……"

"不是！"游马抬高了声音。

"怎么不是呢？"月夜反问的态度中处处透着提防。

"我说的搭档不是男女之间的伴侣关系，而是名侦探的合伙人。"

月夜难以置信地眨了好几次眼睛，忽然露出一个有点瘆人的微笑。

"也就是说，你想成为我的'华生'？"

"嗯，我正有此意。"

跟在名侦探身边，成为帮助她调查的搭档。眼下没有哪个角色比这更适合自己了。这样就能尽快掌握是谁对老田下的狠手，运气好的话，还有机会洗脱名侦探对自己的怀疑。必须想方设法拿下这个角色，成为碧月夜的"华生"。

游马握紧了放在膝盖上的拳头，等待月夜的回应。坐在对面的月夜慢悠悠地将双腿交叠。

"原来如此。你说得没错，就像华生经常陪在福尔摩斯身边一样，名侦探一般都有一个搭档。再比如波洛和黑斯廷斯、御手洗洁和石冈君，还有……"月夜一面掰着手指计数，一面如数家珍般列出名侦探和其搭档的姓名，忽然眯起眼睛问道，"不过，一条大夫，你能胜任'华生'这个角色吗？"

"此话怎么讲？"

"乍看上去，推理小说中的华生不过是一个被名侦探随意捉弄，为他的名推理作陪衬的角色。可是，用心阅读细节，你就会发现，华生这类角色作为名侦探的搭档，多数时候承担着十分重要的任务。"

"具体来说，是怎样的任务呢？"

"天才型性格注定了名侦探平时常有一些古怪的言行。像我这样讲究常理的名侦探，其实是相当少见的。"

你也够古怪的了——游马心里暗暗吐槽，嘴上却附和着："这样哦。"

"所以，名侦探时不时会做出扫人雅兴的事来，给办案增添难度。这就需要性格温和的华生在不善交际的名侦探和案件相关人士之间斡旋，使调查顺利推进下去。"

"我可是性情孤僻的神津岛先生的私人医生，在待人接物方面还是有自信的。况且碧小姐绝不是不善交际的人，也不需要我从中斡旋吧？"

听了游马的奉承，月夜得意地哼了一声："你说得也是。"

"但华生还有一个重要的使命，比疏通名侦探和案件相关人士的关系更重要的使命。"

"是什么呢？"游马小心翼翼地问。

月夜翘起一边嘴角："给名侦探提供灵感。"

"灵感？"

"没错。平庸的搭档无心的一句话刺激了名侦探疲惫的大脑细胞，勾起逼近谜案真相的宝贵灵感。推理小说中常有这样的桥段。在不朽的名作《占星术杀人魔法》中，御手洗洁因未能破案而情绪低落，为了安抚他的情绪，搭档石冈君和他聊起电视新闻中看到的话题，而这成了揭开那个传说级诡计的契机。所以说，担任华生这类角色的人应该具有催化剂的特性，他本身是个平凡无奇的普通人，名侦探却因为他的陪伴才能焕发神采。"

"催化剂……"

游马重复着这个词，感到月夜向自己投来挑衅的目光。

"一条大夫，你愿意作为催化剂，让我绽放更加夺目的光彩吗？"

"当然愿意。"游马立刻回答。

月夜倚在沙发上，仰着身子，双手交叠在腹部。

"那就证明给我看看。"

如果现在无法让月夜满意，就无法成为她的华生了。游马大声咽了口唾沫，慢吞吞地开口说道：

"关于老田管家遇害的时间，我认为也许不是清早六点到六点半这段时间。"他把上一刻脑海中的闪念说了出来。

"这还蛮有意思的嘛，具体是怎么回事呢？"月夜虽然这么说，脸上却隐约写着无趣。

"目前认定的犯罪时间，是根据巴小姐的证词。她说自己早上六点和老田管家打过招呼，六点半回到一层的时候，餐厅的门已经关了，之后就没有人出入。而证明巴小姐不是凶手的证据是酒泉君的证词，他说自己从六点半起一直和巴小姐用内线通话。"

"正是这样。那么，你要用怎样的假说来推翻这个犯罪时间呢？"

"假如巴小姐和酒泉君是共犯呢？他们二人合力杀了老田管家，然后互相为对方的不在场证明做证。这两个人实际上走得很近，巴小姐出于某些原因杀了神津岛先生和老田管家，对她有好感的酒泉君帮她做了假的不在场证明。自从发现老田管家的尸体后，巴小姐一直表现得非常害怕。同事遇害，感到害怕是很自然的。但也有可能她自己就是凶手，这才是她恐惧的理由。"

"你是说，老田管家遇害的时间也许更晚？"

"是的。比如他们在六点半到七点这段时间杀害老田管家，将现场布置成诡异的模样，再用打火机之类的东西点燃桌布。然后立刻离开房间，假装自己怎么也打不开门。这样推断，至少能解开密室起火之谜。"

"那他们是怎么制造密室的呢？"游马话音刚落，月夜立刻发问。

"嗯，"游马卡了壳，"这个嘛……比如凶手先在屋里放一个类似门顶的东西，假装门上了锁，等门被撞坏后再把它拿起来……"

"不，不是这样。"

月夜打断了游马的语无伦次。

"门被撞开后，我留心观察了当场是否有人形迹可疑。可是巴小姐和酒泉先生都没有类似回收道具的行为。话说回来，你说的这门顶之类的道具事先要怎么布置呢？"

"这……不过，如果他们两个是共犯的话，还是存在六点半到七点之间犯罪的可能的吧？"

"那么，放在副厨房的煎蛋卷和咖啡是什么时候准备的呢？在主厨房煎好一个个鸡蛋卷，用小电梯将它们运上来，摆到盘子里，再泡咖啡。如果不是两个人相互配合，很难做完这些工作。"

"那肯定是在犯罪之前做的呀。"

"那就是说，六点半的时候那两个人已经做完了煎蛋卷和咖啡，也在副厨房完成了摆盘。他们在这之后才开始犯罪——你是这样想的吗？"

月夜的质问变得咄咄逼人，游马只好回答："是……是的。"

月夜夸张地长叹一口气："一条大夫，你该不会以为，我这个名侦探一直都没有考虑过共犯的事吧？"

"欸？那么……"

"我当然在第一时间想到了，所以才进行了验证。"

"验证？"游马反问。

月夜挠了挠鬓角："一条大夫，你难道以为，刚才我在副厨房尝煎蛋卷、喝咖啡，就只是因为饿了？"

"不是……吗？"

"不是啊。"月夜无奈地说，"我是在试煎蛋卷和咖啡的温度。"

游马不禁"啊"了一声。

"你似乎还没明白过来啊。没错，我是在确认这些东西是不是在正常的备餐时间之前做出来的。当时，煎蛋卷和咖啡都还是温热的。说明它们被做好后并没有隔太长时间。也就是说，六点半到七点之间，酒泉先生和巴小姐确实在做早餐。他们的证词是真的。"

月夜轻轻摆手，意思是推导过程已经结束。

原来她在特立独行的背后，铺开了如此精细缜密的推理。游马再次认识到眼前这位名侦探的实力。

"目前还不能彻底否定那两人共同作案的可能性，但至少犯罪时间就是在早上六点到六点半之间。另外，凶手如何在密室中放火仍然是个谜。"

月夜停顿了一下，用冷冰冰的口气说道：

"好了，十分遗憾，一条大夫似乎很难激发我的灵感。抱歉，我可以暂且驳回你的提议吗？"

这一串过分诚恳的话，在游马面前竖起一堵高墙。

这样下去，自己就成不了华生了，也无法以最佳身份得知杀害老田的真凶，并保证自身的安全。

游马急得热血沸腾，脸如火烧，汗流浃背。月夜站起来，慢慢走到门口，打开房门。

"你好像身体不太舒服呢，还是回自己的房间休息吧。"

你成不了我的华生——这句委婉的拒绝深深地刺痛了游马的心。游马低下头，用力咬着嘴唇。齿尖微微划破皮肤，传来一阵尖锐的痛感。一股铁锈味儿在他嘴里蔓延开来。

"……神津岛先生本来打算宣布的消息，你有没有兴趣？"

他仍旧垂着头，向上看着月夜。名侦探的脸上扯起一抹假笑。

"一条大夫知道消息的内容？"

"知道个大概。是之前给神津岛先生看诊的时候，他悄悄告诉我的。"

"那你之前怎么不说？"

"因为没有人问我啊。"

"不要狡辩啦。神津岛先生是大富翁，又是著名的科学家，还是世上屈指可数的推理收藏家。他特意举办盛大的活动，请来诸多独具个性的宾客，准备公布的消息很可能成为探究这起案件真相的重要线索。这一点你不至于想不到吧？"

"嗯，想到了啊。但我和神津岛先生有过约定。在他亲自公布消息之前，我绝不会泄露情报。"

"这也是狡辩。神津岛先生都已经死了，约定早就不算数了。"

"恰恰相反。我认为和死者生前的约定更不应该轻易背弃。"

游马淡淡地说着，抬起头来。他和月夜的目光在空中碰撞。

——作为推理爱好者，而且是名侦探，月夜一定对神津岛准备公布的内容有兴趣。我必须利用好这一点。

——没错。一个劲儿地朝对方献殷勤，央求她选自己为搭档，实在是太过天真的想法。碧月夜这个人坚称自己是名侦探，疯狂地相信自己的能力。想站在这样的人身边，就要和她正面交锋，展现自己有成为其搭档的实力。

"那为什么你现在又想告诉我了呢？"

"遵守和已故之人的约定固然重要，但我不想再让杀害神津岛先生和老田管家的犯人逍遥法外了。"

话语未经思考便脱口而出。游马之前担心泄露消息可能给自己招来更多怀疑，所以一直保持沉默，但现在也只能丢车保帅了。

"所以，如果有一个人能用我知道的信息来破案，那我说出来也未尝不可。"

月夜关上已经敞开的门，走回来，重新坐到游马对面的沙发上。

"我说过很多次了，我是名侦探，比任何人都能有效地利用信息。"

"可能的话，我想在你身边确认这一点。神津岛先生和老田管家平时对我关照有加，我是真心希望找到夺走他们性命的凶手，让凶手受到惩罚。"

"所以你是想以交换信息为条件，要我选你为搭档？"月夜的表情中多了几分不屑，"信息当然很重要，但在推理小说中，提供信息的向来是警方那边的人或者情报贩子，可不是名侦探的搭档哦。"

"请不要误会。我根本没想要以信息为筹码，占据华生的位置。我是想和你探讨隐藏在这个信息背后的东西，然后再请你判断我有没有成为华生的潜质。"

有那么几秒钟，月夜难以置信地眨了眨眼，然后露出天真无邪的笑容。

"原来如此，这的确蛮有意思的。既然如此，一条大夫能不能尽快告诉我呢？神津岛先生到底打算公布什么消息？"

"是一份未公开的原稿。他发现了一位名人未公开的稿子，想要在活动上公开。"

"是著名作家尚未公开的推理作品吗？"

月夜突然坐起来，双手按在矮桌上，探出身子。

"你先别激动。神津岛先生愿意为此举办如此盛大的活动，稿子的内容肯定和推理有关。"

"这怎么能让人不激动呢？！作者没有亲自发表，而是由神津岛先生来公布，恐怕作者已经去世了吧？也就是说，这是一部遗作。到底是谁的遗作？！长篇还是短篇？究竟写了怎样的故事？话说回来，神津岛先生是从哪里弄到稿子的，又是怎么弄到的？"

月夜两颊晕着红潮，连珠炮般发问。

"我没有问这么多。"

"作者是外国的还是日本的？作品大概是什么时候写的？写了些什么？故事里有名侦探吗？小说是本格派还是社会派？"

月夜的脸越凑越近，她急得眼睛都红了，名侦探清冷的气质已经从她身上消失得无影无踪。

"我说了，他没有说得那么详细。拜托，你先冷静一下。这样下去，我们根本没法沟通。"

游马拼命地劝慰，月夜总算换上了一副魂魄归位的表情，说了句"抱歉"，重新坐回沙发上。可那双望向游马的眼睛里，闪烁着期待与好奇的璀璨光辉。

"我听说的就只是他得到了一部名人未公开的手稿，打算昨天晚上在大家面前发表。"

"也就是说，你对未公开手稿的内容一点儿也不知道啊。"

月夜的声音中透着失望。

"嗯，是的。不过……"游马停顿了一下，开口道，"神津岛先生说过，这份原稿的发表，将彻底颠覆推理界的历史。"

"彻底颠覆推理界的历史？！"

月夜又激动起来，这次的欢呼几乎和尖叫差不多了。

"这到底是怎么一回事呢？如果是能颠覆历史的作品，那作者肯定非等闲之辈。这个级别的推理作家……难道是柯南道尔？……克里斯蒂？还是说，难不成是……爱伦·坡？"

月夜将双手举到脸前，失去焦点的双眼望着手心，喃喃自语。那样子简直像是被什么东西附了身。游马隐隐觉得恐惧，但仍能明确地感受到，事态正按照自己的心意发展。

在案件面前，月夜能冷静地发挥自己独一无二的观察力，可一旦提起推理小说，她便一下子失去了稳重，恐怕是从名侦探的角色一下切换成了狂热的推理爱好者。这时，她身上一贯的知性气场便会减弱。只要循循善诱，巧妙地帮助她脱离这种状态，恢复清醒，就可以一下子拉近自己与华生这一角色的距离。

"的确，如果发现了这个级别的推理小说作家的遗作，一定会成为爆炸性新闻。可是，真的有可能造成'彻底颠覆推理界的历史'的局面吗？"

游马的话让月夜神魂颠倒的神色中多了几分警惕。

"……不，那倒不至于。顶多是'在推理界的历史上添上浓墨重彩的一笔'吧，这也已经很了不起了。"

"没错。依我看，问题的关键就在'彻底颠覆历史'上。"

"彻底……那就不光是发现了超有名的推理作家的原稿。原稿还要有超越优秀作品的价值……"月夜将手放在嘴边。

"是的。"游马微微低头，"内容精彩的推理作品确实值得称赞。但如果作品的价值超越了其内容本身，就说明它的作者比作品更为人称道。也就是说，这部作品会成为新类型的开山之作。"

"……新类型的开山之作。"月夜嘟囔着，"硬汉派、社会派、日常之谜、叙诡。每一部成为新的推理类型开山始祖的作品和它们的作者都值得获得最崇高的称赞。"

"是的，正是这样。我一开始也认为，一定是这样的作品。可是，就算这样的作品确实能够'颠覆推理界的历史'，也不至于'彻底颠覆'。"

"你这么一说，好像真是这样。如果那是一部未公开的推理作品，其实连证明它的写作时间都很困难……"

"这当中有一个让我非常介意的地方。"游马望着眉头紧蹙、陷入沉思的月夜，"有关作者，神津岛先生只说那是个'有名的人'。他是那样一个痴迷推理的人，正常的话，应该告诉我作者是'有名的推理作家'才对。"

"难道写下原稿的不是推理作家？！"月夜瞪大了眼睛。

"也不是没有这个可能。"

"一个不是推理作家的名人写的小说，还能从根本上颠覆推理界的历史……"

月夜像热昏了头似的小声自言自语着，忽然像遭了雷击似的，浑身猛地一抖。

"也许从一开始就是错的。说到未公开的推理作品，人们自然而然就会认为是在 19 世纪后半期到 20 世纪中期写就的。但是……说不定作品完成的时间更早。说不定，是在更加遥远的过去……"

月夜半张着嘴，仰头望天。

"说到推理界历史的根源，也就是推理界历史本身。那是从 1841 年，《格雷姆杂志》四月号上刊登的埃德加·爱伦·坡的短篇小说《莫格街谋杀案》开始的。住在莫格街上一栋公寓四层的一对母女惨遭杀害，被掐死的女儿倒吊在壁炉的烟囱里，母亲遭人割喉，横尸后院。并且房间的门锁着，窗户被钉得死死的，凶手也无法从窗户进出。侦探奥古斯特·杜潘挑战的，就是这样一个奇妙的密室杀人之谜。这部短篇小说正是破解罪案谜团的推理小说的原型，推理界的历史就从这里开始。"

月夜又喋喋不休起来，毫无起伏的语气仿佛在念解说词，没有焦点的双眼依然盯着天花板。突然，她一个挺身，朝游马伸出手去。游马被这个过于仓促的动作吓得僵在原地，任凭月夜双手抓住他的肩膀。

"可是，如果有人在《莫格街谋杀案》之前写了破解犯罪之谜的小说呢？要是找到了他的原稿，那可真是从根本上颠覆了推理界的历史！"

"是，是哦。"游马被月夜的气势压倒，忙不迭地点头。

"但是，如何证明那份原稿是于1841年之前写就的呢？……对哦，一定是作者在1841年之前就去世了。所以神津岛先生才没称其为'推理作家'，因为这位作者在世时，世上还没有'推理作家'这个概念。原来如此，是《莫格街谋杀案》发表前去世的作家写的推理小说。这样的作品一经发表，会发生什么呢？推理小说爱好者的圈子，不，整个世界都会为之震惊。"

"这么说来，那份原稿岂不是价值连城了？"

"何止价值连城？简直会成为人类的瑰宝！"

"也就是说，难以想象它会创造多少财富。"游马嘟囔着。

月夜仍然像祈祷般交叠着十指，而眼中已经有了焦点。

"嗯，难以想象。"

"这样一来，凶手就有十足的杀人动机了。只要夺走原稿，就能成为大富翁。如果凶手本身是个推理爱好者，还能借此机会将世界之宝据为己有。"

"你说得没错。或许凶手留在餐桌上的血字，只是为了搅乱调查思路，以此隐藏自己夺走未公开原稿的真实动机。因此，才写下了那几个令人毛骨悚然的大字。"

月夜恢复了名侦探的神采，在鼻子前面竖起食指。

"如何呢，碧小姐？我自认还是具备助你的推理一臂之力的能力的。"

听了游马的话，月夜陷入了沉思。

"是啊，多亏你的帮助，我才畅快地完成了刚才的推理。"

"听你的语气，似乎是认为我还差那么点儿意思？那就让我告诉你一个我能胜任华生这一角色的决定性理由吧。"

"决定性理由？"月夜惊讶地反问。

"嗯，是的。"游马眨眨眼。

"说到华生，当然是由医生来扮演最合适了。"

月夜愣了一下，继而绽放出发自内心的喜悦笑容。

"华生这一角色非医生莫属。原来如此，的确是这样，算我败给你了。"

月夜夸张地耸耸肩膀，伸出右手：

"那我们重新认识一下吧。请多关照，我的华生。"

5

　　"刚才闷在屋子里的这四个来小时，我已经把之前看到或听说的信息整理完了。所以呢，一条君，现在我想进行现场取证，或者从案件相关人员那里搜集更多的信息，找到线索，揭开这起令人毛骨悚然却又独具魅力的案件的真相。"月夜在脸边竖起食指，开心地说。

　　成为一对搭档的月夜和游马离开伍之屋，往一楼走去。

　　见游马一直没有答话，走在前面的月夜在楼梯上停下来，惊讶地回头望着他：

　　"怎么了，一条君？"

　　"没什么，就是发现你对我的称呼和说话的语气一下子变了，我有点儿不适应……"

　　"嗯？你很介意别人叫你'一条君'？"月夜歪头问道。

　　"咳，算是吧。"

　　你的语气忽然这么亲昵，也让人不知所措——游马心里犯着嘀咕。

　　"名侦探称呼自己搭档的时候，不是都会加上'君'吗？福尔摩斯叫的是'华生君'，御手洗洁叫的是'石冈君'。当然，他们有时也会满怀真情地直呼搭档的大名，不过我是比较喜欢加上'君'啦。"

　　"御手洗洁怎么叫自己的搭档暂且不论，福尔摩斯对搭档的称呼是翻译的问题吧？"游马无奈地说。

　　听了他的话，月夜伸出双手，在胸前合拢。一声轻快的脆响在玻璃楼梯间里回荡：

"那么你想让我遵照原著的叫法，称呼你'My dear Ichijo（我亲爱的一条）'？"

"……那还是'一条君'吧。"

"那就好。请你一定要叫我'月夜'，直呼我的姓名。因为所有华生这类的角色，对名侦探都是直呼其名。"

"哎呀，这实在是有点儿……我还是像以前一样，叫你'碧小姐'吧。"

"为什么？"月夜噘起嘴。

"忽然让我对女性直呼其名，我有点儿坐立难安，别人也会觉得我很奇怪。还是等到我们搭档的时间久了，彼此有了更深的信任之后再说吧……"

"嗯。"月夜摸着下巴沉吟，"的确，如果让别人认为我的华生是个没礼貌的男人，就太遗憾了。我只好先忍一忍，允许你继续叫我'碧小姐'了。不过，总有一天你还是要叫我'月夜'的，提前做好心理准备吧。对了，敬语还是免了吧，毕竟我们好不容易才成了搭档。"

"这倒没什么问题。"游马犹豫着，还是点了头。

月夜的身子转回前面，意气风发地说了句："那我们走吧，一条君！"继续下楼。游马一面叹气，一面跟在她身后。

两个人来到一楼，月夜毫不犹豫地朝餐厅走去。

餐厅是老田那起案子的犯罪现场，现在仍然水淋淋的。走进屋后，月夜的皮鞋踩过地板，隐约发出水声。

游马跟在月夜身后走进餐厅，在门口停了下来。之前由于场面过于混乱，他一直没有精力仔细观察现场的情况。老田倒下的地方积着一摊鲜红的液体，桌布上的几个大大的血字使现场充满诡异的气氛。

月夜似乎没有一丝动摇，径直朝餐厅深处走去。

"那个，碧小姐，确定要往里面走吗？刚才加加见先生说过，不能破坏现场……"

月夜转身投来一道冷冷的目光："不要用敬语……"

"哦，哦哦，抱歉。我只是担心，这样做会不会又被加加见先生埋怨。"

"可能会被他埋怨吧，但在意这些也没有用啊。"月夜用力摇头，"我之前不是说过吗？警方的调查基本上是靠人海战术。他们后天才能来，一味替他们着想也没有意义。想要查清这么特殊的犯罪真相，我一马当先的调查才是最重要的。"

月夜坦然地说着，挨着老田倒下的地方蹲下来，把脸凑近摊开红色液体的地板。

"你在干吗？"

月夜见游马走过来，蹲在原地朝他招手：

"这附近有汽油燃烧的味道。"

"欸？"游马蹲到月夜旁边，把注意力集中在嗅觉上。月夜说得没错，地板上隐约传来一股难闻的味道。

"是不是有人在老田管家的尸体上洒了什么东西？"游马自言自语道。

月夜"噌"地起身，环顾整个餐厅。

"可能是煤油炉的灯油吧？我们去确认一下。"

餐厅里放着几个煤油炉，月夜逐一检查它们的燃料罐。拿起第四个燃料罐的时候，月夜大喊："就是它！"

"其他几个煤油炉的油都很足，只有这个几乎是空的。凶手把这个罐子里的灯油倒在了老田管家的尸体上。"

月夜将燃料罐拿到眼前。

"可是，这个罐子容量不小，光是倒在老田身上，不至于空出这么多。"

她将罐子放回去，闭上眼，形状姣好的鼻翼抽动着，左摇右晃地走来走去。

"这边也有灯油的味道。"

月夜在桌子前面睁开眼，双手按在湿乎乎的桌布上，探着身子，凑近写在中间的几个血字：蝶之岳神隐。

"就是这儿。"

她的指尖抚在"岳"字上。字迹经过火焰的舔舐，已经难以辨认。

"那儿有什么问题吗？"

月夜把碰过桌布的指尖拿到游马的鼻子旁边，灯油的味道刺激着他的鼻腔。

"也就是说，凶手在这里也洒了灯油？"

"应该是。哎，如果凶手的目的是烧光这间屋子——不，说得更夸张些，如果他的目的是点燃整座玻璃馆、杀掉我们所有人，他自然会这么做。这样一来，火势明显会猛烈许多。当时，小小的火苗应该一下子就变成一条火龙，蹿到天花板上了吧。所以自动灭火器才能立刻响应，很快就扑灭了火。"

"只不过……"月夜指着"岳"字正上方天花板上的自动灭火器，喃喃自语道，"凶手真的打算烧掉老田管家的尸体吗？"

"欸，你这话是什么意思？"游马问。

月夜转过头看着血字："他布置出如此艺术的……不对，如此恶趣味的场景，一定是想让人们看到血字的。既然这样，他为何要把血字留在起火后会最先化为灰烬的桌布上呢？如果真想让人看到这些字，至少要写在墙上吧？而且，根本不用把字写在餐厅里啊。无论写在什么地方，血字都很有冲击力，一定能给人留下深刻的印象。"

月夜低下头，压低了声音：

"犯罪现场同时传递出两种相互矛盾的信息：凶手似乎既想烧掉房间，又不想烧掉房间。这到底意味着什么呢……"

"那凶手有没有必须在桌布上留下血字的理由呢？"

听了游马的嘟囔，月夜忽然大喊一句："就是这样！"吓得游马微微向后退了一步。

"不愧是我的华生，着眼点很巧妙嘛。你说得对，如果解开这个谜团，一定可以接近案件的真相。"

"那……那真是太好了。"

"现在这个阶段，我们还不好判断，凶手在老田管家身上倒灯油是真的想要烧掉他的尸体，还是只想做个样子。如果凶手的目的是前者，那么尸体上一定留有凶手不想被人发现的线索。有没有办法偷偷溜进拾之屋，调查老田管家的尸体呢？"

"这恐怕很难吧。加加见先生绝不允许我们碰触尸体，能打开拾之屋的万能钥匙又在金库里。"

"……一条君，金库的其中一把钥匙在你手中对吧。既然如此，我们只要拿到九流间老师手里的钥匙，万能钥匙就到手了。"

月夜的脸上绽开诡谲的笑容。

"你这话也太不靠谱了吧？我们不就是为了让大家放心，才把万能钥匙放在谁也碰不到的地方吗？况且，九流间老师根本不可能交出钥匙。"

"这不要紧，我去偷来便是。我相信，自己顺手牵羊的本事不逊色于本职。"月夜将右手用力握成拳。

"怎么名侦探还会有顺手牵羊的本事？"

"正因为是名侦探，才更要学这个。犯罪调查需要掌握许多技术，除了偷盗，跟踪、电子学、处理危险物品等，我样样精通。只要我愿意，还能用这馆里的东西做一个远程爆破装置呢。"

"你真了不起。不过，我可不会把钥匙给你，用脚指头想也知道会出问题。"

如果自己和月夜一起取出万能钥匙的事暴露出去，肯定会引起大家的怀疑。游马想避免这种情况的发生。

"好吧好吧，我知道啦。"

月夜经过游马身边，朝门口走去。游马目送她的身影离开，忽然摸了摸自己的外套口袋，放在里面的钥匙包已经没了。

"等一下！"

月夜脚下不停，只回过头来，拿出钥匙包在脸边晃了晃，朝游马做了个鬼脸：

190

“唉，遗憾，被你发现了啊。”

“真是大意不得！”

游马大步流星地跑过去，抢回钥匙包。月夜拍了拍他的背。

“别那么生气嘛，华生君。我就是开个小玩笑。不说这个了，我们一起挑战老田遇害案的最大谜团吧！”

“最大的谜团？”游马皱起眉头。

月夜夸张地摊开双手：“当然是‘密室’啦！《莫格街谋杀案》发表以来，诞生了数不清的密室推理作品，密室才是谜题之王、推理之王啊。凶手是怎样将这座房间变成密室的呢？身为名侦探，挑战这个谜题简直让我激动得全身发抖！”

“神津岛先生遇害的时候，也没见你这么激动啊。”

“那当然了。神津岛先生是被毒杀的，也就是被易于远程操控的凶器杀害的。而且，像早上我说明的那样，凶手用一些简单的技巧就能做出密室。但老田管家遇害的情况就不同了。”月夜的嘴角上扬，“根据犯罪现场的情况，凶手是在房间内杀死了老田管家，并且留下血字，还使用某种诡计将餐厅做成密室才离开的。更厉害的是，凶手离开后，密室起了火，我们却搞不清楚火是怎样被点燃的。你不觉得这起密室杀人案十分精彩吗？”

“是啊。”游马自己也不知道这声回答该算附和还是叹息。月夜对杀人案的形容竟然是“十分精彩”，这实在令他无法理解。

这位名侦探的心理果然有点扭曲，就像这座玻璃塔一样。

“凶手是怎么做出的密室？不解开这个谜题，就无法迫近真相——我有这个预感。所以，才有必要彻底检查门口这里。你看，一条君。”

月夜兴高采烈地朝游马招手，似乎根本没有意识到他目光中的冷淡。她的手放在几小时前游马等人用身体撞开的门上，摸着门的边缘。

“门边上没有异常，这大概就可以排除凶手用黏着剂之类的东西制造密室的可能。另外，刚才说过，屋里也没有使用门顶的痕迹。这扇门上没有锁眼之类的东西，从内侧用旋转式的门闩就可以上锁，因此也不需要考虑备用钥匙的情况。总之可以合理地推测，当时这扇门就是因为上了后来被撞坏的门闩，才打不开的。”

月夜指着装在门边墙上的两个旋转式门闩中下面的那个：

“上下两个门闩都是通过旋转挂在门的突起上，起到锁门的作用，结构比较简单。门闩很灵活，看来平时一直好好地保养。”

月夜用手一弹，门闩就顺畅地转了一圈。

“那到底怎么才能从外面把这个门闩锁上呢？”

月夜的手指抵在嘴唇上，向前倾着身子仔细观察，脑袋几乎要贴到门闩上了。

“还是用的丝线之类的吧。”

听了游马的嘟囔，月夜立刻冷冷地瞟了他一眼：

“那你具体说说？”

“欸，这要怎么具体……”

“说说到底怎么用丝线，才能从外面把门闩锁上。这上面几乎是挂不住线的，而且门闩要旋转二百七十度才能扣到门的突起上。”

“呃，这个嘛……”

月夜站直了身子，凑到结结巴巴的游马跟前，严肃地说：

"我之前说过，既然着火时烟和水一点儿都没跑到大厅去，关门后想从缝隙里递道具进去就几乎是不可能的。可如果事先在门闩上系好丝线再关门，也许可以从外面拉动丝线。一条君能不能告诉我，具体要把线系在什么位置，又要从哪个角度拉动，才能从外面把门闩扣上呢？"

月夜从西装衣兜里摸出一捆卷好的丝线。

"你怎么还随身带着这个？"

"当然是为了调查——使用丝线来做物理诡计是制造密室的基本操作。为了方便现场验证，我随时都把它带在身上。"

月夜用尖尖的虎牙咬住丝线，断成几十厘米的长短，递给游马："给，你来演示一下。"

"让我来演示……"

游马困惑地接过丝线，试着将它系在门闩上。可门闩的前面是半圆形状，别说在丝线的操纵下灵活旋转了，就连把丝线系在门闩上都很困难。根本不可能在门关闭的状态下，令门闩旋转二百七十度。

"那，那——让门闩这样立着保持平衡，把线系在上面……"

游马将门闩竖起来，垂直于地面，试着让它保持住这个状态。可是门闩太润滑了，无论怎么小心翼翼地摆放，都会倒向左或右的一边。

"似乎是不行的。"月夜冷冷地说。

"等等，如果这样呢？保持现在这个状态，在门闩和墙中间夹个东西。"

游马捏着门闩，从垂直状态将它摆得稍微歪了一点。

"然后把线系在中间那个东西上，从外面抽拉。这样一来，门闩失去了挡头，就会朝门的一侧旋转，然后卡住。没错，一定是这样。"

"那夹的东西是什么呢？"

月夜再次冷冷地质疑。游马不禁呆住了："呃……"

"用你的办法，也许真的能把门锁上。可是具体来说，要在门闩和墙之间夹什么东西呢？地上根本没有类似的东西。门被你们撞破后，我一直观察着大家的举动，也没看到谁在地上捡东西。"

游马一时语塞。月夜仿佛抓住了良机，不给游马一丝机会喘息：

"按照我的经验，如果门的密闭性好到烟和水都漏不出来，丝线也会被门夹住，多数时候根本拉不动。而且如果仔细观察，你会发现使用丝线的诡计都会在门锁或门上留下痕迹。可这次我反复确认，也没有发现一点儿痕迹。也就是说，这间密室不会是用丝线打造的。"

月夜轻轻点了点下巴，表示分析完毕。

"那么，碧小姐知道凶手是怎么将这间餐厅做成密室的了？"

游马看着月夜得意的模样，闷闷不乐地反问道。

"还不知道。"

月夜低下头，手放在嘴边。她的嘴唇在指缝间若隐若现，似乎勾着一抹妖冶的微笑。

"这间密室不是那么简单就能做出来的……一定用了某些我们意想不到的诡计。作为名侦探，我有义务把这个谜题搞清楚。我一直都期待着这样的案子，没错，一直……"

月夜说着说着，忍不住笑了出来。游马看着她那副神态，感到脊背发凉，不禁向后退了一步。

"哎，一条君，你怎么啦？"

月夜有些惊讶地问，刚才那股危险的气息已经荡然无存。"不，没什么。"游马一面含糊其词，一面盯着月夜看。这女人对名侦探的身份有着超乎寻常的执着。到底是什么促使她走到这一步的？

"没事就好。好了，关键的信息大致找到了，这里就先告一段落吧。"

月夜转过身，准备离开餐厅。

"这就要走了？密室之谜还没有解开呢。"游马瞪大了双眼。

月夜略带讽刺地翘起一边嘴角，冷嘲热讽的表情格外适合她端庄的面庞。

"一条君，现在还不是开始推理的时候。先要尽可能地收集信息，搭好推理的根基。一栋建筑就算建得再美、艺术性再高，如果根基不牢靠，也无异于空中楼阁。"

"那么，接下来要去搜集哪些信息？"

"警方和名侦探的调查原则都是一样的。现场取证结束后，就要听取案件相关人员的证词。总之，我们先去游戏室吧。"

月夜意气风发，昂首挺胸地往前走。来到游戏室，只见九流间和左京神情疲惫地坐在壁炉旁的沙发上。

"哦，碧小姐、一条大夫。"九流间注意到两人，向他们招手，"你们怎么过来了？在屋里待腻了？"

"我终于找到了我的华生，现在和他一起办案。"

"华生？"九流间听了月夜的回答，皱起眉头。

"是的。这位就是我的华生——一条君。"

月夜朗声将游马介绍给九流间和左京。游马羞愧难当，缩着脖子说了句"请多关照"。

"嗯，一条大夫我也认识……你们这是怎么回事？"

左京还一脸困惑，九流间已经拍了拍手："原来如此，原来如此。

"一条君成了名侦探碧小姐的搭档，也就是担任了华生的角色。是这样吧？很棒呀，名侦探不能没有华生。"

"不愧是九流间老师，感谢您的理解。"

"有了搭档，名侦探就上了一个台阶，准备挑战谜案了吧？你们现在是不是来找我们搜集信息的？那可真是感激不尽啊！馆里出了杀人犯，而且大家无处可逃，实在是让人坐立难安。老夫之前写过无数有类似情节的推理小说，现在自己竟然也卷了进去，真是够狼狈的，太丢脸了。"

"没有的事。这次您几乎化身成了推理小说的出场人物，请务必将这次的经历活用到写作中，写出更好的作品。那肯定会是一部更加真实、更有魅力的佳作。"

"哎呀，这就难说啦。至今为止，暴风雪山庄模式的本格推理小说多到数不清，要是没有让读者大跌眼镜的诡计，写出的作品读起来总有似曾相识的感觉。所以最近我基本上不去挑战这个了……"

"那就拜托您写出让大家大跌眼镜的诡计，我翘首以待。"

月夜闪亮的双眼中写满了期待。九流间不禁苦笑着挠了挠自己的光头。

"看来就算是为了回应这份期待，老夫也要努力喽。虽然不知道我这个老头子的脑细胞还能不能创造出让人眼前一亮的诡计，但我会全力以赴的。只不过……"

九流间颇有几分矫揉造作地指着月夜：

"为了回应你的期待，我也要平安地离开这里。所以拜托碧小姐了，千万要查清这个案子。我看好你!"

"一定不辜负您的期望。为了九流间老师的新作，我名侦探碧月夜会以百分之百的努力揭发案件的真相。"月夜轻轻拍了拍胸口。

左京半开玩笑地接过话头：

"九流间老师，您的新作付梓后，请在第一时间考虑由敞社为您出版。有幸和您一同被困也是某种缘分，我愿意拼尽全力编辑您的书稿。"

"咦？"游马眨了眨眼，"左京先生不是杂志编辑吗？"

"我以前在文艺编辑部，曾经做过九流间老师作品的编辑。"

"也就是说，您也编辑推理小说？"月夜的表情严肃起来。

"嗯，是的。敞社的文艺编辑部尤其专注于推理作品。如果有推理作品出版，营销部门也会积极地配合宣传。"

月夜和游马对望了一眼。

左京是曾从事推理作品出版的编辑，而神津岛握有一部足以改变推理历史的未公开原稿，也许神津岛原本打算把这部未公开的作品交给左京。

"左京先生，我可以问您几个问题吗？"

"可以，您请问。"也许是察觉到了月夜的情绪变化，左京正襟危坐。

"您和神津岛先生，是在做蝶之岳神隐案相关报道的时候认识的吧。那您这次来到这里，原本也是想跟神津岛先生打听那件案子的相关信息吗？"

"不，蝶之岳神隐案的专题报道在去年就结束了。现如今也不需要再向馆主讨教相关的问题了。"

"那您是为什么来到这座玻璃馆的呢？"

"之前采访的时候，神津岛先生请我住在馆里，对我关照有加。所以他邀请我时，我有点难以拒绝。说实话，我原本不太想来。"

左京的话说得含含糊糊的，好像嘴里塞了什么东西。

"这中间发生了什么呢？能不能详细地讲一讲？"月夜微笑着问他。

"这怎么说呢……"左京挠了挠头，"我和神津岛先生约好了不能泄密的……可是，现在的情况这么特殊。"

左京抱着胳膊沉思了几秒钟，望着月夜道："好吧，还是告诉你们吧。

"实际上，我答应出席这次活动后，神津岛先生联系了我。他说有一部精彩的推理作品的原稿，问我能否在我的公司出版。"

"精彩的作品……您有没有问他，是怎样的作品呢？"

"没有问。"左京耸耸肩，"其实，听他这么说的时候，我没抱很高的期望，只是应付了一句'如果真的是精彩的作品，我们一定考虑'，就把电话挂断了。"

"为什么呢？如果能出版一部精彩的作品，对出版社来说不是一件好事吗？"

"他哪可能有什么精彩的作品啊？"左京的脸上浮起一抹苦笑，"去年采访的时候，神津岛先生也没少和我说类似的话。问我如果写了推理小说，能不能在我的公司发表。"

"然后呢？"

"我就委婉回绝了。采访之前，我已经读过他的几个稿子了。怎么说呢……说白了就是严重的仿写。似曾相识的情景，似曾相识的名侦探，似曾相识的诡计。既没有原创性，也没有好的文笔，解谜的部分存在逻辑漏洞，完全够不上成书的水准。"

"嗯，的确如此。"九流间也对左京不留情面的评价表示赞同，"他来听我的小说讲座，交上来的作品也差不多是这样。作为狂热的推理爱好者，神津岛先生读过的小说不计其数，诡计方面勉强可以。无非就是过去那些名作的低配版罢了。但他对登场角色的人物性格、状态等方面的塑造能力实在糟糕，读来只让人觉得难受。"

说到这儿，九流间皱了皱鼻子，也许是想起了当时发生的事。

"问题最大的部分是对侦探办案的描写。那已经不是作为本格推理是否公平、有没有后期奎因问题之类的事儿了。在他的小说中，名侦探仿佛从最开始就知道了一切，一径枯燥无味地指出凶手、解释诡计。至于名侦探如何抵达真相，则几乎一点儿也不写。看完整个小说，读者的感觉就好像只看了问题和答案。"

"您说得太对了，我读完也是这个感受。"左京重重地点头。

"那您明确地告诉过神津岛先生吗？"

"一开始我说得比较含糊。告诉他如果肯打磨，作品也会闪光。但从商业角度来看，作为没有获过奖的新人，想出书恐怕很难。"

"神津岛先生作何反应？"

"他说他愿意承担一切出版费用，问我能不能帮他发表，还说作品的宣发也会自掏腰包。"

"既然他愿意出钱，那帮他出一下也未尝不可呀。"游马插嘴。

左京神色一凛："话不能这么说。迄今为止，不少出色的推理小说都是经敝社之手问世的，敝社可以说是推理界的老字号出版社了。如果出版他那种作品，说不定会砸了前人坚守了近百年的招牌。"

"听上去是相当糟糕的作品呢。"月夜以手掩口，偷着笑出了声。

"所以我建议他去别的出版社自费出版，但他果断地拒绝了。说是在我们公司出版对他来说有不同的意义。"

"这也是贵社的金字招牌有价值的证明。"

"我们最后一次见面的时候，我讲清了自己真实的看法，并且告诉他：'敝社是绝对不可能出版您的作品的，请放弃吧。'"

"那他呢？"

"他大为震怒，还把烟灰缸扔到墙上，要我'滚出去'。唉，自那以后，我们一直没有联系。这次他邀我来，我相当惊讶。不过，回想那次谈话，我的态度确实也不好，所以最后还是顺了他的意，来参加这次活动了。"

"可是，他又和你提到稿子的事，你也挺烦躁的吧。"

"是的。我简直无语了：以前已经说得明明白白，他竟然还没放弃吗？我还以为自己又要把那份不堪入目的稿子再过一遍了——哪怕只是走个形式。"

"左京先生，如果神津岛先生要给您看的稿子不是他写的呢？"

左京听了月夜的问题，蹙起眉头："这是什么意思？"

"您不觉得有点儿奇怪吗？您已经彻底拒绝了他的作品，但他还要给您看一个稿子……除非他手头有一部相当棒的作品，想给自己争一口气，这还比较说得通。"

"如果那稿子是别人写的，为什么要让神津岛先生给我看呢？"

"因为作者已经去世了。这样想大概就合情合理了。"

"去世了？"作家讶异地反问。

"神津岛先生不仅想在生命科学界流芳千古，还想在推理界留下自己的大名。可去年，在左京先生严厉的批评下，他终于意识到，自己难以通过写作来完成心愿，也许就改变了计划。"

"改变计划？具体是指什么呢？"九流间的胃口似乎被吊了起来，催促着月夜说下去。

"要想在推理界留名，不是只有成为作者这一种办法，还可以成为评论家或研究者。比如本格推理作家俱乐部主办的本格推理大奖中，除了小说类奖项外，还设有评论、研究奖项。既然推理小说是一个重要的文化分支，其研究者就也很有可能名垂青史。"

"那就是说，神津岛君打算把他推理方面的研究原稿给左京君看喽？他对推理的了解热情着实令人刮目相看。他写的研究文章应该比他的小说有价值得多。"

"恐怕也不是这样。"月夜摇摇头，"其实，神津岛先生私下告诉了一条君，他得到了一部未公开的原稿，将它公开，会彻底颠覆推理界的历史。"

游马怀疑起自己的耳朵。他万万没想到，月夜会将如此重要的信息轻易告诉大家。他正不知作何反应，月夜便递过来一个眼神，好像在说："不用担心。"

"彻底颠覆推理界的历史……那到底是一部怎样的稿子呢？"

左京的身体前倾，大概是月夜的话勾起了他的职业嗅觉。

"我猜那部作品写于《莫格街谋杀案》之前。"

片刻沉默后，左京和九流间同时站了起来。两人异口同声道：

"写于《莫格街谋杀案》之前的推理小说？！"

"这不过是我和一条君的推测。但是，如果真的发现一部这样的稿子，那可真是名副其实地'彻底颠覆推理界的历史'了。"

"为……为什么神津岛先生会有这个稿子……"左京吃惊到几近晕厥。

"神津岛先生既是大富翁，又是世界屈指可数的推理收藏家。当他断了念头，不再期望亲手写下名垂青史的推理杰作后，说不定会决心动用他在收藏圈的人脉和庞大的财产，挖掘一直未见天日的名作。也就是说，他打算成为推理界的海因里希·施里曼 [1]。"

"如果真有比《莫格街谋杀案》更早的推理小说，那……那么确实能在推理界刮起一阵旋风，比发现特洛伊给考古学界带来的冲击更大。"

九流间也许是太兴奋了，说话时舌头都有些僵硬。

"那部原稿在哪里？"左京气势汹汹地逼问。

1. 海因里希·施里曼 (1822—1890)：德国商人、考古爱好者。出于童年的梦想，他毅然放弃商业生涯，投身考古事业，使《荷马史诗》中长期被认为是文艺虚构的国度特洛伊、迈锡尼和梯林斯重见天日。

"这个嘛，还不知道。"月夜满面堆笑，试图岔开话题。

"一定在壹之屋!不会有错!赶快去那间屋子找找吧。"

左京大喊着，忽然露出恍然大悟的表情，望着游马和九流间:

"保管万能钥匙的保险柜的钥匙，在你们二位手里吧?我们现在立刻取出万能钥匙，到壹之屋找稿子!"

"左京君，冷静一下。神津岛君的尸体还躺在壹之屋呢。而且，那里是犯罪现场，我们不能乱动。"

"您在说什么呀，九流间老师!万一警方的搜查使原稿受损，那对全人类来说都是重大的损失!我们必须抢在警方前面，把它保存好。"

"您说保存，是想怎么保存呢?"月夜依旧笑眯眯的。

"那当然是向全世界公布这一消息了。之后再由敝社出版那部作品。既然神津岛先生把我叫来了，这一定也是他的初衷!"

"真的是这样吗?"月夜略微歪头。

左京原本正攥着拳头高谈阔论，听了月夜这句问话，疑惑地眨了眨眼:"啊?"

"毕竟左京先生把神津岛先生的作品说得很糟糕啊。"

"也不能说是很糟糕吧……我只是把真实的感受……"

"我听说，写成一部小说，需要耗费巨大的心力。对吗，九流间老师?"

九流间忽然被点到名字，微微颔首:"嗯，是的啊。"

"连九流间老师这样的职业作家都要费尽心思，对业余的神津岛先生来说，写完一部长篇小说一定是极为辛苦的工作。支撑他写下去的，正是想让其作品名留推理历史的执念。但遗憾的是，左京先生却没有给出好评。"

"哎呀，我是想给出尽量公正的评价……"

"那是当然。客观来看，左京先生的评价一定也没有错。只不过大家都说，对作品的侮辱，给作者本人的感觉无异于否定了其本人的价值。您觉得呢，九流间老师？"

"有不少作家都这么觉得。特别是经验尚浅的时候，很容易陷入这种错觉之中。"

"就是这样。而且从那以后你们几乎没有往来，可见神津岛先生对左京先生的感情接近于怨恨。如果是这样的话，他是不可能将贵重的原稿交给您的。"

"那……那么，神津岛先生为什么要叫我来参加这次的活动呢？"

"表面上的理由，是希望您做主编的杂志能够登载他发现未公开原稿的新闻，让世人知道这个消息吧。"

"那么……实际的理由呢？"左京的问话声中透着紧张。

"大概是想让您看一眼那份原稿，然后告诉您，他准备将稿件交付其他的出版社。让您看到堪称推理界宝藏的原稿，再从您眼前把它拿走。这就是神津岛先生的复仇。"

"这不可能！"左京怒吼着，唾沫四溅，"神津岛先生之前想在敝社刊发作品的意愿非常强烈。他肯定是想把原稿交给我！一定不会有错！"

"可惜现在神津岛先生死了，一切只能是推测。"月夜用手帕擦脸。

"既然是推测，那部稿子就应该交由我们出版社处理。因为神津岛先生生前，是我们和他的交情最深。我虽然没有出版他的作品，但是读了他写的稿子。某种意义上，我就是神津岛先生的责编。我有出版那部稿子的义务！"

左京举起拳头，激动得脸都红了。月夜宽慰般在胸前轻轻摆手。

"您别激动。我还不知道那部稿子今后由谁来继承，但关于出版的事，您不妨日后再和对方细谈。归根结底，那部作品写于《莫格街谋杀案》之前的推断，到目前为止不过是我和一条君的想象。说不定神津岛先生就是想要发表一部自己的稿子，认为自己'这次终于写出了能彻底颠覆推理界历史的杰作'呢。"

"哦。"左京被浇了一盆冷水，一脸沮丧。

原来是这么一回事——游马在一旁观察着两人的交谈，终于参透了月夜的意图。

月夜想通过左京的反应，确认神津岛打算昨天晚上公布的那份原稿究竟有多少价值。确认那部稿子是否贵重到足以让凶手不惜以杀害神津岛为代价，也要得到它的地步。

如果事先知道神津岛打算把稿子交给自己以外的其他人，左京会不择手段地阻止。左京的反应足以让人怀疑他会这样做。

也许凶手写在餐厅的血字只是为了打乱调查的节奏，其真正的杀人动机在未公开的原稿上——月夜应该是在考虑是否有这种可能。

左京压根没发现自己已经进了嫌疑人名单，仍然失魂落魄地站在原地，仿佛丢了魂似的。这时门开了，酒泉手里拿着盆，和圆香一起走进游戏室。

"哎呀，一条大夫和碧小姐也在。那太好了。我做了些小食，大家一起吃吧。"

酒泉将盆放在长桌上，里面盛着可以简单入口的菜肴，有生木瓜火腿、芝士咸饼干等。

"还有咖啡，不介意的话就喝点儿吧。"

圆香手里拿着咖啡壶，语声低沉。她依然神情暗淡，面色苍白。如果她不是犯人，那神津岛和老田遇害的事一定给了她相当大的打击。

因为自己的过错，令圆香身心交瘁——想到这里，游马心头涌上一股焦灼的罪恶感。

不，那是有必要的……我杀了神津岛，就可以拯救几千、几万名渐冻症患者和他们的家庭……游马脑海中忽然闪过"有轨列车难题"这个名词。

一辆列车失去了控制，如果放任它继续前行，就会将五位工人轧死在铁道上。你就在变道器旁边，如果拉动操纵杆，让列车驶向别的轨道，那五个人就可以得救。可是另外那条轨道上，也有一位工人。

如果你什么都不做，就会有五个人丧命。如果你拉动了变道器的操纵杆，那五个人得救了，却会有一个原本不会死的人牺牲。这种情况下，拉动操纵杆的行为是否能被宽恕？

没错，我只是选择了拉动操纵杆。我不认为这样做应该被宽恕，只是在痛苦的思考后，做出了正确的选择。我和残忍杀害老田的杀人犯不一样。

游马明白，杀害老田的凶手之所以下手如此残忍，想必也有其缘由。但他对此视而不见，只是一味地告诉自己：我做得并没有错。因为如果不这样想，他就要被名为"杀人犯"的十字架压垮了。

"哇，看起来好好吃！"

一个天真无邪的声音将游马拉回了现实。只见月夜将抹了芝士的咸饼干放入口中。

"入口即化。这个真是太棒了。一条君也吃点儿吧！"

尽管没有食欲，但此时拒绝也许会让人感到可疑。游马只好捏起一小块馅饼似的夹着肉馅的饼干放到嘴里。酒泉做的菜肴不可能难以下咽，但不知为何，游马只觉得味同嚼蜡。

"我用了鹿肉。油水不多，和饼皮搭配起来很好吧？"

"嗯，好吃。"游马扯出一个假笑。

"那我们也吃一点儿吧。"酒泉催着圆香一起，吃起自己准备的料理来。

游马一面吃着饼干，一面观察这几个人的神态。

月夜仍是一副飘然超脱的样子。酒泉则是强打着精神，鼓励着无精打采的圆香。九流间尽管有些紧张，却依然保持着冷静。左京还在因为去壹之屋取原稿的事不了了之而不满。

除了游戏室这几个人，馆内还有加加见和梦读，现在正待在自己的房间。他们之中真的有杀害老田的凶手吗？究竟是谁杀害了老田？他的目的何在？又是怎么制造出密室的？游马觉得自己连头盖骨里都塞满了疑问，头痛欲裂，不由得按住了额角。

"不用叫梦读小姐和加加见先生过来吗？"

九流间用叉子扎着生火腿，忽然问道。

"不用了吧？他们俩都说了要回房间。而且那两个人挺难应付的，占卜师大婶动不动就歇斯底里，刑警又牛得不行。"

听了酒泉口无遮拦的评价，九流间也不禁苦笑：

"确实如此。要是他们俩闹起来，连这些好吃的甜点也会变得难以下咽。体谅到酒泉厨师的辛苦，我们也应该先好好享用这些美味。"

九流间这几句风趣的话让沉重的气氛轻松了不少。他竟在困境中如此沉稳，不愧是岁月的功劳。游马接过圆香递过来的咖啡，喝了一口。

月夜默默地吃东西的时候，九流间掌握了谈话的主导权，不动声色地避开了和案件相关的话题。不一会儿，月夜吃饱后加入了聊天。游马以为她还要试着挖掘什么线索，不料她没再抢着出风头，而是颇为享受地听九流间讲出版界的内幕、高尔夫、将棋、酒等个人爱好的话题。

终于，摆在游戏室墙边的座钟响起，钟声宣告了下午三点的到来。

"哎呀，都这么晚了。我得开始准备晚饭了。那么各位回头见！餐厅现在成了那副模样，晚饭就在游戏室来个自助餐吧。准备好了我再叫大家。圆香，我们走吧。"

酒泉和圆香朝门口走去，月夜也举手示意："啊，我们也去。"

"欸？碧小姐也要一起吗？为什么？"

"一楼已经调查得差不多了，接下来想去地下室看看。为了找出杀害神津岛先生和老田管家的犯人。"

九流间之前费了九牛二虎之力才将和案件相关的话题引开，这下轻松的气氛又一下子沉重起来。除了月夜，所有人都沉下了脸。她却仿佛根本没看见，略微歪了歪头，追问道："可以吧？"

"这个无所谓呀。这里又不是我家，我没权利拒绝。"

"那我们快走吧。"月夜喜滋滋地说着，又回过头来，"一条君也快来。"

"左手边是冷藏室和发电室对吧，可以先带我们去里面看一下吗？"

月夜步伐轻快，几乎是一跳一跳地走到门边，向圆香送去求助似的眼神。游马在一旁无话可说，只是耸了耸肩。

"哇，好棒啊，净是高档食材。"

月夜打开冷藏室的门，遇冷结霜的空气化为一团白烟，飘了出来。

"这里离镇上有一段距离，所以会一次性采购很多，保存起来。"圆香追过来解释。

游马往屋里看了看，房间大概有十张榻榻米大小，里面摆着架子，存放了各种各样的肉和蔬菜。和外面餐馆的陈设相差无几。

"饭菜一直是酒泉先生来做吗？"月夜大大咧咧地走到冷藏室里面。

"不是。酒泉先生不是只在这里供职，平时还有几位固定的厨师轮流当班。如果大家的时间都不合适，也可能由我来做……那个，您在做什么？"

月夜突然匍匐在地上，从兜里掏出一只小手电，往架子底下照去。圆香可能是看不下去了，语气中带了几分责备。

"嗯，我想看看这里能不能找到破案线索。"

"看到浑身是血的死尸了没？"

面对酒泉冷嘲热讽的质问，月夜扫兴地摇摇头。

"很遗憾并没看到。不过要是这里有尸体，案件就有重大的进展了。"

酒泉听得面部抽搐，而月夜旁若无人地检查了一通，离开冷藏室，打开了旁边发电室的门。约莫二十张榻榻米大小的房间深处，摆着一排平平无奇的发电机。手边的架子上，放了三十来个装汽油的金属便携罐。

"如果停电了，就可以用这里的机器发电。便携罐里装的是汽油吗？"

"是的。以防万一，就存放在这间屋子里。"

"原来如此。可是今天早上着火的时候，这东西并没派上用场。真是太好了。如果凶手把大量的汽油倒在屋里再放火，恐怕大家来不及逃跑，就会被烤熟了。"

月夜接二连三地迸出耸人听闻的话，圆香和酒泉的脸色都变得很难看。但月夜仿佛毫不介意，仍在发电室里东瞧西看。

"尊贵的碧小姐，屋里比较危险，请您不要随意触碰机器。"

"您不用为我担心啦。别看我这样，机械方面的知识储备还是够的，不会犯下让自己受伤的过错。"

人家担心的不是你受伤，而是你危险的举动让其他人受伤吧——游马无言以对。月夜花了几分钟查看房间的情况，没有放过每一个角落，然后快活地说："好了，我们去下个地方吧。"

"下一个地方，是想要去哪儿呢？"酒泉胡乱拨弄着自己的一头黄发。

"当然是主厨房了。"

"……有必要连厨房也去吗？"

有外人闯入自己的工作区域，酒泉的语气中明显含着不满。月夜踢踢踏踏地走到酒泉身旁，把脸凑了上去。她比酒泉还要高几厘米，酒泉不由得略微向后仰身。

"那必然是要确认你们二位的不在场证明啊。今天早上六点半到七点之间，你在主厨房，巴小姐在副厨房，你们一直在交谈。是这样吧？"

"是啊。难道说你在怀疑我？！"

酒泉虚张声势地大吼着，但神色中除了愤怒，还有明显的胆怯。月夜眯起眼：

"嗯，当然是在怀疑你。"

酒泉僵住了，颤抖的嘴唇中滚落出虚弱的声音："你……你说什么……"

"不光怀疑你，我还怀疑这座馆里的所有人，也包括我的华生——一条君。"

月夜玩笑般的话让游马的心猛地一抖。

不要紧，她只是随口一说，不可能真的怀疑我。老田被杀的那段时间，我一直和她在一起呢——游马拼命劝慰自己，心悸却不见好转。

"谁是凶手，是单独作案还是团伙作案，死者是不是伪装成他杀的自杀……名侦探的职责就是要考虑到一切可能发生的情况，再将可能性逐个击破，最终抵达真相。所以一定要让我去主厨房看看，哪怕是为了洗清你的嫌疑。"

"……好吧。"酒泉完全被月夜的气势压倒，老老实实地走在前面带路。一行人横穿仓库，打开冷藏室和发电室对面的门后，一间小学教室大小的主厨房呈现在眼前。一台巨大的商用冰箱镇守在屋子的最深处，房间的每一边都有几个擦得闪闪发亮的水池和大型炊事炉。架子上整整齐齐地摆放着各式各样的烹饪器具。

"哇，好宽敞!好像高级餐厅的厨房啊。"

月夜开心地喊着，圆香怯生生地点了点头。

"馆主以前招待过几十位客人，在游戏室开派对。"

"一个人支配这么完备的器具，作为厨师一定很开心吧。哦，这就是把饭菜送到一楼副厨房的那部电梯吗?"

放饭菜的桌子旁边有一部小电梯，月夜打开它的门，往里面窥探。

"好小哦，应该装不下一个人吧。"

"那当然了。这是用来送饭菜的，载重只有二十公斤，再怎么减肥也装不下。"

"是哦，如果载重上限是二十公斤的话，顶多能运一个幼儿园小朋友。嗯……把尸体大卸八块，分几次来运也许可行，但这次又不是碎尸杀人案。"

"不要说这么倒人胃口的话!"酒泉红着脸抗议。

"多有得罪。"

月夜摸了摸电梯旁边网格状的东西，看不出半点反省的模样。

"那这就是连通副厨房的对讲器喽？今天早上六点半到七点这段时间，酒泉先生和巴小姐就是用这个边说话边准备早餐的，对吗？"

"是的。"圆香小声回答。

"这个对讲器只连着副厨房吗？它可以和其他房间通话吗？"

"只连着副厨房，是为了运送饭菜方便才装的。您要是不信，就亲自试试。"

圆香大概是觉得自己也成了怀疑的对象，说话时语中带刺。可月夜一点儿也没听出什么不妥，说着"嗯，一会儿我试试"，仍然无所顾忌地东张西望。

"……你找什么呢？"

"哦，我在看屋里有没有微波炉。"

"这儿可没有那玩意儿。专业厨师用微波炉做饭，这不是歪门邪道吗？副厨房倒是有个小的。"

"如果用小型微波炉给客人们热煎蛋卷，要花很长时间。做咖啡也是，还是挺难的。"

"欸？什么意思？"

月夜在胸前摆了摆手，含糊其词："没什么，我自说自话罢了。"但游马看穿了她的心思。她在怀疑早上吃的煎蛋卷不是今天早上六点半到七点的半个小时做的，而是提前做好，之后用微波炉短暂地加热过。如果存在这种可能，酒泉和圆香的不在场证明就不成立了。可用小型微波炉做到这些确实很难。如果能把煎蛋卷放在一起加热还好一些，若要逐一加热，花的时间可能和重新做一份差不多。

看来这两个人并没有杀害老田啊。难道说，他们还有可能用某些诡计，制造不在场证明？游马不知如何判断。

月夜的手按在脑门上，转身朝门口直直地走去，一路上不知喃喃自语了些什么。

"你要去哪儿？"游马问。

月夜转过头，神色诡谲："回自己的房间。"

"回房间？为什么？"

"该确认的东西已经都看了一遍，接下来我想好好整理一下信息。哦，对了，酒泉先生，晚餐从几点开始？"

"晚餐吗？嗯，还要算上几个没吃午饭的人的量，我估计晚上六点可以送到游戏室……"

"晚上六点，那还有大概两个半小时。嗯，时间正合适。那么一条君，晚餐前给我稍事休息。"

"'给我'……"

游马无言以对地愣在原地，月夜则毫无顾忌地离开了厨房。酒泉拍了拍游马的肩膀：

"一条大夫，你什么时候和那家伙关系这么好了？你们之间是不是发生了什么？她还喊你'一条君'。"

"这个说来话长。"

自己成了名侦探的华生这种话，说出来实在是太丢人了。游马打算含糊其词地应付过去，酒泉却认真地看着他道：

"她虽然是个美女，可是和这种人交往还是得慎重点儿。她也太不正常了。"

6

"梦读小姐，来开门嘛。什么都不吃到底是不行的呀。"

左京敲着刻有"柒"字的房间大门。

"左京君说得对。警方还要两天才能赶到，还是得吃点儿东西。所以你快出来吧。"

九流间对着门讲话，可里面依旧没有反应。游马看了一眼手表，已经快到晚上六点半了。

月夜走后，留在主厨房的游马无奈地回到游戏室，和九流间、左京聊天打发时间。回肆之屋去也不是不行，但他有预感，对神津岛下手的罪恶感会在独处时将自己压垮。

三人心照不宣地避开案件相关的话题，闲聊了大概两个半小时，酒泉和圆香端着一满托盘的晚餐来到游戏室。法式黄油烤鳕鱼、羔羊肉排、清炒当季时蔬、西班牙海鲜饭等菜肴一盘盘摆到桌上，像饭店的自助餐一般，看得人眼花缭乱。这时，月夜也来到了游戏室。

"我去叫加加见先生和梦读小姐。"饭菜都端上桌后，圆香离开了游戏室。这时问题来了。加加见到了游戏室，但梦读没有。据说在外面怎么叫她，屋里都没有反应。

"我饿了，先吃了啊。"加加见自顾自地开始吃饭，酒泉也不想浪费自己辛辛苦苦做好的饭菜，现在除了他俩，其他人都来到了柒之屋的门口。

"不知道梦读小姐怎么样了。"圆香不安地说。

"肯定只是睡着了，发生了太多事，她应该也累了。"

左京的话像是说给他自己听的。月夜忽然用手指抵住嘴唇：

"嗯——你们觉得梦读小姐现在还活着吗？"

空气立刻冻结。左京的脸色眼见着苍白下去。

"就是睡得再熟，有人在外面这么大声敲门，一般人都该醒了。所以，我猜她会不会是——"

"会不会是什么啊！你不要乱说！"

左京大喊，但月夜无动于衷。

"这可不是乱说。已经有两个人遇害，而且现在大家无法下山，被关在这座馆里。在这种情况下，隔着门大声喊话，里面却没有反应，怀疑屋里的人已经丧命，当然合情合理。"

"可……可就算这样……"

"我在前头说过，暴风雪山庄模式的推理小说中，选择独自待在屋里，就相当于一种死亡预告。大部分做出这样选择的人，不久都会被发现在密室内遇害。"

"可我们生活在现实当中，这不是推理小说里发生的事。你说得也太离谱了。"

左京的意见放到哪里都很妥当，只是在这座诡异的馆里，"妥当"已经失去了它原本的力量。游马望着刻有"柒"字的房门，厚重的门板闪着黑色的光。

这扇门里，也许躺着梦读的尸体……

"先不用管我的话离不离谱，现在大家有必要确认梦读小姐是否平安无事。如果她遇害了，就必须马上做现场取证。要不，我们把门撞破吧……"

"我还活着！"门里传来一声尖厉的叫喊，盖过了月夜的话。

太好了，她还活着。游马松了一口气。月夜却不顾众人的反应，把脸凑到门边。

"哦，你没事啊。那太好了。"

"好个屁啊，虚情假意。你巴不得我被人杀了呢。"

"我可没这么想。只是万一你被杀了，我就得立刻检查尸体，开始调查，怪麻烦的。"

不知是真的神经大条，还是故意而为之，月夜的话总能触到对方的逆鳞。隔着房门，游马仿佛也能看到梦读气得头上青筋暴起的模样。

也许她是真的比较迟钝吧，游马无奈地想。尽管认识不到两天，但游马已经无比深刻地体会到，碧月夜这号人物把"名侦探"的身份看得比生命中的一切都重。正因如此，即便是被困在发生惨案的扭曲的玻璃塔中，她依然面无惧色，还开开心心地调查案情，屡屡出现出人意料的举动。

对月夜来说，道德和常理的束缚在"成为名侦探"的诱惑下简直不值一提，成为名侦探甚至比她的性命都重要得多。

为什么月夜对名侦探的身份如此执着呢？她究竟有过怎样的经历，才形成如此扭曲的价值观？

游马凝视着隔着门和梦读讲话的月夜的侧脸。

"总之你们知道我现在还活着了吧？那就快走开！"

"这可不行。刚才九流间老师也说了，连续两天不吃饭会扛不住的。走吧，我们一起去游戏室。"

"我才不要！我是不会离开这里的。"梦读的语气里透出她心意已决。

"那么，尊敬的梦读小姐，我把吃的给您端上来，您在房间吃吧。"

圆香谨慎的提议只是再次招来一声怒吼："不要！"

"我不想开门。谁知道打开门锁之后，会不会有杀人魔头闯进来啊！"

"梦读小姐，你冷静一点。门外算上我有五个人呢。就算凶手在我们五人之中，也不可能在这样的场合下袭击你吧？"九流间试着说服梦读。

"这我怎么知道？说不定你们这些人都是凶手。你们串通一气，杀了神津岛先生和管家，现在又盯上了我。对吧！我没说错吧！！"

听了梦读这通混乱的发言，九流间长叹了一口气。月夜走到门前：

"的确，在有的推理小说中，所有人都是凶手。不过，'馆主题'的场景下很少出现这种情况。这类作品中最有名的当然是世纪名作：《东……》——"

"谁要管小说是怎么写的啊？！"

月夜之外的所有人听到她过于精准的吐槽，都微微点头。

"不好意思。我太喜欢那部作品了，以至于跑了题。"

月夜耸耸肩，也许是意识到自己的确太嚼瑟了。

"不过，我们并不想合伙杀掉你，这一点我们立刻就能证明。"

"……怎么证明？"

"很简单。如果我们所有人都是共犯，想要杀掉梦读小姐，根本不必在这里费尽口舌劝你开门。只要去地下仓库，用一条君和九流间老师手里的钥匙打开保险柜，取出万能钥匙就行了。这样，我们五个就能打开这扇房门，闯进房间，轻而易举地杀掉你。"

月夜语气轻快，但语出惊人。

"因此，现在我们拼命说服你开门，就已经证明了我们不是共犯。要是听懂了我的话，就请你把门打开。不然我们会一直在这儿和你搭话。你也不想这样吧？"

的确，换成我也不想这样。游马一面在心里盘算，一面观望着事态发展。十几秒钟后，传来开锁的声音。门开了，露出梦读的脸，她的表情中充满了不信任。

"感谢理解，不胜荣幸。大家也都饿了，就一起去游戏室吧。"

月夜悄悄把脚伸到打开的门缝中，爽朗地说。但梦读没有走出房间。

"怎么了，梦读小姐？最起码你该明白，在场的人不是合伙作案了吧？既然如此，就放心地出来吧。不会有人立刻袭击你的。"

"……这我怎么知道？即使不是你们，也不排除其他人出现的可能。"

"我们之外的其他人？"月夜惊讶地反问。

"对啊！"梦读瞪大了眼睛，"我不是一直说吗！有某种东西潜藏在这座馆里，某种危险的东西。"

"你是说，有个我们都不知道的人藏在某个地方，那个人才是杀害神津岛先生和老田管家的凶手吗？"九流间质疑。

　　"这我就不知道啦!"梦读边说边拨着头发,"可能是普通人感受不到的某种东西。不过我是灵能者,所以能感受到某种危险的东西的气息。我是说,那家伙一直监视着我们,伺机下手。"

　　梦读说着,狠狠瞪了游马等人一眼:

　　"你们这些感觉迟钝的人可真是幸运。像我这样被上天选中的人,在房间里也一直能感受到那东西的气息,所以才怕得要死。"

　　也许是巨大的压力使梦读感到不安,她不停地阐述着夹杂妄想的见解。

　　不过这也很正常——游马平静地望着梦读,她眼里布满血丝,对人大呼小叫。现在大家被困在玻璃尖塔中,恐怖的案件接二连三地发生,还和外界切断了联络,会有人不安到精神错乱也不足为奇。

　　现在其他人都在竭力维持着平静,但说不定遇到某个导火索,也会做出和梦读类似的反应。就连让神津岛服下胶囊的游马,面对这种让人摸不着头脑的状况,也随时可能情绪崩溃。

　　能保证不会崩溃的人……游马的目光移到月夜身上。她仍然是一副乐在其中的表情。

　　"既然你在上了锁的房间里都能感受到那种不祥的气息,那么在哪儿不都是一样吗?好了,快走吧!"

　　月夜抓住梦读的手腕,准备强行将她拖出房间。

　　"喂,快放手!很痛的!行了,不就是出去吗?我出去不就得了?"

　　也许是放弃了挣扎,也许是自暴自弃了,总之梦读走出房间,掏出钥匙锁上了门。

　　"那我们去吃晚饭吧!"

月夜一马当先，往楼下走去。游马等人迈着沉重的步伐，跟在她身后。

"尊贵的梦读小姐，您还好吗？"

身后传来圆香的声音，游马停下脚步回过头去，只见梦读走在队尾，扒着圆香的胳膊，身体微微发抖。

"我一点儿都不好！你刚才没听到吗？有脚步声从后面追过来了！"

"我没有听到呀……"

"怎么会没有听到呢？有人跟在后面啊！"

"梦读小姐，加加见先生和酒泉君在游戏室，剩下的所有人都在这里，不可能还有别人。"

听了九流间的话，梦读仍然像个哄不好的孩子，只顾一个劲儿地摇头：

"我能感受到，有人在那边！"

梦读伸手指着旋转楼梯上方，九流间又是一声长叹。这时，走在最前面的月夜忽然把手搭在游马肩上：

"那我们俩就去看看上面的人是谁。走吧，一条君！"

游马还来不及反应，月夜已经穿过站在楼梯上的人，向上跑去。游马慌忙追在她身后。

"柒""陆""伍""肆""叁""贰""壹"，两人经过一扇扇刻着数字的大门，最后爬到了观景室的楼梯间。

"楼梯间里没有任何人，现在只剩下这观景室了。"

月夜从西装内兜里拿出刻着"伍"字的钥匙，插进钥匙孔中开了锁。沉重的大门吱呀呀地开了。再次走进这间被玻璃圆锥体笼罩的观景室，游马迅速地四下张望。尽管他不相信梦读说的话，不认为会有什么人藏在里面守株待兔，但眼下局面尚不明朗，提高警惕总不会有错。

观景室里挤挤挨挨地摆了不少神津岛的藏品，因此有许多死角。游马和月夜交换了眼色，分两路开始搜索。

书架上挤满了珍贵的海外推理小说原版书，柜子里摆的是推理电影中使用的小道具，还有一张知名推理小说家用过的书桌。游马忍耐着房间中的寒冷，小心谨慎地审视这些家具的暗影，却根本没看到潜藏者的身影。

"想想也是哦。"游马趴在地上，一边嘟囔，一边检查《神探可伦坡》拍摄中使用的标志 403 敞篷车的车底。这时，他突然感到身后有人。

谁在我身后？！游马蹲着猛地一转身，顿时失去了平衡，摔了个屁股蹲儿。

"你在干吗？"月夜吃惊地睁大了眼睛，俯视着他。

"不要不声不响地站在人家背后啊！很吓人的！"

"抱歉抱歉。名侦探有时也要追踪嫌疑人，所以跟踪技术也是必备技能之一。我自然而然就养成了走路不出声的坏习惯。"

月夜哈哈大笑，看不出丝毫反省的意思。

"果然这里一个人也没有啊。哎，藏于暗处的杀人魔头也是相当有魅力的设定，但在暴风雪山庄模式下，凶手最好还是在主要出场人物之中，这样最有意思。"

"……现在可是真的有人被杀了。"

222

听到月夜用"有意思"来形容现在的情形，游马不禁焦躁难安，声音中带了责备。

"哦哟，怎么了，一条君，这么生气？"月夜的问话像是从心里对游马的反应感到纳闷。

不能要求这位脑子缺了好几根弦的名侦探讲究常识，更何况自己让神津岛服下了胶囊，更没有资格责难月夜。游马感受到身上背负的十字架沉重异常，无力地摇了摇头。

"没什么。只是，你别忘了，眼前的这一切都是真实发生的。我们不是推理小说中的出场人物。"

"嘿，这可不好说呢。"

月夜像唱歌般轻巧的回答，令游马蹙起眉头。

"你这话是什么意思？"

"近几年，超推理也多了起来。说不定我们就是迷失在'馆主题'的本格推理小说中，成了小说中的出场人物呢，只是没有人察觉罢了。我和一条君也是一样。"

"……你是认真的吗？"

如果月夜没开玩笑，那就真要怀疑这位名侦探的精神是否正常了。

"这就不好说了。好了，我们先下去和大家会合吧。再待在这儿会冻僵的。告诉梦读小姐，我们没看到别人，说不定她的精神状态也会好一点。"

月夜步履轻盈地走向楼梯间。

游马和月夜下楼与众人会合，可即使告诉梦读楼上一个人也没有，她仍旧坐立不安。"一定是你们没注意！""上面绝对有人！"她不住地叫喊着，但也许是真的饿了，没有反抗便去了游戏室。

回到游戏室，加加见坐在沙发上，把盘子举到嘴边，胡乱往嘴里扒着西班牙海鲜饭。

"啊，梦读小姐来了呀。太好了。我大显身手做了一堆好吃的，正想和大家一起吃呢。"

酒泉明显很开心，是那种拼命想要忘记自己所处的可怕情景危险的开心，颇有几分强颜欢笑的意思。

"……好了，各位来宾，由于餐厅无法使用，不得不以自助餐的形式招待大家，实在抱歉。不过，还请大家尽情享用美味。我会代替老田，给大家供应饮料。"

圆香的声音低哑暗沉，和酒泉形成了鲜明对比。她面色苍白，低垂着头，却依然尽力担起女仆的职责，那副模样让人看了格外心疼。

"你在说什么呢？"月夜突然说，"现在都这样了，已经没有什么主客之分。大家都是一条绳子上的蚂蚱。我们之中，一直为大家辛苦付出的巴小姐和酒泉先生，更该被优待。所以你们先吃吧，我们之后再用餐。"

"您不必如此……"圆香大为困惑，眼神飘忽不定。

"别客气。哦，我来给你盛饭吧！等一下。"

月夜单手捏起两只盘子，麻利地盛起饭菜。

"给，请用。"她将盛好饭菜的盘子递给酒泉和圆香。

"欸？这样好吗？那就恭敬不如从命了。"

圆香见酒泉爽快地接过盘子，也怯生生地伸出手。

"吃吧，很好吃的哦。"

明明这饭菜不是自己做的，月夜仍然殷勤地推荐。

"那我就先吃了……让各位贵宾见笑了。"

圆香逃也似的走到房间的角落，犹犹豫豫地吃起来。月夜见状，也双手合十："那我们也开动吧。"

案发之后，月夜就不断做出各种奇怪的举动，大概九流间等人已经习以为常，只是点了点头，自觉排成一队。游马没有食欲，可如果不吃点东西垫肚子，意外发生的时候也没有力气。于是，他还是站在了队伍的最后。

大家自发地聚在沙发周围，其他人都一脸凝重地吃着饭，只有月夜不停地向酒泉发问："好神奇啊，这是怎么做出来的？"

游马嚼着西班牙海鲜饭，看了看座钟，快要晚上七点了。

还有两天，被雪崩封住的道路就能疏通，警方就会赶到。等到警方开始彻底调查，很快就会发现我因为妹妹的事存在作案动机。警方一定会把我列为杀害神津岛的首要嫌疑人，仔仔细细地审问我。到时候，我真的能撑得过去吗？

而且，有望摘取诺贝尔奖桂冠的科学家、大富翁在这样一座玻璃馆中被害身亡，一旦媒体得知了这个消息，一定会在第一时间赶到。他们也一定会对妹妹施压，对她动用以采访为名的社会私刑。绝对不能让这种事发生。

游马把目光投向月夜，她吃完了手边的饭菜，正要再去取餐。

这位名侦探离真相还有多远？和她一起侦查真的是正确的选择吗？就在游马开始怀疑自己的选择是否正确时，月夜取完餐说道：

"各位，好不容易在一起用餐，我们聊聊天吧。大家都闷头吃饭，有点儿对不起这么好吃的饭菜呢。"

"聊天……又能聊什么呢？"

月夜欢快地回答九流间的疑问：

"当然是聊发生在这座馆的案子了。"

好几个人明显拉下脸来。在沙发上一口接一口地往嘴里塞着饭的梦读尖叫起来："你差不多得了！

"你为什么没完没了呢？那么恐怖的事，我只想把它忘了。现在真的有人死了！被杀了！我不管你是不是什么名侦探，不要为了自己糟糕的恶趣味，把别人卷进来！"

"恶趣味？"月夜脸上的笑容立刻消失，"你以为我是凭兴趣在侦查吗？"

"不……不然呢？你想说不是吗？"

月夜盯着梦读，她的脸像能面一样，一丝表情也没有。梦读不由得绷紧了身子。

"对我来说，想要成为名侦探绝不是一时性起。我赌上了人生的全部，不惜失去一切，也要换取这个身份。"

月夜的语气中没有感情。平时的开朗活泼消失得无影无踪，此时的她阴气逼人。不知不觉间，在场的所有人仿佛都要被她的冷漠吞噬。

"您说现在真的有人死了。说得对，一点儿没错。正是因为有人死了，才需要名侦探。警方都无法破解的难案，如果放着不管，凶手就会逍遥法外。破解谜案，令真相大白，让犯人受到应有的制裁，这就是名侦探的使命。只不过，依现在我们的处境，我身上还有比让受害人沉冤昭雪更重要的任务。”

“什么更重要的任务呢？”

“那就是不能再让更多的人牺牲。昨天我说过，这种在密闭空间中发生的杀人案，往往不会只死一两个人。真相来得越晚，就越有可能出现新的受害者。而且，在场的所有人都有可能成为新的受害者。我本人当然也包括在内。”

月夜语气冷淡，说出的话却让人心惊肉跳。梦读无言以对，其他人也一样不知该说什么好，就连让神津岛服下胶囊的游马也是一样。

——我原以为只要在剩下的两天里找出杀害老田的凶手就行了。可是，眼下的情况好像并没有那么乐观。

如果杀害老田的凶手发现是我杀了神津岛，他恐怕会想方设法将自己的罪行扣在我头上，这一步我已经算到了。可说不定凶手并不想让我活着，而是想让我死后替他顶罪。毕竟死人不会说话，这样做明显对犯人更加有利。思绪的浪涛在游马的大脑中绕成旋涡。

我一直认为自己是狩猎的一方。可说不定这座玻璃塔中的我，不过是被强大的猎人逼得四处逃窜罢了。

只要凶手没有显露真身，我也一样不知道什么时候就会被杀。

冷不丁被强逼着面对长久以来下意识逃避的现实，每个人都陷入了深深的沉默。沉默之中，月夜将盛好饭菜的盘子放在桌上，猛地拍了下手，“啪”，清脆的声音回荡在游戏室里，解开了其他人身上无形的锁链。

“所以说，为了保证人身安全，我们需要尽快找出凶手，将他控制住。因此，我需要了解大家知道的信息。请各位协助我。"

不知何时，天真无邪的笑容已经回到了月夜的脸上。

"可是……这信息，要从哪里说起呢……"九流间战战兢兢地说。

"您不必顾虑太多。推理小说里不是经常这样写吗？破案的重要线索往往是在普通的聊天中得到的。大家一边享用美餐，一边说说和案件有关的话题，闲聊一下就可以啦。"

"那么，请开始吧。"月夜催促着大家，可没有一个人开口。

"突然提出这种要求，可能各位都比较犯难。那就由我来开这个头吧！巴小姐——"

忽然被点到名字，圆香明显瑟缩了一下："是，我在……"

"昨天晚上，你知道神津岛先生想在大家面前公布什么消息吗？"

"不……我不知道。老爷什么也没和我说。"

"这样啊。其实，神津岛先生把自己要公布的消息告诉了一条君——只告诉了他一个人。"

游马一下子接收到所有人的视线，不由得微微向后仰身：

"不，我并不知道具体的内容。只是以前给神津岛先生看诊的时候，他和我讲了一点点。"

事实上，神津岛是在服下胶囊之前告诉游马的。稍有不慎，大伙就有可能因此怀疑自己杀了神津岛。游马慌忙解释。

"那神津岛先生是怎么说的？"

加加见厉声提问。游马恍惚觉得他的眼神中已经有了怀疑，脑门上不由得渗出汗来。

"他好像得到了一部未公开的珍贵原稿，一部能彻底颠覆推理界历史的原稿。"月夜代替游马回答。

"原稿？"加加见皱眉。

"没错。按我的逻辑来推算，那很有可能是在《莫格街谋杀案》出版前写的稿子！"

月夜的声音高亢，两眼放光。可其他人的反应却很平淡。了解这类稿件价值的游马、九流间、左京已经知道这个消息了，其他人不是推理狂热者，不明白它究竟有多么劲爆，只是露出惊讶的表情。

"我不是很懂这个，那东西值钱吗？"

"值钱吗？！"月夜瞠目结舌，"当然啊！它比世上的任何东西都值钱啊。金山银山和这份原稿相比都像垃圾一样！"

"你用不着那么激动。总之，那稿子在你们这些推理爱好者看来，是非常重要的对吧。"

"不光对推理爱好者很重要！那是全人类的宝贝。你知道它的文化价值有多高吗？"

"知不知道都无所谓吧。关键是那部未公开的原稿对一部分人来说，是梦寐以求的东西对吧……甚至可能为了得到它夺去别人的性命。"

加加见的声音低沉下来。满面通红地倾着身子，试图说服他的月夜也恢复了平时的样子。两个人同时扬起嘴角，露出带几分危险的笑容。在游马眼中，他们的模样犹如两头龇着尖牙威胁对方的野兽。

"加加见先生要这样理解也无妨。机会难得，可以让我也问您几个问题吗？"

"问我？名侦探哟，你要问我什么呢？"

加加见皱起眉毛，瞪着月夜。月夜不动声色地接下了他令无数犯罪者颤抖不已的目光。

"当然是问您有关蝶之岳神隐案的事了。"

"那个编辑今天不是给大家讲了吗？"加加见指着左京。

"加加见先生，您是刑警，而且是负责蝶之岳神隐案调查的长野县警调查一科的刑警。您理应比左京先生知道更详细的信息，不是吗？"

"还是说，"月夜挑衅般眯起眼睛，"十三年前您还没当上刑警，没有参与查案？如果是这样就不好意思了，您知道的也不会比左京先生更多。"

"喂，别小看我。"加加见歪着嘴，"十三年前，我确实还不是县警调查一科的人。但案子发生在我管辖的区域，我加入了特别调查总部。"

"太棒了！那拜托您一定要给我讲讲案件的详情。"

"……我为什么要对你一个普通人讲这些啊？"

"我不是普通人，我是名侦探。"

听了月夜一本正经的回答，加加见大声咂了咂舌头。

"跟普通人有什么区别？我们一般来说是不可能泄露调查信息的。"

"一般来说？"月夜走到加加见身边，凝视着他的双眼，"现在连续发生了两起密室杀人案，大家无法下山，被困在这座奇妙的玻璃馆中。这种情况，您认为还算'一般'吗？"

"你别揪着'一般'这个词不放啊！"

"我只是在陈述事实。在不清楚作案动机的情况下，根本无法预测凶手接下来还想了结多少条人命。最坏的情况是他打算夺走每个人的性命，就像推理小说史上那部粲然闪耀的名作一样。"

月夜眯着眼睛，说出一大串耸人听闻的话。

"所以像我刚才说的那样，我们迫切需要尽早找出真正的凶手。参与过案件调查的您提供的信息非常重要。因此，加加见先生，请务必告诉我您知道的信息——尽量详细。"

月夜的措辞诚恳，语气却坚定到不允许对方回绝，加加见面露犹豫之色。

"加加见先生，老夫也拜托你了。现在是非常时刻，你就帮碧小姐一把吧。"九流间的催促有如最后一张王牌。

加加见夸张地叹了口气，把全部体重压在沙发上，摆出一副居高临下的样子："好吧，你想问什么？"

"您所知道的有关蝶之岳神隐案的全部。"

"全部情况无非也就是那位编辑说的那样啦。民宿的经营者挑选那些就算人间蒸发也无人问津的人下手，将他们残忍地杀害。问题出在凶手冬树大介的身份上。"

"身份？"左京嘟囔着，"我记得，冬树大介是长野县人，高中毕业后去了东京的工厂上班，三十岁时，他所在的公司倒闭了。几年之后他开了民宿，这段时间他经历过什么，没有人知道。"

"直到他离开工厂前的经历都没问题。但那之后的经历，准确说来，并不是'冬树大介'的。"

"这是什么意思？"左京皱紧了眉头。

"案件浮出水面后，立刻就有信息表明，东京出现了一个名叫'冬树大介'的男人。"

"冬树还活着吗？！他怎么没有被捕？！"

"喂喂，编辑先生，冷静一下。那个男人的确是冬树，但不是蝶之岳神隐案的凶手。因为他在十三年前就死了。"

"……已经死了？"

"真正的冬树大介离开工厂后，一直待在东京，成了无家可归的流浪汉。距今十五年前的冬天，他冻死在街头。"

"那在民宿杀人的是谁？"

"不知道。不过，冬树成为流浪汉之后，似乎立刻就卖了自己的户籍身份，用来糊口。"

"户籍也是能买卖的吗？"游马吃惊地问。

加加见嘲讽地哼了一声：

"大夫，你还是嫩得很。这世上没有哪样东西是不能交易的。买到别人的户籍身份，就可以伪装成对方，干很多糟糕的勾当。要是出了问题，随时把这个身份扔掉就行了。户籍可是每个犯罪者都梦寐以求的。"

"糟糕的勾当……也包括杀人吗？"

对于游马的疑问，加加见没说话，只是咧嘴一笑。

"那么，冒充冬树大介的人到底是谁？"月夜问。

加加见耸耸肩膀："没人知道。只不过，那家伙只在周末或冬季经营民宿，恐怕平日里就像个面善的市民，做着普通的工作，只有当饲养在自己内心的那头怪物按捺不住的时候，才会化身'冬树大介'，物色猎物。"

"没人知道，是没人去调查吗？"左京语带责备。

"没法子查啊。我们知道冬树这个情况，是在嫌疑人死亡的文件上报之后，调查总部已经解散了。你们这些媒体从业者得知嫌疑人死了，也就不再关心，一个多月过去，根本没有媒体报道和蝶之岳神隐案相关的新闻了。"

"嗯。"加加见的反驳令左京哑口无言。

"……凶手真的死了吗？"月夜以手掩口，喃喃自语。

"你说什么？"加加见瞪着她。

"说不定凶手之前以冬树大介的身份生活，案件曝光后依然活着，只是回归了原本的身份，现在过着普通的生活。"

"不可能，当时那场雪崩的规模非同小可。从足迹推断，凶手毫无疑问是从民宿逃跑，然后被卷进了雪崩之中。他不可能生还。"

"但不是也没找到尸体吗？既然如此，就不能说凶手从雪崩中生还的可能性为零。话说，这个'冬树大介'的外貌特征是怎样的？"

"没人能说清楚。他好像总是戴着口罩，还架着一副外框格外宽的眼镜。曾在民宿住过的客人，都说他'年龄不详'。"

"那就是说，凶手刻意模糊了自己的年龄和外貌特征。所以'冬树大介'究竟是何许人也，至今也没人知道。"

月夜掀动薄唇，笑得妖冶动人。这时，梦读猛地站起来：

"就是他！他肯定活了下来，现在藏在馆里！"

"你突然发什么疯啊？"加加见扭歪了脸。

"我一直都在这么说啊，有某个人藏在这座馆里，想对我们下手！"

"喂喂，难道你认为活下来的'冬树大介'藏在这座馆的某个地方，杀了神津岛先生和管家？你的脑子没问题吧？"

梦读试图反驳加加见的冷嘲热讽，但被月夜抢在了前头：

"'冬树大介'是有可能藏在这座玻璃馆中的。"

"怎么连你也说这种话？难不成所谓的名侦探，和这个神婆是一样的水准？我们这些人一起行动，那家伙是如何做到杀掉两个人还不被人发现的？他吃什么充饥？大小便如何处理？在严寒的大山里生活了十三年的杀人狂魔，突然藏在这座玻璃馆里杀人？这已经脱离了推理小说的范畴，成了恐怖小说了吧？"

"他不一定一直没有现身，说不定我们都已经见过'冬树大介'了。"

月夜这句谜一般的话，听得每个人都一头雾水。几秒过后，终于有几个人理解了月夜话中的恐怖，神情变得十分紧张。

"难道说，'冬树大介'就在我们之中?!"游马的声音明显高了上去。

"不愧是我的华生君。"月夜满足地点头，"不能否认这种可能吧。尽管无法确定他究竟是凶手还是受害人。"

游马深吸一口气。他的第一反应，是认为"冬树大介"是杀害老田的凶手。可反过来想一想，被杀的神津岛或老田也有可能就是"冬树大介"。

和蝶之岳神隐案的受害人生前关系亲近的人，为了复仇杀死了"冬树大介"，在现场留下"蝶之岳神隐"几个血字，很可能就是这样。新的信息蜂拥而至，所有人都陷入混乱之中，沉默不语，只有月夜扭头看着加加见道：

"好了，加加见先生，请您继续提供信息。"

"继续提供信息？"

"嗯，是的呀。刚才您说的是和十三年前的案件相关的事，可是不是只有那个案子被叫作'蝶之岳神隐'，人们把最近发生的几起登山者的失踪也叫作'蝶之岳神隐'。而且，您还为了查案跟神津岛先生取得了联系。能不能告诉我们和最近这些案件相关的信息呢？"

加加见抱着胳膊，脸色很难看。要他讲出十三年前的案件内情也就算了，现在还要交代当下调查中的案件情况，他会犹豫也很正常。

"这是为了现场每个人的安全。保护市民不是警察的职责吗？"

"好了，我说就是了。"在月夜的施压下，加加见投降似的挥了挥手。

"受害人或者说失踪者是一位名叫摩周真珠的职业女性。去年冬天，婚期将近的她和未婚夫一起来爬蝶之岳。"

"大冬天的，两个人去登山？"

"嗯，是啊。"加加见愤愤地埋怨道，"未婚夫好像勉强算个专业登山人士，女方是被他硬拉着去的。一个门外汉竟敢挑战冬天的飞骅山，你们说她是不是脑子进水了。"

"他们大概是小看了冬天的山吧。"

"两人果不其然遇难了。他们到了下山的日子却没有下来，家里人刚去请警方寻人，就有人发现了未婚夫滑落山崖的尸体。可是，警方却没找到摩周真珠。"

"会不会是未婚夫滑落山崖，女方不知该如何是好，就往山下走，结果半路上迷路了？"

"大概是吧。"加加见板着脸，"我们投入了大量警力搜找，在偏离正确下山路线的森林中，发现了她掉在地上的一部分登山装备。可最终也没找到摩周真珠……生不见人，死不见尸。"

"如果偏离了下山路线，迷失在宽阔的森林中，的确可能发生这样的事。可是，一般来说，警方是不会找得那么仔细的吧？"

"我之前不是说过吗？她的家人闹得很厉害。摩周真珠的母亲闹个没完，坚持认为自己的女儿不是普通的登山遇难，而是被什么人拐走了。"

"哎呀呀，您的思路也太跳跃了。她的母亲为什么会这么想呢？"

"都怪那个编辑啊！"加加见朝左京扬了扬下巴。

"欸？怪我？"左京惊讶地指着自己的脸。

"你惊讶什么？你办的杂志去年不是做了'蝶之岳神隐案'的专题吗？在里面胡写一气，说什么冬树大介可能还活着，最近的几位遇难者说不定就牺牲在他的魔爪之下。你们刊登这类无凭无据的报道，想过怎么负责吗？"

"怎么负责……"左京瑟缩着。

"摩周真珠的母亲读了你办的杂志，坚信自己的女儿不过是被某个人拐走、关了起来。唉，她应该也是无法接受女儿的死讯，骗自己女儿还没死吧。不过，这位母亲和我们县警有点儿关系，所以我就不得不出来查案。"

"这个我听说了。但您在调查的过程中，是怎样接触到神津岛先生的呢？您不是来这玻璃馆很多次，甚至还在这里住了几晚吗？还因此和神津岛先生走得很近，以至于他这次举办活动也邀请了您来。"月夜安静地提问。

加加见用力摆了摆手："因为住在蝶之岳这一带的，也就只剩下神津岛先生这一户了。另外，从失踪者留下痕迹的位置来看，摩周真珠可能是往玻璃馆的方向去了。虽然我知道这样的调查毫无意义，但多少也得装出认真调查的样子吧。"

"只是装装样子，需要跑好几趟吗？"

"正是为了装样子，才要跑好多趟呢。"加加见的语气中有了嘲讽，"神津岛先生发了疯似的喜欢推理小说，当然愿意好生招待我这个刑警。他让我讲一些实际发生的案件给他听。我只需讲几件陈年往事，就能在堪比高级餐厅的地方吃饭，喝上以我的薪水一辈子都喝不上的酒。自从十多年前老婆跑了，我每天吃的都是便利店的便当。神津岛先生的款待真是让我感激不尽。而且，神津岛先生在这一带是挥金如土的名士，和他搞好关系总不至于有什么坏处。"

"所以说，您常来玻璃馆，不是为了调查女白领失踪案，更多的是为了自己？"

"就是这样，不行吗？明明是缺根弦的女白领登山遇难的一起事故，却让我一个刑警没完没了地把它当作案件来调查。我从中为自己谋点利益，也是理所应当吧。"

加加见大放厥词，毫无惭愧之意。

"那真的是一起事故吗？"

听了月夜的嘟囔，加加见脸上油腻的笑容消失了。

"你说什么？"

"凶手在老田管家的被害现场写了那么大的字：'蝶之岳神隐'，还是用受害人的血写的。如果认为那位女白领的失踪和这次的案子有关系，也不奇怪吧？"

"你这人说的话一直是前后矛盾啊。一会儿说凶手的犯罪动机是神津岛先生手里那份未公开的原稿，一会儿又说'冬树大介'在这座馆里。"

"我先把所有可能的选项都列出来，再从里面谨慎地寻找真相。所以现在还不能排除女白领失踪和这次的案件有关的可能。"

"那你觉得女白领的失踪和这馆里发生的杀人案有什么关系呢？"

"这个嘛……"月夜摸着鬓角，"如果是这样呢：这位女白领并未遇难身亡，而是被神津岛先生或老田管家拐走杀掉了。她的亲朋好友中有人发现了这一点，为了复仇而接近神津岛先生，和他混熟到足以受邀参加这次活动的地步。这个人计划杀掉参与杀害女白领的所有人，如今他付诸行动了。哦，还有一种可能，神津岛先生或老田管家就是十三年前的连环杀人犯'冬树大介'，他无法再以'冬树大介'的身份杀害女性了，于是就开始诱拐登山者……"

月夜说着说着，屋里传来一声巨响。游马回过头，只见一只盘子在圆香脚边摔得粉碎，碎片溅得四处都是。

"对……对不起……我没拿住……"

圆香沙哑着嗓子，脸色像死人一般苍白。她蹲下来捡盘子的碎片，从远处也能看出她的手在明显地颤抖。

"圆香，直接用手捡很危险的。我来收拾，你歇着吧。"

酒泉慌忙阻止，可圆香就像没听见似的，仍然伸手去捡大块的碎片。紧接着，她的手猛地一抽。大概是她手抖个不停，又要去抓摔破的盘子，不慎割破了指尖。

"你看，怎么不听话呢？你到底怎么了，圆香？你的脸苍白得很啊。我来收拾残局，你回房间休息一下吧。诸位，让她回去歇会儿，没问题吧？"

"嗯，当然可以。"九流间点头。

"那……那就恭敬不如从命。那个，酒泉先生，非常抱歉，我可以休息到明天早上吗？"圆香眼神恍惚地问。

"没问题。可是，你真的没事吗？一会儿我去照顾你吧？"

"不用！让我一个人静一静！"

圆香忽然大喊，娇小的身体迸发出的高亢声音出人意料。酒泉呆立在一旁，说不出话。圆香很快又露出恍然大悟的表情，对着大家深深地鞠了一躬，腰弯得人们几乎能看到她的发旋。

"万分抱歉，我失态了。由于身体不太舒服，请大家允许我回房间休息片刻。"

圆香一口气说完，逃也似的一转身便出了游戏室。大家都愣住了，谁也没想到会发生这样的事。这时，加加见忽然站起来大喊："你等一下！"

"怎么了，加加见君？"

加加见指着圆香消失后的大门，回答九流间的疑问：

"不能就这么让那个女仆跑了！她肯定知道内情，所以才有那么大反应，逃了出去。得把她叫回来，撬开她那张嘴！"

"可是，人家身体抱恙，最好还是不要硬来……"

"你想得也太天真了吧。现在情况这么严峻，不马上抓到凶手怎么行？我去把她带回来，你们在这儿慢悠悠地吃饭吧。"

加加见说完便蹿出了游戏室。游马跟不上这突如其来的变化，只是单手拿着盘子，眼睁睁地看着加加见离开。

"哎，加加见君说得也有道理，我们就在这儿边吃边等吧。"

听了九流间的提议，游马、左京、酒泉和梦读都轻轻点头。只有月夜默默地把饭菜送入口中。约莫五分钟后，加加见独自回到游戏室。

"晚了一步。那女仆把自己关在房间里，上了门锁。"

加加见一屁股坐在沙发上，望着不声不响吃饭的月夜。

"名侦探大小姐，你接下来打算怎么办？还要在这儿没完没了地聊下去吗？"

月夜正要把嘴里的东西咽下去，饭菜似乎卡在了喉咙，她拍了几下胸脯，连忙喝了几口放在桌上的水。

"好吧。现在多少得到了一些信息，今天就到这儿吧。我要把刚才听来的信息整合一下，仔细思考。"

"随你便。只要别再让我陪你玩这种过家家游戏就行。"

"等一等。今天晚上要怎么办？"左京慌张地问要起身的加加见。

"今天晚上？"加加见皱着眉头。

"是啊，谁知道凶手半夜会不会再次作案呢！"

"你瞎说什么啊。难不成是干过什么亏心事，觉得自己可能被杀？"加加见冷嘲热讽道。

左京气得嘴都歪了："那怎么可能？！但也许凶手是无差别杀人。如果是这样的话，是不是大家聚在一起过夜会比较好呢？"

"要和你们这群人一起待上一整晚吗？我看还是算了吧。如果凶手的下一个目标是我，岂不是正合适？我就反杀回去，一把抓住他。

所以说，我要回自己房间休息了。"

"我不要！因为你们之中说不定有人就是凶手，我也要回自己的房间。"

加加见和梦读相继离开游戏室，剩下的几个人面面相觑。

"好了，我们要怎么办呢？我打算再在这里待一会儿。"九流间喃喃道。

酒泉指了指桌上的饭菜："我先把残局收拾了。"

也许是被圆香吼了的缘故，他的声音暗淡而失落。

"那我帮你一起收拾。"游马说。

酒泉挠挠头："可以吗？那就拜托你了，帮大忙了。"

"我和九流间老师一起，再在游戏室待一会儿。"

"碧小姐呢？"左京望向月夜。

"我回房间。像左京先生刚才说的那样，大家一起度过这个晚上的确是最安全的，但已经有三个人回房间了，剩下的人待在这儿也没有太大意义。少数几个人在所有人都能自由出入的公共场所过夜，也挺危险的。"

"也许碧小姐说得没错。那我们过一会儿也各自回房，把门锁好吧。"

没有人反对九流间的提议。

"一条君，"月夜凑到已经开始收拾桌上碗盘的游马身旁，在他耳边小声说道，"明天早上我会去你的房间，推理这个案子，今晚要睡个好觉哦。"

说完，月夜拍了拍游马的肩膀，迈着轻快的步子往门口去了。

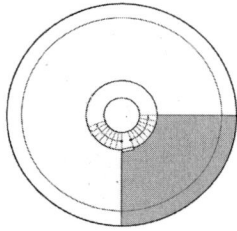

第
三
天

1

"因此，1932 年出版的埃勒里·奎因的作品《埃及十字架之谜》与巴纳比·罗斯的作品《Y 的悲剧》都是精彩的杰作。究竟哪部作品更精彩呢？就在读者们争论不休的时候，奎因和罗斯竟然戴着黑色的面具出席了一次演讲，进行了针锋相对的辩论。但几年后，读者发现巴纳比·罗斯和埃勒里·奎因其实是同一位作者的不同笔名，两部作品都出自同一位作者之手。于是人们又有了新的问题：那次演讲中激烈辩论的两个人又是谁呢？一条君，你知道这个问题的答案吗？"

"……曼弗雷德·李和弗雷德里克·丹奈嘛。"游马一面叹气一面回答。

"不错。"月夜伸手指着他的鼻尖，"埃勒里·奎因是李和丹奈这对表兄弟联手写作时用的笔名。也就是说，埃勒里·奎因的作品是这两个人写的，所以他们俩才有可能展开讨论。哎呀，一条君，你还挺有两下子的嘛。很多推理爱好者都不知道这个故事呢。"

"多谢夸奖。"

“作家组合其实并不少见。日本作家中，说到作家组合首先想到的是以《宝马血痕》获得第二十八届江户川乱步奖的冈岛二人。看到笔名中的‘二人’二字，读者大概就能明白，这位作者从一开始就无意隐瞒共同创作的事实……”

游马按着钝痛不已的脑袋，月夜滔滔不绝的推理讲义持续传到他耳中。清晨五点，一阵响亮的敲门声把他吵醒，月夜走进房间便坐在沙发上，盘起腿就说：“那么，我们开始推理吧。”

游马一方面厌烦月夜一贯的我行我素，另一方面，想尽快揪出杀害老田的凶手就少不了月夜的推理。他只好撑着自己沉重的身体，到卫生间洗了脸，换了衣服。他穿戴整齐后，两个人是聊起来了，但月夜逮住一个话头就跑题，动辄讲起推理相关的小知识来。游马听她说了半天，几乎没有一句像样的案件推理。

刚刚也是一样，月夜提到神津岛的死亡信息和《Y 的悲剧》有点儿关系，然后不知不觉聊起了埃勒里·奎因，接着就在跑题的路上越走越远。

“说起来，冈岛二人解散后，井上梦人依旧坚持写作，他是披头士的头号粉丝。岛田庄司对披头士也爱得不行，两个人组了一个翻唱乐队……”

“停，碧小姐，你先停一下。”

话题越跑越偏，游马终于忍不住打断了她。月夜正讲得起劲，被打断后不满地噘着嘴：“干吗？”

“你想讲推理的小知识，我随时洗耳恭听，但现在我们先来分析案件吧。”

月夜的目光游移了几秒，忽然提高了嗓门："哦，分析案件！"

难道她真的忘了自己是来干什么的？游马无奈地低下头，眼睛朝上看着月夜。

"所以说，你推理出什么了吗？比如……凶手是谁，有眉目了吗？"

"那还没有。"月夜立刻回答。

游马垮下肩膀。可月夜马上又开口道：

"不过，关于餐厅的密室诡计，我大概有了些想法。"

"真的吗？！"游马猛地站起来，"凶手是怎么做到的？他是怎么制造密室的？放火的目的果然是想烧毁老田管家的尸体吗？而且，他到底是怎么放的火？"

面对游马一连串的提问，月夜把目光投向窗外。

"今天好像又要下雪呢，昨天的天气还挺好的。"

"碧小姐！"

"你别生气嘛，谈论天气不是对话的常识吗？关于餐厅的密室，我还有一个小地方不太明白。身为名侦探，推理尚未成熟时是不能公开的。"

"现在可容不得我们这么慢悠悠地来，谁知道什么时候……"

游马的话说到一半，屋里忽然响起巨大的警报声。

"一层的副厨房失火了。一层的副厨房失火了，请立即避难！"

电子提示音响起的同时，天花板上的马达发动，所有的窗户一齐敞开。

"不是吧，又来！"

游马腾地站起来，月夜拉住他的手。眼前的一切仿佛昨日重现。

"一条君，我们去一楼。"

也许昨天餐厅里发生过的事又发生了。即使不是这样，如果真的着火了，也要立刻灭火。"好的。"游马点点头，和月夜一起离开房间，沿着玻璃台阶跑下楼去。两人抵达一层后，一刻不停地朝副厨房的大门跑去。

游马攥住门把手，两手使力。门没有像昨天那样被卡住。副厨房的灯灭了，自动灭火器正大量往房间里洒水。屋里没有火苗，可能火已经灭了。月夜按下门边的开关，荧光灯惨白的光线照亮了副厨房。

自动灭火器停止了运作。一串脚步声从两个人身后传来。回过头，九流间、加加见、左京、酒泉、梦读五人依次赶到。

"发生什么了？"

梦读上气不接下气，歇斯底里地大喊，神情中充斥着强烈的恐惧。她一定是想到了最坏的结果，以为又出现了一具密室中的尸体。

"我们也刚到，还不知道发生了什么。"

"没有人遇害吧？"

加加见压低了声音询问。大家一下子绷紧了神经。

"乍看上去是没有。不过，屋里还是有死角的，有必要仔细找找看。"

"那还不赶快找！"加加见一听月夜这么说，立刻大步流星地走进副厨房，游马也和月夜一起走了进来。自动灭火器洒的水把地板弄得湿淋淋的，他们小心翼翼地往前走。这时，月夜忽然"啊"了一声。游马以为有尸体滚到了地上，心脏猛地一紧。可月夜却指着厨房桌上的一根几乎快烧完的蜡烛。

"就是用这个点的火吧。"

"那是蜡烛吗？"左京躲在月夜身后，窥探已经烧得不成样子的蜡烛。

"嗯，是的。旁边还有烧过的餐巾纸纸屑，带着一股汽油味道。"月夜形状姣好的鼻子凑近了桌子，"应该是挨着点燃的蜡烛放了很多泡足了灯油的餐巾纸，蜡烛越烧越短，火就转移到纸巾上，腾起一条巨大的火龙。然后自动灭火器做出反应灭了火。"

"就是做了个简单的自动点火装置。"九流间远远地望着桌上的狼藉，"不知道点燃蜡烛，再等火烧到纸巾上，大概需要多久。"

"化掉的蜡油不太多，大概用了二三十分钟吧。对吗，加加见先生？"

"差不多吧。"加加见被月夜点到名字，略微颔首，像是觉得这问题很无聊。

"应该是有人故意设计好，让自动灭火器二三十分钟后启动吧。但究竟是出于什么目的呢……"九流间将手放在光秃秃的头顶上。

"应该不是想让我们像昨天那样过来看尸体的吧，至少这副厨房里似乎没有尸体。"

月夜的手指放在秀气的下巴上，环视整个房间。

"也许对方就是想把我们叫到这儿来。一旦起火，原本不想离开房间的人也会跑出来吧。"

"那个……圆香去哪儿了？"酒泉战战兢兢地问。

他这样一说，大家才意识到，圆香不在这里。

"还在房间吧，那女仆之前不是怕得很吗？"加加见意兴阑珊地嘟囔道。

"不可能啊，火灾报警器都响了，肯定所有人都会跑出来啊。你看，就连之前宣布闭门不出的占卜师大婶也跑出来了。"

被酒泉指着的梦读表情扭曲。

"闹了这么大的动静都不出来，确实不太正常，还是去看一看比较好。"

在九流间的提议下，在场的所有人犹犹豫豫地离开了副厨房。酒泉一马当先，爬上旋转楼梯，来到陆之屋前面的小平台。酒泉拉了拉门把手，但门好像还锁着，没有打开。

"圆香！圆香！你还好吗？"

酒泉用拳头捶门，沉闷的声音在楼梯间回响，可门里面没有回应。

"喂，愿意闷在屋子里也没关系，可你好歹回个话啊！"

加加见把酒泉推到一边，在门外怒吼，里面依然悄无声息。不安的气氛在众人之间氤氲开来。

"既然你没有反应，我就破门而入了。听到没有？"

也许是忍耐到了极限，加加见使出浑身的力气，一脚踹在门上。但泛着钝重的金属光泽的大门纹丝不动。倒是加加见发出一声低吟，可能是伤到了脚指头。

"没法像撞开餐厅的门那样撞开这扇门，必须用钥匙来开。喂，九流间老师、一条大夫。"

"我在。"游马不经意间被点到名字，不由得挺了挺身。

"保险柜钥匙现在在你们身上吗？存放万能钥匙的那个保险柜的钥匙。"

"哦，哦……我带着呢。"游马从口袋里取出钥匙包。

"我也带着。"九流间也掏出一串钥匙。

"那大家快去地下仓库，拿万能钥匙。"

"好的，一条大夫，我们走吧。"

在九流间的催促下，游马正准备下楼，加加见忽然大喊一声："等着！"

"怎么了？不是应该尽快吗？"

游马捂着被震得发痛的耳朵抗议，加加见却哼了一声：

"所有人都要去地下仓库，确认万能钥匙是否还在保险柜里。谁知道是不是昨天就被你们调包了呢？"

"……愿意去就去吧。"

游马拿疑心重重的加加见没办法，径自走下楼梯。其他人在加加见的命令下，也跟在后面。来到地下仓库后，月夜走在游马前面，跑到保险柜旁边，攥住门把手，试图拉开柜门。不过，柜门自然没有打开。

"喂，一条君，你快一点儿嘛。"月夜朝游马招手。

"知道啦。"游马走到保险柜旁边，和九流间一起将手中的钥匙插入钥匙孔。

"好了，九流间老师，开门吧。一、二、三——"

游马和九流间配合着口号，一起转动钥匙。咔嚓一声，锁开了。游马旋转把手，柜门顺滑地打开。刻着"零"字的万能钥匙躺在里面。

下一秒钟，酒泉推开游马，抓起万能钥匙，转身便跑。看来他一直担心着圆香的安危，已经心急如焚了。加加见马上大吼一声："啊，给我站住！"追在他身后。游马等人也一路小跑着上了楼。

再次来到陆之屋门口的时候，酒泉正要开门。可他的手剧烈地颤抖着，钥匙根本塞不进钥匙孔里。

"好丢人啊。我来替你开吧？"

加加见在一旁嘲笑着，酒泉用布满血丝的眼睛瞪了他一眼。

"你给我闭嘴！"

"哦哟，我好怕哟。那你赶紧开呀。"

加加见轻浮地举起双手戏谑着。酒泉无视他的嘲讽，好容易开了门锁，狠狠抓住门把手开了门。一阵冷风从门缝中吹来，映在眼前的情景令游马屏住了呼吸。

巴圆香倒在窗边的床上。

她穿着一件婚纱，胸前染成一片血红。

"啊，啊啊，圆香。啊……"

酒泉悲痛地喊着冲向圆香，加加见却粗鲁地抓住他的后衣领，径直往后一甩，将他拖倒在地上。

"你……你在干什么？！"

酒泉一屁股摔在地上，泣不成声地抗议。加加见斜眼看着他：

"她怎么看都已经死透了。这间屋子相当于案发现场。我说过很多次了，不能破坏现场。"

"现在不是说这种话的时……"

"现在正是说这种话的时候！"加加见大喝一声，震得墙壁仿佛都跟着一抖，"明天警察来了就会开始调查。到时候，一定会找出杀了三个人的凶手。现在嫌疑人就剩下这几个了！"

加加见瞥了一眼门外呆若木鸡的众人，胡子拉碴的脸上露出一个带酒窝的笑容，准备走进房间。这时，月夜像猫一样从他旁边优雅地闪身而过。

"这件分体的复古式婚纱，就是观景室里展陈的那件吧？拍摄《神探夏洛克：可恶的新娘》时用过的服装。"月夜望着躺在床上的圆香。

"喂，不能随便进来！"

月夜无视在一旁大吼大叫的加加见，环视房间内部。

"没看见房间的钥匙啊，是凶手拿着钥匙跑了吗？"

月夜自言自语似的念叨着，只听瘫坐在原地的酒泉虚弱地说：

"……看看她头上的东西。"

"头上的东西？你是说那个白色头饰？"

月夜伸手去摘圆香的女仆头饰，另一只手从旁边伸了过来。

"嗯？这上头有个拉链呢。是这个吗？"

加加见说着一把扯下头饰，酒泉了无生气的眼睛凝视着他。

"圆香平时经常把钥匙放在那里面……她说自己毛手毛脚的……容易丢三落四……"

加加见拉开拉链，一把钥匙滚到地板上。月夜立刻弯腰捡了起来，像是对加加见刚才抢走头饰的报复。

"喂，不要碰！"

加加见提高了音量，但月夜完全将他的话当作耳旁风，表情严肃地走到游马等人那边：

"这把钥匙上刻着'陆'字，一定就是陆之屋的钥匙了。"

月夜将万能钥匙从钥匙孔中拔出来，将手里的钥匙插进去，转动手腕。伴着一声脆响，藏在门里的锁头出来了。

"门钥匙在圆香的头饰里，万能钥匙锁在保险柜里。这样的话，杀死圆香的凶手是怎么锁门离开房间的呢？"月夜低声喃喃。

"凶手一直没有走！"梦读突然发出尖厉的叫喊，"杀死女仆的凶手一直在这间屋子里！"

"喂喂，你瞎说什么呢。刚才大家都在副厨房集合来着，难道你忘了吗？"加加见一脸惊讶。

"不！凶手不在我们之中。我不是一直这么说吗？除了我们以外，还有人藏在馆里。那家伙杀了女仆，一直待在房间里！"

"你的意思是，凶手此时此刻也在房间里吗？"九流间问。

梦读不住地点头："这不是明摆着的吗？那家伙一定藏在某个地方！我们快跑吧！"

气氛一下子紧张起来。游马迅速环视房间的每个地方，却没看到一个人影。加加见似乎也警惕起来，将床下、家具内部、卫生间都找了一遍。

"一个人也没有。"加加见挠着头从卫生间走出来，"真是的，我不管你自称灵能者还是占卜师，别把那些不切实际的妄想说出来吓唬人！"

"才不是妄想！你为什么不肯相信我呢！有某种危险的东西藏在这

座馆里，我能感受到一股邪恶的气息……"

梦读的话里几乎带了哭腔，也许是事态发展过于反常，令她的精神濒临崩溃。临界状态下，恐慌比任何传染病更容易在人们之间传播。

情况不妙。这样下去，大家对彼此的不信任感随时都有可能引爆。现场的气氛剑拔弩张，不由得让游马产生了前所未有的危机感。

下一秒钟，"啪"的一声巨响劈开了空气中的焦灼。众人的目光求助般闪动着，最后落到声音的源头——双手在胸前合掌的月夜身上。

"大家先冷静下来，然后再想办法。"

月夜一改平时的聒噪，安安静静地说。不知道是不是错觉，游马觉得她的表情似乎有些难过。

"如果我们陷入恐慌，就正中凶手的下怀。不如先仔细考证一下，究竟发生了什么。"她的语气也失去了平日的威风，"门上着锁，门钥匙在屋里，万能钥匙在保险柜里。并且凶手不在房间。那么，杀害巴小姐的凶手是如何从这上了锁的房间离开的呢？这个问题值得思考。"

"会不会是从那扇敞开的窗户跑掉的？"

左京战战兢兢地指着窗户。由于触发了火灾警报，所有的窗户都从天花板一侧向外敞开了四十五度左右。

月夜轻盈地滑到窗边，从床旁边观察窗户外面。加加见吼了她一声，她仍旧不管不顾地说道：

"如果凶手是从这扇窗爬出去的，玻璃上一定会留下手印或脚印。可是，粗看上去是没有这些东西的。还有……"

月夜从西装衣兜里掏出手机，慵懒地拍下窗外的照片。

"馆的外墙覆盖着一层光滑的装饰玻璃。除非是壁虎，没有谁能不借助工具爬上爬下。而且一旦借助了工具，就会在外墙上留下明显的脚印。玻璃上也会留下道具的划痕。可我凝神细看也丝毫看不出这类痕迹。杀害巴小姐的凶手不可能从这扇窗逃走。"

"可是，凶手既不可能用钥匙，又不是从窗户跑出去的，那这座房间……"九流间的语声颤抖。

"没错，这房间成了密室。"

"密室……"游马重复着这个单词。

又来了。又是密室杀人。这座馆里究竟发生了什么？游马在心里嘀咕着，挠乱了头发。

"三间密室，三具尸体。老夫都怀疑自己是不是迷失在自己写的本格推理小说里了。"

九流间按着眼角，无力地摇了摇头。

"也许这不是您的错觉。"月夜说道。

"……什么？"九流间眉头紧锁。

"说不定我们都是故事的出场人物，暴风雪山庄模式的本格推理小说中的出场人物，只是我们自己没发觉罢了。"

"你在……说什么？"

九流间脸上的困惑更浓了。游马也一样困惑。

月夜昨天也说过一样的话，但游马以为她不过是在开玩笑。可是，她现在的状态不太对劲，月夜的言谈举止中透出一种态度，她仿佛真的相信了自己就是小说的主人公。

游马原本以为，月夜是享受这个状态的。但实际上，也许她不过是强撑着扮演名侦探的角色罢了。也许她和其他人一样，正一点点被恐惧侵蚀着身心。

置身于本格推理小说般的情境中，铆足力气扮演"名侦探"这个滑稽的角色——如果这是碧月夜这个女人真实的状态，确实可以说她成了故事中的出场人物。

"你在说什么傻话！这是现实世界，不是小说情节。你给我清醒一点儿！"

听到加加见的怒吼，月夜飘忽的目光终于勉强找回了焦点。

"啊……抱歉。那我们得赶快检查圆香的尸体。"

月夜深一脚浅一脚地朝床边走去，将手伸向圆香的婚纱裙，加加见粗暴地抓住了她的肩膀。

"我说了，门外汉不要在现场捣乱！更不能触碰尸体！尤其是像你刚才那样魂不守舍的人，更是如此。"

月夜仿佛全身脱力，踉踉跄跄地后退，一瞬间失去了平衡。游马急忙接住她的身体。

"你干吗对一个女人动手？！"游马抗议。

加加见尴尬地挠了挠头："我没用那么大劲儿推她。我看这位小姐个子挺高，以为她站得住呢。"

"一条君，不用担心。我没事。"月夜在游马的支撑下开口，声音细如蚊蚋，"当下这个状况，由我来触碰尸体也许的确欠妥。加加见先生，那就拜托您检查一下。恐怕圆香她……"

"嗯，她在被杀前应该受过刑。"

加加见声音低沉地说出"受刑"一词，房间里的温度霎时间跌至冰点。

"受……刑？"游马拼命从喉咙深处挤出沙哑的问话。

"嗯，没错。"加加见撩起圆香身上的婚纱。

"喂，你要——"

酒泉流着泪质问，话说到一半却停了下来。游马也怀疑起自己的眼睛。圆香雪白的大腿裸露出来，上面赫然映着几十条肆意的红线，从远处也看得很明显。

"有人在她的大腿上割了好几刀，就是为了折磨她。她嘴里也有塞过东西的痕迹，应该是怕她叫出声音来。"

就连加加见这样的硬汉，似乎也觉得，即便是尸体，一个年轻女人的大腿一直露在外面也总归不太好。他很快便将圆香的礼服裙放了下来。

"怎么能这么……残忍……圆香……"酒泉双手捂着脸，肩膀不停地颤抖。

加加见将浸满红黑色液体的婚纱衣领拉开，检查圆香的胸部。

"直接死因是刺杀。她的胸前有被刺过的伤口，应该是贯穿了心脏，差不多是当场死亡。估计凶手对她严刑拷打，问出想听的答案后立刻就杀人灭口了。她的身体还是温热的，血也没干，应该是刚刚遇害不久。最多也就二三十分钟吧。"

加加见低声说完，转身望着游马等人：

"你们几个，谁有这二三十分钟内的不在场证明？"

游马斜眼观察月夜的神情。她似乎并没有表明态度的意思，明明两个人在肆之屋聊了将近两个小时的案子。

她还是和昨天一样，不想把凶手逼进死胡同吗，还是说只是单纯的思维短路，什么话都说不出来？游马难以做出判断，于是也固守沉默，其他几个人也一言不发。

"全都没有不在场证明？咳，其实有没有那玩意儿都不重要了。凶手是谁，大家都知道了吧？"

加加见这若无其事的一句话，令气氛一下子变了样。

"你是说，你知道凶手是谁了？"梦读提高了嗓门。

加加见派头十足地颔首："当然了。稍微动动脑子就知道了。房间的门锁着，钥匙在死者手里。屋里只有尸体，没有嫌犯的身影。就像刚才那位自称名侦探的小姐说的那样，凶手也不可能从窗户逃跑。这样一来，嫌犯要如何将这座房间做成你们这些推理御宅最爱的'密室'呢？答案不是只有一个吗？"

"是怎么做的啊？你赶紧说！"

"很简单。"加加见得意地哼了一声，"用万能钥匙呗。"

"万能钥匙？可是它不是一直锁在保险柜里吗？"梦读像是有些泄气，不满地说。

"嗯，是啊。可是之前为了发生特殊情况时可以随时拿出钥匙，我们没给保险柜上密码锁。也就是说，只要有两把保险柜的钥匙，就能轻松地拿出万能钥匙。"

"这么说来……"梦读怯生生地与游马拉开了距离。

"没错，拿着钥匙的小说家和医生，他们两个是共犯。"

游马被加加见指着，一时间无法领会他的意思，呆立在当场。他看了看九流间，对方也和自己一样呆若木鸡。

"尽管我不知道他们作案的动机，但就是这两个人携手，残忍地杀害了神津岛先生、管家和女仆三人。说不定他们还打算把我们也杀了。"

"等……等一等。"游马和九流间还傻呆呆地站着，左京替他们开了口，"这么说来，第二起杀人案是怎么回事呢？他们是如何将餐厅做成密室，并且在里面放火的？"

"这我怎么知道？"加加见不耐烦地挥挥手，"将他们俩抓起来，仔细审问一番，让他们老实交代自己干了些什么。不管怎么说，杀掉女仆的就是他们俩，没有别的可能，把他们控制住，就不会再有人被杀了。"

加加见低下头，缓慢地向前迈出一步。游马被他锐利的目光擒住，一时动弹不得。

尽管对方是比自己矮的中年男人，但毕竟体格结实，体重和臂力恐怕也在自己之上。而且，现役的刑警一定也会几招柔道或剑道。如果对方动粗，自己被压制后只怕很难反抗。而且，酒泉和左京也有可能帮忙捉住加加见。

——如果现在被抓住，我的计划也就破灭了，无法找出杀害老田的凶手，将杀害神津岛的罪行转嫁给他。我将和九流间一起被捕，成为杀害三个人的犯人，罪大恶极。

——怎么办？该如何是好？

加加见步步逼近，令游马心惊胆战。他绞尽脑汁思考对策，望向站在一旁的月夜。

——对了，不在场证明。第二、第三起命案发生时，我和她在一起。只要这位名侦探愿意为我做证……

游马和月夜的目光交织。她的眼中刚才一直混杂着空无，此时恢复了一点神采。

月夜柔和地微笑着轻轻点头，再次面对着加加见说道：

"您认为一条君和九流间老师是杀害巴小姐的凶手，这是不对的。"

她清冷的声音在房间内回荡，加加见不再继续向前。

"这是不对的？那你说，是谁杀了他们三个？"

"这个目前还不清楚。只不过，从昨天在众目睽睽之下将万能钥匙锁进保险柜开始，到刚才把它取出来为止，他们二位确实没开过保险柜。"

游马瞪大了眼睛。他满以为月夜会提出不在场证明，万万没想到她会拿保险柜来说事。

"你怎么那么肯定？别胡说八道啊！"

加加见的话中带着一点儿威胁的意思。可是月夜不为所动。

"我才没有胡说八道。我对保险柜做了一点儿手脚，所以很有把握。"

"做了手脚？"加加见的鼻子皱了起来。

"没错。昨天锁好万能钥匙后，我揪下几根自己的头发，趁大家不注意，塞在保险柜的门缝中。如果有人开过保险柜，我就可以察觉。"

——原来昨天大家一起确认保险柜的门打不开的时候，她还做了这些。

"刚才在打开保险柜门之前，我确认过一次。头发还好好地夹在门缝里。也就是说，之前谁都没从保险柜里取出过万能钥匙。"

"……只有你自己确认过的事，怎么能当证据？谁知道你是不是想包庇他们，故意撒谎？"

"我就知道您会这么说，您就和推理小说中的废物刑警一个样。"

月夜的嘲笑把加加见气得满面通红。

"我反问您一个问题。假如一条君和九流间老师真的是共犯，他们用万能钥匙潜入这陆之屋，杀掉了巴小姐。那么，他们又为什么要将这间屋子做成密室？"

"为什么……那不就是用万能钥匙从外面锁上的吗？"

"我问的不是'怎么做的'，而是'为什么'。如果他们两个是凶手，离开房间后，根本没必要特意用万能钥匙锁门，将犯罪现场处理成密室。只要保持门锁是开着的，就不会有人怀疑凶手用了万能钥匙呀。"

"这……"加加见一时语塞。

"如果门没上锁，我们应该会这样想吧：有人趁夜晚来到巴小姐房里，将她杀了。如果是这样的话，首先被怀疑的是谁呢？恐怕是和巴小姐最亲近的酒泉先生吧。"

"欸？"酒泉突然被点到名字，恍惚地抬起哭花了的脸。

"或者是，巴小姐认为同为女性的梦读小姐相对安全，就请她进了房间。或者认为警方的人值得信赖，便敞开了房门。"

"这事和我无关！""难道你想说是我干的？"梦读和加加见不约

而同地大喊。

"请各位冷静。我只是在分析，如果这座房间不是密室，大家会先怀疑到谁的头上。很明显，如果房门没锁，一条君和九流间老师相对不容易被怀疑。那么您觉得，他们二位有什么必要特意用万能钥匙把门锁上呢？这说不通呀。"

月夜的解释逻辑通顺，加加见无法反驳，只好保持沉默。

"反过来想一想，凶手用某种办法将房间做成密室，多半就是想让一条君和九流间老师成为替罪羊。不管怎么说，现阶段还无法断定他们两个就是凶手。您听懂了吗？"

月夜塌下肩膀，长出了一口气，仿佛这些话是她强打着精神说出来的，说完这些，她已近强弩之末。

"……哦，听懂了。"

加加见不情不愿地说着，再次走到床前，从裤兜里掏出手机，开始拍倒在床上的圆香的照片。

"你们愿意回自己的房间或者去游戏室都好，爱去哪儿去哪儿吧。我要拍些照片，记录现场的情况。"

也许是被月夜驳斥得心服口服，加加见的声音听起来有气无力。

游马和九流间等人对望。加加见说了去哪儿都行，可是没人知道接下来到底要怎么办。往常在这种情况下，月夜总是第一个开始下一步行动的人，如今她也神情晦暗地沉默着。

"酒泉先生，你还好吗？"

左京关心蹲在地上的酒泉。而酒泉只是虚弱地摇摇头，肩膀还在颤抖。

又出现了一个牺牲者。又发生了一起密室杀人案。游马在心里嘟囔着。不知什么地方传来咯咯的声音，他并没立刻意识到，那是自己的上下牙在打战。

"我受够了！放我出去！立刻让我从这鬼地方离开！"

梦读双手拨弄着染成粉色的头发，酒泉的呜咽声越来越大，左京六神无主地四处张望，九流间挠着他光秃秃的头顶。

恐慌像传染病一般感染了每一个人。游马也想像梦读那样，歇斯底里地大喊一通，边喊边从这座馆里逃出去。他拼命压抑着这股冲动。

"这是什么玩意儿？！"

加加见突然着了魔似的大喊一声，所有人的目光都集中在他身上。只见圆香的婚纱上衣下摆掀了起来，他正死盯着看。

游马等人小心翼翼地接近床边。看到露在外面的白色束腰内衣，游马禁不住"呜"地发出一声呻吟。内衣上潦草地写有几个红黑色的字，恐怕是用血写成的。

杀掉中村青司

游马视线中的东西一下子没了远近。那行血字仿佛飘到半空，然后朝自己扑了过来。

"中村青司是谁？难道那就是藏在馆里的杀人魔头？！"

在梦读尖厉的声音中，游马茫然四顾，和九流间、左京的目光相接。他们的脸上也写着满满的困惑。

这指的就是那个中村青司吧？可是，写着要杀掉他，又是什么意思呢？

游马按住额角，接踵而至的信息令他头痛不已。这时，只听月夜嘟囔道：

"……'馆系列'。"

"啊？你说什么？莫非你认识这个叫中村青司的家伙？"

"嗯，那是当然。"月夜疲惫地点点头，"中村青司是一位建筑师，1939年5月5日生于大分县，设计了各式各样奇妙的馆，因此闻名于世。"

"既然生于'二战'前，这人的岁数也不小了。为什么他的名字会出现在这儿……"加加见的话说了一半，突然瞪大了眼睛，"你刚才说，他是个建筑师，设计了许多奇妙的馆？那这座建筑也是他设计的吗？这血字的意思，是要杀掉设计这座馆的人？！"

"不，这不可能。中村青司实际上并不存在。"

"啊？什么意思？你刚才不是还说认识他吗？！"

加加见咬住月夜的话头不放，游马赶忙走到两人中间：

"您先别急，中村青司是个架空人物。"

"架空人物？"

面对加加见讶异的反问，游马点了点头。但凡对推理小说有一定了解的人，想必谁都知道中村青司的大名。因为他是那部被誉为新本格推理运动导火索的杰作中的登场人物，那座传说中的馆就是他设计的。

"中村青司是'馆系列'的登场人物。'馆系列'这套本格推理小说堪称'绫辻行人的代名词'，中村青司设计的奇诡的馆中接连发生杀人案，案件在主人公岛田洁的调查下水落石出——这就是大体的故事脉络。"

"怎么又是推理小说！你们差不多得了，都已经死了三个人了！为什么凶手要在尸体上用血字写下这个人的名字，还要'杀掉'他？杀掉一个架空的人物，到底在搞什么啊？！"

月夜看也不看气得直跺脚的加加见，转身朝门口走去。

"喂，你要去哪儿？"

"去杀掉中村青司。"

月夜波澜不惊地回答，径自离开房间，走下楼梯。

"你给我站住，什么叫'去杀掉'？"

月夜转眼就没了踪影，加加见跑着去追她，游马等人紧随其后，用万能钥匙锁上陆之屋的门，跑下楼去。

月夜来到一层，目不斜视地走进大厅，但步伐明显很沉重。她来到剧院门口，双手推开两扇大门，走了进去。

昏暗的剧院银幕上映着蓝色的宅邸。月夜站在银幕前，转身朝加加见伸出手：

"借我打火机用一下。您平时抽烟，肯定带着打火机吧。"

"……你怎么知道我抽烟？"

"闻出来的。老烟枪总是一身烟味儿。要解释巴小姐束腰内衣上的血字，必须用打火机。还是说，您不需要我来解释？"

加加见哭丧着脸将手揣进西装兜里，摸出一只之宝打火机，丢给月夜。

月夜接过划着抛物线飞来的打火机，熟稔地掀开盖子，把它凑近银幕。游马倒抽了一口凉气。加加见也吃惊地喊道："喂，住手！"可月夜毫不迟疑地滑动打火石，一簇火苗亮起，火光从打火机上转移到银幕上。

就在游马等人吃惊得说不出话的时候，银幕上的蓝色洋房已迅速被火焰吞噬。月夜冷眼瞧着火势蔓延，火光在她脸上映出一片橙黄。

"你在干什么？！要是引发火灾怎么办？！"

"不要紧。这块银幕周围没有可燃物，火不会烧到其他地方的。"

加加见大喊大叫，月夜只是有气无力地说了这么两句，看也不看他一眼。她说得没错，爬满银幕的火苗没烧到墙和天花板，火势逐渐衰弱。银幕就在月夜眼前化为灰烬，她却泰然自若。

看到银幕背后的样子，游马惊呆了：在银幕往里一米左右的地方，地面上有个类似金属井盖的东西。月夜走过去，两手拽住生锈的提手。井盖被掀起来，赫然露出一段通往底下的楼梯。

"楼梯？是通往底下仓库的吗？"加加见嘟囔。

月夜懒洋洋地摇摇头："不是。按照正常的位置关系，这下面应该什么也没有。所以这是一条通往'秘密地下室'的楼梯。杀害巴小姐的凶手在她的束腰内衣上留下那串血字，就是为了让我们找到这里。"

月夜说完就要走下楼梯，加加见跨过还冒着几茬火星的银幕灰烬，抓住了她的肩膀。

"喂，等一下。你是怎么从那串血字得知这里有一段楼梯的？给我解释清楚！"

"……既然都找到隐藏的地下室了，还有必要解释那些吗？"

"那不行。如果不解释，就算别人怀疑那血字是你写的，也是理所应当。说不定就是你写下那些故弄玄虚的暗号，让人浮想联翩，又假装看懂了凶手的把戏，故意把我们引到这儿的。"

"我何必如此大费周章呢？好吧，既然如此，我就解释一下。"月夜疲惫不堪地讲起来，"刚才一条君说过，中村青司是在绫辻行人'馆系列'作品中登场的建筑家。并且，推理爱好者神津岛先生偏爱这套作品。这之中，他尤其喜欢被誉为新本格推理运动导火索的《十角馆事件》。"

月夜摸了摸鼻头，继续说道：

"我很理解神津岛先生的心情。《十角馆事件》的确是日本推理界的里程碑。正是这部作品的问世，刺激法月纶太郎、有栖川有栖、我孙子武丸等作家展现出他们的杰出才华，他们开始在日本推理界大显身手。自松本清张的作品风靡日本之后，本格推理小说的市场一直呈紧缩态势，而《十角馆事件》的出版一下子引爆了本格推理的人气，掀起了新本格推理运动。"

月夜越说越起劲，加加见的脸色却越来越难看。

"不过，若要问是谁为《十角馆事件》引爆新本格推理运动垫下了坚实基础，那当然是岛田庄司。他的出道作品《占星术杀人魔法》1981 年出版，令许多本格推理粉丝为之折服。绫辻行人一定也是其中之一。此后，岛田庄司一面继续创作《斜屋犯罪》《黑暗坡食人树》等名作，一面培养绫辻行人、法月纶太郎、歌野晶午等扛起新本格推理运动大旗的青年作者。可以说，如果没有岛田庄司，就没有《十角馆事件》，更不会有新本格推理运动。此外，为新本格推理运动添柴加火的宇山日出臣、户川安宣等编辑也功不可没。当然，在本格推理市场不景气的时候，一直支撑着它的鲇川哲也等作家也……"

"喂，别没完没了地讲那些有的没的了，赶紧说结论！"

也许是再也忍不了了，加加见哑着嗓子吼了一声，盖过了月夜的话。月夜眨眨眼：

"结论？是问我最喜欢'馆系列'的哪一部吗？那自然是《钟表馆事件》……"

"不是！是问你怎么知道这里会有一段隐藏的楼梯！"

"哦，我们刚才说的这个啊。"月夜的话中一下子没了热情，"应该说，神津岛先生十分憧憬'馆系列'，才建了这座玻璃馆。而且，设计出系列作品中每一座奇诡的馆的中村青司家，正是……"

"蓝屋！"

月夜露出一个虚弱的微笑，目光落在不由自主大叫起来的游马身上："正是这样，一条君。"

"这'蓝屋'又是个什么玩意儿？"加加见将矛头对准游马。

"蓝屋是中村青司自己的宅邸，和十角馆一样，位于《十角馆事件》的舞台角岛。但在故事中，蓝屋在火灾中烧毁，中村青司也被烧死，被人发现时已是一具死尸。"

听了游马的解释，加加见将目光移回月夜身上：

"被烧死……那就是说……"

"嗯，没错。束腰内衣上的血字'杀掉中村青司'，就是让我们烧掉这个银幕的意思。凶手一定是对巴小姐严刑拷打，问出了这个地方，然后留下血字的。他就是想把我们引到这里来。"

"这段楼梯下面，到底有什么？"

"这谁知道呢？"月夜无力地回答了梦读的提问，便毫不犹豫地往下走去。游马等人也急忙跟在后面。

众人沿着狭窄而昏暗的石阶往下走。脚步声打到墙上，激起格外响亮的回声。楼梯间的天花板低到伸手就能够到，天花板上垂下的赤裸灯泡用来照明。

"有点儿像中世的地牢呢。"

走在前面的月夜听到游马的嘟囔，回过头讥讽似的一撇嘴：

"地牢？这也许是个不错的提示，一条君。"

"什么意思？"

月夜只是轻哼一声，再次迈开步子。

一行人小心谨慎地沿着台阶往下走了几十秒，来到一个光线暗淡的空间。借着楼梯间透过来的灯泡的光，可以看出前面是一条铺着石板的昏暗走廊，但里面摇荡着一片深不可测的黑暗，什么也看不见。

"哦，这里有个开关似的东西。"

九流间按下埋在石墙里的开关，镶嵌在石板缝隙中的 LED 灯亮了。浅橙色的光一路朝暗淡的走廊深处延伸，走廊变得如点亮跑道灯的飞机跑道一般。

"牢房……"

左京的声音暗哑。如他所说，向深处延展的走廊两边，排布着嵌有铁窗的房间。

"我说对了吧，一条君。你给了一个蛮不错的提示。"

月夜眼睛一眨不眨地盯着通往深处的走廊。

"你之前就知道这里有地牢吗？"

"我怎么可能知道？只不过，根据此前收集到的信息推理，很容易猜到这个结果。"

月夜向走廊深处走去，皮鞋落在石板上，发出清脆的回声。

游马紧跟在月夜身后，窥探铁窗里的情形。每间牢房大约有四叠半大小，里面只配有厕所和简易床铺。裸露出水泥底的地板上，倒着摔碎的杯子和喂大型犬的食盘。

由于没有照明，昏暗的地牢一眼望不到头。游马凝神细看，适应了黑暗的眼睛终于捕捉到躺在牢房里侧床上的"物体"。一瞬间，强烈的呕意袭来，游马猛地用双手捂住嘴。

那是一具尸体，穿着登山装，几乎已经化为白骨。露在女款登山装外面的手和脸上几乎没有剩下几片肉，只有一对空洞的眼窝，愤恨地凝视着走廊这边。

梦读立刻尖叫着摔坐在地上，瘫软着连连后退，后背碰到了对面牢房的铁栅栏。她回头一看，又迸发出一声悲鸣，震得人耳膜作痛。

那间牢房的床上，也有一具穿登山装的白骨横陈。从衣着判断，大概是一名男子。

"别这么大喊大叫的，那是尸体啦。人死后经过相当长的时间，尸体化成了白骨。"月夜双手捂住耳朵。

"碧小姐，这里到底是什么地方？这是谁的尸体？如果你知道，就告诉我们吧。老夫实在是有点儿……"九流间呼吸急促地发问。

"如您所见，这里是地牢。这两具尸体，多半就是蝶之岳神隐的受害人。"

"蝶之岳神隐的……"

"嗯，没错。那些失踪的登山者，不只是遭遇了山难。他们脱离了登山路线，迷失了方向，来到这座玻璃馆求助，却被神津岛先生等人绑架，关在这座地牢里。"

走廊两旁各有三间牢房，加加见突然跑到地牢的最深处，攥住右边最后那一间的铁栅栏。他的面部肌肉剧烈地抽搐着，牙齿咬得咯咯作响，齿缝间挤出怨嗟之词："畜生……混账……"

"怎么了，加加见先生？"游马战战兢兢地问。

加加见伸出颤抖的手，指着地牢里面。和其他几间牢房一样，这里也有一具穿着登山装的白骨。

"那是摩周真珠失踪时穿的衣服。那是……摩周真珠的尸体。"

"摩周真珠，就是加加见先生之前搜寻的受害人吧。"

"对。都怪我来晚了……"

加加见用力咬着他的厚嘴唇，几乎要渗出血来。一直以来，他都是个我行我素、不顾别人感受的男人，但看他此刻的样子，任谁都能体会到他没能救出受害人的悔恨。

"门锁着，打不开啊。很遗憾，大概无法到牢房里详细调查了。"

月夜注视着铁栅栏门，话音刚落，就听到酒泉的声音：

"那个……这一间没有上锁……"

酒泉指着左边最里面那间牢房，虚弱地说。他似乎从圆香惨死的打击中恢复了一些，但依然无精打采，一眼就能看出是在强打精神。

游马转身看向那间牢房。门确实开着，可里面看不到尸体。

"这里一直没有关过什么人吧？"左京说。

"也可能是逃出去了。"月夜喃喃道。

也许有人从牢房里跑了出去，正藏在某个角落，气氛一下子变得紧张。

"那就是和昨天的假设一样，神津岛先生或者老田管家就是十三年前蝶之岳神隐案的凶手冬树大介，案件曝光后仍然继续犯罪？"九流间的问话声中充斥着紧张。

"也不是丝毫没有可能，但可能性并不高。"

月夜站在走廊尽头那扇对开的牢房铁门前，伸出双手将它推开。房间里的陈设令游马怀疑自己的眼睛——荧光灯苍白的光照出一间实验室，足有一座篮球场大小。

实验室里放有巨大的橱柜、离心机、显微镜、超低温冷库，竟然还有一架手术台。

"照顾实验用的动物是最累人的。它们叫声很大，给它们喂饭也很困难，做实验的时候又很不老实。"

月夜如演技拙劣的演员一般，生硬地念出两句话来。那是来到玻璃馆的第一天，九流间问起神津岛是否还在做研究的时候，圆香的回答。

"难道说，实验用的动物是指……"

九流间脸色苍白，话不成句，喉咙中漏出吹笛子似的声音。

"嗯，恐怕就是遇难后被绑架的登山者们吧。神津岛先生是很爱惜自己名声的人，希望在他喜爱的推理领域留名青史，但他应该也明白，在自己最擅长的科学领域留名还是最容易的。"

"可是，神津岛先生已经通过研发托莱德获得了足够的金钱和名誉啊。"

月夜看了一眼提出反驳意见的游马：

"一条君，人类的欲望是没有尽头的。得到的荣誉越多，渴望也就越多，也就是会渴求更多的赞赏。这样一来，就如同陷入了无底的深渊。人会为了目的不择手段，包括违背伦理的手段。"

月夜说着走进实验室。

"不可否认的是，伦理也有妨碍科学发展的一面。科学界以违背生命伦理为由，禁止科学家们研究可利用受精卵复制的 ES 细胞，从而导致再生医学在 iPS 细胞发明之前，一直原地踏步。挣脱伦理枷锁的科学家，就如同注射兴奋剂的运动员，研究成果将会突飞猛进。"

"纳粹才是在最短的时间内推动医学进步的啊。"

游马的脑海中闪过用毒药杀害神津岛之前他说的话，脊髓中仿佛被人灌入了一管冰凉的水，感到一阵刺骨的寒意。

"你是说，神津岛先生利用受害人做人体实验？！"

"多半是这样吧。"

月夜用指尖在身旁的桌面上摩挲，指尖被灰尘染成了白色。

"不过，已经积了这么多灰，说明他的计划在很久以前就遇到了挫折。无论花多少钱打造研究设备，真到做研究的时候毕竟需要人手。老田管家和巴小姐是外行人，打杂或许不成问题，但肯定无法提供专业的帮助。不过，做这类违背伦理的研究，又不能雇用有专业知识的助手。就这样，神津岛先生不再试图在科学领域再次声名鹊起，放弃了这座实验室，转而向推理小说领域发力，希望在推理界崭露头角。看这厚厚的灰尘，这里至少有一年没人来过了。巴小姐之前也说过，神津岛先生差不多就是从那个时候起不再做研究的。"

"等……等一下。"九流间提高了声音，"他放弃了实验项目，那这些被关在地牢里的人呢？"

"有可能，也和实验室一起被他抛下了。"

"被他抛下……"

"是的。决定不再做研究后，神津岛先生放弃了整个实验室，而受害人依然被他关在地牢里。当然不能让他们逃出去，特意杀掉这些人又很麻烦，所以把他们扔在这里不管是最省事的做法。"

"可是，这里如果没人看管……"

"受害人当然就会饿死。"

月夜望着说不出话的九流间，淡定地解释道。

"受害人在黑暗中承受着饥饿和干渴的折磨，为了尽可能提高获救的可能性，想必都安安静静地躺在床上。他们相信迟早有一天会等来救援，可这个心愿却没能实现。受害人一个接一个地在绝望中死去，肉体渐渐腐烂，最后只剩下化为白骨的尸体。"

月夜说完，环视着每一个人。实验室中充斥着铅块般沉重的死寂。

"那么，这次的连环杀人……"

九流间战战兢兢地打破了沉默。月夜用力点头说道：

"嗯，凶手的动机就是复仇。一个与在地牢中死于非命的受害人亲近的人，杀了实际参与非人道研究的那三个人。凶手首先毒杀主谋神津岛先生，接着杀掉老田管家，在现场留下'蝶之岳神隐'的血字，提示他的作案理由。最后又对巴小姐严加拷问，得知实验室的位置后将她杀掉，在束腰内衣上留下血字，指引我们来到这里。"

"凶手为什么要让我们看到这些？"

"可能是想表明自己是正义的一方吧——我杀人不是为了一己私欲，而是给予那些违背人道的家伙正当的惩罚。他在老田管家被杀害的现场留下与作案动机相关的信息，大概也是因为这个。"

"……什么才是正当的惩罚？"

自从发现疑似摩周真珠的尸体就一直沉默不语的加加见，此时沉声说道：

"正当的惩罚，是由警方将犯罪者逮捕，提起公诉，让犯罪者接受法院的审判。要是为了惩罚别人弄脏了自己的手，岂不是和杀掉这些人的家伙一样，堕落成了畜生吗？！"

"但你也是警察。在亲眼见到这座地牢前，你不是也认为摩周真珠小姐只是单纯地登山遇难吗？凶手一定是认为警方靠不住，才出此下策。"

加加见像吞了黄连似的，哭丧着脸不再说话。梦读却忽然飞快地说道：

"欸，等一下。这间空着的牢房是怎么回事？复仇者该不会是从这间牢房逃出去的吧？"

"这个嘛……"月夜摸着下巴，"这片空间闲置已久，从这个角度推断，你说的那种情况应该不太可能发生……"

"不，一定是这样。我一直感受到的邪恶气息就源自这个逃跑的复仇者。他一直躲在馆里，伺机杀掉那三个人。"

"你是说，那个复仇之鬼在这片黑暗中熬过了一年多，成了这次的凶犯？"

"这个假设可真有意思。"月夜接着说了这么一句，但脸上并没有笑意。

"碧小姐，你现在知道凶手是谁了吗？他如何制造密室，又如何杀掉那三个人，你有头绪了吗？"九流间向前迈出一步。

月夜慢慢摇头："现在还不清楚。不过，现在有一件更重要的事，胜过查清凶手的真身和密室诡计。"

"还有比查清凶手更重要的事？"

"如果复仇是凶手的杀人动机，那么继续有人遇害的可能性将会很低。"

"哦——"在一片压低的感叹声中，月夜微微点头：

"住在这座玻璃馆里的，是神津岛先生、老田管家、巴小姐三人。和这恶魔般的实验密切相关的，恐怕也只有那三个人吧。凶手杀掉神津岛先生，又让我们发现了这座秘密的地下室，他的目的应该已经达到了。因此，不会再有新的受害人出现。我们只要等到警察明天来就行了。"

"嗯，那就好。"加加见低声说，"接下来就交给我们吧。鉴定科的人调查现场后，就会找到凶手遗留的东西。而且，如果凶手的动机是复仇的话，问题就好办了。仔细调查你们的背景，一定能找出和死在地牢里的受害人有关系的人。最后将那家伙绳之以法就完事了。"

这可不妙。游马咽了口唾沫，喉咙发出轻响。如果警方介入，妹妹的事就会浮出水面，自己杀害神津岛的动机就会被曝光。就算警方抓住了杀害老田和圆香的凶手，对方恐怕也会坚称自己没有杀神津岛。

必须想尽一切办法，在明天傍晚之前找到杀害老田和圆香的人，将杀害神津岛的决定性证据转嫁给他。可是，要怎么才能找出这个人呢……

正当游马冥思苦想时，左京忐忑不安地开口问道：

"那我们接下来要怎么度过这一天呢……"

"保持基本的警惕就可以了。和昨天一样待在房间，或者宣布和其他人一起待在什么地方吧。"

"那……我还是和九流间老师到游戏室去吧。老师，您意下如何？"

"嗯，就这么办吧。只剩最后一天了，今天也可以熬上一宿不睡。我想最好还是待在游戏室，在警察赶到之前保持警惕。左京君呢？"

"嗯，我正求之不得呢。巴小姐独自在房间被杀后，再要我回房待着，怎么都觉得别扭。还有人想在游戏室一起过夜吗？"

酒泉听左京这么一问，便文文弱弱地举起手来："我可以一起吗……"

"当然可以。人越多越放心嘛。"

"不……我倒没什么不放心的，只是怕自己一个人会承受不住。我还是不相信圆香已经不在了。而且，她生前竟然和这么可怕的事扯上关系……"

酒泉双手掩面，肩膀又开始颤抖。九流间轻拍着他的后背。

"那么，我和左京君、酒泉君就去游戏室打发时间了，还有人要加入吗？"

"我就算了！"梦读唾沫横飞，"就算没人盯上我，我也不要和有连环杀人嫌疑的男人待在一起。这回我真要在警察赶到之前闭门不出了。"

"可是，巴小姐就是在房间被杀的呀。锁门也没有用。"

"少啰唆！"梦读对着左京猛地一挥手，"把家具挡在门口，让门打不开不就行了？无论如何我都要回自己的房间！"

"我也回房间。我没干过什么亏心事，不会有人来杀我的。"

继梦读之后，加加见也宣布要回房间过夜。九流间的目光转向月夜和游马：

"还剩下你们两个，有什么打算？"

怎么办？怎样才能找出杀害老田和圆香的真凶？游马拼命开动大脑思考，还没得出答案，月夜已经将目光投了过来：

"我回房间休息，一条君也打算回房对吧？"

在月夜的凝视下，游马不自觉地点头："嗯，是……"

"那我们就各自行动吧。总之，各位多加小心。"九流间犹犹豫豫地说。

这时，加加见忽然指着酒泉："等一下。"

"解散之前，先把他手里的万能钥匙放回保险柜。拿着万能钥匙的家伙四处闲逛，待在房间里的人怎么能放心呢？"

"哦，说得对。那我们先去仓库吧。"

在九流间的指令下，大家迈开沉重的步伐。尤其是酒泉，他步履蹒跚，仿佛随时都可能倒下。

众人离开地牢，回到一楼，又沿着旋转楼梯来到地下仓库。

"快点，把万能钥匙放进去。"

酒泉在加加见的催促下，晃晃悠悠地走到敞开的保险柜旁边，刚要蹲下，身体却剧烈摇晃了一下——他撑不住了！游马脑海中一个闪念，月夜已经抢先一步，架住了酒泉的身体。

"没事吧，酒泉先生？"

谁都能看出，月夜脸上虚假的笑容是勉强挤出来的。她仿佛在苦苦地支撑着名侦探的自尊——随时可能摔得粉碎的自尊。

"我没事。不好意思。"

酒泉重新站稳，将万能钥匙放入保险柜。加加见大大咧咧地走过来，用力将保险柜的门关严。

"你们两个，赶快锁好门。"

加加见下巴轻点，游马和九流间各自用手中的钥匙给保险柜上锁。

"这样一来，多少稳妥了些。"九流间将钥匙从锁眼中拔出，放入怀中。

"不，还没有。"

说时迟那时快，加加见猛地转动了密码锁。游马瞠目结舌：

"你在做什么？！这个密码锁的密码只有神津岛先生知道！"

"那又怎么样？"加加见冷冷地投来一束目光。

"什么怎么样？这样一来，无论发生什么，万能钥匙都取不出来了啊。"

"你觉得还会发生什么？"

"欸？"游马一时语塞。

"我是问，你认为后面还会发生什么？和地下化为白骨的那三位受害人的死有关的三个人已经被杀了。像那位名侦探说的那样，凶手的复仇已经结束。你还觉得可能发生什么吗……"

加加见与哑口无言的游马擦身而过，撞了一下他的肩膀。

"明天警察就来了，我们只要等到他们来就行了。为了独自待在房间的人们着想，万能钥匙还是取不出来为好。毕竟还没有人洗清嫌疑，能充分证明不是自己用万能钥匙杀了那个女仆。"

加加见留下这么一串话，从架子上拿了几包应急食品揣进兜里，头也不回地消失在楼梯口。看来他打算待在房间，直到警方赶到。

"……不好意思，要回房间的人，就自己从这里拿些吃的带回去吧。我大概没有精力给大家做饭了。"

酒泉的声音细若蚊蚋。听了他的话，梦读忙不迭地从架子上取走吃的，双手捧着，逃也似的离开了仓库。

"那我们几个也走吧。"

剩下的人听到九流间发话，纷纷行动起来。

走向楼梯间前，游马拿了一些救灾用的饼干，塞在外套口袋里。虽然没有食欲，但还是得吃点儿东西。警方还有一天半才能赶到，在此之前，一定要设法找到杀死老田和圆香的真凶。

除了游马，剩下几个人都没有拿吃的。一行人沉默着攀爬旋转楼梯。到了一层，九流间留下一句"我们在此和二位别过"，便和左京、酒泉一起往游戏室走去。游马和月夜继续往楼上走。

月夜只顾闷着头爬楼，必须和她聊些什么。想要揪出杀害老田和圆香的凶手，需要她的帮助。可是不知为何，她显得格外失落，完全失去了名侦探应有的霸气。游马一时间找不到话头。

两人默默地来到伍之屋门口。月夜用钥匙开锁，门开了。

"那个……"游马开口搭讪。月夜转过身，和她目光相交的瞬间，已经滑到嘴边的句子烟消云散。凝望游马的那双眼眸，此时无比深邃、晦暗，宛如无底的沼泽。游马几乎觉得自己要被这双眼眸吞噬。

一个人究竟要经历怎样的残酷过往，眼神中才能承载如此深不可测的黑暗？

月夜目光一闪，留下一动不动、入了魔似的游马，身影消失在门后。房门关闭的沉重声音传来，接着是一阵上锁的轻响。在游马听来，仿佛是名侦探和搭档一刀两断的诀别之声。

也许她已经放弃了名侦探的身份。游马怀着这样的预感，拖着上了脚镣般沉重的步子，往肆之屋走去。

游马进入房间，上好门锁，便卸掉全身的力气，躺倒在床上。

接下来要如何是好？他望着天花板陷入沉思。看月夜刚才的样子，恐怕是指不上她了。不知为何，圆香的遇害让她饱受刺激，似乎丧失了名侦探应有的能力。既然不能指望她，就只好靠自己找出杀死老田和圆香的凶手。游马的大脑飞速运转。

照目前的情况来看，凶手很可能是与地牢中的受害人关系亲密，其目的是来寻仇。可这座玻璃尖塔眼下处于封闭状态，在明天傍晚之前，恐怕无法查出谁是那个"和受害人关系亲密的人"。

既然无法从犯罪动机入手，就只好依循犯罪的情形寻找凶手了。

想到这里，游马不由得咬紧牙关。

凶手是如何将餐厅做成密室，又在里面放火的呢？万能钥匙明明锁在保险柜里，他又是如何闯入陆之屋，然后锁上房门脱逃的呢？如果能破解密室诡计，也许就能找到凶手——游马隐约有这样的感觉，却想不到破解密室诡计的线索。

游马的眼睛深处传来一阵钝痛，思绪也笼上一层迷雾。这两天他一直精神亢奋，睡眠极浅。过于异常的状况令他的身心疲惫不堪，眼皮越来越重。

游马一点点合上了眼睛——睡一会儿，就睡一小会儿。也许睡醒后，转不动的脑细胞多少可以恢复一些气力。意识渐渐沉入黑暗之中。就在这时，一阵敲门声撼动了房间内的空气。游马睁开眼，从床上跳起来。

是谁？圆香裹着被鲜血染红的婚纱礼裙躺在床上的模样，飞速在游马脑海中闪过。难道凶手连我也要杀？

游马走到门边，警惕地询问："是谁？"

"是我，一条君。"

月夜的声音从门外传来。可是，游马的紧张并未打消。

月夜有没有可能就是杀害老田和圆香的凶手？将犯罪现场打造得极具本格推理小说的风情，说不定只有她这个重度推理爱好者才能做到……游马忽然意识到自己浮想联翩，自嘲地撇撇嘴：

我在胡思乱想些什么？后面两起案件发生时，她和我在一起啊。她不可能是凶手。

"可以开门吗，一条君？"

"等我一下！"游马连忙解锁，将门打开。

“多谢，我可以到你房间去吧？”

月夜抬眼望着游马，那神情仿佛迷了路的孩子，颀长的身形显得格外娇小。

“当然可以。”

游马将月夜请进来，月夜慢悠悠地走到沙发旁坐下。

“怎么来得这么突然？”游马重新锁好门，坐在月夜对面。

“打扰你了？”

“不，那倒没有……只是刚才看你好像很失落，有点担心。”

“失落……是啊，我确实很失落，所以才来找你。安慰失魂落魄的名侦探，给她加油打气——这不是华生的职责吗？”

“安慰……”

“哦，请别误会。我说的‘安慰’绝对没有两性间的意思。我没有和搭档发展成男女朋友的打算，我只是想让你以朋友的身份安慰我。”

“这些不用你说我也知道。”游马垮下脸来。

“一条君为人绅士，我对你很放心。你看，《占星术杀人魔法》中，御手洗洁因为找不到案件真相而心灰意冷的时候，也是在石冈君的安慰下找到线索，解开那个史无前例的诡计的啊。我是想到了这一点才来找你的。”

“话虽如此……可是，碧小姐到底为什么如此失落呢？”

“……因为失望。”

“失望？对什么失望？”

月夜凝视着虚空，仿佛在寻找合适的词语。

"也许……是对自己名侦探的身份失望吧。"

"对名侦探的身份失望？"

在游马的反问下，月夜重重地点头。

"嗯，是啊。名侦探本身是一个矛盾的概念。一条君，你认为'名侦探'应该是什么样子？"

游马没想到自己抛出了问题，反倒被月夜问了回来。他思考了几秒钟才作答：

"大概是无论多难的案件，都能破解的那种人吧。"

"正是这样。名侦探要解决难案。尽管案件的类型多种多样，但名侦探的职责是解开警方都感到棘手的难题。可是，这样做又有什么意义呢？"

"既然能将犯罪者缉拿归案，总归是有意义的吧。"

"你说得很对，但对受害人来说呢？"

"对受害人来说……"游马重复着月夜的话。

"对被杀的受害者而言，无论是抓住凶犯，还是任其逍遥法外，都没什么意义了吧。"

"不是的。找出凶手，予以惩罚，肯定可以消除受害人的愤恨。"

"受害人的愤恨啊……"月夜无力地笑笑，"一条君还蛮浪漫的嘛。难道你相信，人死之后还有灵魂？"

"不，我倒不是相信灵魂……"

"算了，就不讨论这个了。人死后是否会留下意识，还是说一切归于虚无，天国是否存在，这些都是挺有意思的话题，但不适合在这种情境下讨论。只不过，如果真有灵魂的话，受害人的灵魂想对名侦探说的，也许不是'希望你惩罚凶手'，而是'连你也没能阻止我被凶手杀掉啊'。"

"你想得也太多了，再优秀的名侦探，也要先等案件发生再付诸行动。"

"井上真伪在《神速侦探》中就塑造了一个防患于未然的侦探形象。"月夜自嘲似的翘翘嘴角。

"那是特例吧。现实不会像小说里写得那么顺利，你没必要为这个不开心。"

"一条君好温柔啊。可是呢，我在想：无论名侦探破案时多么风光，他始终处于弱势地位，只能被动地等待能发挥自己推理能力的难案发生。"

"这……没办法吧。就算无法将犯罪扼杀在摇篮中，名侦探也依然是名侦探。没有什么好矛盾的。"

"哦，你误会了。我不是为了这个失落，这种局面我已经接受了。我所说的矛盾，存在于人们对名侦探的评价和案件规模之间。"

"案件规模？"游马反问。

"受害人仅有一名的案件，和出现多位受害人的连环杀人案，哪个更和名侦探相配？"

"……连环杀人案吧。"

游马大概明白了月夜的意思，安静地回答。

"没错，多位受害人逐一被残忍杀害的连环杀人案——这种错综复杂的谜案，才是名侦探大显身手的地方。只要解决了这类案子，人们便会对名侦探刮目相看。可这同样意味着，名侦探没能阻止连环杀人案的发生。"

月夜抬头望着天花板，长长地吐出一口气。

"名侦探没能阻止犯罪，受害人一个劲儿地增加，等到凶手把该杀的人都杀光了，才把大伙叫到一起，得意地揪出凶手。这样真的好吗？明明在第一起案件发生时就看穿真相、阻止犯罪进一步发展才最理想，可实际上却是前者会成为公认的'名侦探'，这才是一直以来困扰我的矛盾。"

"……你是因为这个才对自己失望、意志消沉的啊。你在为没能阻止巴小姐被杀而自责。"

游马低声说道。神津岛的死亡目前还没有充足证据断定是他杀，但老田的案件现场怎么看都像是他杀。既然如此，名侦探就应该尽早找到真凶，防止继续有人遇害。

月夜没有回答，只是露出笑容——仿佛一碰就会坏掉的玻璃工艺品一般不真实的笑容。

"碧小姐……"

游马注视着月夜的双眼，两人目光相接。

"你为什么如此执着于名侦探的身份？"

月夜连着眨了好几次眼，轻轻耸肩：

"告诉你也无妨，只是说来话长。故事很长，也很无趣。"

"无所谓呀。如果碧小姐打算在这起案件后卸下名侦探的头衔，我们要做的也只是等着明天警察赶到了。时间有的是。即使是一个无聊的故事，倾听的时间也是有的。"

"嗯，是啊。尽管我不太想和别人说起这件事，但不告诉华生君就说不过去了。"

月夜望着天花板的边缘，神情恍惚。大概是看到了过去的记忆。

"不知道为什么，小时候的我好像是个很古怪的孩子，和周围有些格格不入。"

你现在也挺古怪的——游马心里默默地吐槽，但还是点头应和。

"人是一种残酷的生物，会本能地排挤和自己不同的人。"

"你是不是受过欺凌？"

"欺凌……是啊，比较婉转的讲法，应该可以算'欺凌'吧。但对年幼的我来说，那简直就是迫害，是想将我排挤掉的迫害。"

月夜的脸上蒙上一层阴影，也许是想到了幼时的往事。

"但幸运的是，我的家境相当优渥，所以我有一个舒适的避难所——自己的房间。每天我都有一大半时间闷在自己的屋子里。"

应该是在学校受到相当严重的欺凌，于是躲在家里不去上学了吧——游马默默地聆听。

"我人生的另一件幸事，是父亲特别喜欢推理。我家的书房里，有读不完的推理小说。"

"不愧是你的父亲。"

"嗯，是啊。"月夜万般怀念地眯起眼睛，"爱伦·坡、柯南·道尔、阿加莎·克里斯蒂、埃勒里·奎因、狄克森·卡尔、江户川乱步、横沟正史、鲇川哲也、岛田庄司、绫辻行人……从海外古典推理到新本格推理，我像着了魔一般，在父亲的藏书中流连忘返。那时的我被束缚在情绪的囚笼中，认为全世界都拒绝了我，只有推理小说的世界是我的理想国。富有魅力的谜题令人眼花缭乱，名侦探气宇轩昂地登场，将它风风光光地解开。我深深地陷入这些故事中，难以自拔，渐渐搞不清小说和现实世界的界限。福尔摩斯、杜邦、埃勒里、波洛、明智、金田一、御手洗……渐渐地，我开始相信这些名侦探真的存在，无论发生什么样的惨剧，他们都能冷静地解开真相——我对此深信不疑。"

"这实在是……"

月夜见游马开始苦笑，便耸了耸肩膀：

"实在不太正常？"

"不，不是正不正常的问题……"游马含糊其词。

"无所谓啦。"月夜用力摇头，"那时的我，也许真的不太正常。只不过，如果允许我找借口，会变成这样也实属无奈。现实生活过于痛苦，为了不让自己崩溃，我便选择了逃避，活在空想的世界中。这是有惨痛回忆的孩子常有的一种本能的自保反应。我相信名侦探是存在的，愿意和他们一起挑战故事中扑朔迷离的案件，并靠着这份信念保住了自己的心性。"

月夜将目光投往远方。

"对我来说，名侦探就像英雄一样，随叫随到、将我从痛苦中拯救出来的英雄。"

"所以，你也打算成为一位英雄？"

"不，这不是一个暖心的故事。"

月夜脸上的表情像退去的潮水一般渐渐消失。房间里的气温仿佛突然降了好几度，游马不由得绷紧身体。月夜舔舔嘴唇，安静地说：

"恰好十年前，我还在上高中的时候，发生了一起案件。"

"案件？"游马口干舌燥，声音也变得沙哑。

月夜缓慢地点头："我的父母被杀了，案情就像推理小说那样不可思议。"

过于惊人的告白令游马哑口无言。月夜神色平淡，继续望着他讲下去：

"那天早上，父母一直没起床，我到三层敲他们寝室的门，里面没有反应。我忽然觉得脚上黏糊糊的，低头一看，黑红色的液体浸湿了拖鞋，那液体正从门缝里缓缓流出。"

月夜滔滔不绝地讲着，语气中听不出感情。游马被她的气势压倒，一直沉默着聆听。

"我立刻报警，警察赶到后，强行踹开了上锁的房门。他们看到房间里噩梦般的情景，惨叫连连。还有一位警察当场吐了出来——现场就是那样惨烈。"

"你的父母……发生了什么？"

"他们并排坐在床上，搂着对方被砍断的脑袋，脑袋放在各自的腿上。"

游马瞪大了眼睛，月夜眉头紧锁，仿佛在忍耐痛楚。

"警方进行了现场取证，他们应该是在深夜熟睡的时候被人用锐利的刀具刺伤胸部而死，脑袋是在死后被砍下来的。房间的门锁着，唯一的钥匙放在父亲的桌上。窗户的月牙锁也是锁着的。"

"这……"

"是的，是密室杀人。一对资本家夫妇在密室中死亡，抱着对方被砍下的脑袋。活脱脱就是本格推理小说中的情节吧。"

月夜戏谑地摊开双手，那令人心痛的样子令游马不禁移开了目光。

"……后来，怎么样了？"

"怎么样？后来就没有下文了。"月夜端正的面容上浮起笑容，自嘲的味道十足，"我当然想过，会有一位名侦探赶来，找出残忍杀害父母的凶手。我对此深信不疑。可我等到地老天荒，那位名侦探也没出现。警方成立了调查总部，拼命搜找，可他们连凶手是怎么做出密室的都没搞清楚，时间就这样过去了。"

"凶手大概是谁，有眉目了吗？"

"当时有几个形迹可疑的人。父亲因为工作关系，似乎树敌不少。但警方无法锁定真正的凶手。后来，调查总部解散，调查规模逐渐缩小，案件走入了死胡同。因此，我以个人的名义拜托过许多侦探帮忙调查。我继承了父亲的遗产，有的是钱。"

"那么，有什么进展吗？"

"不，没有。侦探们都是调查婚外恋的专家，面对刑事案件一筹莫展。很遗憾，原来我期待的英雄在现实世界中并不存在。案件至今仍未告破。杀害我双亲的凶手，现在还逍遥自在地活在这个世上。"

月夜随意地摆了摆手。

"我大失所望，从心里感到失望。想想也是，在从前的我心中，这个世界上是有名侦探的。可是，没有名侦探的事实却突然摆在我面前。整个世界都轰响着崩坏了，我的脚下仿佛忽然一空，整个人好像被抛到了半空中。那几个月，我活得像一具空壳，只是机械地呼吸、睡觉，勉强维持活着所需的最低限度的饮食，就如行尸走肉一般。可就在我这样度过每一天时，一道灵光如天启般闪现。我领悟了。"月夜挺直了弯下去的后背，"我可以用自己的力量，改变这个不存在名侦探的世界。"

"也就是说，你要让自己成为名侦探？"

听了游马的问话，月夜露出一个无畏的笑容：

"从此以后，我刻苦修行，掌握了成为名侦探所需的每一样技能。幸运的是，我有这个天赋。我的能力眼见着渐渐变强，听说哪里有警察破解不了的疑案，我就找过去解决。"

"警察们肯定很讨厌你吧。"

"当然啦。"月夜快活地说，"他们吼过我好几次，叫我别妨碍调查，还把我抓起来过。不过，无论他们怎么妨碍我，我都坚持调查，最后揭露了案件真相。类似的事情多了，警方不情不愿地认可了我的实力，发生不可思议的疑案时，会以非官方形式邀请我协助破案。就这样，我开始源源不断地接到协助调查的委托。"

"名侦探碧月夜就这样诞生了。"

月夜满足地点头。

"在这个世上，没有哪个女人比我更执着于成为名侦探。无论是在虚构作品还是现实世界中，我都盼望邂逅残酷而魔幻的案件，憧憬成为挑战这些案件的名侦探。正因如此……"月夜扭歪了脸，神情中饱含痛苦，"看到巴小姐的死亡现场时，我才感到失望……从心底感到失望。"

月夜虚弱地垂下头，从喉咙深处挤出这句话。

大概是月夜的自我要求过高，想到自己身为名侦探却没能拯救圆香，才无法原谅自己吧。游马一边想着这些，一边拼命开动脑筋：

只凭自己一个人，不可能揭露馆里发生的密室杀人案的真相。要想找到杀害老田和圆香的凶手，将杀害神津岛的罪行转嫁到他身上，无论如何都少不了月夜的协助。既然如此，现在就必须让月夜找回自信，请她继续和自己一起向破案的方向前进。

怎样才能做到这些呢？怎样才能让她重新燃起名侦探的斗志，挑战这个难案呢？游马冥思苦想，缓慢地开口：

"名侦探可以这样一直失落下去吗？"

"欸？"月夜抬起头。

"我明白了，你由于没能挽救巴小姐的性命，对身为名侦探的自己产生了怀疑。可如果就此心灰意冷，不再调查这起案件，你离名侦探的距离不就越来越远了吗？"

月夜的身子前倾，游马的话仿佛引起了她的兴趣。

"名侦探或许的确是一个矛盾体。许多时候，名侦探无法防患于未然，受害者免不了继续增加。可是，名侦探还有一个更为显著的特征。"

讲到这里，游马顿了顿，迎上月夜的目光：

"那就是，绝不轻言放弃。"

月夜的身子剧烈地颤抖了一下。

"据我所知，名侦探们无论陷入多么为难的境地，都不会放弃调查。他们一刻不停地和凶手缠斗，最后终于解开了案件的真相。"

游马感到自己的话对月夜起了作用，声音中多了几分热忱。

"如果你能在巴小姐牺牲前阻止凶手，那当然是最理想的。可是，案件已经发生了。无论多后悔，死者都不会复生。无论你现在多么痛苦，都不该放弃调查。你要做的是让这座馆里发生的罪案暴露于青天之下，找出真正的凶手，让他接受惩罚啊。既然以名侦探的身份自居，你就有义务做到这些。一旦拒绝这样做，你就不再是名侦探了。这也就意味着，你亲手放弃了自己曾经献上全部去追求的信念。"

游马在沙发上坐直身子，目光深深望进月夜的双眼。

"所以说，不要再沮丧了，做你现在应该做的事吧！找回你原本的样子吧！"

"我应该做的事……我原本的样子……"

目击圆香的死亡现场后，月夜一直浑浊晦暗的双眸，眼见着一点点燃起强大的意志之光。

下一刻，月夜猛地站了起来。

"谢谢你，一条君。之前受到的打击太大，我整个人都不太对劲儿了。你说得没错，无论发生什么，我都要全力以赴，完成自己的使命。"

月夜朝游马伸出手，游马也用力地回握。

"你是最棒的华生。好了，让我们重新来过吧。对了，能不能帮我泡杯咖啡？我想借助咖啡唤醒灰色的大脑细胞。"

"好的好的，遵命，名侦探小姐。"

——只要一杯咖啡就能让她打起精神，那还蛮划算的。我也想来杯苦咖啡，驱散困意，唤醒因睡眠不足而沉重的大脑。游马穿过房间，走到放着水壶的简易厨房，在两只杯子上铺好滤纸，将房间里常备的咖啡粉倒进去。

"要补充咖啡因的话，浓一点比较好吧。"

游马将壶里的热水打着圈浇在咖啡粉上，醇香的味道伴着热气刺激着鼻腔。就在这时，月夜突然大喊一声："是谁？"游马单手拿着水壶转过身：

"怎么了？"

"刚才门外有声音。外面有人！"

月夜立刻冲到门口，打开门锁，上下扫视旋转楼梯。

"果然有脚步声。"

"真的吗？"

游马慌忙跑过去，和月夜一起往门外看。视线范围内没有一个人影。

"现在听不到声音了，但不会有错。刚才有人在门外偷听，被我发现后逃跑了。"

"偷听……究竟会是谁呢？"

"不知道。但很有可能是和案件有关的人。一条君去楼上找，我往楼下找。"

月夜说完便蹿出了房间，三步并作两步地冲下旋转楼梯。她的身影很快就消失在玻璃墙的死角后面。

"这要怎么找……"

尽管思路跟不上事态的变化，游马还是照月夜说的离开房间，快步往楼上找去。脚步声在玻璃空间中回荡，而游马并不知道，这声音到底是自己的，还是月夜的，或者是那个刚才在门外偷听的人的。

刚才门外真的有人吗？会不会是月夜的错觉？游马摇摇头，甩开脑海中涌起的疑问。

身为名侦探的月夜，掌握了许多查案必需的技能。既然她肯定外面有人偷听，想必听错的概率很低。

那么，偷听我们对话的人会是谁呢——游马的步速渐渐变慢。

馆里的每个人都知道，月夜是名侦探。最想知道她离破案的关键还有多远的人，一定是——

杀掉老田他们的凶手。

如果是这样的话，就不该在心神不定的时候追上去。对方也许是已经残忍杀害两个人的杀人犯。万万不能大意，一定要小心谨慎。

游马做了几个深呼吸，保持着紧张的状态，往楼上走去。

没有回头的余地，追上对方，也许就能知道谁是凶手了。

"叁""贰""壹"——游马逐一通过刻着字的房门，视野中却没出现一个人影。他继续往上爬，终于抵达观景室的楼梯间，用肆之屋的钥匙打开门锁，握住门把手，手心里汗津津的。伴着一声沉重的吱呀，门开了。

游马走进观景室，一面抱住双臂抵御寒冷，一面迅速环视四周。目力所及之处没见到人，但这片陈列神津岛私藏的空间里有许多死角，或许对方就藏在某个地方。游马没有掉以轻心，小心翼翼地在观景室里走动。

"……一个人也没有啊。"

在观景室搜寻了几分钟后，游马喃喃自语。他将整间屋子都找遍了，还是没有看见半个人影。是月夜的错觉吗，还是说那个在门边偷听的人逃到楼下去了？不管怎样，还是先回去和月夜会合吧。

295

游马回到楼梯间，自己的脚步声打在玻璃墙上激起回响，他一面听着声音一面往下走，经过肆之屋门前时，忽然有一种似曾相识的感觉——第一天晚上，神津岛死后，游马回到自己的房间时，曾有一种被人跟踪的错觉。此时此刻，当时的记忆在心头闪过。

为什么我会突然想起那时候的事？游马疑惑着停下脚步，忽然，他瞪大了眼睛。

有脚步声。明明自己站着没动，耳膜中还是能听到微弱的脚步声。是月夜上楼来了，还是……

回身的瞬间，有人从背后轻轻推了游马一把。身体向前扑倒只是一瞬间的事，游马却觉得这个瞬间格外缓慢。

双手条件反射地在空中挥舞，视野倒转。接着，脑袋一侧传来剧烈的震荡，一道白色的帷幕从意识中垂下，游马咬牙忍耐，蜷起身子，准备迎接更大的冲击。

肩膀、手臂、腰身、膝盖、屁股、后脑勺。游马从台阶上滚落，身体的各个部位都经受着碰撞，后背终于狠狠地撞上玻璃墙，停了下来。

激烈的痛楚在全身游走，游马几乎无法呼吸。不知道是不是引起了脑震荡，他的眼前一片昏花。

有人推了我，我从这陡峭的旋转楼梯上摔了下来。可到底是谁推了我？

楼梯间和观景室刚刚都已经确认过了，应该没有任何人才对。

"有不祥的东西附在这座馆上！"梦读的叫声在游马耳边回荡。

难道说，第一天晚上那种被跟踪的感觉并非我的错觉？难道说，真有看不见的恶灵在这座馆中徘徊，刚才是它推了我一把？

"……说什么傻话。"游马口中吐出细弱的声音。

——我刚才听到脚步声了。魂灵一类的东西不可能有脚。在背后推我的是活生生的人，看不见踪影的人……

没上锁的那间空牢房在游马的脑海中闪过。那里之前关着什么人？莫非那家伙没被饿死，从牢房中脱逃，现在依然躲在这座馆里？

满载疑问的大脑逐渐被浓重的雾霭缠绕。游马的思绪一点点被稀释，眼前越来越昏暗。这时，他又听到了脚步声。

是将我推下来的家伙，来了结我性命吗？

快跑！游马很焦急，但连接大脑和身体的神经却像裂开了似的，他连一根指头都动不了，脚步声越来越近。

我的人生就到此结束了吧……正当绝望和无奈令游马心灰意冷之时，耳边传来一个熟悉的声音：

"怎么回事，一条君？！你还好吗？振作一点！"

月夜的脸占据了游马逐渐模糊的视野，看到泫然欲泣的她的同时，意识坠入黑暗之中。

2

张开格外沉重的眼皮，游马看到了天花板，是平时看惯了的肆之屋的天花板。游马意识到，自己躺在床上。

"我这是……"

支起上半身的同时，被钝器殴打般的疼痛从脑袋的一侧传来。游马低声呻吟着，按住疼痛的部位，那里起了个大包。

"你醒了呀。不过，最好先别乱动哦，一条君。"

身边立刻传来一个声音。游马吃惊地回头，疼痛再次袭来，他不禁扭歪了脸。

"哎呀，我不是刚说过吗？"

月夜倒坐在放在床边的椅子上，下巴抵在椅背上，正和他说话。

"我怎么会在床上……"

"你不记得了吗？也罢，你好像重重地撞到了脑袋，记不住也很正常。你从台阶上摔下来，失去意识了。我们把你搬到这儿来，费了好大力气呢。身体彻底失去力量之后就变得很重嘛。我叫待在游戏室的九流间老师他们帮忙，四个人合力，总算把你抬了回来。"

"这真是……抱歉，给你们添麻烦了。"

"不用介意，搭档就要相互帮助才是嘛。刚才你还鼓励了失魂落魄的我呢，这下我们扯平了。"

月夜自嘲似的微笑着。看她的神态，似乎已经彻底恢复了名侦探的斗志。

"我失去意识的时间，大概多久？"

"嗯？十五分钟左右吧。"

月夜看了看手表回答。游马放心地吐了口气。距离警方赶到，也就是找到杀害老田等人凶手的最终时刻，还剩不到一天半的时间。幸亏自己失去的意识不太久，没有白白浪费这段宝贵的时光。

"可是，一条君，你要小心啊。搭档因脚底打滑摔下楼梯而中途退出这种戏码，就是在最近的喜剧推理中也难得一见啊。只受了这么点儿伤，算是你的幸运。这座馆的楼梯很陡……"

"不，我不是脚底打滑摔下来的！"

"那是怎么回事？"月夜惊讶地反问。

"有人在后面推了我一把，我才摔下去的。"

"有人推你？是谁呢？"

"我不知道。意识到有人推我的时候，我已经滚下去了。"

月夜的下巴抵在椅背上，表情严肃。

"这样说来，情况就完全不一样了。看样子，把你推下去的人很可能就是之前偷听我们说话的人……一条君，你之前去楼上探查情况了吧？发现什么人了吗？"

"我沿着楼梯往上走，一直走到观景室，把里面找了个遍，一个人也没有。当时我想着，那个偷听的家伙肯定是往楼下跑了，于是开始下楼，打算跟你会合。就是在这时候被人从后面袭击的，简直就像……被突然现身的幽灵袭击了一样。"

"幽灵？拜托，别说这么奇怪的话好不好。尽管最近流行在本格推理的范围内做一些特殊设定，但一般来说，有特殊设定的小说都会在最开始明确地提示读者。案件都发生了，才突然搬出特殊设定就不公平啦，成了歪门邪道，这有悖我的原则。"

"我才不管你的原则。这不是小说，而是现实发生的事。我也不愿意相信自己真的被幽灵或恶鬼暗算了。我只是在想，说不定还有什么我们都不知道的人，偷偷藏在馆里。"

"……曾被关在那间空牢房里的人吗？"

"是的。我们一直认为那座牢房里没有关过任何人。但会不会有个人解开门锁跑了出去，一边偷吃地下仓库里的食材，一边活了下来呢？"

"从尸体化为白骨的状态来看，那座地牢被弃之不顾已经有一段日子了。你觉得会有人在这么长的时间里，一直躲在黑暗之中，没被神津岛先生他们发现？"

"虽然很难，但也不是不可能吧？这么大一座馆，平时只住三个人。想要在深夜神不知鬼不觉地溜进仓库偷些吃的，还是能做到的。"

"既然如此，那家伙为什么没有逃跑呢？逃跑后打电话报警也不难啊。"

"这座馆建在大山深处，也许他认为很难靠自己的双脚离开吧。而且就算用电话之类的手段报警，神津岛先生是这一带的名人，三言两语就能将警方打发走。这样一来，反而会暴露自己还活着的事实，可能更加危险。"

"嗯——"月夜的手按在额头上沉吟，"也不是完全说不通。如果你的推论没错，那就意味着，此人至少在那座地牢里活了一年，在此期间，还亲眼看着其他死去的受害人尸体渐渐腐烂。想必他的精神早已不再正常。"

"说不定正是因为他已经不再正常，才能犯下那样超脱常人想象的罪行。"

——如果杀害老田等人的凶手真的已经精神失常，那正合我意，想把罪状转嫁给他会更加容易。

"你怎么看？"游马问月夜。

"我总觉得有点像是诡辩。假设真有那样一个人，他又为什么非要在馆里有这么多客人的时候开始连环杀人呢？再者，他又为什么非要袭击你呢？"

——不，我知道他为什么要袭击我。

游马一面暗自思忖，一面支支吾吾地答了一句："是哦。"

——那家伙应该知道是我杀了神津岛吧。他最痛恨的猎物神津岛被我夺走了，因此对我怀恨在心，所以想把我从楼梯上推下去杀掉。

游马在脑海中推理着，听到月夜小声地"呵"了一声。

"不过，虽然不知道那个人是不是从地牢逃出来的，但至少有必要把这种可能性纳入考量：还有我们不知道的人藏在馆里，是他将你推了下去。一个偷听人说话的、神出鬼没的人物……终于收集到信息了。"

"接下来要从哪里开始调查呢？怎样才能找出案件的真相？"

游马试着下床，但全身上下都痛得几乎要散架，不由得发出呻吟。

"别着急，一条君。你先躺着吧。"

月夜的手放在游马肩膀上，想扶他躺下。她的语气温柔，却带着不容拒绝的强势。

"可是，就要没时间了。"

游马老老实实地躺回床上，月夜疑惑地眨眨眼：

"没时间了？为什么？"

因为我必须在警察来之前，把杀害神津岛的罪转嫁到某个人身上——这样的话自然不能说，游马努力编造借口。

"看加加见先生的态度，长野县警还没充分领略到你名侦探的声望。警方来了，就会把你当作捣乱的人，你就没办法好好调查了。可我觉得，这个案子没有你是破不了的。我不想让案件拖着迟迟无法解决，给凶手制造逃跑的机会。最好在警察来之前揭开案件的真相。"

"原来如此，说得确实有道理。而且你被袭击，也就意味着我们之前的设想——凶手结束复仇后不会再犯罪已经崩盘。的确应该尽早查清真相，那我们就尽快行动吧。"

"先去哪里？"

游马又要起身，月夜轻轻推了一下他的胸口。好不容易撑起三十度左右的身子弹回床上。光是如此，游马已然感到浑身上下痛楚不堪，不禁痛呼出声。

"你这副样子，想上哪儿去？眼下就在这里歇着吧。"

"不行！你一个人在这座馆里四处转悠，也太危险了。"

"你别误会，我也待在这儿。"

"欸？"游马呆住了，"可你刚刚才说，要开始调查……"

"一条君，我是名侦探啊。我和那些磨破了鞋底，跑断了腿收集信息的刑警可不一样。"月夜伸出食指，像节拍器似的左右摇晃，"这三天里，我们得到了各种各样的信息。将它们一一分解，把零部件组合成有机的整体，就能得到合理的假说。这才是名侦探的推理。"

"你是说，要根据此前收集的信息，在这里展开推理？"

"回答正确。"月夜开心地回答游马的提问。

"而且，我也不能把受伤的你放在这房间不管，说不定凶手会来给你致命的一击。"

"别吓唬我啦。"

游马轻声笑了笑。仅仅如此，侧腹部依然传来一阵刺痛。

"我可没吓唬你。在弄清楚你为什么会被人从台阶上推下来之前，不应该放松警惕。所以，你就安心休养吧。我会认真盯梢的。你有什么想要的吗？想吃东西、想喝水吗？照料因调查而负伤的搭档，这点儿本事我还是有的。你想要什么尽管说。用不用给你拿些止痛药来？因为随时可能有危险发生，我平时出门都会带些药。"

月夜手握成拳，敲了敲穿着西装的胸脯。

"药我也有，就不用了。作为神津岛先生的私人医生，我平时经常到馆里来。"

"不不不，我可能还带着你这里没有的药哦。比如，治疗男科的……"

"你为什么会随身携带那种药啊？"

游马下意识地大声吐槽，继而又因胸口的疼痛而呻吟不止。

"就是要考虑到各种情况嘛。所以说，你有什么需要的吗？"

"那给我倒杯水吧，好渴。"

"好的。"

月夜走到简易厨房，倒了一杯矿泉水端过来。

"你坐得起来吗？慢慢喝哦。"

月夜帮游马撑起身子，将杯子递到他手中。游马一口气喝干了杯中的水，冰凉的水流入因疲惫和紧张而干瘪的身体之中。

躺平后，月夜将手放在他的额头上。凉凉的掌心让游马觉得舒服，他安静地闭上眼。这三天来，像铁锁般缠绕在他身上的紧张感在不知不觉间烟消云散。

令人心安的睡魔袭来，游马没有抵抗，委身其中。

"睡吧，一条君，做个好梦。"

月夜温柔的声音传到游马耳朵里，好像来自遥远的地方。

3

周遭隐约传来水声。

……小河？游马睡眼惺忪地坐起来。背上和腰上同时传来钝重的疼痛，他低低地泄出一声痛呼。

——哦，我被人从楼梯上推下来后，睡了一觉来着。

痛楚令游马醒过来，环视四周。房间里挂着遮光窗帘，只留了一点淡淡的间接照明。大概是月夜体贴地调暗了光线，想让自己好好睡一会儿吧。

"我睡了多久……"

干燥的喉咙里传来沙哑的声音，游马伸手拉开窗边的窗帘。巨型玻璃窗的外面是一片铺开的漆黑。

"……欸？"

游马的大脑一下子停止了思考，他慌忙看手表，时针已经走过了九点。

——九点？外面这么暗，也就是晚上九点？！

游马从床上跳下来，尽管浑身疼痛，但他来不及管这些了。

我竟然睡了将近半天？就这样虚度了警方赶来之前的宝贵时间？——游马急出了一身黏汗。

"碧小姐!"

游马搜寻着名侦探的身影,想对她抱怨为何不叫自己起来。可她不在屋里。游马的心在胸口狂跳。

不会是因为自己睡得太沉,迫使月夜一个人去馆里调查了吧?然后被凶手袭击……

游马穿上鞋往门口走去,准备去找月夜。他解开门锁,将手搭在门把手上,忽然觉出有一股水声一直轻击着他的耳膜。

对了,自己醒来时就听到了这个声音。它到底是从哪里传来的?

游马仔细寻找声音的源头,走到卫生间前面。他将耳朵贴在门上,毫无疑问,水声就是从这里传出的。有人在洗澡?

游马深吸一口气,大喊道:"碧小姐!"淋浴的声音立刻停止。

"哦,一条君,你醒啦?"

月夜的声音隔着门传来,游马感到无比心安,差点跪在地上。

"你在卫生间干什么呢?"

"能干什么?当然是洗澡啦。昨天晚上我埋头推理,连澡都忘了洗,身上黏黏的。而且,你睡觉的时候,我有点儿用脑过度,想冲个热水澡解解乏。啊,你可别偷看哦。我不想因为这种事破坏我们珍贵的友谊。"

月夜气定神闲的回答惹得游马破口大骂:"我才不会呢!"

"一条君是位绅士嘛。有你这样的好搭档,是我的幸运。我马上就出去了,你再等一等。"

淋浴的声音再次响起。游马长叹一口气,从卫生间的门边走开。

他坐在沙发上等了几分钟,卫生间的门开了,月夜穿着 Y 字衫,配一条长裤，一面用毛巾擦着短发，一面走出来。名侦探香艳出浴营造出的氛围感，令游马有些心动。

"哎呀，让你久等啦。我觉得清爽多了。"

月夜走到梳妆台旁边。梳妆台上放着一件叠得整整齐齐的西装上衣和一条藏青色的领带。

"衣服也换了新的？"

"那当然了，穿着脏兮兮的衣服，怎么打得起精神啊？我在伍之屋换了一套。"

"可是，都是同样的款式呢。"

"因为这是我的制服。从学生时代起，我就对名侦探心生憧憬，一直穿男装，所以在低年级的女学生中间很受欢迎，几乎每天都能收到情书。一条君，你羡不羡慕？"

"也就是说，你回自己的房间换了衣服，又来我的房间洗澡？直接在伍之屋洗不就行了吗？"

听了游马无奈的问话，月夜的表情严肃起来。

"不管怎样，我好歹是个女人，比男人洗澡花的时间长，有许多部位需要护理呢。"

虽然你剪了短发，可连吹风机都不用，还要护理哪儿啊——游马撇着嘴：

"既然如此，就更应该在自己的房间慢慢洗啊。"

"你要是在这段时间被人杀了怎么办？"

见游马哑口无言，月夜继续说道：

"只回伍之屋换一趟衣服，两三分钟就能搞定。如此短暂的时间里，你被杀害的可能性很小。可一旦我去洗澡，就要洗上三十分钟。这么长的时间，我放心让你一个人睡在这儿吗？"

"把门锁上不就行了……"

"巴小姐的尸体就是在上了锁的密室内被发现的。即使锁了门，也不见得安全。你忘了吗？是某个人把你从台阶上推下去的。"

"我怎么可能会忘？"

"现在是不是能理解我为什么选择在这间屋里淋浴了？还是这样更加稳妥吧。"

"嗯，理解了。只不过……"游马目光灼灼，"你为什么一直不叫我，让我睡到这时候？现在已经是晚上了啊。"

"可是，你又没告诉我，要在几小时后叫你起来。"

"就算我没说，也可以依据常理判断吧？一般来说，睡两三个小时就可以把人叫起来了。"

"要求名侦探讲究常理，你不觉得这才不现实吗？而且你睡得那么香，还打着呼噜，我觉得不该吵醒你啊。一条君，你的睡脸很可爱呢。"

听了月夜揶揄的回答，游马不禁抱住自己的脑袋。

"我竟然在如此关键的时刻，浪费了将近半天时间……"

"浪费？"月夜耸肩，"为什么要这么说呢？没有哪段时间比过去的半天更有意义了。"

"……此话怎讲？"

游马抬起头，看到月夜莞尔一笑：

"我之前说了啊。在你睡着的时候，我要根据目前为止获得的信息展开推理。就在你彷徨于梦中时，我灰色的脑细胞不停地工作，一直在挑战《玻璃馆杀人》这部小说的谜题呢。"

"难道你已经知道凶手是谁了？"

游马在沙发上直起身子，月夜顽皮地笑了笑：

"这个嘛……"

"快别卖关子了，现在不是开玩笑的时候吧。"

"没想到会是这样。我没开玩笑，大脑的迷宫之中，已经有了差不多成形的假说。"

"是怎样的假说？到底是谁在密室中杀人，又是如何杀的？"

"都说了叫你冷静嘛。假说再怎么样也还未经证明。即便对方是我的搭档，我也不能告诉对方一个推理的半成品。要拿到足够明确的证据后，才能公布答案。"

"那要怎样才能得到那足够明确的证据？"

"当然是去现场取证了。"

月夜取过放在梳妆台上的领带，熟练地系好，颇有气派地套上西服外套。

"一条君，你的伤势如何了？现在能走了吗？"

"欸？嗯，还是挺疼的，但多亏躺了一段时间，正常走动应该不成问题。"

"你通过休息养好了伤痛和疲劳，而我的推理突飞猛进。我们的确度过了极有意义的半天时光。好了，华生君，我们一起去做最后的现场取证吧。"

月夜恢复了男士西装的装扮，挺起胸膛，气宇轩昂地说道。

“你打算去哪儿？”

“跟我去就知道啦。哦，对啦，一条君，你手头有听诊器吗？”

“听诊器？有倒是有，你要干吗？”

“带上它，一会儿用得上。”

“需要听诊器？”

游马皱着眉头反问，奈何月夜催促着“别管这么多，快拿上”，他只好从诊疗包中拿出常用的听诊器。

“这样就准备齐全了。”月夜不做任何说明，直接朝门口走去。

“等等！”游马慌忙叫住她。

“干吗呀？我正在兴头上呢。”月夜攥着门把手，噘嘴埋怨道。

“先让我去一趟卫生间。”

“卫生间？我刚洗完澡，你立刻就要去卫生间，是有什么特殊的癖好吗？”

“别瞎说八道！我只是想上趟厕所。”

“开玩笑的啦，别这么生气嘛。好啦，解决完就快出来。”

月夜慢悠悠地挥手。游马龇牙咧嘴地走进卫生间，将门反锁。

他站在西式马桶前解完手，拉好裤子的拉链，小心谨慎地轻轻掀开水箱盖，留心不发出声音。棕色的小药盒摇摇晃晃地漂在水箱的水面上。游马抓住药盒，控干水分，将它塞进外套的口袋里。

月夜的名侦探属性彻底恢复了。接下来，不知道她什么时候会指出真正的凶手。为了能在第一时间将药盒推给对方，从今往后最好将它带在身上。

“喂——一条君，好了吗？你不会是在上大号吧？”

"马上就出去了!"

游马吐出积在肺底部的空气,走出卫生间。

两人离开肆之屋,上好门锁,往楼下走去。来到一层,月夜毫不迟疑,直奔游戏室。推开门走进屋里,坐在沙发上的九流间和左京猛地转过身,投来两束饱含警惕的目光。

"啊……什么嘛,是你们啊。"九流间放心地叹了口气,"一条大夫,伤势如何?之前你可是重重地摔了一跤呢。"

"让您担心了,还有点儿疼,所幸没有伤到要害。"

"那就好。"

九流间点头。月夜走到他旁边,看着躺在沙发上的酒泉。他身旁的地上滚落着好几个红酒瓶。

"酒泉先生怎么样了?"

月夜靠近酒泉,轻轻摇晃他的身体。酒泉低吟着挥开她的手。

"如你所见。"左京俯视酒泉,"巴小姐的离世似乎对他的打击很大。他哭了好半天,然后就没完没了地喝红酒,现在就成了这副模样。"

"说起来,二位是有什么事吗?如果不想继续待在房间,要和我们一起在这里熬到天亮,我们也很欢迎哦。"

九流间摊开双手,语气格外活泼,也许是想赶走沉重的气氛吧。

"对了,这里有扑克桌,我们酣战一场,同时聊一些和扑克有关的推理话题怎么样?我首先想到的是鲇川哲也的《紫丁香庄园》,法月纶太郎的《寻找王牌》也是不得不提的作品。还有《十一张牌》

《扑克牌杀人事件》……"[1]

"实在是很有吸引力的邀请。但遗憾的是，我们有非常重要的事要办，必须先行告退。真的非常遗憾……"

月夜的语气沉痛，似乎她真的很想和九流间就着扑克牌推理大谈特谈。

"重要的事？"

"对，希望您能给我保险柜的钥匙。"

九流间瞪大了双眼：

"为何有此要求？"

"因为我需要万能钥匙。"

月夜立刻回答了九流间的问题。

"可是，加加见刑警给保险柜上了密码锁。仅凭老夫和一条大夫手里的钥匙，已经打不开了。"

"这没关系。身为名侦探，我掌握了破解保险柜密码的技能。"

破解保险柜的密码才不是侦探需要掌握的技能，而是盗贼需要掌握的——游马在心里吐槽。

"嗯，这个嘛……那你为什么要取出万能钥匙呢？"

"为了现场取证。要想查清案件真相，确保各位的安全，就有必要仔细检查牺牲的三个人的尸体和凶案现场。"

"不行不行，这个绝对不行！"左京猛地站起来。

1.《寻找王牌》："キングを探せ"，法月纶太郎著。《扑克牌杀人事件》："トランプ殺人事件"，竹本健治著。

“为什么呢？”月夜疑惑道。

“这不是明摆着吗？我们是为了大家的平安，才将万能钥匙锁在保险柜里的。如果你将它取出来，留在屋里的人的安全至少就没有保障了。”

“你们已经知道是我拿了万能钥匙，如果今晚还有人被杀害于房间之中，我就成了嫌疑人。就算我真是凶手，也不可能在这种情形下犯罪。”

“这可没法保证，谁知道凶手是不是想杀死所有人啊？”

“如果是那样的话，我就没必要特意拜托九流间老师交出钥匙了。直接杀掉他，把钥匙抢过来不就成了？”

这耸人听闻的回答令左京扭歪了嘴。

“无论如何，我都不赞成。尽管你说这样做是为了揭露案件真相，确保大家的安全，可根本没有这个必要。明天警察就来了，我们就得救了。”

“您认为凶手会乖乖地等着警察来吗？”

“凶手连环杀人的动机，不是为地下的人体实验复仇吗？既然如此，就不可能再有人被杀了。因为和实验有关的三个人都已经死了。”

“很遗憾，不一定是您说的这样。杀人还可能继续。”

“欸……”听了月夜不祥的预言，左京不禁身体紧绷。

“您认为一条君是失足从楼上摔下来的吧。我一开始也是这样认为的。可实际上，他是被某个人从背后推下去的。”

左京瞠目结舌，九流间也探出身子，惊问：“真的吗？”

“嗯……是真的。”

游马犹豫地点头，左京立刻用双手捂住脸，发出绝望的感叹："怎么会这样……"

"一条君很幸运，没受多大的伤。万一他摔下来时伤到了要害，说不定现在已经死了。也就是说，目前仍然有人藏在这座馆里，对活着的人心存歹意。不将他找出来，我们的安全就没有保障。"

月夜顿了顿，深吸了一口气：

"正因如此，才需要我这个名侦探来破案。无论如何，都需要保险柜的钥匙。"

"但是……这样一来……"

左京战战兢兢地嘟囔着，余光已看到九流间起身从和服怀中掏出钥匙链，取下一把小钥匙。

"不胜感激，九流间老师。"

月夜伸手捏住保险柜的钥匙，可九流间依然攥着钥匙不放。

"碧小姐，你的话有一定道理。可我还没有足够的证据，相信你们二位不是凶手。"

"就像我刚才解释的那样，如果我们是凶手——"

"如果你们是凶手就会杀了我们，抢走钥匙。可是，如果你们的目的不是杀死所有人，事情就不是你说的那样了。"

"此话怎讲？"

月夜明快地反问，她似乎很乐意讨论这类话题。

"那就意味着，你们可能企图消灭证据。你们杀了三个人，已经完成了复仇，但现在又突然意识到，犯罪现场留下了重要的证据。可是壹之屋和陆之屋的门锁着，你们进不去。所以要在警方赶来之前，设法到现场消灭证据。”

“原来如此。这种假设非常精彩，不愧是九流间老师。”

“不用讲客套话啦。所以说，你能否定老夫的假设吗？”

“想要否定的确很难。不过，既然您这样怀疑，我也准备了相应的措施。您应该已经注意到了吧？”

面对月夜挑衅式的发言，九流间露出了苦涩的表情：

“找个人和你们一起去调查现场，看看你们是否有隐藏证据的企图就行了对吧……”

“正是如此。可是，照目前的状况，符合条件的恐怕只有一个人。”

加加见绝不会同意月夜去调查。酒泉烂醉如泥，左京和梦读心惊胆战，不可能到犯罪现场去。这样一来……游马凝视着老作家的侧脸。

“就剩下老夫了。”九流间叹着气，交出了保险柜的钥匙，“没辙，我就跟你们一起去吧。近距离观察名侦探的调查，也是一种学习，说不定是一种宝贵的经验呢。”

“等等，九流间老师，我们怎么办呢？”

“你们就在这里等吧，毕竟是两个大男人，凶手不会主动出击的。”

“但是……酒泉君也可能是凶手……”左京指着烂醉如泥的酒泉。

“这个你不用怕。”月夜的声音沉稳有力，“在只有两个人的情况下，如果有一个人被杀，活着的那个人自然就是凶手。就算酒泉先生是凶手，也不会挑这段时间对你下手。当然，如果左京先生是凶手的话，也是一样的道理。所以我们才放心把酒泉先生放在这儿。"

"但……但是，酒泉君现在醉成这样，万一有人来袭击我们，我们真的能打退他们吗……"

"到时候，你就按这个按钮。"

九流间立刻指了指旁边墙上安的火灾报警器。

"只要警报一响，所有人都会到这里来。好了，碧小姐，我们走吧。"

九流间扔下泫然欲泣的左京，朝门口走去。月夜像居酒屋的店员似的，欣然应了一句"好呀，这是我的荣幸"。

游马三人离开游戏室，来到地下仓库的保险柜前头。月夜蹲下来，将游马和九流间递过来的钥匙插进门上的锁眼里，两只手一起转动。空气中依稀传来锁头滑开的金属声。

月夜攥住把手，试图转动，柜门却纹丝不动。

"密码锁锁得结结实实的。好吧，一条君，借我听诊器一用。"

"好的好的。"游马交出听诊器。月夜将它塞在耳朵里，把听筒贴在保险柜门上，开始慢慢转动拨盘。

几分钟后，游马问："打得开吗？"

月夜在唇边竖起食指，瞪了游马一眼。游马缩了缩脖子，双手捂住嘴。空气中只剩下月夜转动拨盘的咔嚓声，游马和九流间无所事事地干等着。

三十多分钟过去了，就在游马开始焦躁不安的时候，月夜突然摘下听诊器，发出一声长叹。

"还是打不开吗？"

　　游马话音刚落，月夜便翘起唇角，紧紧攥住门把手。刚才纹丝不动的门把手猛地向下一沉，保险柜的门开了。

　　"别小瞧名侦探呀，一条君。"

　　刻着"零"字的钥匙在游马眼前晃动，月夜得意地眨了眨眼。

4

　　"哇，好冷！"

　　拾之屋的房门被打开的瞬间，门缝中吹出的冷风令月夜尖叫起来。游马也不由自主地团紧了身子。

　　"哦，应该是加加见先生为了防止尸体腐烂，把窗户全打开了吧。还是说，窗户是昨天火灾报警器响的时候打开的？"

　　月夜一面拢紧西装衣领，一面走进房间。她说得没错，拾之屋的全景玻璃窗全都从上面向外敞开了四十五度左右。室温降到零度以下，呼出的气冻成了白霜。

　　"此地不宜久留啊。"九流间抱着自己的肩膀说道。

　　"没关系，需要确认的东西也没有很多。"

　　月夜果断地朝放着老田尸体的床铺走去。

　　"一条君，到这边来。你是医生，我想听听你的意见。"

　　看到月夜朝自己招手，游马哆里哆嗦地走到床边，俯视老田的尸体。他的衬衫被血染成黑红色，上面开了几个洞，应该是被刀子捅破的。尸体流出的血把床单染脏了一大片。

医生的习惯驱使着游马摸了摸老田的脖子，当然没有感受到颈动脉的搏动。老田的脖子摸上去像一块冰冷的橡胶。油尽灯枯的身体特有的手感传递到游马的指尖。

"唉，这样看不清楚啊。"

月夜没有一丝犹豫，掀起老田浸满血字的衬衫。

"喂，喂……弄乱死人的衣衫实在有点儿……"

"一条君，你瞎说什么呀。尸体被人从厨房搬到这儿的路上，衣服已经是乱七八糟了，你不必介意这个。更何况，我的办案能力比那帮警察高很多，不需要考虑保护现场的事。"

月夜说着，用手帕擦掉沾在手上的血。

的确，必须在明天傍晚之前找到杀害老田和圆香的真凶。现在不是担心警方能否顺利调查的时候。游马整理好自己的思绪，重新审视老田的尸体。

肋骨凸出的胸部有几处明显的刺伤。

"胸口这一处应该是致命伤吧。看这个位置，肯定贯穿了心肺，大概是当场毙命。"

"一条君，这是什么？"月夜指着老田的脖子，"这里好像有点儿脏东西。"

"脏东西？"

游马弯下腰，把脸凑过去，仔细看月夜指的地方。老田的脖子上确实有两个像脏东西似的小黑点。游马用手指蹭了蹭，黑点并未消失。

"不是脏东西吧，蹭也蹭不掉，是某种伤痕吗……"

"会不会是烧伤？"

"烧伤……有这种可能。为什么这么问？"

月夜用食指依次轻轻触碰那两个黑点。

"距离相近的两个烧伤的痕迹。我见过类似的情形——是电击枪弄出的伤痕。"

"电击枪？！"游马提高了音量。

"没错，把电击枪顶端的阴阳两极抵在对方身上，趁机通电，让对方脱力。若是隔着衣服，多半不会留下伤痕，但皮肤直接抵在电极上的话，很有可能被烧伤，伤痕就和这个一样。"

"你是说，老田管家是被人用电击枪伤到失去了抵抗能力，然后被刺杀的吗？"

"大概是这样吧。这么做能最大限度地降低对方反抗的风险。即使凶手体力不占优势，也可能完成犯罪。"

"体力不占优势……"

游马正念叨着这句话，九流间就搓着手走了过来，看样子他似乎很冷。

"也就是说，像我这样的老头儿，也可能犯罪是吧？"

"不仅仅是九流间老师，女性也有可能。我、梦读小姐、巴小姐都有可能。"

"巴小姐？"游马蹙起眉头，"但是，巴小姐不是受害人吗……"

"老田管家被杀的时候，巴小姐还活着哦。推理小说中，有的是凶手犯罪后又被其他凶手杀掉的情形。比如……"

"推理课之后再上吧，再待下去我们都要冻死了。你还要在这间屋里调查什么吗？"

游马感到月夜说下去就是长篇大论，于是先发制人，堵住了她的嘴。月夜不满地噘着嘴道：

"不，这就够了。这个房间不是犯罪现场，所以只要检查尸体就好。"

游马等人离开拾之屋，锁好门，等身体暖和过来，又进了陆之屋。这里和拾之屋一样温度低于零度，游马和月夜一起走了进去。

床就摆在敞开的窗边，圆香身穿古典的婚纱礼服，尚未瞑目的双眼对着天花板。

早上尸体被发现时，婚纱只有胸部的位置被血染红，此时黑红色的血液已经浸透了长裙。

月夜不由分说地掀开礼服长裙，苍白的大腿上有好几条被切割的伤口，深到露出了粉红色的肌肉和黄色的脂肪。见此情景，游马的舌头几乎打了结。

"一定很痛吧。凶手虽说想问出地牢的位置，也不必做到如此地步啊。"

月夜摇着头将裙子放下来，接着卷起礼服上衣。写在束腰内衣上的血字"杀掉中村青司"，也已被大量的血液盖住，难以辨认。

"当胸一击毙命。说出地牢的位置后，巴小姐就失去了价值，大概凶手立刻就将她杀掉了，这一处可以看作致命伤吧。"

月夜说得没错，圆香的胸部和老田一样，有一个巨大的刺穿伤。

"嗯，应该是的。"游马点头。

月夜放下礼服上衣，凑到圆香的胸口仔细观察。

"嗯——礼服没有破呢。凶手应该是先拷问、刺杀了巴小姐，再给她穿上婚纱的。为什么要特意这样做呢？"

月夜摸着下巴。这时，守在门边的九流间开口道：

"我记得，死在地牢里的那位女子摩周真珠，是马上就要结婚来着。凶手是不是想表明，自己在替惨遭杀害、没能穿上婚纱的摩周真珠报仇？老田管家被杀的现场有杨絮掉在尸体上，可能也是暗示在雪山遇难的女人。"

"简单推测的话就是这样。但有必要为了这个特意花时间给死者穿上婚纱吗？把婚纱套在一具尸体上，可是一项大工程。从餐厅的白杨树上揪下杨絮撒在死者身上也是一样，虽然没有穿婚纱那么困难，仍然是件麻烦事。凶手真的会为了表明自己是替人报仇雪恨，而做到这个地步吗？"

月夜嘟囔着，像是在整理思路。她一面想，一面走到敞开的窗边，从西装内兜拿出小手电，照着尖塔的外墙。

"外墙上确实没有留下攀爬的痕迹啊，地上也没有脚印，凶手不可能是从这扇窗户逃跑的。"

"那么，凶手是如何将这间屋子做成密室的呢？"

月夜没有回答游马的疑问，沉默几秒钟后，留下一句"去最后一间屋子吧"便朝门口走去。离开陆之屋后，三个人和上次一样先等体温缓上来，再用万能钥匙打开第一起案发现场的壹之屋房门。

一定要看看神津岛的尸体，必须让自己不再动摇——游马缓慢地吐出一口气，拼命压制悸动不已的心跳。

门开了。和其他房间不同，照壹之屋的构造，窗户应该是打不开的。可整间屋子贴的都是全景玻璃，也许是因为没开空调，门缝中吹来的冷风和前面两个房间一样冰凉。

冷静、不要慌——气沉丹田的游马口中，忽然发出一声呆呼："……欸？"

思绪蒙上一层雪白，游马搞不懂自己眼前看到的是什么，也无法理解到底发生了什么。

门里的情景匪夷所思。

神津岛仰面朝天，倒在红木书桌前面，一把粗劣的匕首深深地插在尸体的胸口上。

"这到底是……"

站在一旁的九流间张口结舌。游马跌跌撞撞地走进壹之屋，像被什么东西吸住似的，来到神津岛的尸体旁边。

他呼吸零乱地俯视神津岛，继而被拽向深不见底的混乱之渊。神津岛的尸体上放着一张 A4 打印纸，匕首穿过纸张刺进胸口，将纸固定在那里。

"这是什么东西啊……"

游马的声音沙哑。纸上画着几十个黑红色的铁丝小人和英文字母。在游马歪歪扭扭的视野中，铁丝小人们仿佛跳起舞来。

"又是血字暗号吧。嗯，这次不是文字，应该算是画了。不过，这暗号好像在哪里见过呢。"

月夜斜眼朝游马送出一束试探性的目光。

"……《跳舞的小人》。"

跳舞的小人暗号

游马低弱的话音刚落，月夜就扬声道："不愧是一条君！"

《跳舞的小人》是收录在 1905 年出版的《福尔摩斯归来记》中的一个短篇。故事中，夏洛克·福尔摩斯挑战的暗号便是如同小孩涂鸦般的小人图画。固定在神津岛胸口的纸上画的暗号和它很像。

"不过，《跳舞的小人》里画了许多种小人，这张纸上没有那么多种啊。"

月夜嘟囔着，手在下巴上摩挲。

"随便什么暗号都无所谓吧！关键是，为什么会这样？！为什么神津岛先生又被匕首刺了一刀？！他不是被毒杀的吗？！"

"如你所见，就是有人在神津岛先生的尸体上刺了一刀嘛。"

"那人为什么要干这种事？而且，这间屋子本来是锁着的啊。那个人是怎么进来的呢？而且这暗号是怎么回事？"

"你别这么激动，我也很惊讶，多给我一点时间思考吧。在这段时间里，你能不能把这些暗号拍下来？我想冷静下来再好好看它。验尸也拜托你了。"

月夜用力甩了甩头，蹲下来检查神津岛的尸体。游马无奈地掏出手机，隔着月夜的肩膀，按照她的吩咐拍下纸上的暗号，接着开始调查神津岛半张着嘴的尸体。他抬起神津岛的手，感到尸体的关节已经僵硬，不禁有些硌硬。匕首没入胸口正中央，只留下刀柄在外面。毫无疑问，刀尖肯定贯穿了心脏。

游马一面检查着尸体，一面听着月夜的沉吟。

"这把匕首，也是神津岛私藏之一，是《利刃出鞘》中用过的那把。那部作品中，丹尼尔·克雷格饰演的名侦探实在是能干又迷人。

我万万没想到还能在里面一睹 007 名侦探的神采，忍不住买了蓝光碟……"[1]

"碧小姐，跑题了！"

在游马严肃的指正下，月夜露出恍然大悟的表情。

"啊，抱歉抱歉，还好尸体出血量不多。如果大量流血，可能就看不清楚暗号了。"

月夜挠着鼻头，陷入沉思。

"有什么发现吗？"

"不是说了吗？你别太着急。我正在检查自己的假设和看到的信息是否吻合。"

月夜闭上眼，开始念念有词：

"……为什么必须刺伤尸体？……怨恨有这么深吗？……光是毒杀还不够？……还是说，想让大家注意这个暗号？……但是，现在还有必要留下什么暗号吗？这些都先不管，他到底是怎么进入上了锁的房间的……"

睁开眼后，月夜呼出一口白色的气，走到门边，开始检查房门。九流间傻呆呆地站在一旁，没有动过。

"果然，既没有强行开锁的痕迹，也没有用丝线等物理诡计的痕迹。门上干干净净的。这样的话……"

月夜走到掉在地毯上的壹之屋的钥匙旁边，用手指捏起它，忽然

---

1. 在电影《利刃出鞘》中饰演名侦探的丹尼尔·克雷格曾出演英国系列谍战片《007》中的特工詹姆斯·邦德。

瞪大了眼睛：

"一条君，你看。"

游马在她的招呼下走过来，看月夜手指的地面。钥匙下面的黑色地毯上，掉着一些白色的灰。

"这是什么？"

但是，月夜没有回答游马的问题。她默默拿出手机，对着地板拍了一段视频，然后又开始一个人念念有词。

还是不要打搅她为好——游马守在一旁，只见月夜的嘴角明显扬了起来。没过多久，她的眼睛越睁越大：

"原来如此，原来如此，原来如此。这真是有趣，太有趣了！"

突然，月夜像芭蕾舞演员似的，脚步轻点，走到游马身边。

"一条君，太棒了，这是最棒的诡计。在这以前，根本没有如此完美的犯罪。能见识这样的犯罪现场，我由衷地荣幸。"

月夜说着，紧紧抓住已经被古怪言行镇住的游马的双肩。

"难道说……你知道凶手是谁了？"游马怯生生地问。

月夜摊开双手，点点头：

"当然啦。这起美丽又哀婉的案件，我已经掌握了它的全部线索，从这些线索中推导出的真相表明，凶手已经确定无疑。"

月夜朗声说完，凝视游马的双眼，露出一个少女般顽皮的微笑。

"如果这是本格推理小说，写到这儿，就到了'那个阶段'。眼下是绝无仅有的机会，机不可失，所以我也要向大家宣告——"

她刻意拢了拢自己的头发，像唱歌般欢快地开口：

"我要向读者发起挑战。和《玻璃馆杀人》的真相有关的必要信息，已经全部提示给诸位了。恳请诸位解开谜题：凶手是谁？他如何完成这不可思议的犯罪？这是我向读者发起的挑战书。祝诸位推理顺畅，好运相伴。"

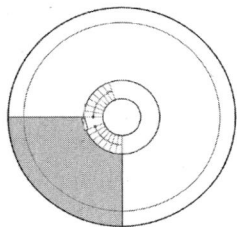

最后一天

1

　时针转动的声音越发清晰。

　已经过了早上六点……游马看了一眼手表，又偏头看向沙发。月夜躺在三人座的沙发上，双手交叠放在腹部，气定神闲地闭着眼。

　几小时前，月夜像演戏似的，宣读了"致读者的挑战书"。游马和九流间追问她凶手是谁，她却微笑着说：

　"不能说啦。解谜的时候，一定要大家都在场才行。常有人讽刺，推理小说里的名侦探总要等大家集合才说话，不过，在和案件有关的人面前揭开谜题，的确是名侦探的高光时刻。在这一点上，我绝不让步。这样吧，我会在明天早上六点半左右公布真相。这个时间最有说服力。哦，请二位放心，今晚不会再有人被杀了。明天到来之前，大家稍事休息，养精蓄锐吧。"

　哪怕只告诉我们凶手是谁也行啊——游马和九流间使出浑身解数，试图说服月夜，她却怎么也不肯答应。心灰意冷地离开壹之屋后，九流间去了游戏室，游马和月夜回到了肆之屋。

一进房间，月夜便往沙发上一躺："好了，六点左右叫我起来吧。"之后的几个小时，游马坐在床上，悒悒不乐地静待时间流逝，完全不知道接下来会发生什么。

"碧小姐，六点了，起来吧。"

游马话音刚落，月夜便闭着眼睛答道："我已经醒了。"

"你什么时候就醒了？"

"其实我几乎没怎么睡。挺不好意思的，我就像第二天要去郊游的小学生一样兴奋，可又知道接下来就要动真格的了，哪怕只让身体休息一下也是好的，就一直躺着。"

月夜睁开眼，飞身而起，系好搭在沙发靠背上的领带，罩上西服上衣。

"那么，我的华生君，叫大家一起来看这场演出吧。"

"等一下。"月夜意气风发地往门口走去，游马叫住了她。

"怎么了，一条君？"

"你要我叫大家集合，我要怎么叫呢？九流间老师他们三个在游戏室，可是加加见先生和梦读小姐之前宣布过，警方赶到之前都要待在自己的房间啊。"

"这还不简单？听我的，一条君，就这么办——"

月夜眯起眼睛，给游马下达指令。游马听完，一只手捂住脑袋。

"为什么要让我去干这件事啊……"

"当然要交给你呀。我要去一层稍微准备一下，你就利用这段时间把他们俩叫来吧。好了，我们出发！"

"啊，我要上个厕所再去。"

"哦，这样啊。那我先走了。我想六点半时正式开始，你最好别太晚出门。"

月夜轻轻扬了扬手，离开了屋子。目送她的身影离开后，游马来到卫生间，将门反锁，凝视洗脸台镜子中的自己，一个神情中藏着胆怯的男人和他四目相对。

"没事的……我能行。"

镜中的男人喃喃自语着，从外套口袋中掏出棕色的小药盒。

那位名侦探一定会揪出杀害老田和圆香的凶手，这将是我最好的机会。只要把这药盒塞给凶手，杀害神津岛的罪过也就让他一并背了。

颤抖从游马的身体深处腾起，他咬紧咯咯作响的后槽牙，将颤抖吞进肚里，用双手掴自己的脸。气球炸开似的声音伴着一阵刺痛在脸上炸开，赶走了内心的迷茫。

——为了妹妹，我必须这么做。

强烈的决心驱使镜中男人的表情变得肃穆，确认了这一点后，游马转身离开卫生间。

他走出肆之屋，锁好门，爬楼梯来到叁之屋门口，深吸一口气，开始用拳头砸门：

"加加见先生，请开门！"

门里没有反应。游马毫不气馁，继续不停地砸门。

"干吗？吵死了！"

几十秒后，里面传来加加见沙哑的声音，可能是被吵得受不了了。

"您能不能去一层看看？"

"少废话。昨天我不是说了吗？警方赶到之前，我是不会出去的。"

"警方赶到了啊。"

游马紧张兮兮地照搬月夜刚刚教给他的台词。

"警察来了？"

"嗯，是的。雪崩的铲雪工程好像提前完成了。总之，现在让大家都去一层集合。"

游马忐忑不安，一面担心加加见看穿他的谎言，一面等待他的反应。锁头滑动的声音传来，门开了。

"总算到了啊，真是的，害我等了这么久。"

加加见抓着睡得乱蓬蓬的头发走出来，身上的 Y 字衫皱巴巴的。游马心里的一块石头落了地，沿着玻璃台阶下到柒之屋门口，和对加加见讲的一样，告诉梦读警察来了。梦读比加加见警惕性更高，还要特意梳洗打扮一番，游马在外面苦等了十五分钟，但好歹成功把她叫了出来。

"喂，警官在哪儿呢？"

来到一层，梦读跑到大厅找寻警官的身影，粉色的礼服裙裙角翻飞。

"在这边。请到餐厅来。"

"餐厅？"游马话音刚落，加加见便蹙起眉头，"为什么要去餐厅集合？那里湿乎乎的。"

"已经过了两天，基本上都干了。总之先过去吧。"

　　游马连忙回答，在迎来进一步的审问前，快步朝餐厅走去。加加见和梦读怨声载道，也跟着他来了。

　　打开房门，他们走进屋里的瞬间，一道与气氛格格不入的欢迎声在餐厅炸响。

　　月夜敞开双臂，她身后站着一脸困惑的九流间、左京和酒泉。窗帘紧闭，吊灯的光从天花板上倾泻下来，照亮了房间。铺在地上的地毯里还有水，但也许已经蒸发了大半，走在上面不至于传来水声。

　　长桌上的血字"蝶之岳神隐"仍然存在，其中一部分被烧得焦黑，旁边放着像是放映机的东西、一块叠好的毛巾、一支魔术笔，不知为什么，还有一个装满水的小喷壶。月夜身旁，还摆着原本放在游戏室的玻璃馆模型。

　　"喂，这是怎么回事？根本就没有警官啊！"

　　在梦读厉声斥责中，月夜低下头来：

　　"是的，为了将二位请来，我们撒了谎。"

　　梦读怒视游马，眼珠子都要瞪出来了："这到底是怎么回事？"

　　"哦，请别怪罪一条君。他是照我的吩咐做的。"

　　"你们俩在搞什么鬼啊！这么胡闹，到底想干什么？"

　　月夜沐浴在梦读尖刀般锐利的目光中，仍然不为所动，只是挠了挠头。

　　"当然是想以名侦探的身份，揭开此次案件的真相。"

　　"什么？难道你已经知道凶手是谁了？"梦读的声音变了。

　　"那是当然。"月夜高傲地点点头。九流间他们三人的脸上也隐隐写着期待。

"开什么玩笑？一群蠢货。"加加见掉头就走。

"哎呀，您要去哪儿，加加见先生？"

"当然是回房间了，我可没空陪小姑娘玩过家家。无论如何，警方来了自然会找到凶手。在那之前，最聪明的做法就是待在自己的房间。"

加加见往楼梯间走去。有那么几秒钟，梦读面露茫然，但很快便跟在加加见身后走了。

"是要夹着尾巴逃跑吗？"

月夜的话令加加见停下了脚步。

"……你说什么？"加加见扭过头，嗓音低沉瘆人。

"我是问，您是不是害怕了？害怕您口中的'小姑娘'真的解开了堂堂县警调查一科的刑警您也解不开的谜案？"

月夜露出妖冶的笑容，挑衅道。

"别小看我。我才不会——"

"那就恳请您听听我的推理，反正也没什么损失。用我的推理来打发警察赶到之前的时间，不是正合适吗？"

"……说不定你就是凶手，把我们都从房间里引出来，想杀掉所有人呢。"

"原来如此，您认为侦探角色是凶手。很有意思。不过，这个点子已经在许多推理小说中用过了。如果诡计不够巧妙，很难带给读者惊喜哦。没错，提到是凶手的侦探，大家第一个想到的就是雷——"

"差不多得了！要我说多少次你才会明白，这不是什么推理小说！"

"不，您说多少次我也不会明白。也许只是大家没有意识到而已。

不过，涉及超推理的话题先放到一边。您不觉得，即使凶手真是我这个弱女子，面对您这位现役刑警也无从下手吗？如果您对自己的体力这么没有自信，那也是没办法的事。您就回自己的房间，像个小动物似的抖成一团吧。还是说……"

月夜忽然停下来，低头舔舔嘴唇。

"您二位害怕被人说成是凶手呢？您二位想要背着大家搞什么小动作吗？"

"你把话说到这份儿上，如果推理错了要怎么办？如果你认错了凶手，打算怎么负责？！"

"……那样的话，我再也不会以名侦探的身份自居。"

她的语气极重，令房间中一片沉默。加加见像是猝不及防被摆了一道，半晌没有说话，过了一会儿才指着月夜道：

"不再以名侦探的身份自居，这也没什么大不了的吧。"

"不，对我来说这是很大的代价。"月夜慢慢摇头，"为了这个名头，我几乎赌上了自己的人生。放弃名侦探的身份，其痛苦不亚于把我的身体撕成两半。如果我认错了凶手，从此便不会再以名侦探的身份行动。我将隐姓埋名地度过残生，不会再走在阳光之下——我是抱着这样的觉悟调查这个案子的。所以，恳请您听听我的推理。"

听了月夜饱含决心与意志的话，饶是加加见也没有反驳。梦读也缩着脖子走了回来。

"那么——"月夜双手在胸前合十，餐厅里发出"啪"的一声愉悦的轻响。

"既然大家都来了，一出好戏即将上演。下面将由我为各位阐明这座玻璃尖塔中发生的悲剧——《玻璃馆杀人》的真相。"

月夜自豪地挺起胸膛，宣布最终章拉开帷幕。

"那么，凶手到底是谁？快说！"

梦读的身子前倾得厉害，好像随时可能朝月夜扑过去似的。月夜伸出一只手，示意她噤声。

"请您冷静。我不可能上来就指认凶手，推理自有它的规矩。"

"什么推理啊！别瞎扯了，快告诉我凶手是谁！"

也许是几十个小时处于恐怖的阴影中，梦读已经到了极限，她两手抓着自己的头发。

"我才没有瞎扯。"

月夜的声音低了下来。梦读停下手上的动作，怯生生地望着她。

"推理小说中的顺序自有其道理。如果我上来就指出真凶，不对真相做出说明，恐怕谁都不会信服，只会感到疑惑。于是，大家也不会立刻抓住凶手。这样一来，等于给真正的凶手留下了余地：逃跑的余地，或者……残杀的余地。"

"残……杀？"

"这有什么好惊讶的？我即将指认的凶手罪大恶极——他杀了三个人，还在现场留下血字，甚至对受害人严刑拷打。如果他知道自己被发现了，肯定要拼尽全力逃跑，不惜以杀害身边的人为代价。"

月夜微微低头，视线朝上望着梦读：

"凶手一旦被逮捕，免不了被处以极刑。因此，再多杀几个人对他来说也不算什么吧。"

梦读不禁抱住自己的肩膀，瑟瑟发抖。月夜态度一变，温柔地微笑道：

"因此，下面我会用各位能接受的方式，循规蹈矩地做出说明，可以吧？"

看到梦读轻颤似的连连点头，月夜在脸旁竖起食指：

"那么，我就开始了。首先是第一起案件，神津岛太郎先生在壹之屋被毒杀。根据老田管家的证词，多半可以相信，凶手使用的毒药是神津岛私藏之一：河豚肝脏的粉末。案发之时，壹之屋的门锁着，全景玻璃窗是嵌住的，无法打开。也就是说，神津岛先生在密室中被杀。凶手将现场做成密室的理由很简单——希望大家认为神津岛先生是病死的，或者自杀。"

餐厅中的每个人都屏气凝神，倾听月夜的说明。

"那么，凶手是如何制造密室的呢？能给壹之屋的房门上锁的钥匙，只有刻着'壹'字的钥匙和万能钥匙这两把。我们也咨询了打钥匙的公司，对方肯定不存在第三把钥匙。而万能钥匙放在游戏室壁炉旁边的钥匙柜里，当时我一直站在柜子旁边，可以做证，从第一天的晚宴结束，到所有人都去壹之屋的这段时间，没有人开过柜子。还有一种可能：酒泉先生身上一直带着万能钥匙，他只是假装跑回一楼取了钥匙。但这种可能也被排除了，因为晚宴后，酒泉先生一直在吧台那边，给大家做鸡尾酒。"

月夜正在罗列事实，九流间轻轻举起手来。月夜用目光示意他开口。

"不好意思，打断你讲话……"

"哪里哪里，您不必如此客气。破案的过程中，出场人物往往会指出名侦探推理的矛盾之处，提出各种各样的疑问。正是在名侦探完美解决这些疑问的过程中，案件的轮廓才逐渐清晰。"

月夜喜滋滋地说。

"那老夫就直言不讳了。从时间和距离两个因素考虑，投毒都可以使远距离杀人成为可能。如果凶手用投毒的方法杀掉了神津岛君，再讨论他是如何制造密室的，就没有多大意义了吧？之前我也说过，如果是毒杀的话，只要事先在神津岛君可能入口的东西里下毒就行了。神津岛君服毒的时候，凶手不一定要在现场。也许神津岛君不过是独自在屋里锁着门的时候，偶然服下了毒药呢？"

"这样的话，就很难确保神津岛先生在固定的时间段死亡。神津岛先生死在马上就要发表要事之前，考虑到这一点，还是凶手在现场的可能性更大吧？"

"老夫一开始也这么认为。但最终我们发现，凶手的犯罪动机是为死在地牢的受害人报仇，这已经可以充分说明，神津岛君发现那部珍贵的未公开推理小说的事，和他的死没有半点关系了。"

九流间到底是推理界的权威，他的提问一针见血。月夜安静地倾听着，不时应和一两声，脸上依然挂着微笑。

"而且，如果神津岛君服下毒药后还有气力留下死亡信息，那也可能是他在凶手逃走后亲自锁了门，为的是避免对方杀个回马枪，给自己致命的一击。老夫认为，凶手故意制造密室的设想有些站不住脚。你怎么看？"

九流间说完，紧张地望着月夜。

"很精彩，不愧是九流间老师。"月夜兴奋地说，"您刚刚的提问逻辑非常通顺。依据诸位掌握的信息分析，的确无法辨别密室是凶手故意制造出来的，还是凑巧形成的。那么，一条君——"

游马没想到月夜会突然点到他的名字，莫名地眨着眼睛："嗯？"

"'嗯？'什么，既然你是我的助手，就别愣在一边，过来帮帮忙。你去把门关上，再把灯也关上。"

"哦，嗯！"游马慌兮兮地照着月夜的吩咐办事。吊灯熄灭后，房间里一下变得昏暗。遮光窗帘的缝隙中漏出的光十分微弱，只能勉强看到屋内物品的轮廓。

"请大家看这里。"

月夜的话音一落，餐厅的白色墙壁上映出一间巨大的蓝色家宅。

"机器是我从剧院拿过来的，这面墙可以代替银幕。"

月夜从西装衣兜里拿出手机，开始操作。蓝色的家宅照片消失了，取而代之的是一把躺在黑色地板上的钥匙，上面刻着"壹"字。

"这是掉在第一起案件现场的钥匙。"

"喂，等一下。这玩意儿你是什么时候拍的？"加加见插嘴。

"其实……"游马刚要解释，月夜便接过话头，没让他再说下去。

"就是第一天晚上，大家刚刚赶到现场的时候啊。你不让我拍尸体的照片，我没办法，就拍了几样其他的物证。"

其实这张照片是昨天晚上拍的。可如果照直讲，加加见肯定又要气哼哼地抱怨。若是再让大家知道，为了安全起见封存在保险柜中的万能钥匙已经被拿了出来，梦读说不定又要惊慌失措。

游马看了看知道实情的九流间，对方大概是感受到了他的目光，微不可察地点了点头。

"昨天晚上，我重新看这段视频时，发现了一个非常重要的线索。诸位请看——"

月夜点着手机的液晶屏幕，一段视频映在墙上。视频中，一只白皙纤细的手拾起钥匙。

"啊，你碰了物证？那上面要是留下了你的指纹……"

"请安静，现在正是关键的地方！"

加加见刚要抱怨，便被月夜喝住，他哭丧着脸不再开口。

镜头离地毯越来越近，最后几乎贴到了地毯上，视频到此为止。

"看到了吗？"

游马等人面面相觑。大概是对大家的反应不满意，月夜噘着嘴走到墙边，指着视频中的画面："这里啦，这里。"

"好像看到了一些像白色灰尘的东西……"

月夜立刻指着惴惴不安的左京：

"你说对了。画面中，整块地毯上都撒有这些细小的颗粒。"

"你说这能是什么呢？不就是地毯上的灰吗！"加加见无奈地摇头。

"不，并不是。老田管家和巴小姐把玻璃馆打理得井井有条，打扫雇主神津岛先生的房间时，他们必然不会怠惰。而且，大家仔细看这里。虽然很不明显，但这白色的粉末铺了整整一层，你们不觉得蹊跷吗？"

"唉，神神道道的。要说就说清楚！那白色的粉末到底是什么？"

月夜伸手拍了拍映出图像的墙壁，高声说道：

"是灰，烟灰。"

"烟灰？难道是圆香弄撒的……"

酒泉嘀咕道。他依然垮着脸，不知是还没从失去心爱之人的精神打击中恢复，还是因为宿醉未消。月夜点头道：

"嗯，是的。打算打电话叫救护车的时候，巴小姐碰翻了烟灰缸。烟灰是很细的小颗粒，所以撒到了相当远的地方。"

"你说这些有什么用啊！"梦读咬牙切齿，"一个破烟灰，能看出些什么啊？！"

"破烟灰？"月夜反复眨了几次眼，"你竟然还没听懂啊？壹之屋的钥匙躺在巴小姐打翻的烟灰上面。不是下面，而是上面。"

"不会吧……"九流间瞪大了眼睛，"那就是说，钥匙掉在地上的时间……"

"没错，是在巴小姐打翻烟灰缸之后。"

游马的心脏狠狠地一抽，他根本没考虑过撒在地上的烟灰会有问题，不禁暗暗责怪自己：如此显而易见的证据，事先怎么都没检查呢？

"等等，这是什么意思？我没听明白。"

梦读头痛似的按着脑袋，月夜炫耀般叹了口气。

"就是说，如果钥匙早就掉在地上了，烟灰肯定会落在钥匙上面。可实际上，烟灰却在钥匙下面。所以，钥匙是在巴小姐打翻烟灰缸之后，才被某个人放在地上的。"

"那个人是谁啊？为什么要做这种事？"

"当然是凶手啦。他希望将现场做成密室，将神津岛先生的死伪装成病死或自杀。凶手给神津岛先生下毒后，拿着钥匙离开了房间，锁上了门。当大家用万能钥匙开门、走进房间之后，又趁大家不备，悄悄把钥匙放在地上，做出钥匙从一开始就在地上的假象。"

每个人都被月夜的话吸引，房间中寂静无声。

"可是，凶手意料之外的事发生了。神津岛先生为了求救，摘下了内线电话的听筒。虽然凶手总算夺过了听筒，没被神津岛先生揭发，但可怕的是，电话那头的老田管家说会马上赶到。所以，凶手来不及等到神津岛先生彻底断气，就逃出房间，给门上了锁。也正因如此，神津岛先生才留下了死亡信息。"

"等……等一下。"九流间插嘴，"想必在晚宴后到神津岛君被杀的那段时间里，的确有人带着毒药来到了壹之屋，并且弄到了房间的钥匙。可当神津岛君服下毒药，痛苦挣扎的时候，凶手不一定还在壹之屋里吧。说不定他事先准备好神津岛君可能会放进嘴里的毒药，并且趁神津岛君不注意，拿走了房间的钥匙，离开房间后，又从外面把门锁上了呢。"

"不会是这样。老田管家不是说过吗？神津岛先生平时经常让门保持上锁的状态。如果凶手下毒后偷走钥匙离开，神津岛先生肯定会立刻发现钥匙被人拿走了。因为访客离开后，神津岛先生马上就会到门边锁门。"

"你是说，既然门是锁着的，就代表神津岛君没发现离开房间的人偷走了钥匙？"九流间嘟囔道。

"正是这样。"月夜快活地回答。

"我可以问个问题吗？"这次是左京开口，"照你这么说，神津岛先生给老田管家打内线电话的时候，凶手还在壹之屋喽？可我记得，当时我们所有人是一起从楼梯间爬到壹之屋的啊。"

"真的是所有人一起吗？当老田管家喊出'老爷有危险！'的时候，我们都在游戏室打发时间。那里空间宽敞，还因为柱子的影响，多出许多死角。当时能保证在游戏室的人，恐怕只有在吧台做鸡尾酒的酒泉先生，和负责招待宾客的老田管家、巴小姐吧。"

"我在游戏室待得好好的！"梦读猛地举起手来。

"有人能做证吗？"

"有的吧，当时肯定有人看到我在游戏室的吧。"

梦读环视大家，可周遭的所有人都无声地避开她的目光。

"当时的情景非常混乱，每个人的记忆都模糊不清。在那种状况下，没有明确的不在场证明也很自然。"

"那么，我们这群人当中，到底是谁用毒药杀死了神津岛先生呢？"

听到左京声音沙哑的话，梦读把头发拨得乱七八糟。

"不对。一定是某个藏在这座馆里的家伙干的。我一直都这么说：有某种危险的东西潜藏在这里。没错，就是那个从地牢逃跑的家伙，是他杀死了神津岛先生。"

"梦读小姐，那是不可能的。"月夜苦口婆心地劝说，"照目前的情况分析，凶手给神津岛先生下毒时，并未被他怀疑。如果凶手是在馆里苟活了一年多的人，恐怕他一进屋，神津岛先生就会立刻呼救。退一步说，壹之屋平时总是上着锁，可疑人物能进去，本身就不合逻辑。凶手和神津岛先生应该走得很近，以至于他进屋都不会引起神津岛先生的戒备。也就是说，凶手一定是此刻在现场的某个人。我这样说，你听明白了吗？"

梦读不说话了，看她的样子，似乎随时都可能哭出来。接下来开口的是左京：

"可是，可是，老田管家接到神津岛先生打来的内线电话后，我们很快就赶往壹之屋了啊。如果凶手投毒后慌张逃窜，不就会在楼梯间被我们撞个正着吗？"

"你说得很对。"月夜兴奋地说，"可实际上我们一路来到壹之屋门口，都没有碰到任何人。用万能钥匙打开门，发现神津岛先生的尸体时，所有人都已经在现场了。凶手听到老田在电话里说了'我马上过去'后，一定慌兮兮地往楼下跑。可他还没跑到一楼，我们就冲上来了。那么，凶手是如何没被我们撞到，还神不知鬼不觉地跟我们会合的呢？这里有两种可行的方案——"

月夜竖起两根手指，仿佛在摆出胜利的手势。

"一种是藏到观景室。那里有很多死角，万一我们爬到观景室找人，凶手依然有地方藏身，那是最适合躲藏的地方。"

"那凶手是藏在观景室，等我们进入壹之屋后，再悄悄过来会合的吗？"

"并不是。刚才这种方案，有一个很大的漏洞。"

"很大的漏洞？"左京惊讶地反问。

"是的。大概是因为观景室里放有贵重的神津岛私藏，于是做了特别加固，门板非常厚重，开门时会发出响亮的吱嘎声，整个楼梯间都能听到。如果有人藏到观景室，我们一定会立刻听到声音。所以凶手实际采用的是另一个办法。"

月夜弯下中指，只剩食指竖起。

"险些被抓个正着的凶手，在千钧一发之际藏到了自己的房间。等我们所有人从他的房门口经过后，再出来和大家会合，装成刚和我们从一楼一起上来的样子。"

月夜停下来，得意地打了个响指。

"这是第一起案件的真相。"

"那么……你知道谁是凶手了吗？"

酒泉气沉丹田，眼中布满血丝，紧握的拳头咯咯打战，全身上下都透出一股愤怒，对夺取圆香性命的凶手的愤怒。

游马默不作声地和酒泉拉开一段距离，心中警铃大作，胸腔被心跳带着震颤。

月夜发现杀害神津岛的人是我了吗？她不会现在就指出我是凶手，然后将杀害另外两人的罪名也安在我身上吧？

也许是紧张太甚引起了过度呼吸，游马觉得喘不上气，几乎下一秒就要崩溃。他拼命忍下这股窒息感，等待月夜的回答。

"到这一阶段，我们只是搞清楚第一起案件的真相，并不能推理出谁是凶手。不过，倒是可以确定谁不是凶手。"

"……确定谁不是凶手？"酒泉冷冷地注视着月夜。

"嗯，没错。像我刚才说的那样，在吧台调制鸡尾酒的你、招待客人的巴小姐和老田管家三人，在神津岛先生被杀害时，有确定的不在场证明。也就是说，嫌犯在剩下的六人之中。"

"也包括我。"月夜补充了一句，看了一眼手表。

"那要怎样才能知道，是谁杀了圆香呢？"

"现在还剩下两起密室杀人案。破解了这两起案件，凶手是谁自然会水落石出。现在时间差不多了，我们来看第二起案件，也就是老田管家在这间餐厅被残忍杀害的案子吧。"

"时间差不多了？"九流间疑惑不解。

"我话里的意思，您马上就会明白。好了，第二起案件的关键有两点：凶手如何制造密室？又如何在密室内放火？此外还有一个疑点：凶手明明希望我们看到'蝶之岳神隐'这个信息，却为何将血字留在最容易被烧掉的桌布上？"

"这些疑点，你都一一解开了吗？"

听了九流间的提问，月夜摇摇头：

"准确地说，我刚才列举的三个疑点不是分散的，而是复杂错综地结合在一起。它们最终都归结于同一个现象。"

这些莫名其妙的话听得游马一头雾水。这时月夜朝他走来。

"好，最大的疑点在于密室。密室才是推理的根基，同时也是终极的谜题。第一部推理小说《莫格街谋杀案》诞生至今的一百多年里，各式各样的密室诡计应运而生，如同灿烂的群星。说它们是非物质文化遗产，是汇集人类智慧的瑰宝也不过分。作为名侦探，能挑战这样的谜题，简直是无与伦比的喜悦。这个发生三起密室杀人案的《玻璃馆杀人》对我来说，如同频频端上正餐的满汉全席。特别是这第二起密室杀人案，其诡计之高超……"

站在门边的月夜语速越来越快，目光中逐渐失去了焦点。"碧小姐！"游马用胳膊肘轻轻碰了她一下，月夜才倏地回过神，轻咳一声说道：

　　"失礼了。我们首先应该思考的是凶手如何给门上锁。这起案件和第一起毒杀案不同，受害人被刺杀，身上被浇了灯油，凶手还留下了醒目的血字，因此不必考虑远距离杀人的可能。这间餐厅几乎没有死角，也可以排除大家破门而入的时候凶手仍然藏在屋里，之后看准时机溜出去的可能。也就是说，凶手确实使用了某种方法，从门外插上了门闩。"

　　月夜思路清晰，进一步解释道：

　　"门闩安在内侧，是旋转式的，挂在门的突起上就算上了锁，构造简单，不用考虑凶手是否有备用钥匙。装置如此简单，我们首先会怀疑凶手用了物理诡计，用丝线等道具从外面……怎么了，加加见先生？"

　　加加见走过来，炫耀般扬了扬手。看到他的模样，月夜就皱起眉来。

　　"没人知道门闩当时有没有插上好吧？也可能是有什么东西挡住了门，大家推不开啊。"

　　"哦——"月夜发出感叹，"加加见先生能想到这儿，真不容易呢。"

　　"你这是什么意思！"

　　加加见的厚嘴唇扭歪了，月夜无视他的表情，指着身前的地板：

　　"的确可以用门顶等东西让人误以为门被锁住了，可如果是那样的话，当门被撞开时，我们一定会看到用来挡门的东西。所以，刚闯入第二起案件的现场，我就在第一时间检查了附近的地面，既没看到这类障碍物，也没找到障碍物存在过的痕迹。"

“那可能……是被自动灭火器的水化掉了。比如说……大冰块什么的。”

“如果顶在门里的东西重到男人用全力都推不开，它可能在门被打开的瞬间融化在水中，了无影踪吗？”

月夜的反问中带着挑衅，加加见哭丧着脸没再说话。

“很好，看样子您听明白了，那么请看这边。”

月夜指着门板上两处突起中靠上的那处。

“这个突起周围的漆掉了。应该是大家破门而入的时候，门闩与漆面剧烈摩擦留下的。这也可以证明，当时门是从里面上了锁。”

“碧小姐，凭这些理由就做出这种推断，怕是不牢靠啊。”

九流间打断了月夜的话。但月夜的态度和对待加加见完全不同，她恭恭敬敬地问：“愿意讲一讲您的想法吗？”

“也许凶手特意制造了这样的痕迹，让门看起来像是上了锁之后又被人强行破开的呢。”

“啊？他有什么必要这么做呢？”梦读瞪圆了眼睛。

“这样一来，我们闯入房间后，就会误认为门之前是上了锁的啊，推理时就有可能误入歧途。”

“的确不排除这种可能。”不知为何，月夜竟满足地点了点头，“不愧是九流间老师，您的着眼点十分巧妙。从某种角度来看，这就是法月纶太郎在《初期奎因论》中提出的后期奎因问题。准确地说，《初期奎因论》中并未使用‘后期奎因问题’这个名词，是后来由笠井洁……”

“后期奎因？那是什么玩意儿啊？”

梦读暴躁地打断了月夜的话。

"是指在一些推理小说中，侦探最终提出的解决方案无法被证明是否能真正解决问题的情况。"九流间代替月夜做出说明，"就是说，即使侦探在推理小说这个封闭的世界中，通过线索理清了逻辑、指出了真相，也无法保证线索的真实性。这个问题很宽泛。"

可能是没听懂九流间的解释，梦读眉间的皱纹更深了。九流间正要开口把定义讲得再清楚一些，月夜却抢在了他前面：

"您说得很对。在这部《玻璃馆杀人》之中，后期奎因问题是非常重要的因素。不过，大家不必担心这起案件中存在这类问题。"

"也是，毕竟这起案件不是推理小说中的故事，而是真事。"九流间喃喃道。

月夜轻轻点头："巴小姐说过，老田管家平时打扫餐厅的时候，总是从里面锁上门，不让神津岛先生或客人看到。"

听到圆香的名字，酒泉的身子微微颤抖了一下。

"那么，如果凶手事先弄坏了门闩，老田管家打扫之前就应该发现了。"

"有没有可能是在老田管家锁上门、开始打扫之后，凶手强行闯进来把门闩弄坏的呢？"

"问得好。"月夜伸手指着在一旁提问的左京，"只不过，老田管家是被人从正面当胸刺了一刀，尸体上几乎看不出反抗的痕迹。如果是凶手突然破门而入，然后将他刺杀的话，想必老田一定会因为与凶手搏斗而衣衫不整，还会为了保护自己而留下反抗的创伤。所以，凶手是在老田锁好门、开始打扫之前，很自然地接近他，然后趁其不备发动攻击的。"

"那……那他也可能先杀掉老田管家，再猛地拉开上了门闩的门，弄坏了门闩。之后再想方设法关上门，将犯罪现场做成密室……"左京说着说着便停下来，无力地摇摇头，"这样做也没什么意义。不好意思，做了莫名其妙的假设。"

"不，绝没有莫名其妙。凶手作案前便知道有我这个名侦探在，他可能故意作假，想打乱我的推理节奏，就像后期奎因问题那样。"

月夜耸了耸肩，接着说道：

"不过，这种假设之中存在重大的失误：猛地拉开门去破坏门闩时，会发出很大的声音。"

"啊……"左京不自觉地感叹。

"是的，要想制造这种假象，就有惊动巴小姐和酒泉先生的风险。他们二位当时在准备早餐。很难想象凶手不惜付出如此大的代价造假。所以凶手还是通过某种方式离开了餐厅，然后锁了门。"

月夜挥挥手，示意证明结束。

"那么，凶手究竟是怎么锁上门的呢？一条君，你有什么高见？"

"啊？"游马正全神贯注地听着月夜的说明，忽然被点到名字，吓了一跳。

"哎呀，这种情况下，助手一般不都会谈谈自己的想法吗？"

助手的作用是否定错误的推理，维护名侦探的利益吧——游马一面暗暗吐槽，一面飞快地转动大脑。

"在门闩上系好丝线，关上门，再从外面拉动丝线……"

"这个思路前天不就被我们否决了吗？这种门闩可以旋转

二百七十度，很难从外面操纵丝线。而且这扇门严丝合缝，如果真的用了丝线，门上和门闩上都会留下摩擦的痕迹。"

"那是吸铁石之类的吗……"

"我不是说过吗？这根门闩是黄铜材质。黄铜对吸铁石没有反应。"

"……那用无人机什么的？"

"无人机怎么从密室里飞出去呢？"

游马抛出的想法接连被立刻驳回，他粗暴地摇摇头。

"我认输。尽管用物理诡计的可能性很大，但要是门和墙壁之间几乎没有缝隙，想从外面拨动门闩几乎是不可能的吧。"

"是啊，很难在离开房间后做手脚。而且，若是有人站在门外偷偷摸摸地做可疑的动作，也许就会被人发现。所以凶手在离开餐厅之前，已经把诡计都布置好了。好让自己逃走后，门闩能轻松地扣上。"

"轻松地扣上？"游马反问。

"百闻不如一见——"月夜说着回到桌旁，"是个非常简单的诡计。简单到谁看了都会跺着脚埋怨'如此轻而易举就能办到的事，我之前怎么没想到'。凶手就地取材，利用餐厅里原本就有的东西，做了让门闩自动扣上的定时装置。"

"餐厅里原本就有的东西……凶手到底用了什么呢？"

左京话音刚落，月夜就掀开餐桌上的糖罐盖子，捏起装在里面的东西："就是这个啦。"

"砂糖……"左京喃喃自语。

月夜白皙的手指中把玩的是泡咖啡或红茶时用的大块方糖。

旋转式门闩诡计

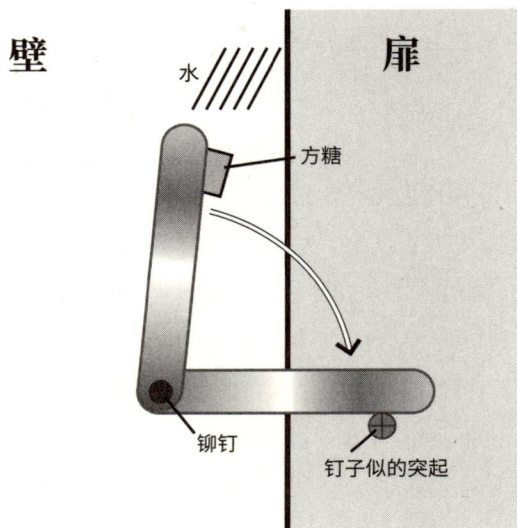

壁

扉

水

方糖

铆钉

钉子似的突起

不知道为什么，月夜用另一只手拿起喷壶，走到门边蹲下。下方完好的门闩出现在大家的视线中。

月夜将喷壶放在地上，将朝下的门闩向右转了一百八十多度，使门闩几乎与地面垂直，稍微向门板的方向倾斜。接着将方糖塞进门闩和墙壁的缝隙里。大颗的方糖挤进逼仄的空间中，崩掉部分边角，固定了门闩。月夜松开手，门闩依然维持着原先的姿势。

"看，很简单吧。凶手就是这么做的。"

"怎么做的呢？门闩根本没扣上啊。"

听到梦读发问，月夜深深点头：

"嗯，门闩还没扣上。凶手布置好机关，就打开门，离开了餐厅。接下来，定时装置启动，门就锁上了。"

"定时装置？"梦读惊讶地嘀咕着。

"是的。"月夜拿起喷壶，一面哼歌，一面对着被方糖固定住的门闩浇水。

方糖在水中融化，眼看着越来越小，最后终于滑落到门闩和墙壁的缝隙中。与此同时，失去支撑的门闩顺畅地朝门的方向倒去，扣在门的突起上，停了下来。

"看，锁上了。"

月夜不再浇水，转身望着呆若木鸡地站在原地的游马等人。

"就……这么简单？"左京半张着嘴。

月夜开心地晃晃喷壶：

"往往越是简单的诡计，越容易发挥效果。而且，使用复杂物理诡计的推理小说，往往很难光看文字便理解，我个人不太喜欢。说到底，简单的就是最好的。"

真相竟然如此出人意料，在场的众人震惊得说不出话来，以至于也没有人批评"这不是推理小说，而是现实"了。月夜在众人的沉默中，迈着轻快的步子走到桌边，将喷壶放回桌上。

"碧小姐，我有一个问题。"

九流间的手按在额角上，似乎在整理思绪。

"你的意思是说，凶手从最开始就已经算准了自动灭火器会启动吗？"

"当然。自动灭火器的水融化了砂糖，形成密室，这才是凶手放火的理由。在老田管家身上洒灯油，多半是想误导推理的方向，让我们以为凶手企图烧掉尸体、消灭证据。"

"可是，火是怎么点着的呢？凶手一定事先做了什么手脚，让火在自己离开之后才被点燃吧。但餐厅里并没有类似昨天副厨房的蜡烛燃烧后留下的蜡油等痕迹。"

"是啊。几乎没留下蛛丝马迹的定时点火装置——这就是第二起案件的，不，是这部《玻璃馆杀人》的最大谜题，真是精彩绝伦的诡计。"

月夜全身心地享受着此刻的欢愉。

"那么，你已经发现凶手耍了什么把戏吗？"

"自然是发现了。发现这个秘密时，就连我都由衷地佩服。刚才我说，凶手布下的是不留痕迹的定时点火装置。实际上，这种说法并不准确。因为根本谈不上什么痕迹，定时点火装置当时就在我们眼前。只不过这个装置太大，凶手过于明目张胆，以至于我们谁都没能发现。"月夜兴奋得喋喋不休，"凶手是怎么做到在自己逃离现场三十分钟之后，让密室起火的呢？在我思考他为何要在易燃的桌布上留下血字时，这个谜题不攻自破。"

"喂，别再吊人胃口了！我紧张得心脏都疼了！"

梦读按住粉红色礼服裙包裹的胸口，月夜看了看手表。

"是哦，时间差不多到了，我们来揭晓答案吧。"

"时间到了？"九流间疑惑地问。

"不错。"月夜望向游马，"一条君，能否劳烦你和我一起把遮光窗帘完全拉开？"

"拉窗帘？为什么？"

"马上你就明白了。好了，快动手吧。"

游马在月夜的催促下，照她说的拉开窗帘。早晨的太阳从山上升起，晨光不留情面地照进餐厅。游马被晃得头晕目眩，眯着眼睛，勉勉强强把窗帘拉到底。

"晃死人了！"梦读抗议。

"非常抱歉，但请您稍微忍耐一下。哎，这边不愧是面向正东，日照可真充足啊。我现在明白巴小姐所说的'设计失误'是什么意思了。不拉上遮光窗帘，根本没法在这里吃早饭。"

月夜背对着灿烂的朝阳感叹，仿佛有光从她背后射出，为她整个人平添了几分神性。

"不过，不知诸位是否还有印象？巴小姐当时说，不拉窗帘在餐厅吃早饭是'危险'的。不是'行不通'，也不是'难受'，而是'危险'。她会只因为晃眼，就这么说吗？"

"她的意思是，在这间餐厅里，还会发生更危险的事吧？"九流间的手挡在脸前。

"不愧是九流间老师，您说得很对，请各位看看桌子。"月夜朗声道。

游马适应了强光的双眼看向餐桌，立刻深吸了一口气。晨光照耀下的桌布上，有一条几十厘米长的光带。

"这是……"游马不禁喃喃自语。

月夜伸出手，触摸身后的窗户："巴小姐说过，为了让远处的景色更加清晰，餐厅的窗户特意做过加工。诸位摸一摸就会发现，玻璃中间的部分略微向外凸。也就是说，这是一面巨大的凸透镜。"

"如果是凸透镜的话……"游马惊讶得张大了嘴。

"没错，这面窗户就像一个巨大的放大镜。"

月夜拍了拍玻璃。

"而且这窗玻璃就着房间的形状，弯出一个缓缓的弧度。弧度和玻璃的凸起结合，便能十分巧妙地折射光线。在特定的时间段里，会集中一部分照进屋里的晨光。"

就在月夜讲解的过程中，光带一点点缩短，光的强度一点点增加。

所有人都默默地凝视着出现在餐桌上的朝阳的结晶，它终于变成直径数厘米的椭圆，里面蕴藏着闪亮到让人无法直视的晶光。而这个灼热的椭圆浮现的位置，正是桌布被烧焦的地方。月夜在那里放了一块叠好的纯白毛巾，毛巾中间的部分眼见着变成了褐色。

"集中在这里的阳光虽然只有一小部分，但毕竟有这么大一块窗玻璃，温度会变得很高。"

游马想起第一天晚上自己拿糖罐的时候，曾在罐子下面看到一块污渍。九流间指着在毛巾上摇荡的椭圆问道：

"也就是说，第二起案件中，是集中照射的阳光导致失火的？"

"嗯，是这样的。"月夜点头，"阳光穿过透镜一类物品，集中在一个点上导致火灾发生，这被称为聚热起火。放在窗边的金鱼缸和矿泉水瓶接受强光照射，也可能出现这种现象。"

"等一下。"加加见开口。

"真能因为这个就起火吗？现在毛巾只是稍微变了点颜色，根本没着起来啊。"

"加加见先生，您提了个好问题。"

月夜倏地指向加加见，他不由得向后仰了仰身子："哪……哪里好了？"

"尽管建造场馆时百无禁忌，但如果只是拉开窗帘就会起火，神津岛先生肯定也会想办法改造，比如把窗户拆了重打什么的。这座建筑的设计明显不符合火灾预防规范，防火能力很差，所以才在各个地方都安了火灾报警器。"

"如果聚集起来的阳光无法点燃桌布，我们不就回到原点了吗？"

听了左京的疑问，月夜竖起食指，左右摇晃：

"不，凝聚在这片椭圆中的阳光，毫无疑问就是在密室纵火的凶器。不过，凶手为了让火烧起来，做了一点手脚。"

"一点手脚？"左京眉头紧皱。

"对，还剩最后一个谜题——凶手为何要在桌布上留下血字？这才是揭露他大胆行凶真相的关键。

"白色对光的反射性很好，所以阳光的能量无法充分转换为热量。而黑色等深色更容易吸收光能，转化为热量。并且——"月夜说着从西装外套的口袋里取出一团白色雪末似的东西，撒在被太阳烤得焦黑的椭圆上。

"这是第二起案件发生时发现的白杨絮，我们以为凶手想用来比喻下雪，它其实是很好的助燃剂。"

"难不成……凶手在餐桌上留下血字是为了……"

九流间挤出沙哑的声音。

"是的。是为了将桌布染成黑红色，有效地转换阳光中的热能，达到纵火的目的。"

月夜摊开双手，撒在黑色椭圆中的白杨絮立刻烧着了。她那模样，就好像魔术师在表演魔术。

杨絮燃着的火苗直接烧到毛巾上，火焰舔舐着白色的毛巾布。

"作案时，杨絮和桌布都浸泡过灯油，火焰应该快冲到天花板了吧。火灾报警器立刻做出响应，自动灭火器就开始洒水。哦，毛巾再烧下去，说不定报警器又会响应，餐厅又要被水浇了。"

月夜拿起放在桌上的喷壶，用水浇灭了蹿到三十厘米高的火苗。

"以上就是第二起案件的真相。对了，一直让太阳晒着太晃眼了。一条君，麻烦你把窗帘拉上吧。"

"哦，好……"真相如此出人意料，而月夜的推理如此精彩，游马的大脑已经停止了思考。听到月夜的吩咐后，他迷迷糊糊地应承着去拉窗帘。灼热的阳光被窗帘遮住，适应了强光的眼睛感到屋里格外昏暗。

沉默充斥着餐厅。所有人都自然而然地和站在自己身旁的人保持了距离。

到此为止，前两起案件的真相已被揭露。可月夜还没讲到关键的地方。

"那么，碧小姐……"酒泉沙哑的声音打破了沉默，"现在能知道凶手是谁了吗？"

每个人都想知道这个问题的答案，却没其他人问出口。气氛越来越紧张，仿佛一触即发。

"不，现在还无法确定凶手是谁。"

见酒泉咬紧嘴唇，月夜又补充道：

"不过……可以缩小嫌疑人的范围。"

"缩小范围是怎么讲？发现形迹可疑的人了吗？"

"能想到这个诡计的人，一定目睹过早晨的阳光聚集起来的威力。凶手很有可能做过实验，知道光聚在深颜色的布料上会起火。不然他不可能将这个诡计付诸实践。可是，第一天我们到这里时已经是傍晚了，那天不会有客人目睹上述现象的发生。尽管如此，凶手仍然在第二天的早上，利用聚热起火的原理纵火。"

"你的意思是，凶手以前也曾经在这座玻璃馆中住过对吧？"九流间小声说道。

"是的。"月夜点头，"九流间老师、梦读小姐和我三天前第一次走进玻璃馆，还有第一起案件中有不在场证明的酒泉先生，这四位可以从嫌疑人名单上排除。"

那么，杀害老田和圆香的凶手，不是加加见就是左京。是谁呢？应该把杀害神津岛的罪行转嫁给谁？

游马感到一阵恶寒，呼吸紊乱，身上直发抖。他看到酒泉布满血丝的双眼盯着自己。在那双如刀锋般锐利的目光直视下，游马意识到自己想错了——原来嫌疑人不仅有加加见和左京，还包括我。

可后面两起案件发生时，我和名侦探在一起。虽然不曾公开表明，但她知道我有不在场证明。她一定明白，我不是凶手。

……不对，真的是这样吗？一股不祥的预感袭来，游马的心脏猛地一紧。

　　——名侦探拆穿第一起案件的诡计时没有指明凶手，所以我才掉以轻心。但她不是已经看穿了一切吗？再过不久，我杀害神津岛的事实就要被她揭穿了吧？

　　"那么，剩下的嫌疑人就是左京先生、加加见先生和……一条大夫三位了。"

　　酒泉低声念出嫌疑人的名字，恶狠狠地看过每一个人的脸。

　　"如何才能从这三个人之中找出真凶？"

　　"要看最后一起案件。如果能拆穿巴小姐被杀的最后一起案件真相，凶手的真面目自然就会揭晓。"

　　"……那请告诉我，究竟是谁对圆香做了那样的事？"

　　"好的。"月夜说完，走到事先放好的玻璃馆模型旁边，"第三起密室杀人案，发生在巴小姐住的陆之屋。只不过，准确说来，这间屋子并不算'密室'，因为房间的窗户是打开的。"

　　月夜指着模型的窗户。模型的确制作精良，窗户和房间的实际情况一样，也从上方开启了将近四十五度。

　　"玻璃馆由光滑的装饰玻璃覆盖，很难跳窗逃脱。我也实际确认过外墙，看不到有人使用专业工具在外墙攀爬的痕迹。"

　　"不能用降落伞之类的东西，从窗户飞出去吗？"梦读说。

　　"降落伞从打开到充分减速需要一定时间，这个高度是用不了的。户外的雪地上没有留下脚印，更证明凶手不可能先使用滑翔机等能在这个高度使用的工具脱身，再回到馆内。此外，和神津岛先生遇害时不同，第三起案件中，陆之屋的钥匙在巴小姐的头饰中。凶手不可能在进屋后趁人不备，把钥匙藏到那里。"

"那凶手是怎么给那个房间上锁的啊？"

"的确，这是这起案件最大的谜团。窗户虽然开着，但这间屋子依然属于广义上的密室。"

"碧小姐，可以打断一下吗？"九流间缩着脖子问。

"没问题。九流间老师，您想问什么？"

"我写作时并不喜欢用最新的技术来做诡计，但刚才一条大夫提到用无人机上锁，这种诡计在这起案件中是否可能呢？陆之屋和餐厅的情况不同，它的窗户开着。无人机可以从屋里飞出去，然后返回操纵者的房间，不会在馆周围的雪地上留下脚印。"

"这恐怕很难做到。"月夜冷静地回答，"如果陆之屋的门锁构造简单，和餐厅的门闩大小差不多，略微使力就能轻松旋转的话，操纵无人机锁门也是可能的。但是，陆之屋是弹子锁，需要转动小巧的把手来上锁，而且相对牢固。即使现在的无人机技术再发达，也无法完成如此精巧又需要力量的动作。同样，无人机也无法将钥匙装进巴小姐的头饰里。"

"这样啊，我对无人机的性能一点儿也不了解……抱歉，做了不合逻辑的推理。"

"没事。诸位如果还有其他假设，也欢迎讲讲看。"

月夜像等待学生给出算式答案的老师似的，看着在场的每一个人。

"碧小姐，够了。我拜托你，赶快告诉我们连环杀人案的真相吧。"

也许是受不了被怀疑的滋味，左京的语气接近于恳求。

"好遗憾呀。"月夜拽着脑后的头发，耸了耸肩，"第三起案件除了要搞清楚凶手如何制造密室之外，还有三个谜团。"

"三个谜团？"左京惊讶地反问。

"巴小姐已经因害怕躲进了房间，凶手是如何袭击她的？巴小姐为什么穿着婚纱？还有，凶手为何要特意在副厨房安装用蜡烛做的定时点火装置？"

月夜伸出三根手指，代表这三个谜团。

"安装定时点火装置，是想让我们尽快找到尸体吧？"梦读歪着脑袋。

"仅此而已吗？即使火灾报警器不做出响应，到了早上，我们迟早也会发现巴小姐没有出现。凶手应该还有更重要的理由。"

"什么理由呢？"

"凶手需要打开窗户。"月夜用指尖碰了碰模型的窗户，"玻璃馆存在火灾隐患，所以装有自动灭火器等设备，以便火灾发生时能将损失降到最低。客房的窗户也是防灾设备之一，当火灾报警器报警时，窗户会自动敞开排烟。"

"你是说，为了打开陆之屋的窗户，凶手特意在副厨房设了定时点火装置？但凶手又不是从窗户逃跑的。"

"嗯，没错。可为了制造密室，凶手有必要让窗户彻底打开。"

梦读似乎跟不上月夜的思路，不再说话，那表情仿佛在忍受某种痛苦。

"好，我们先不管凶手为何一定要打开窗户，去看看其他的谜团——为什么凶手要让巴小姐穿上婚纱？"

"是想表示凶手在替摩周真珠报仇吧？她马上就要结婚，依然被杀了。"

左京不太自信地说。

"乍看上去像是如此。可是，第二起案件也有过类似的情况：我们看到的白杨絮，就以为凶手在暗示在雪山中遇难的受害人。实际上凶手用它做了助燃剂。凶手将它撒在老田管家的尸体上，是为了掩饰自己的真正意图。既然如此，凶手给巴小姐穿上婚纱，想必也有需要掩饰的东西。他特意从观景室偷出婚纱，将它套在尸体身上。这比在尸体上撒白杨絮更耗费体力，风险也很大。"

如此说来，确实有道理。可是，给尸体穿婚纱的理由到底是什么呢？游马绞尽脑汁思考时，九流间开口了：

"对不起，碧小姐。我刚刚发现一个问题，可以再讨论一下前面说过的内容吗？"

"当然可以，您想问什么呢？"月夜和和气气地说。

"你刚才说过，凶手在副厨房做了自动点火装置，为的是让火灾报警器报警，打开陆之屋的窗户。可是，凶手有什么必要这样做呢？按下房间里的按钮，窗户不就自然而然地打开了吗？"

"太棒了！"

月夜突然鼓起掌来，游马等人都惊呆了。

"这就是问题的关键，是解开第三起案件的最大线索。明明只要按下陆之屋的按钮，窗户就能打开，凶手却硬要冒着风险，在副厨房安装自动点火装置。一条君，你知道这是为什么吗？"

月夜提问时，唇边露出冷冷的微笑。游马感到猝不及防，但这次没有慌张。他的大脑运转着，得出一个答案。

"……凶手无法按下陆之屋的按钮。"

"这是为什么呢？"月夜挑衅地继续发问。

"因为凶手不在陆之屋……犯罪现场不在陆之屋。"

游马直勾勾地看着月夜。她满足地笑了：

"回答正确，不愧是我的华生君。"

"犯罪现场不在陆之屋？这是怎么回事？"梦读大声问。

"就是字面上的意思。巴小姐不是在陆之屋被严刑拷打、残忍杀害的。凶手不是从密室跑出去的，而是将巴小姐的尸体搬到了密室。"

月夜一面解释，一面依次看着每个人的脸。

"凶手避开众人的注意挪动尸体，为了让我们误以为巴小姐在自己的房间被杀，就要让陆之屋的窗户完全打开。他本打算杀掉巴小姐后，拿到钥匙，到陆之屋按下按钮开窗，却没找到藏在头饰中的钥匙。也许他后悔没先拿到钥匙再杀人灭口，但为时已晚。没办法，凶手只好在副厨房安装自动点火装置，让火灾报警器启动，只有这样才能打开陆之屋的窗户。"

"窗户打开后，他是怎么将尸体移动到房间的呢？"左京激动地问。

"回答这个问题之前，先要搞清楚巴小姐为何身穿婚纱。那件婚纱是《神探夏洛克：可恶的新娘》中使用的道具，影片以19世纪的伦敦为舞台，夏洛克·福尔摩斯和约翰·华生在其中大显身手。"月夜看向上方，仿佛回忆起什么往事，"在多数人的认知里，福尔摩斯和华生活跃在 19 世纪。但 BBC 的'夏洛克系列'电视剧却是以现代伦敦为背景展开故事的。福尔摩斯有手机，会使用社交网络调查案件真相；华生的冒险故事不是写在书里，而是写在博客上。坦白地说，作为夏洛克的粉丝，得知这个演绎方式后我的确皱了眉头。可真正看了电视剧，才被极精彩的剧作质量折服，以至于为自己的愚昧感到羞耻。尤其是主演本尼迪克特·康伯巴奇的演技之精湛，忍不住让人感叹，如果福尔摩斯活在现代，那简直就是他本人……"

游马重重地咳了一声，月夜露出恍然大悟的表情。

"呃——我想说的是，那件婚纱的做工精巧细致，格外厚重。将这样一件衣服穿在尸体身上，你们觉得会有什么效果？"

"什么效果……也许凶手想把尸体打扮得干净一点儿，聊表敬意？"左京不自信地嘀咕道。

"凶手不仅对巴小姐严刑拷打，还将她刺死。其行为带有强烈的怨恨，很难想象他会对尸体有尊敬之心。不过，左京先生说的话有一部分是正确的，凶手想让尸体干净一点儿。"

"可是，凶手不是恨巴小姐吗？"

"对。虽然怨恨，但还是将尸体收拾得干干净净。有某种理由支撑着凶手，让他做出前后矛盾的行为。"

"因为血？"九流间提高音量，"凶手是不是想隐藏血迹？"

"不愧是九流间老师，推理作家就是不一样。没错，凶手不想让血流出来。人的心脏停止跳动后，血虽然不会喷涌而出，但尸体的大腿处毕竟被割伤了好几处，还被刺中了胸部，出血量当然不小。如果给尸体套上婚纱，就可以在一定时间内阻止血渗透到布料外面。从某种角度来看，可以认为那件婚纱成了一种包装，裹住了血，不让它流出来。"

"不过，那也只能抵挡一段时间啊。巴小姐被发现时，婚纱的胸口位置已经渗出了血。凶手有什么必要让血在衣服里闷一小段时间呢？"

月夜在脸边竖起食指，回答左京的提问：

"当然是想在移动尸体的时候不留痕迹了。"

"移动时不留痕迹……"

"凶手希望在我们发现巴小姐不见之前，将她的尸体移动到陆之屋，把房间做成密室。这样就会让我们误以为犯罪现场是陆之屋，以为巴小姐是把信任的人请进了屋子，或者是一条君和九流间老师联手，用万能钥匙打开了房门。可如果直接把被拷打后刺杀的尸体搬到房间，路上就会留下血迹，诡计就被识破了。所以凶手才给巴小姐穿上了婚纱。"

"那他是怎么把圆香搬到陆之屋的？这到底是谁干的？"

在酒泉咬牙切齿的逼问下，月夜深吸了一口气。

《玻璃馆杀人》终于要真相大白了。这份预感令游马热血沸腾，他不动声色地将手伸进外套口袋，确认小药盒还在里面。

"揭露第三起案件中的密室诡计，有以下几个线索：犯罪现场不在陆之屋。凶手为了避免搬运尸体时留下血迹，给尸体穿上了婚纱。为了完成诡计，需要保持陆之屋的窗户完全打开，还有……犯罪在玻璃馆内完成。"

月夜的指尖摩挲着覆盖在模型表面的装饰玻璃。

"这起案件不是发生在一栋普普通通的建筑里，这栋建筑是一座圆锥形的玻璃尖塔。关键在于，玻璃馆的外墙不与地面垂直，而是有一个轻微的弧度。"

月夜从口袋中取出手帕，灵巧地将它叠成小人的形状，举到模型旁边。

"所以，就会出现这种现象。"

月夜让小人贴在陆之屋的房间外墙上，松开手。小人在重力的支配下沿着模型外墙往下滑，坠入陆之屋打开的窗户中。

几秒钟的沉默后，房间内一片哗然。凶手使用的诡计如此简单，可游马一直在思考凶手如何逃离陆之屋、又如何制造密室，思路完全被困住了，根本没考虑过这种可能。

"攀爬光滑的外墙需要使用专业道具，而且会在墙上留下痕迹。可如果只是把一样东西从外墙顺下去，东西有很高概率坠入打开的窗户中，摆在窗边的床会直接将它接住。"

月夜得意地摊开双手。酒泉逼问：

"那么凶手是谁？这起案件也搞清楚了的话，你也知道凶手是谁了吧！"

"这不是明摆着的吗？"

月夜依次看过在场每个人的脸，冷静地说道：

"将巴小姐的尸体沿着馆的外墙顺下去，运到陆之屋，需要在陆之屋垂直往上的屋子操作才能完成。根据玻璃馆的设计，贰之屋到捌之屋是绕着圆柱向上转着排布的，每间房间占整个圆周的九十度，也就是圆柱的四分之一。所以，陆之屋往上四层的房间……"

月夜忽然停了下来，像是说得口干舌燥，用舌头舔了舔薄薄的嘴唇。

"贰之屋就是将巴小姐扔下去的房间，这说明，住在这间屋里的人就是凶手。"

住在贰之屋的人……包括游马在内的所有人都掉转了目光。大家都看着双手插在西装衣兜里，默默盯着月夜的加加见刚。

"加加见先生，前天晚上，巴小姐魂飞魄散地从游戏室跑出去，要回自己房间的时候，你马上就追过去了对吧。你冲到楼梯上，袭击了要回自己房间的巴小姐，将她囚禁在贰之屋对不对？然后花了一整个晚上拷问她，打听出地牢的位置后将她杀死。"

加加见垂着头，什么话也不说。

"你以优先警方调查为理由封锁犯罪现场，是为了掩盖自己的犯罪证据吧。起初你只打算杀掉人体实验的始作俑者神津岛先生，后来又利用雪崩导致警方无法赶到的局面，杀了老田管家和巴小姐。你还试图亲自找到地牢的位置，是不是这样？"

听了月夜的话，游马心里欢呼雀跃——名侦探认为神津岛也是加加见杀的，接下来只要想办法把药盒塞给加加见，就能把罪过转嫁给他了。

"喂喂喂，你瞎说什么呢？"

一直沉默不语的加加见像演戏似的耸了耸肩膀。

"我一直没发表意见，没想到你竟然满口胡言。我可是刑警！我的确查过摩周真珠的案子，但就算神津岛他们搞的人体实验让再多人白白牺牲，我也不可能杀了他们吧？只要把他们缉拿归案，我就能拿到县警总部长奖，可如果杀了他们，我就成了杀人凶手，锒铛入狱，弄不好还会被绞死。这不合逻辑吧！"

确实如此。月夜要怎么反驳呢？游马不禁为她捏了把冷汗。

"加加见先生，您真的是以刑警的身份来这玻璃馆的吗？"

"……你这话是什么意思？"

"馆里发生的这一连串密室杀人案表明，凶手明显在推理小说领域有很深的造诣。"

"那就说明凶手不是我。我对推理小说这种无聊的玩意儿，一点儿兴趣也没有。"

"真是这样吗？"

"你想说什么？"加加见皱起鼻子。

"您曾多次在玻璃馆里过夜，和神津岛先生打成了一片，以至于他愿意请您来参加这次活动。不爱和人打交道又难以取悦的神津岛先生，竟会和来查自己犯下的监禁杀人案的刑警打成一片，这很蹊跷啊。"

"……他就是凑巧看我顺眼了吧。为了让他配合调查，我也想方设法讨他欢心了。"

"是的，神津岛先生和您看对了眼，加加见先生。而能被神津岛先生赏识的头号条件，就是和他在推理领域聊得来。一条君也是这样吧？"

游马忽然被点到名字，浑身一激灵，慌忙点头。

"参加私人医生面试的时候，确实聊了很多有关推理的话题，馆主因此看好我……"

"对吧？"月夜对加加见露出一个微笑。

"……就算我熟悉推理小说，又怎么样呢？仅仅如此，可没法构成我杀害神津岛等人的理由。"

"你曾搜查过摩周真珠小姐的下落，她的名字不太好念啊，姓氏和名字都很拗口。一般人为什么要取这样的名字呢？"

月夜忽然换了一个话题，游马有些纳闷。可她若无其事地说下去：

"希腊语'Margarites'有珍珠¹的意思，是女性英文名'Margaret'的原型。而加加见先生的姓氏发音和日语中的'镜子'相同，对应的英语单词是'Mirror'。"

"Margaret……Millor。"游马喃喃道。

月夜打了个响指："没错，玛格丽特·米勒，美国推理女作家，和丈夫罗斯·麦唐诺一道创作了许多精彩的作品，尤其擅长在行文中制造心理悬念。1956年，她的作品《眼中的猎物》获得爱伦·坡长篇小说奖。她还曾任美国推理作家协会会长，是推理小说的巨匠。"

月夜神采奕奕地向大家介绍完玛格丽特·米勒，把目光投向加加见。

"加加见先生，作为一名重度推理爱好者，您为自己的孩子取了和著名推理作家一样的名字对吧？您前几天说过自己离了婚，所以，摩周真珠小姐其实是您的女儿，离婚后由您的前妻抚养。对不对？"

惊人的推理令游马屏气凝神，月夜的说明仍在继续：

_1._ 日语汉字的"真珠"有"珍珠"之意。

"由县警调查一课的刑警来调查摩周真珠小姐的案件，这本身就很奇怪。县警调查一课平时承担查案的主要任务，当发生杀人等重大案件时，会成立调查总部。如果摩周真珠小姐的案子被定性为单纯的女白领登山遇难，不可能惊动县警调查一课，不知道什么时候警方就会叫您归队，还要在这大山深处长时间停留，对您来说恐怕不是一件容易的事。"

加加见低头不语，月夜继续淡淡地说道：

"加加见先生，您已经辞掉刑警的工作了吧？为了找寻下落不明的女儿。"

每个人都沉默着，仿佛怀疑自己听错了什么。游马几乎连呼吸都忘记了，一心等待加加见的回答。

"小学……"加加见的声音小到不聚精会神根本听不见的地步，"我最后一次见真珠的时候，那孩子还在读小学。当时我在刑警大队埋头苦干，无暇顾及家人。老婆对我失去了信心，带着孩子远走高飞。我觉得这样反而能让孩子更幸福，总去见她也只会让孩子为难，所以我只是一直支付抚养费，就算不能见面，只要那孩子能幸福，我就满足了。可是……"

加加见悲伤地扭歪了脸。

"去年，大概和我分手十年的前妻和我取得联系，说真珠登山时失踪了。我很想找到真珠。可我没有登山经验，无法在冬季登山，只能忍着无奈干等。女儿失踪两周多左右，警方判断她已无生还可能，停止了搜救。但我请了假，请搜救队员仔细为我说明了情况，得到了有关真珠行踪的消息。与此同时，我得知最近有几位登山者下落不明，也听说了'蝶之岳神隐'的事。"

"于是，您相信女儿来到了这座馆里。"

"不。"加加见自虐似的摇摇头，"我并不确定，只是知道，如果真珠没有找到这里，没有在馆内获救，就没有其他生还的可能。于是，我想方设法约了神津岛面谈。"

"不喜欢和人打交道的神津岛先生竟然同意见您？"

"我运气好而已。就像刚才你推理的那样，我也相当喜欢推理小说，有不少爱看推理的朋友，其中有人认识神津岛，推理爱好者之间会保持联系。我是县警搜查一课的刑警，还喜欢推理，神津岛因此对我产生了兴趣。他骄傲地向我自吹自擂，我装出很感兴趣的样子，隐藏了自己的父亲身份，问他经常有人在蝶之岳失踪的事。他佯装不知，但身为刑警的直觉告诉我，神津岛才是'蝶之岳神隐'的主谋。观察管家和女仆的反应，也能看出他们绝对也参与此事了。"

加加见紧紧捏着拳头，几乎有些发抖。

"您没想过告诉警方，让他们仔细调查玻璃馆吗？"

"神津岛是当地的名人。他一个人交的税，就能占到这片区域全体居民税的几个百分点。光凭我的直觉，警方是不可能到神津岛家来搜找的。"

"所以您才拼命讨得神津岛的欢心，和他成了朋友，以至于他能允许您住进这座玻璃馆。您因此可以在这里搜找蝶之岳神隐案的证据，对吧？"

"对，但即使我深夜离开房间在馆里搜找，依然毫无线索。所以我觉得这个有很多客人参加的活动是个好机会。"

"原来如此。"月夜应和着,"所以,您就用河豚毒素毒杀了神津岛先生,杀了老田管家,又拷问巴小姐,问出地牢的位置后将她刺死?"

听了月夜的话,加加见哼了一声:

"喂喂,名侦探啊,你一副看穿了一切的表情,实际上什么都不知道啊。"

"什么意思?"月夜歪了歪头。

"杀神津岛的人不是我。我是看到神津岛被人杀了,警方又因为雪崩赶不过来才下手的。这样就可以向剩下的管家和女仆复仇,说不定还能问出真珠的下落。没有比现在更好的机会了。"

游马因紧张绷紧了身体。月夜皱起眉头。

"您在诓我们吧?是不是觉得只杀了两个人,不会被处以极刑,还是说,这次活动请来了两位痛恨神津岛馆主,恨不得杀了他的人?"

"这并不稀奇吧。神津岛是个人渣,恨不得杀了他的人多到数也数不清。"

加加见移动手指,指着在场的每一个人。

"若无其事地站在这儿的这些人里,有人杀了神津岛。是谁?谁和我一样是杀人凶手?"

加加见的指头对准游马时,游马立刻绷紧了脸部肌肉,不让人看出内心的慌张。

——没关系。加加见已经承认自己杀了老田和圆香。没有人会相信一个杀人犯的话。如果有例外……

游马斜眼看着月夜。她的手抵在唇上，表情严肃，陷入了沉思。

给名侦探更多的时间思考就危险了，必须赶快给这案子做个了结。游马刚不动声色地将手伸进口袋，就听得一声如同来自地狱深渊的低吼，摇撼着餐厅的空气。

"是你啊……"

酒泉血红的眼睛盯着加加见，嘴歪得能看见牙龈。他的模样让人想起饥饿的野兽。

"是你杀了圆香啊！"

怒吼声刚落，酒泉就跳着脚朝加加见扑过去。加加见猝不及防，和酒泉抱在一起倒在地上。

"我要杀了你！杀了你！"

酒泉的拳头对着加加见的脸挥下去。加加见只是用双手挡住脸，大喊："住手！快住手！"

就是现在！机不可失！游马将药盒捏在拳头里，从口袋中伸出手，扑到加加见身上："老实点儿！"他一面假意按住加加见，一面把药盒塞进加加见的西装衣兜。

"差不多得了！"

加加见躺在地上，将游马和酒泉从自己身上踹开。酒泉正要再扑上去，游马开口道："等等。"

"为什么？"酒泉咬牙切齿道。

"对方可是杀了三个人的杀人犯，说不定身上带着凶器。"

搜他的衣兜，然后发现兜里的东西！游马心里默念着，瞪着加加见。

　　加加见警惕地站起来，露出纳闷的表情，把手插进西装衣兜里。酒泉也做出防备的姿势。

　　"这是什么玩意儿？"加加见望着手中的药盒，瞪圆了眼睛，脸上浮起一个晦暗的笑容，"……原来如此啊。这就是杀死神津岛的毒药吧。即使颠倒黑白，也要让我成为杀死神津岛的凶手对吧。"

　　药盒已经成功地塞给了加加见。这样一来，无论他怎么申辩，都背上了杀害神津岛的罪行。确认计划成功的瞬间，加加见用食指拨开了药盒盖子。

　　"无所谓了。原本我唯一后悔的就是没能亲手杀死神津岛。现在我就把杀掉那个人渣的荣誉当作奖章，带到地狱去好了。反正只要杀了他们几个，找到真珠的尸体，我就已经别无所求……真珠已经走了，这个世界也没什么值得我留恋的了。"

　　加加见将药盒中的胶囊尽数倒进嘴中，"咕咚"一声咽了下去，看不出半分犹豫。

　　这完全料想不到的事态发展令游马哑口无言地站在一旁。十几秒后，加加见"嗯？"地呻吟了一声，按着胸口，跪在地上。

　　"这是……什么东西啊……"

　　加加见痛苦地喘着气，剧烈地呕吐。一股腐臭味飘在空气之中。

　　"啊，啊啊，啊啊啊……"

　　加加见在呕吐物中痛苦地挣扎，游马等人只得在一旁观望。

　　没过多久，加加见浑身猛烈地痉挛了一阵，在空中乱抓一气的手无力地摔在地上。

　　这过于凄惨的场景令所有人都静静地站在原地，说不出话来。挂钟指针的嘀嗒声显得格外清晰。

"一条君……"

几分钟的沉默过后，月夜低声喃喃道。游马明白了她的意思，紧紧地抿着嘴，在一动也不动的加加见身旁蹲下。牛仔裤膝盖处沾上了呕吐物，但游马现在顾不上这些。

他轻轻触碰加加见的脖子。颈动脉没有搏动，呼吸也停止了。

"……死了。"

听到游马口中挤出的话，酒泉像头野兽般咆哮道：

"开什么玩笑！把圆香杀了，然后就用这种方式逃避了事吗！跟圆香好好道歉啊！把该受的苦受够了，偿清自己的罪再死啊！"

九流间和左京拼命拽住要踹加加见尸体的酒泉。

游马一面听着精神崩溃的酒泉大声哭泣，一面盯着加加见的尸体。他大睁着的双眸愤恨地盯着游马。

啊，我又杀了一个人……可是，这也没办法。对，没办法……

游马不堪重负地背着罪恶的十字架，不顾一切地对自己说。

2

游马仰面躺在床上，凝视着天花板。马上就到正午时分了。

加加见服毒自尽后，又过去了几个小时。《玻璃馆杀人》中的凶手既已死亡，就没什么危险了，活下来的人们都待在各自的房间里，等待警察傍晚抵达。

回到房间后，游马立刻冲了个热水澡，换上新衣服躺在床上。可也不知是因为昨天睡得太好，还是今天太过兴奋，他睡意全无。他一闭上眼，这四天来发生的事就像噩梦一般浮现在眼前，游马干脆就这样一直望着天花板。

尽管和自己最初的想法不同，他还是杀掉了神津岛，没被告发为凶手。这样妹妹就能享受新药的帮助了。

神津岛将遭遇山难的人关进地牢，反复用他们做人体实验。做出这种恶魔般举动的人，自然活该被杀。而且，加加见肯定也想在揭露神津岛的罪行、将他的帮凶消灭后自绝性命。

我没有错。我的行为没有错。

这几个小时里，游马反复暗示自己，却无法稀释杀人这一最大禁忌带来的罪恶感。

——会有放下这沉重十字架的一天吗，还是说，我的一生都将被罪恶感折磨？

左思右想之时，他的耳边传来敲门声。

是谁？游马下床走近门边，听到名侦探的声音："一条君，可以借一步说话吗？"

"碧小姐，怎么了？"游马解锁开门。

"没什么，就是空下来了。难得有这个时间，想和华生君多聊聊。毕竟离开这座馆后，我们的搭档关系也就结束了。"

"嗯，说得也是。"

月夜和自己的搭档关系即将解除，自己竟然为此感到些许遗憾。想到这里，游马吃了一惊。尽管他不过是为了找到替罪羊才和月夜一时成了搭档，但如今想来，和她一起挑战玻璃馆之谜的时间还是相当充实的。

"要是碧小姐不嫌弃，我今后也可以常给你的调查打下手哦，但只能在我医生的工作不太忙的时候。"

"嗯，好呀。这个提议很有吸引力，我考虑一下。"

月夜若无其事地回答着进了房间，往沙发走去。

"看起来，我作为搭档，也没帮上你太多忙呢。"

月夜这冷淡的态度不禁令游马苦笑。

"欸？"月夜意外地嘟囔着，坐在沙发上，"不不不，没有这回事。你扮演的华生相当完美。毫不夸张地说，正因为有你的帮助，这玻璃馆杀人案才能侦破，你是很棒的搭档呢。"

"你过誉了。"月夜突兀的称赞让游马不好意思，他挠着鼻头道，"只不过看你的态度，好像没有让我继续做你搭档的意思。"

"我们能换个话题吗，一条君？"

"倒没什么不能的。什么话题？"

"当然是关于《玻璃馆杀人》了。"

月夜的双眼皮一下子眯起来，放松的空气一下子变得紧张。

"……现在还有什么好说的呢？谜底已经都揭晓了吧。每一间密室的诡计都弄清楚了，凶手乖乖认罪，甚至还服毒自杀了。"

游马拼命假装平静，不让月夜看出他的不安。

"嗯，确实如此。可是，加加见先生临死前不是说了吗？只有神津岛先生不是他杀的。"

"他不过是想给自己减轻点儿罪过，才那样说的吧。"

"是吗？加加见复仇结束后，起初并没打算自绝性命吧。只要警方赶来后仔细调查，就会发现加加见先生是摩周真珠的父亲，一定也会很快发现他是凶手。"

游马紧闭双唇，无法反驳。月夜在她旁边喋喋不休。

"如果他从最开始就打算自戕，还否认杀了神津岛先生，这就怎么也说不通了。因为加加见先生最恨的就是恶魔人体实验的主谋神津岛先生。杀了他，向大家宣布自己替女儿报仇雪恨，这不是很自然的事吗？"

"……那碧小姐认为，加加见先生为什么要否认杀了神津岛先生？"

"匕首……"月夜喃喃道，"为什么有人在神津岛先生的尸体上当胸插了一把匕首？那件事直到最后我也没弄明白，但现在我大概有答案了。"

游马没明白话题的突然转变，反问："什么答案？"

"加加见先生也许真的没对神津岛先生下手。神津岛先生被别人下毒杀死，等于抢在了他前面，他却怒不可言。所以他用匕首刺伤尸体，想多少借此宣泄心中如岩浆般翻滚的怒火。第一天晚上，加加见先生拿着万能钥匙，这点儿事轻而易举就能办到。"

"可顶多只能说是存在这种可能吧，也没准是下毒杀人的实际感受不够强烈，所以又给尸体补刀，以此泄愤。"

游马想尽一切办法反驳。月夜摸着额角道：

"嗯，这个说法的确也成立。可是，一条君，这几个小时里，我又把《玻璃馆杀人》重新看了一遍。然后呢，我就发现了——加加见先生没杀神津岛先生的证据。"

房间里的气温仿佛一瞬间降到了零度以下。游马说话时把全身的力气都集中在下巴上，以免让上下牙齿打架：

"什么证据？"

"我之前说过，第一起案件的凶手给神津岛先生投毒之后，先回了自己的房间，等我们上了楼梯，从他的房门口经过后，才上来与我们会合。对吧？"

"嗯，说了……"

"可是，加加见先生是做不到这一点的。因为他住在贰之屋。"

游马感到一阵天旋地转，眼前一片花白，好像有人照着他的头顶打了一棒似的。

"是的，楼梯间很窄，大家在壹之屋门口站不下，就在楼梯上排成了队。队伍排到了贰之屋门口。如果加加见先生从贰之屋出来，就会被人发现呀。"

"……可能是大家闯进壹之屋后，稍微过了一会儿他才进来的？"

"不，那也不对。当时，加加见先生立刻就靠近了神津岛先生的尸体，开始将犯罪现场区隔出来。这就说明，他在大家闯入壹之屋之前，就和大家待在一起。也就是说……"

也许是口干，月夜妖媚地舔了舔嘴唇。那模样映在游马眼中，就像吐着芯子的蛇一般。

"给神津岛先生下毒的凶手不是加加见先生，他没有说谎。"

"那……那，到底是谁把神津岛先生……"

游马忍着晕眩，沙哑地挤出声音。

"是哦，到底是谁杀了神津岛先生，就成了问题的关键。不过啊……"月夜嗵嗵地敲着额角，"这次不需要全力发动我灰色的脑细胞了，因为答案显而易见。"

月夜的双眸盯着游马。游马就像被食肉野兽盯上的小动物一般动弹不得。

"如果加加见先生没有毒杀神津岛先生，他身上带着毒药就很不自然。回想起来，从西装衣兜里掏出药盒的时候，加加见先生的表情相当震惊。从这一点可以看出，是杀害神津岛先生的真正凶手为了转嫁自己的罪行，悄悄将毒药塞进了加加见先生的衣兜。"

——彻底被她看穿了。必须想方设法糊弄过去，想办法不让她发现凶手是我。

"就算……就算是……这样，也……也不知道……那个药……药盒是什么时候进了加加见先生衣兜的啊……"

游马的舌头打结，话也说不利落。他干着急，下巴颏向外伸着。

"不，这个我是知道的，一条君。"月夜像说悄悄话似的，"因为听我推理的过程中，加加见先生的双手一直是插在西装衣兜里的呀。"

眼前的景色狠狠地晃了晃。失去平衡感的游马慌忙抓住沙发靠背，以防摔倒。

"你没事吧，一条君？"

月夜站起来，将手放在游马肩上。游马条件反射般闪身避过。

"嗯，还能做出这个动作，大概没什么事。那么我就继续往下说。如果药盒之前就塞在加加见先生的西装衣兜里，他肯定会注意到这一点。可实际上并非如此。也就是说，药盒是在我的推理结束后，才被人塞给他的。"

"但是……哪有机会把药盒塞给他呢……"

游马绝望地想吐，却依然试图抵抗。

"有的呀，一条君。你是知道的嘛。就在你和酒泉先生尝试按住加加见先生的时候。装有夺去神津岛先生性命的毒药药盒，就是在那时被转移到加加见先生的西装衣兜里的呀。"

现在一点儿反驳的余地也没了。游马只得呆呆地站着不动。

"从当时的状况分析，可能暗藏药盒的人，只有朝加加见先生扑过去的那两个人。可在神津岛先生被毒杀时，酒泉先生有这起案件的不在场证明。这样一来，就只剩下一个人……"

月夜指着游马的鼻尖，露出无限惋惜的微笑。

"是你啊，一条君，你才是杀害神津岛先生的真正凶手。"

游马有种一脚踩空，被抛到半空的错觉。他拼命开动自己濒临短路的大脑。如何才能脱离这窘境？如何才能避免自己被当作杀人凶手、接受制裁？他下意识地攥紧了拳头。

现在知道是我杀了神津岛的，只有眼前的名侦探。只要封住她的嘴……

游马的目光笔直地望着月夜。月夜也毫不避讳地回望。

两人的目光胶着在一起，游马的拳头无力地摊开。

——那样做是行不通的。即使我现在杀了月夜，几小时后警方赶到，也一定会调查到我，很快把我逮捕。

而且……我对她也下不去手。就算只是短暂合作，我也不可能害了曾一起挑战玻璃馆杀人之谜的搭档。

游马深呼吸，仿佛想吐出积在肺底部的渣滓。

"是啊，杀掉神津岛先生的人是我。"

说出这句话的瞬间，游马便觉得身体轻松了许多。自从让神津岛服下胶囊后，游马就背起了十字架。如今，那十字架仿佛一下子消失了。

"是嘛。"月夜兴趣盎然地小声说道。

"那我究竟为什么要这样做呢？你不需要知道我的理由？"

"是哦。相比了解凶手的作案动机，我更喜欢推理是谁干的、怎么干的。但若要我推敲的话，你说过，你为了看护家里的病人，从原先工作的医院辞职了。然后我又听说，神津岛先生因为自己的专利受到侵害而提起诉讼，阻止了很多种新药发售。你看护的那位家人，想必对那新药有需求吧。所以，为了让神津岛先生停止诉讼，你把他杀了。咳，这其实根本不算推理，只不过是瞎猜。"

就连瞎猜都能完美地说中案件真相，不愧是名侦探啊。游马浮起一抹苦笑。

"猜对了。我妹妹得了渐冻症。"

"那真是让人难过。嗯，你的行为也不是不能理解。可是，我不能对你的罪行坐视不管。毕竟名侦探的使命是揭穿所有的真相嘛。"

"嗯，我明白。"

"你还挺有分寸的。我刚才满以为你会杀了我灭口呢。"

"难得搭档一场，你却信不过我啊。你觉得我下得去手吗？"

"下得去手吧。"月夜的眼中染上几分晦暗，"为了达到目的，无论多残酷的事，人们都毫不犹豫。这一点，我比谁都清楚。"

这位名侦探究竟看透过多少盘踞在人心里的黑暗啊。一股恶寒向游马袭来，月夜慢慢朝门口走去。

"而且，我们根本也不是什么搭档。一旦有一方的心里藏着谎言，两人之间的关系就破裂了。所以，为了防止你的突袭，我已经上好了保险。"

"保险？"游马反问。

月夜打开门，门外站着九流间、左京、酒泉和梦读。他们的脸上混杂着各种各样的情绪：恐惧、怜悯、困惑。

"我请他们在外面等候，万一房间里传来争斗声，就进来帮我。当然，他们四个一定把耳朵贴在门上，听到了我们刚才的谈话。对吧，九流间老师？"

在月夜的催促之下，九流间慢慢走进房间。

"一条君，你的情况很值得人同情。如果老夫是你，说不定也会做一样的事。可是你杀了人，这是不争的事实。在傍晚警方赶到之前，哪怕是为了保证我们自身的安全，我们也有必要把你控制住。"

"……是啊。您的想法是妥当的。"游马深深点头。

"我们商量的结果，是请你待在观景室。那儿的门从里面无法打开。"

"明白了。我们走吧。"

游马拖着沉重的步伐朝门口走去，梦读"呀"地轻声尖叫，退到后面。

擦身而过的时候，游马对月夜说：

"抱歉，碧小姐。看来我不是华生，而是莫里亚蒂[1]。"

"莫里亚蒂？"月夜斜着眼睛，投来冰一般寒冷的目光，"你是在自诩犯罪界的拿破仑吗？就凭你毒杀了神津岛先生和加加见先生？"

"不，那是……"游马欲言又止时，月夜扭过身子。她走出房间，慢慢往楼下走去，用冰冷的声音头也不回地说：

"要和福尔摩斯一起摔下瀑布的，可不是你哦，一条君。"

3

怎么会变成这样呢？

一条游马靠着楼梯间的墙壁，一屁股坐在长绒毛的地毯上，仰天长叹。

晴朗的天空不知不觉被浓云笼罩，细雪洋洋洒洒地飘落，落在构筑这座空间的透明玻璃上，又轻飘飘地滑下去。

游马看了一眼手表，已经过了下午五点。被关进观景室后，已经过了将近五个小时。

九流间等人将游马带到观景室后，担心他服毒自杀，还从屋里拿走了写有"河豚肝脏"的玻璃瓶才离开。

地毯传来的冰冷打透了裤子，从屁股沁入骨髓。游马蜷了蜷身子，拢紧为了御寒穿的那件皱巴巴的外套——据说那是拍摄《神探可

---

1. 莫里亚蒂：指詹姆斯·莫里亚蒂教授（Professor James Moriarty），福尔摩斯故事中公认的超级反派角色，福尔摩斯称其为"犯罪界的拿破仑"，最后在与福尔摩斯的决斗中，摔下莱辛巴赫瀑布死亡。

伦坡》时，彼得·福克穿的外套。

"我到底错在哪儿了……"

他的唇间下意识地吐露出这句独白。

是在心中暗藏杀意，接近神津岛太郎的时候吗？还是认为在这玻璃馆召开的神秘宴会是个绝好的机会，决定赴宴的时候？或者是……

"……是遇到那位名侦探的时候吗？"

游马的呢喃伴随着白色的哈气，消散在冰冷彻骨的空气中。

再怎么想也于事无补，一切已经结束了。这个故事已经落下帷幕。

以名侦探揭露真相，将我这名罪犯缉拿归案的形式。

发生在玻璃尖塔中的凄惨的连环密室杀人案已经告破。犯人再没什么可做的了，只有静待从舞台消失的那一刻。

游马慢慢闭上眼睛。

名侦探端庄的脸上浮出冷笑的模样，映在他的眼底。

"说起来……"

游马下意识地嘟囔了一句，抬起眼帘。

"那个暗号是什么来着？"

他想起神津岛尸体上用匕首固定住的纸上画着的古怪暗号，直到最后，月夜都没有提到它。

也许是因为一旦提到暗号，昨晚用万能钥匙检查受害者尸体的事就露馅了吧。还是说，她认为那与破案无关，对它没多大兴趣？

游马的手按在头上，继续思考。

用匕首刺伤神津岛尸体的肯定是加加见。如果是这样，加加见为何要留下那些暗号呢？那些暗号究竟是什么意思呢？

"而且，把我从楼梯上推下去的人是谁？还有在门外偷听的人是谁？"

休息了几个小时的脑细胞恢复了活力，猛然运转起来。

——按照正常的思路推想，应该是加加见把我推下去的。他一定想知道名侦探月夜离真相还有多远。加加见住在贰之屋，知道我将观景室搜过一遍后下了楼，就从房间出来，在背后袭击我。存在这种可能，只是……

"只是，把我推下去，对他有什么好处呢？"

思路打了结，游马总觉得忘了某件重要的事，忐忑难安。

他忽然抬起眼，皱着鼻子望向正对着自己的书架。书架里摆了满满的外版书，有某样东西在书丛间闪着光。游马起身，像被诱蛾灯吸引的昆虫似的，朝书架走去。

那是一块圆锥形的玻璃。以神津岛研发的生物制品托莱德为原型制造的摆件，放在一本横躺着的厚书上。

"这东西不应该在壹之屋吗……怎么会出现在这儿？"

游马拿起摆件。DNA 形状的双重螺旋摇摇晃晃地漂在灌了油的玻璃体里。下一秒钟，游马脑海中闪过三天前和神津岛的对话。

——建这玻璃馆的时候，我的确命人在它身上完美地再现了托莱德的细节。

"完美地再现……DNA……"

游马望着天空喃喃着，摆件从他手中滑落。玻璃摔碎了，溅得四处都是，但游马看也不看一眼，直接仰面朝天地倒在地上。

　　神津岛是个完美主义者，自尊心极强。这样的男人，在设计玻璃馆时，绝不会放宽标准，一定是严格按照他的最大成就——托莱德的结构去设计的。既然如此……

　　游马捏紧拳头，一拳拳捶在地毯上。玻璃碎片割伤了他的手，刺痛传来，但他仍然不管不顾地继续挥拳，一路探到楼梯间的位置。"咣咣咣"，沉重的声音在圆锥形的空间里发出回响。

　　"按照玻璃馆的结构，肯定在这附近……"

　　他又贯注了几分力气在拳头上，终于在楼梯间旁边的地毯附近听到了清脆的敲击声，如同在敲空的金属罐。

　　在这儿！游马用渗着血的手掀开地毯，从贴着楼梯间的那面墙根往外掀开一米见方，一扇铁门出现在下方。

　　"旋转楼梯不可能只有一个……因为 DNA 是双重螺旋构造。"游马气息紊乱地嘟囔道，"如果不建两段楼梯，就不算完美再现。"

　　游马预感到自己触到了巨大谜题的一角——连名侦探也没发现的谜题，这种感受令他热血沸腾。他紧紧地抓住把手，想把门拉开。可嵌在水泥地板里的门纹丝不动，他只好松开把手，仔细观察嵌在地板中的门。门上有三块正方形的小液晶屏和一个数字面板。

　　"不会要输密码吧！"

　　好不容易找到了一扇隐蔽的门，这样下去可没法打开。游马粗暴地挠着头，忽然倒吸一口凉气：

　　"暗号！"

　　对，是暗号。固定在神津岛尸体上的纸上记着的那串莫名其妙的暗号。那里面会不会暗含着这扇门的密码？

游马从外套口袋里掏出手机，打开昨晚拍下的暗号照片。沾在手上的血弄脏了屏幕，但现在没工夫管这些。

游马瞪大了眼睛，凝望着出现在屏幕上的暗号，甚至忘了眨眼。

"暗号果然和《跳舞的小人》中的很像。但《跳舞的小人》的那张纸上画了很多种小人，照片中的小人却没有那么多种……大概只有四种吧。这样的话，就没法用《跳舞的小人》里面的办法来解读。"

游马一面喃喃着整理思绪，一面放大暗号。

"每三个小人中间留了一段空，也就是说，三个一组，代表一个字母？'O''U''B'三个字母直接写在纸上，看来这种可能性很大。也就是说，每三个小人代表一个字母……不过，为什么只有'O''U''B'三个字母没有用小人表示？"

游马的手按在嘴上。

"也许不是没去表示，而是无法表示？能用三个小人表示的字母有限？"

仿佛有虫子在大脑表面乱爬，游马好像在无意间发现了什么，却抓不住那东西的实体，急得咬住了下嘴唇。

"三个小人代表一个字母……小人只有四种……有些字母无法用小人表示……"

视线的一角忽然映出了那个书架，只有一本厚书和其他书不同，横躺在架子上。刚才放托莱德摆件的那本书，书脊上印着"遗传基因工学基础总论"。

这间观景室里的物品，应该全是神津岛收集的和推理相关的贵重藏品。遗传基因工学的专业书籍大概是和托莱德摆件一起被人从壹之屋拿来的吧。

"这是谁干的？又为何要这么做？"

思考了十几秒后，游马摇摇头。现在更重要的是，这本书也一定是解开这座馆隐藏之谜的线索。

"遗传基因……遗传基因……"

游马嘟囔着，大脑中突然灵光一闪。

"DNA！"

他大喊一声，目光落在手机屏幕上。

"DNA 由腺嘌呤（adenine，缩写为 A）、胸腺嘧啶（thymine，缩写为 T）、胞嘧啶（cytosine，缩写为 C）和鸟嘌呤（guanine，缩写为 G）这四种碱基组合而成。三种碱基可以组合为一个编码，一一对应二十种氨基酸！这些氨基酸再结合形成各种各样的蛋白质！"

游马跑到书架旁边，拿起《遗传基因工学基础总论》，气势汹汹地翻动书页。

"这二十种氨基酸，每一种应当都对应一个字母，只要能对上……"

他翻到一页记录着每三种碱基组合起来对应的氨基酸，和代表各种氨基酸的字母表格，走到楼梯间旁边，把书和手机放在地毯上。

"首先是最上面一行的三个小人。这一行和最下面一行只画了三个小人，如此看来，这串编码应该不是字母的意思，很有可能代表着'开头'和'结尾'。所以……"

被玻璃碎片割破的手心还在渗血，游马用手指沾着血，在楼梯间的水泥墙上写下代表翻译开始的 DNA 编码"ATG"。"ATG"被称为起始密码子，被碱基排序后的 DNA 编码读取，形成蛋白质。

"如果这里是'ATG'的话，举起右手的小人就是'A'，举起双手的小人就是'T'，倒立的小人就是'G'，还剩下抬起右腿的小人，应该是'C'。这样的话……"

游马交替看着手中的手机和放在地毯上的书，将血字写在墙上。

"第二行的第一串编码是'ACA'，对应的氨基酸是苏氨酸。苏氨酸的单字母是 T。下一组是'CAC'，对应组氨酸，也就是'H'了。"

他一个字母一个字母地谨慎破解着谜题，最后墙壁上留下的血字是"THINK"。

THINK，思考。这个方法果然是正确的。

"嗯？下一组'TGA'没有对应的氨基酸啊。什么都没有的话，就是空格的意思吗？反正是这一行的最后一组，就先这样放着吧。接下来，第三行……"

水泥墙上留下了用血写成的一组组 DNA 编码和与之相对的字母。几分钟后，游马一气呵成，写完了代表翻译结束的 DNA 编码"TGG"，盯着这串解开的暗号：

THINK OF A NUMBER

"思考一个数字……"

游马沉着脸。他绞尽脑汁才解开这串复杂的暗号，呈现出的内容却和期待的大相径庭。

"要我思考数字，我就是想知道这个数字才来破解暗号的啊！"

跳舞的小人暗号 解答

A T G
开始

ACA　　CAC　　ATC　　AAC　　AAA　TGA
T　　　　H　　　　I　　　　N　　　　K　　×

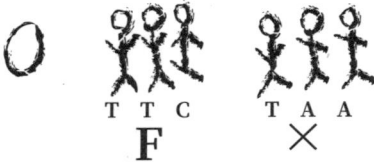

TTC　　　TAA
F　　　　×

GCA　　TAG
A　　　×

AAC　　　　ATG　　　　GAA　　　AGA
N　　　　　M　　　　　E　　　　R

TGG
结束

他任凭怒火倾泻，捶打着楼梯间的墙。一股麻痛从拳头传到脑仁，游马咬着牙，拳头按在墙上。

思考数字——这毫无意义的信息为何要以那么复杂的暗号来表达？也许是痛苦冲淡了愤怒，游马多少恢复了些冷静。

难道这信息中还暗藏玄机？游马做了几个深呼吸，盯着墙上用血写成的信息。

"与其说是思考数字，不如说是想起某个数字。嗯，这又是单数形式……"

话音刚落，游马如遭雷击一般，浑身猛地颤抖了一下。

"想一个数字！"

他大叫着跑回刚才放托莱德摆件的书架前，手指依次从摆了一书架的外版书书脊上滑过。

看到最下面一层的时候，急速移动的手指突然停了下来。游马手指的那本书的书脊上，印着的字正是"THINK OF A NUMBER"。

"就是它……"游马用颤抖的手指抠出那本书。

THINK OF A NUMBER，日语书名是《想一个数字》[1]，美国作家约翰·弗登的推理小说。一天，书中的人物收到一封信，小小的信封上写着："从一到一千之中，随意想一个数字。"他默念着一个数字打开信封，信封中是一张写有数字的纸片，和他心中所想的数字一致。

故事从富有魅力的谜题——读心信件开始，最终引出一起连环杀人案。作品中频频出现神似古典本格推理的谜题，在推理爱好者当中

1.《想一个数字》：日语书名『数字を一つ思い浮かべろ』的直译，中文书名为《杀人诗咒》。

评价颇高。

"2010 年出版的啊……"

游马翻开书，确认出版日期。出版时间如此靠后，就算书的名气再大，也不至于厉害到能收入神津岛私藏的地步。所以，这本书一定也是和托莱德摆件一起被人拿到观景室的。

血沾在书页上，但游马毫不介意，继续翻书。

"收到信的人想起的数字是……"

指尖停了下来，游马要找的数字出现在眼前。他看到了故事中的收信人所想的数字。

"六五八！"

游马喊出声来，走到嵌在地板中的门边，按下数字面板。看着液晶屏幕上显示出"658"的字样，游马一边祈祷着"一定要是它"，一边按下确认键。

金属摩擦的声音在空气中响起。游马轻轻伸手，攥住门把。刚才还纹丝不动的门逐渐被拉开，一段玻璃台阶出现在下方。

游马短暂地比了个胜利的手势，用手帕裹住受伤的手紧急处理了一下，然后沿着楼梯走下去。

这段楼梯和楼梯间的普通楼梯几乎一样，也是旋转式的，宽窄也许容不下两人并肩。墙壁和天花板盖着黑色的玻璃，嵌在墙里的 LED 灯淡淡地照亮了楼道。

应该是和 DNA 一样，在普通的楼梯旁边做了一条双重螺旋吧。这面墙里一定有一条普通的楼梯。想到这儿，游马忽然停下了脚步。

梦读一直坚称这座馆中存在某种邪恶的东西，也许就是因为这段楼梯吧。游马压根儿不相信她有超能力，但既然她自称灵能者，也许比普通人的感受更敏锐。也许她敏锐地感知到有人在一墙之隔的另一段楼梯间上上下下，误以为馆中有某些灵异的东西存在。

这么说来，第一天晚上我回房间时，也听到背后隐约有一串脚步声，很怕有人跟踪自己。如果那脚步声也是从隐藏的楼梯间传来的，一切就不难理解了。

当时究竟是谁在用这段隐藏的楼梯？是从地牢里逃出来的人吗？不，之前已经下过结论，这号人物存在的可能性几乎为零。那么，到底是谁……

游马忍着头痛，又迈开了脚步。沿着旋转楼梯，每往下走 1.25 圈，就是一个小平台，那里有一条暗道。

"1.25 圈的话，大概在壹之屋附近吧……"

游马窥伺着那条没有照明的狭窄暗道，用水泥砌成，未加涂装，不稍稍弯腰就会撞到头。暗道大概只有三米长，尽头的墙上，有一个椭圆窗口似的东西。游马谨慎地走进去。

他走到尽头，往嵌在墙里的椭圆窗口望去，不禁大叫一声："啊？！"

窗口里可以看到壹之屋。倒在地上的玻璃馆模型，桃花心木的书桌，还有胸口插着一把匕首的神津岛的尸体。一切都看得清清楚楚。

这是怎么回事？到底发生了什么？游马的脑子里一片混乱，他努力回忆壹之屋的构造。从这个位置能看到神津岛的尸体，那就是说……

"镜子……单面可视镜……"

　　游马口中沙哑地呢喃道。没错，壹之屋的这个位置摆着一面镜子。原来那不是一面普通的镜子，而是单面可视镜，从隐藏的楼梯间能观察到屋里的动静。

　　可是，为什么要做这样的设计？新的信息一个接一个涌现，游马垂着头，双手抱住自己发热的大脑，这才发现这面魔镜底下还有一个东西。

　　"门？"

　　他跪在地上，皱着眉头凝神细看。门上除了把手，还有三块并列的正方形液晶屏幕和数字面板，这和观景室里的暗门结构完全相同。

　　游马咽了一口唾沫，按顺序在面板上按下"6""5""8"和确认键。听到轻轻的"咔嚓"声后，抓住把手往里推。一米来高的门顺畅地开了。游马手脚并用地穿过门，来到壹之屋。

　　"……这是什么情况啊？"

　　陷在混乱旋涡中的游马站起来，回头看了看门。摆在镜子下方、齐腰高的书架朝里侧翻转。看到这个画面，游马脸上的肌肉立刻绷紧了。

　　面部高度的镜子，和镜子下面的矮书架。自己住的肆之屋里也有这两样东西。第一天晚上的记忆重现在脑海，令他全身寒毛直竖。

　　那天晚上回到肆之屋后，游马深深地盯着镜子时，总觉得有谁也在盯着他。他当时满以为这份感觉是杀掉神津岛的罪恶感所致，现在看似乎并非如此。

　　"……那时候，也有人在暗中观察我？"

　　想到这儿，游马仿佛被人兜头浇了一盆冰水，不自觉地抱住了双肩。

按照玻璃馆的设计，凶手随时可以从隐藏的楼梯观察并侵入肆之屋。不，不仅是肆之屋，伍之屋、陆之屋里也有一样的镜子和书架。恐怕这座玻璃馆的每一间客房，都是相同的设计。

"这样一来，密室诡计就不成立了……"

游马声音沙哑地喃喃着。挑战密室之谜的推理小说中忌讳出现暗道。如果发生密室杀人案的房间里有暗道，这样的诡计未免也太陈旧了。

实际上，月夜也没有提及暗道的事。

"那是碧小姐推理错了吗？"

几秒钟的思考后，游马摇摇头。不，从建筑结构来说，馆内有暗门和单面可视镜的应该只有和馆中间的巨柱相连的从壹到拾这十个房间。第二起案件是在餐厅发生的，凶手肯定没有借助暗门。

——而且，第一起案件的凶手是我，加加见也已经招认剩下两起案件是他做的。《玻璃馆杀人》之中，月夜解开的三个密室诡计应该都是对的。

那就意味着，这段隐藏的楼梯和案件没有直接关系？

不，不对，不可能。游马握紧拳头。

一定有人借助这条隐藏楼梯，在暗中观察我们。那家伙不可能和馆内发生的悲剧毫无关系——直觉这样告诉他。

还差一点儿，只差一点儿，我就要够到真相了。

有某样可怕的东西在馆内蠢蠢欲动，游马已经摸到了它的轮廓，却始终碰不到它的真身。他急得抱着脑袋，指甲深深陷进肉里，几乎要把皮肉掐出血来。刺痛令沸腾的脑细胞多少冷却了些。

"先来检查这段楼梯吧。"

游马深呼吸，返回暗道，再一次沿着玻璃旋转楼梯往下走。和他想的一样，每间客房的位置都有暗道，暗道尽头是窗和门。拾之屋再往下就没有暗道了。又绕着旋转楼梯向下转了两圈半，楼梯没有了，游马眼前出现了一扇门——现在大概已经路过了一层，来到地下了吧。

游马在墙上找到数字面板，输入"658"。这好像是一扇自动的拉门，门板径自朝一旁滑开，门与地面的缝隙传来沉重的机械声。

他小心翼翼地走进去，里面是好几台巨大的发电机。

"发电室……原来是连到这儿的啊。"

身后的自动门几乎悄无声息地关闭，游马眼前只留下煤烟熏黑的墙壁。发电机的另一边是空架子和通往仓库的门。

游马垂下眼帘，发现发电机背面的地板上嵌着一个数字面板。他输入"658"，刚刚关闭的暗门又无声无息地开了。

"没有谁会特意转到发电机的背面，暗门安在这里应该是最合适的。"

那么接下来要怎么办呢？游马抱着胳膊。自己从观景室成功地逃了出来，就这样逃到外面去大概也不成问题。可这么做又能怎么样呢？

车胎被人扎了，徒步走下雪山和自杀没什么两样。自己是杀害神津岛的凶手这件事，也已经让其他人知道了。就算能奇迹般地下山，一定也逃不脱很快被通缉逮捕的命运。

——我已经决心要偿还自己的罪行了。事到如今，再不堪地挣扎也没有意义。

那么，我应该老老实实地回到观景室，等警察来吗？

"不该这样吧……"游马嘟囔道。

这座玻璃馆中发生的罪案，一定比名侦探碧月夜目前揭露的更沉重、更晦暗。而现在，我马上就要抓住罪案的尾巴了。

在这场为期四天的惨剧中，我一直扮演着华生和凶手的角色。最后这短暂的时光里，体验一下扮演名侦探的感觉也未尝不可吧？

游马再次按下地上的数字面板，打开门走进去，坐在楼梯上，门关上了，这样可以不被任何人打扰，静静地思考。

好了，要从哪里开始推理呢？双手交叠的游马，忽然发现楼梯的一角有一点污渍。他下意识地凑过去看。

"……血？"

游马皱起鼻子，仔细观察，那毫无疑问是一道血迹。

是我手上流的血吗——游马轻轻碰了碰血迹，指尖没被浸湿。

"已经干了……不是我的血。"

根据血迹的凝固程度，游马判断它至少是一天之前的。当时在这段隐藏的楼梯上，发生了什么呢？

一股不祥的预感袭来，游马口干舌燥。

"冷静，给我冷静。"

他一面念念有词，一面闭上眼睛，整理思绪。

《玻璃馆杀人》的故事开始的四天之内，一定有某个人使用过这段楼梯。第一天晚上听到的脚步声，应该就是那个人在楼梯间走动时留下的。说起来，梦读第二天早上也说，馆里有某种不祥的气息。

"也就是说，这个人是从我第一天晚上杀了神津岛之后开始行动的？"

游马垂着眼帘，喃喃自语。

关键在于那个人究竟是谁。不太可能会是一直没露过面的人，刚才自己一路走下来，也没有见到他。这说明此人也会离开隐藏楼梯，到外面去。这四天里，有这么多人在馆内来来去去，如果是个陌生人，很难逃过每个人的眼睛。

而且，设计这段隐藏楼梯的人一定是神津岛。像他那样排外的人，不可能告诉外人使用隐藏楼梯的密码。有可能知道这里的人，除了神津岛，大概也就剩下住在馆里的老田和圆香了。尤其是跟随神津岛多年的管家老田，知道的可能性最大。

可是神津岛都被杀了，面对如此异状，为什么老田到最后都没告诉大家有这么一段隐藏的楼梯呢？

这里之前没有别人。也就是说，用隐藏楼梯的人是老田？不对，老田被杀之后，梦读还总是嚷嚷，说有某种邪恶的东西盯着自己。

那么，到底是谁在用这段隐藏楼梯呢？

第一天晚上，隔着镜子与我对望的，到底是谁？

神津岛太郎、九流间行进、加加见刚、老田真三、巴圆香、左京公介、梦读水晶、酒泉大树，还有碧月夜……

来赴宴的人的脸在游马心头依次浮现，又依次消失。

其中，第一天晚上可能使用这里的人是……

想到这里，游马脑海中忽然闪过一片火花。他瞪大双眼，把双手举到脸前。

"难道说……不，不可能……"

游马一边喘着粗气一边嘟囔。四天来的回忆在他脑海中像走马灯一样闪过，每闪过一次，他的心脏都跳得更快。

心慌得胸口直痛，他把手按在上面，半张着嘴，盯着虚空。

几乎短路的神经元连接点火星四溅，一个假说在电信号交错的大脑中逐渐成形——一个可怕得超越想象的假说。

"这种事……有可能吗……"

游马哑着嗓子嘟囔着，猛地站起来，沿着玻璃楼梯往上跑。半路上停下来，跑得上气不接下气，大腿肌肉胀得硬邦邦的，他却无视身体的抗议，继续挪动脚步。

肺里火辣辣的，双脚开始拒绝大脑命令的时候，游马终于跑到了目的地——壹之屋的暗道前头。

他一面贪婪地呼吸，一面往暗道里走，输入密码开门，拖着发烫的双腿，走近神津岛的尸体。

游马花了几十秒钟调整呼吸，神津岛浑浊的双眼盯着虚空。游马抓住了他的手。冰冷如橡胶的皮肤触感令他扭歪了脸，但游马仍然抬起神津岛的胳膊。已经僵直的手肘和肩关节咔嚓嚓地发出声音，神津岛的整个身子在拉扯下微微悬空。

游马紧咬的后槽牙吱嘎作响，松开手，神津岛的胳膊在重力作用下狠狠砸在地板上。与此同时，游马跪坐在地。

"不会吧……怎么可能……"

沙哑的声音从他紧咬的牙关中崩落。

假说成真了——那令人毛骨悚然的假说。

这不合常理的真相，令身体产生了本能的拒绝反应。一股猛烈的呕意伴着灼热的东西涌上食道，游马背过脸，大声呕吐。黄色的胃液砸在地板上，黏稠的一摊。一股近似于痛楚的强烈苦味侵入口腔。

可这就是事实。这四天里听到的、看到的所有信息都证明着这一点。

游马站起来，去卫生间漱口。然后用外套袖口胡乱擦了擦嘴角，凝视面前的镜子。

"冷静。反过来想想……这样一切问题就都解决了。"

镜中的男人说。

"我找到了真相，这座玻璃馆中发生的惨剧的真相。接下来，就看事态发展了。"

游马凝视着镜中的自己，开始在脑海中设想接下来该如何行动。

必须立刻将自己找到的真相告诉馆里的人。可是，这很难办到。

因为有隐藏楼梯，游马可以很简单地从观景室脱身，接触其他人。可他现在是一个被控制住的杀人犯，难以相信，九流间等人会有耐心听这样一个男人说话。

只能采取强制性的手段了。可对方人多势众，怎样才能让他们听从自己呢……

游马转身离开卫生间，沿着隐藏楼梯回到观景室，走到一个橱柜前面。橱柜里陈列着《罗拉秘史》中用过的那把粗糙的霰弹枪。游马慢慢按下"6""5""8"和确认键，开锁的声音传来。

他紧抿着嘴，打开钢化玻璃门，取出放在里面的枪和子弹。

要威胁九流间等人，游马心里没底。但用上它，对方就会听他的话。接下来，就要看大家相不相信自己发现的这令人大跌眼镜的真相了。

"说起来，如果是名侦探角色，现在就到了该说'那个'的时候了。难得有此机会，我也耍一把帅吧。"

游马牵起一抹苦笑，咂摸滋味似的慢悠悠地说出那些台词：

"我要向读者发起挑战。现在又有了新信息，揭开这座玻璃馆发生的惨剧真相也就更容易了。这座玻璃馆中究竟发生了什么呢？恳请诸位解开谜题。这是我向读者发起的挑战书。祝诸位推理顺畅，好运相伴。"

4

游马将手抵在胸口，做了几个绵长的深呼吸，环视游戏室。玻璃窗外下起大雪，太阳就要下山了，屋子里一片昏暗。

他看了一眼挂钟，快要下午五点。游马抚摸着抱在手里的霰弹枪，冰冷坚硬的触感令他感到踏实，多少缓解了紧张的情绪。

游马在观景室做好准备后，从隐藏楼梯来到地下的发电室，又从普通的旋转楼梯来到一层。其他人都待在自己的房间，一层一个人也没有。游马潜入游戏室，待在门边，为接下来的最终决战做准备。

故事终于到了高潮，在这座玻璃尖塔中展开的惨剧即将落下帷幕。

游马做好心理准备，按下嵌在墙里的火灾报警器按钮。刺耳的警报声立刻响起。自动灭火装置没有喷水，大概之前已经设定好，没有感应到起火就不会启动。

游马从游戏室跑进隔壁的餐厅，在门的缝隙中向外窥探。

"餐厅失火了。餐厅失火了。请立即避难！"

喇叭里反复播放着电子警报。几分钟后，待在自己房间的人开始在一楼大厅会合。

左京、九流间、酒泉、梦读都已集中在游戏室门口，月夜最后一个现身。

"好像并没有着火啊。"

九流间打开游戏室的门，观察屋里的景象，露出安心的表情。

"那为什么火灾报警器会启动啊？而且警察怎么还不来？不是已经到傍晚了吗？！"

"梦读小姐，请你冷静一点。我不是说过了吗？警察马上就来了。"

"马上是什么时候？我一刻也不想在这里多待了！"

左京安抚着歇斯底里的梦读，他身旁的月夜则凝视着游戏室。

"乍看上去，刚才似乎没有起火呢。但是火灾报警器却响了。要么是误启动，要么就是……有什么人按下了按钮。"

"喂，什么人？能是谁呢？果然是之前被关在地牢里的那个家伙干的吗？"

左京怯生生地问。

"不，应该不是。干出这种事的，恐怕是……"

月夜说到这儿，游马从餐厅走了出来。

"没错，是我。"

九流间等人的脸上闪过一丝惊愕，紧接着看到游马手中的霰弹枪，表情纷纷从惊愕变成了胆怯。可只有月夜不为所动，反而浮起一抹微笑。

"哟，一条君，你是怎么从观景室跑出来的呢？"

"关于这个，接下来由我为大家仔细说明，能否请各位移步游戏室？我有话想和大家说。"

"开什么玩笑！"酒泉怒吼，"我可不听杀人犯说话。别想用那玩具枪骗人……"

游马将枪口对准立在大厅中心的柱子，毫不犹豫地扣下扳机。震痛耳膜的爆裂音传来，与此同时，一股超乎想象的冲击力从手臂上划过。柱子表面的一部分装饰玻璃崩落，硝烟的味道在空气中飘荡。

"这可不是玩具，酒泉君。它是真枪，而我是杀人犯。若是有什么万一，我会毫不犹豫地将你们射杀。如果你听懂了我说的话，就老老实实地到游戏室去。"

游马忐忑地等待酒泉他们做出反应，他当然不可能射杀他们。如果所有人一齐朝自己扑过来，那可真是万事休矣。大厅的气氛紧张到了极点，酒泉和左京的身体开始向前倾。

"去也没什么关系。"就在千钧一发之际，月夜轻描淡写道，"警方迟迟不来，我正闲得发慌呢。听他说说话打发时间，也是个不错的选择。如果我们乖乖听话，你也会保证我们的安全，对吧，一条君？"

"嗯，我保证。"

见游马点头，月夜便说："那么，我们走吧。"她第一个走进游戏室。左京和酒泉犹豫片刻，也跟在后面，看来是锐气大伤。

"你能做出这种事，看来是有非常精彩的话要告诉我们吧。"月夜回过头，送来一束眼波。

"那是当然。"

"看好你哦，我的前任华生。"

月夜皮笑肉不笑地翘起嘴角。游马看着五个人全进了游戏室，端着枪跟在后面。

"请大家去沙发后面的窗边。"

看到五个人按照自己的命令行动，游马松了口气。这样沙发就能成为一道屏障，不会有人直接朝自己扑过来。请大家好好听自己说话的第一个条件已经达成。

"一条大夫，"九流间循循善诱，"你这样做是没有意义的。警察马上就要来了，你已经无路可逃啦，还是老实一点吧。"

"我并不想逃跑，只想告诉大家发生在这座馆里的惨案真相。"

"真相？事到如今，还有什么好说的？你不是已经承认了吗？是你亲手给神津岛君投毒，然后又想把罪行转嫁给加加见。这难道有错吗？"

"不，没错。我确实让神津岛先生服下了胶囊，并且把剩下的毒药装在药盒里，塞进了加加见先生的衣兜。"

"那……"九流间的话说到一半，游马伸出一只手，阻止他继续说下去。

"不过我发现，这座馆中发生的案件还有更深的内幕。"

"内幕？"九流间惊讶地嘟囔。

月夜向前一步，疾言厉色道：

"一条君，莫非你认为我的推理有误，你想当众宣布，我名侦探做了错误的推理？"

"不，没这回事。"游马摇头，"你的推理很完美。作为名侦探，你已经出色地破解了玻璃馆杀人案。"

"从刚才到现在，你都在说些什么啊？既然案子已经告破，一切就已经结束了啊。每一起案件的真相和凶手都找到了，你还想再捣什么乱！"梦读粗暴地喊着。

"要说明这一点，首先要告诉大家，我是怎么从观景室逃出来的。"游马淡淡地说。

左京用手指着他："对。你是怎么打开那扇门的？门无法从里面打开，那间屋子就是所谓的……"

"密室。"

听到游马的低语，左京"嗯"了一声，没再说话。

"不错，观景室确实是一间密室。你们猜我是怎么从那里出来的？用了什么诡计？"

没有人回答游马的提问。游马走到放在地上的投影仪旁边，插上电源，从兜里掏出手机，关掉房间的照明。他事先将今天早上月夜在餐厅用过的投影仪挪了过来。

昏暗的游戏室墙壁上投映出一张照片，嵌在展望室地板上的暗门开着，门里是一条向下的玻璃楼梯。这是他过来之前拍的。

"答案非常简单。观景室里有一扇暗门，门里面有一条隐秘的旋转楼梯，一直通到地下。"

看到九流间眉头紧皱，游马耸耸肩膀。

"我明白，九流间老师。这算是邪道中的邪道啦。我们本以为那里是密室，作者却没做任何铺垫，突然出现了一条暗道。可线索也不是一点儿也没有。神津岛先生生前经常说，这座玻璃馆是精准模仿他研发的药品托莱德建造的。而托莱德能将 DNA 运送到细胞核里，所以，他应该也会模拟双螺旋构造的 DNA，在玻璃尖塔的中心建两条并排的旋转楼梯。"

"那又怎么样呢？那条秘密的楼梯就是案件的内幕吗？"酒泉烦躁地问。

"是内幕的冰山一角。对了，梦读小姐。"

"干……干什么？"突然被点到名字的梦读尖声道。

"梦读小姐之前总是说，这座馆里潜藏着某种邪恶的东西，正在监视我们，对吧？"

"……我这句话怎么了？"

"请看这个。"游马操纵手机，白色的墙上依次展现出能窥探壹之屋的窗户，和书架后面的暗门。

九流间等人瞪大了眼睛，发出沉吟。

"如大家所见，壹之屋的镜子是单面可视镜，在隐藏的楼梯间可以观察屋里的动静。而且只要输入密码，就能移动书架，进入室内。"

"这个……只有壹之屋是这样吗？"梦读颤抖的手指指着画面。

"不是的，所有客房都是同样的构造。"

梦读双手捂住嘴，轻声哭泣。

"是的，你当时确实被某个人监视了。并且，你曾说在旋转楼梯上感受到一股不祥的气息。实际上，你是感受到有人在同一堵玻璃墙另一侧的隐藏楼梯上走动。"

梦读大张着嘴，无话可说。九流间等人也哑口无言地站着。太阳大概已经彻底落山，沉默充斥了黑暗逐渐入侵的游戏室。游马按下墙上的开关，吊灯亮了。温暖的灯光洒下来，习惯了黑暗的眼睛竟感到些许刺痛。

"这又怎么样呢？"左京一边大喘气，一边高声道，"我不管有没有什么隐藏楼梯，就算真的有，也不会改变你和加加见先生是这起连环密室杀人案的凶手的事实。难道你想否认这一点吗？"

"不，我不否认。发生在这座馆里的故事《玻璃馆杀人》的凶手，就是我和加加见先生。刚才我不是说了吗？碧小姐的推理无懈可击。"

看到月夜得意扬扬地向后仰着身子，游马补充道："只不过——

"现在还有一件事，远比猜中谁是《玻璃馆杀人》中的凶手更重要。"

"比谁是凶手还重要？"九流间眉头的皱纹更深了。

"是的。来到这里，仿佛迷失在本格推理小说中一样——九流间老师，自从来到这座馆，类似的话您说过好几次。"

"这又如何？"

"您说得太对了。建在深山中的玻璃尖塔，雪崩导致的封闭模式，连续发生的密室杀人案，死亡信息、血字和密码，独具个性的客人们，秘密地牢和牢中横陈的白骨，最后还出现了暗门和隐藏楼梯。来到这里，简直就进入了传统风格的优秀本格推理小说的世界。"

游马像演戏似的摊开双手。

"在诡异的建筑中发生连环杀人案，这应该是每个推理狂热者都喜欢的戏码吧。从绫辻行人的'馆系列'开始，岛田庄司的《斜屋犯罪》、东野圭吾的《悲剧人偶》、我孙子武丸的《8 的杀戮》、二阶堂黎人的《恐怖的人狼城》、歌野晶午的《长屋杀人》[1]、米泽穗信的《算计》……这类题材的作品不计其数。如果再加上封闭空间这一元素，就更无可挑剔了。"

"一条君，你跑题了吧？就跟我一样嘛。"

月夜忍不住笑了出来，游马缩了缩脖子："啊，失礼了。"

不知不觉间，他已经失去了自我。看来扮演名侦探一角，比想象中更容易让人沉醉。也有可能是做月夜搭档的时候，染上了她的坏习惯。

"一条大夫，你到底想说什么啊？赶快切入正题吧。"

"好的。"

游马对着九流间点了点头，舔了舔干燥的嘴唇才开口。

为了说出那句关键的话。

"其实我们所有人，都是小说的登场人物，都是《玻璃馆杀人》这部本格推理小说的角色。"

"我们是……小说的登场人物？"

九流间一头雾水地嘟囔着。游马用力点头：

"是的。尽管没有人发现，我们却以本格推理小说中的角色为身

---

1. 《长屋杀人》：指『長い家の殺人』。

份度过了四天，各自尽到了应尽的职责。"

"你……你在说什么啊？我一点儿都听不懂……"

九流间轻轻地摇头，脸上显出浓重的混乱和恐惧。

"你的脑袋是不是进水了？竟然说我们是小说的登场人物。怎么会有这么蠢的事！"

梦读乱喊一气，但游马泰然不动。

"不。这么蠢的事，确实就发生在这座馆中。"

"得了吧！我根本不明白你在说什么！"

梦读挠乱了她粉色的头发。这时，月夜开口道：

"一条君，你是不是想说，这个世界是超推理的舞台，我们都是架空的登场人物，一举一动都在这舞台上？"

"超推理？那是什么玩意儿？"酒泉问。

月夜将食指竖在脸旁："是推理的一种啦。'超'的意思是站在更高的层次看待某些事件、理解某些现象。将这一概念引入作品中的推理，被称作超推理。"

酒泉歪着脸，看样子是没听懂月夜的话。

"简单地说，就是将虚构的小说世界与现实世界相融合的推理。但现实世界的层次要高过虚构世界。作者本人可能出现在作品中，登场人物可能会认识到自己是架空的角色，读者也可能成为凶手。"

"读者是凶手？"酒泉惊讶地反问。

"没错！"月夜情绪激昂，"有名的超推理作品有辻真先的《暂定

名 中学杀人案》[1]和深水黎一郎的《最后的计谋》。辻真先的《9 份战书》[2]更是出色地完成了石破天惊的壮举，让读者以外的所有人都成了凶手。辻真先可谓是稀世的诡计制造者。"

"我知道什么是超推理。可我们全员都是小说中的登场人物，这件事要怎么理解呢？我们不就活在现实世界之中吗？"

面对左京飞快的回击，游马说道：

"接下来我就向各位解释这一点。首先要从我们为什么会来这座馆说起。"

"为什么？还不是被神津岛先生邀请来的吗？"

"是啊。那么，神津岛先生为什么要邀请各位呢？"

"他只说，有某个重大的消息要宣布……你说过，他要公布的是一部完成于《莫格街谋杀案》之前，却从未发表的推理小说原稿。对吧？"

"对，我当时是这样想过。说到能彻底颠覆推理界历史的未公开的原稿，我能想到的就只有这个。可是，那份原稿至今仍未出现。它不在地下的保险柜里，也不在隐藏的楼梯间。刚才，我潜入壹之屋确认过，神津岛先生的桌子里也没有它。"

"那你说它在哪儿呢？那部贵重的稿子。"

"我会一点点说明的，不要太着急。现在我们先看看第一起案件发生时的情况。"

---

1. 《暂定名 中学杀人案》：指『仮題・中学殺人事件』。

2. 《9 份战书》：指『9 枚の挑戦状』。

"第一起案件的凶手不就是你吗？事到如今还有什么好说的？难道你想说那不是你干的？"梦读投来轻蔑的目光。

"不，我不会这么说。是我让神津岛先生服下胶囊，并令他受尽了痛苦。之后的事，就和碧小姐推理的一样。在《玻璃馆杀人》中，我毫无疑问是杀了神津岛先生的凶手。"

"那……"梦读刚要开口，游马便伸出手，示意她噤声。

"但问题发生在第一起案件之后。那之后，我们所有人都在这间餐厅集合，讨论后面该怎么办。在场的人也包括后来去世的老田管家和巴小姐。然后，我们原地解散，各回各屋。那时，我一个人爬楼梯时，觉得仿佛有个人紧跟在我背后。梦读小姐，你也说过同样的话，对吧？"

被点到名字的梦读踌躇着点了头。

"嗯，我确实也有这种感觉。上楼的时候，好像有什么邪恶的东西跟着我。"

"像我刚才说的那样，你感受到的是某个人在一墙之隔的隐藏楼梯上走动的气息。那么，当时在楼梯上走动的人到底是谁呢？"

"是谁呢……"梦读求助般地看向四周。

"当时，所有应邀前来的客人和我，几乎都在回自己房间的路上。从时间上推断，不可能有人临时进入隐藏的楼梯间。"

"那就是老田管家或者巴小姐吧。他们在馆里工作，平时也住在馆里，也许知道这里有隐藏楼梯。"

听了左京的话，游马摇了摇头。

"我们离开后，老田管家和巴小姐肯定在收拾餐厅。对吧，酒泉君？"

被点到名字的酒泉微微颔首。

"嗯，是啊。我们三个人一起，大概收拾了十五分钟。"

"那就说明，还有一个我们都不知道的家伙藏在这座馆里！"梦读大叫。

"这不太可能。"游马果断地否决了梦读的意见，"隐藏楼梯非常狭窄，容不下人在那里生活。为了活下去，这个人必须离开隐藏楼梯，去其他的地方。想在这四天里避过所有人的眼睛，恐怕很难办到。"

"这谜一般的人物既不是受邀前来的客人，也不是受雇于此的员工，那也再没有别人了啊。"九流间扭歪了脸，似乎在忍耐某种痛苦。

"没这回事。不是还剩下一个人吗？一个能在那段时间使用隐藏楼梯的人。"

"还剩下一个人？那到底是谁啊？"

游马微微一笑，报上那个人的姓名：

"就是这座馆的主人，神津岛太郎啊。"

九流间等人陷入了沉默。但这沉默不像是震惊导致的语塞，更像是困惑不解，不知该说什么好。

十几秒后，九流间沉默地看了看周围的人，嗫嚅道：

"一条大夫，你刚才说什么？能不能再说一次？"

"我是说，那个人是神津岛先生。他才是最常使用隐藏楼梯的人呀。"

"你知道自己在说什么吗？神津岛君可是在第一天晚上就被你毒

杀了啊！"

"嗯，在《玻璃馆杀人》中，神津岛先生的确是被我毒杀了。但毫无疑问的是，在第一起案件发生后，使用隐藏楼梯的人就是神津岛先生。刚才不是已经证明了，其他人不可能做到这一点吗？"

"你说的话，从开始就前言不搭后语。我看你恐怕是疯了。"

也许是感到恐惧，九流间向后退了几步。

"啊，抱歉。拿着枪的人瞎说些让人听不明白的话，确实挺瘆人的。那我尽量用容易理解的话来解释。"游马低咳一声，"九流间老师，您不觉得奇怪吗？第一起案件发生后，山路立刻就因为雪崩被阻塞，将这座馆孤立起来。"

"我当时觉得很不走运，但神津岛君有可能死于毒杀一事更让我惊慌失措，我没有机会多想。"

"我也一样。只不过，我原本希望大家相信神津岛先生是病死的，却有人揭穿真相，指出他是被毒杀的，我因此心神不宁。"游马自虐般撇了撇嘴，"还有很多奇怪的地方。就算雇主下了命令，老田管家和巴小姐为何要频频参与惨无人道的犯罪，成为诱拐杀人案的帮凶？横陈在地牢中的尸体渐渐化为白骨的过程中，难道不会散发出刺鼻的恶臭吗？餐厅的窗玻璃真能聚焦大量的日光，以至于聚热起火吗？这座馆的防火能力本来就弱，建造时怎么会允许如此致命的设计失误？有什么必要在客房的门钥匙中内置 IC 芯片，让钥匙无法复制？还有，就算神津岛先生的性格再古怪，也不至于在人迹罕至的大山深处建一座奇妙的馆，然后在这里生活吧？"

九流间等人呆若木鸡地听着游马分析。

"来到这里，仿佛迷失在本格推理小说中一样——九流间老师说的这句话，其实离真相很近。因为这座馆就是特意搭好的舞台，它存在的目的就是引发封闭空间中的连环密室杀人案。"

"目的是引发连环密室杀人案？"左京按着脑袋反问。

"嗯，是的。奇妙的馆与外界隔绝，馆内发生了利用建筑特性的连环杀人案。这正是古典本格推理小说的设定。'古典'是好听的说法，和'陈旧'只隔了一层窗户纸。这样的设定被人用过太多次，几乎可以说是毫无原创性了。而且……"

游马望着桌对面的众人。

"推理作家、刑警、灵能者、编辑、医生、厨师、管家和女仆，再加上……名侦探。在馆里召集独具个性的人物，也是封闭空间模式的推理小说不成文的规定。没错，不仅这座馆是为了本格推理小说准备的，就连我们也是。"

"这都是什么跟什么啊！"夹着呜咽的凄厉叫声在餐厅回荡，"适可而止吧！一会儿说我们是小说中的人物，一会儿又说一切都是为杀人案做的准备。我根本不明白！都快疯了！"

梦读当场抱着头坐在地上，月夜温柔地摸着她的后背。

"梦读小姐说得对。一条君，令人浮想联翩的讲解是名侦探角色的特权，但故弄玄虚只会惹人反感，差不多也该切入正题了吧？"

"嗯，是哦。"游马点点头，接受了名侦探前辈的建议，"那我就说个明白。我们在无意之中成了演员，扮演了神津岛先生构思的本格推理小说《玻璃馆杀人》的角色。"

"扮演了本格推理小说的角色？"左京皱着眉头。

"对。这部《玻璃馆杀人》一定就是神津岛先生准备在这次活动中公开的原稿。"

"等……等一下。神津岛先生要公布的，不是写于《莫格街谋杀案》之前的推理小说吗？"

"他说是一部未公开的小说，并且能彻底颠覆推理界的历史。我之前是根据这两个信息来猜测的。可我猜错了。枉费了各位的期待，万分抱歉。神津岛先生打算发表的应该是自己写的本格推理小说。"

"神津岛先生写的小说……"左京的肩膀一下子耷拉下去。

"身为重度推理爱好者，神津岛先生希望的不是以科学家的身份名垂青史，而是以推理作家的身份让后人记住他的名字。可惜，他并没有讲故事的才华。但他并不放弃，而是尝试用某些东西弥补自己的短板。"

"一定是用财力，也就是金钱喽。"

"金钱？难不成他打算自费出版？"

"不。"面对左京的提问，游马摇了摇头，"他在现实之中，创造出了自己想象中的本格推理小说的世界。"

"在现实中，创造了推理小说的世界？"

左京稀里糊涂地轻轻摇头。

"没错。这座玻璃馆是本格推理小说的舞台，建造时，就是为了引发三起不可思议的密室杀人案设计的。当然，那扇可能发生聚热起火的窗户，也是经过缜密的推算，特意定做成能聚集早上阳光的样子。"

游马指着在九流间等人背后延展开来的那扇全景玻璃窗。

"你竟然说他建造这座馆就是为了搭建一个舞台？那可是要花好多钱的啊！"

梦读瞪大了粉色眼影已经脱妆的双眼，看样子是从恐慌状态中缓过来一些了。

"嗯，要花上好几十个亿吧。可对大富翁神津岛先生来说，散这点儿小钱简直是不痛不痒。五年前，他险些因心肌梗死丧命。对他来说，创造一部杰作，将自己的名字记入推理史册才是活下去的目的。"

"九流间老师。"游马话音一落，半张着嘴的九流间立刻挺起腰板。

"老师，您说过，神津岛先生写的推理小说缺乏原创性，还有很多逻辑漏洞和矛盾。"

"啊，嗯，我确实说过。"

"仔细想一想，在这座玻璃馆里发生的案件，也确实缺乏原创性，还如实地展现了故事脉络的稚嫩啊。"

"此话怎讲？"

"神津岛先生格外尊敬《十角馆事件》等'馆系列'作品的作者、引发新本格推理运动的绫辻行人。这种尊敬已经接近崇拜，在很大程度上影响了他的创作。实际上，神津岛先生构思的内容也是发生在封闭空间的奇妙馆中的连环杀人案，情节简直就是'馆系列'的翻版。"

"那就是所谓的'融哏'吧？"

酒泉像是还没跟上游马的节奏，有些不自信地说。

"大概算不上融哏。'馆系列'里没出现过和玻璃馆构造相同的建筑，也没有类似的诡计。只是若说玻璃馆是对'馆系列'的致敬，故事的基本框架似乎又太相似了。硬要说的话，是低端的同人创作吧。"

"低端的……"九流间嘟囔道。

"对。案发时的状况过于异常，我们陷入了混乱。冷静下来想想，《玻璃馆杀人》到处都是疑点。河豚毒素会令全身的肌肉松弛，神津岛先生服下它之后，怎么还会有力气拧坏模型？第二起案件中，凶手为何要大费周章地将餐厅做成密室？第三起案件中，如果凶手想让我们找到地牢，为何不直接写出地牢的位置，非要留下'杀掉中村青司'的暗语？剧院的银幕燃烧时，火灾报警器为何没有启动？"

九流间等人屏气凝神地听着游马分析。

"作者想到了独创的诡计，就不由分说地将现场做成了密室，未曾考虑诡计存在的必要性。这些都是笔法稚嫩的推理小说容易出现的问题。"

"且……且慢。"九流间喘着粗气，"照你这么说，玻璃馆里发生的连环密室杀人案……"

九流间说不下去了，大概是兴奋到舌头打结了吧。游马点头，接下他的话：

"是的，这一切都是神津岛太郎自导自演的虚构故事。"

"虚构？"九流间惶恐地沉吟着。

"神津岛先生一定知道，在自己的笔下，无论如何也无法诞生流芳百世的名作。所以，他才构思了别人绝对写不出来的作品。他真正建造了一座能成为本格推理小说舞台的建筑，假装在这里真的发生了连环杀人案，让各位宾客来解谜。这应该不算是货真价实的密室逃脱，而是货真价实的本格推理吧。如果能将纪录影像和小说同步发行，确实会成为热门话题。"

"那就是说，第一天晚上我们看到的神津岛君……"

"嗯，他并没有死。"游马颔首。

九流间张开嘴，仿佛已经魂不附体。

"可……可是，之前不是确认过了吗？神津岛先生的确死了呀。"左京不安地问。

"大家想想看，当时只有加加见去做了确认。后来他不让任何人碰神津岛先生的身体，我们被赶出房间，禁止踏入现场。第二、第三起案件发生时也一样，只有加加见先生确认受害者身亡，随后，他便禁止大家触碰尸体。"

"那，加加见先生……"

"不错，加加见先生是神津岛先生的同伙。他的演技如此精湛，很可能并不是刑警，而是什么剧团的演员。还有，老田管家和巴小姐应该也是神津岛先生的同伙，从一开始就知道这是一场戏。也就是说，凶手和受害者的角色，事先都已经设计好了。"

游马翘起嘴角。

"第二、第三起案件，实际上是遇害者本人做的手脚。老田管家从屋里插上门闩，用准备好的动物血或其他液体写下'蝶之岳神隐'几个字，再用灯油点燃桌布。巴小姐也是在陆之屋穿的婚纱，特意把大腿画成被割伤的样子，再往床上一躺了事。"

"那……那一条大夫，你也是同伙？因为你毒杀了神津岛先生。啊，不对，实际上你什么也没做？可是……"

左京目光闪动，大概是脑子不够用了。

"不，我是真心想毒杀神津岛先生的。但如今想来，我也中了他的圈套。我成为神津岛先生的专属医生，是朋友直接介绍的。神津岛先生之前一定知道，因为自己提起的诉讼，我患病的妹妹无法使用合适的药物进行治疗。想必他是找了征信所之类的地方，特意调查过医生的背景，知道我对他有杀心，才向我抛出橄榄枝的。"

想到妹妹的事，被捉弄的愤怒令游马握紧了拳头。

"那药粉其实没有毒性，他却让我深信那就是河豚肝脏的粉末。每次看诊时，老田管家都在一旁陪同，唯独在活动当天，神津岛先生请他去陪客人，应该是算准了我不会错过这千载难逢的机会。"

"但你又不一定真会让他把毒药喝下去。"

"如果我没有动手，加加见先生就会执行计划，扮演第一起案件的凶手吧。不过，我真的像他算计的那样，尝试下毒杀他了。此后，他观察着罪恶感对我的折磨，以及第二、第三起杀人案发生后大家的混乱，一定很开心吧。"

"观察？！"酒泉连声音都变了，"你是说，神津岛先生还活着，并且在暗处观察我们？"

"对啊。第一起案件发生后，从壹之屋禁止进入开始，那个人就一直在观察我们。通过隐藏楼梯的单面可视镜观察每个房间的状况，游戏室、餐厅和地下仓库的状况大概是通过隐藏摄像头在自己的电脑上观察吧。看到我们按照他构思的故事情节惊慌逃窜，他肯定神清气爽吧，一定有种当上帝的感觉。"

游马边说边咂舌，九流间长叹了一声：

"一条大夫，这番言论过于离奇，实在很难让人信服。可另一方面，你的逻辑又很缜密。所以老夫现在非常混乱。有什么证据能证明你说的这些吗？如果有的话，老夫愿洗耳恭听。"

"嗯，有几个证据。首先是间接证据。"

"间接证据？"九流间皱起鼻子。

"第二天吃晚饭时，巴小姐的举止很可疑。那时候她已经知道了凶手的动机。既然如此，肯定会想到凶手的下一个目标就是自己。"

"所以，第二起案件发生后，巴小姐才显得很害怕啊。"

"乍看上去，她的确表现出了害怕的样子。尽管如此，她还第一个吃了晚饭，这就很奇怪了。"

"此话怎讲？"

"那天的晚饭是自助形式，她毫无戒备就动了筷子。如果真的认为已经有凶手盯上了自己，她为什么不怀疑饭中被人下毒呢——她明知道神津岛先生是被毒死的，而当时，河豚肝脏的粉末这剂剧毒还下落不明。"

"你这么一说还真是……"九流间一面说，一面观察周围人的表情。

"哎，如果说她陷入了混乱，想不到那么多，也情有可原。不过，还有一个间接证据，那就是雪。"

"雪？你是指脚印吗？"

"不是。大家还记得，第一天晚上下了小雪吗？第二起案件发生后，我们去停车场，发现车胎被扎了。往回走的时候，我看到观景室的玻璃上挂着一点儿雪。观景室的空调肯定是坏了。可壹之屋的窗户上也没有雪，这就很奇怪了。为了避免神津岛先生的尸体腐烂，那间屋子的空调一定是关着的。"

"但壹之屋的窗户上没有雪，这说明……"

"没错，说明案发之后，壹之屋的空调又开过。为什么呢？答案很简单，因为神津岛先生还活着。"

"原来如此。这个证据很有说服力，但不是决定性的。听你话中的意思，应该还有更直接的证据，方便的话，能否告诉我们呢？"九流间深深凝视着游马。

"好吧。"游马点头，"是尸僵。神津岛先生的尸僵，才是说明《玻璃馆杀人》是虚构故事的力证。"

"老夫记得，昨天检查的时候神津岛君的尸体是有尸僵的，这一点为何会成为最有力的证据呢？"

"昨天晚上，神津岛先生的手臂和肩膀等位置没有明显的尸僵。我当时以为尸僵已经解除了。尸僵在死后十二小时到二十四小时之间最为明显，之后会随着时间的推移逐渐缓解，但我想错了。"

"想错了是指？"

"就在刚才，我抬起神津岛先生尸体的手臂，连带着拽起了他的身子。手臂和肩膀的肌肉、关节又出现了明显的尸僵。"

"欸？这是怎么回事？不是随着时间推移，尸僵会缓解吗？"梦读嘟囔道。

"尸僵达到最大值之后，才会逐渐缓解。所以，昨天神津岛先生的尸体才刚刚出现尸僵。这也就意味着……"

"神津岛君不是死于三天前，而是昨天被杀的……"九流间哑着嗓子接过话头。

“正是这样。”游马回答。

不知道大家能否认同——游马正观察其他人的反应，月夜轻轻地举起手：

“容我打断一下，一条君。到目前为止，你还有一个疑点没有解释：加加见先生的死。他招认罪行后，服下你塞进他衣兜里的药盒中装的胶囊，命丧黄泉。如果你给神津岛先生吃的胶囊是无毒的，加加见先生怎么可能会死呢？难道说，那也是他的演技，倒在餐厅的加加见先生其实还活着？”

“不，他死了。不光加加见先生死了，神津岛先生、老田管家、巴小姐在我们昨天傍晚检查的时候，确实都死了。”

酒泉漏出一声呜咽，也许他之前还抱着一丝希望，以为圆香还活着。而现在，这份希望被打得粉碎。

“是的。昨天晚上，我和你还有九流间老师一起调查的时候，神津岛先生他们三位已经死透了。”

“这样一来，不就彻底否定了你刚才的那些假想吗？”

“不，并非如此。”游马安静地摇头，“《玻璃馆杀人》——在这座馆中发生的连环密室杀人案，无疑就是神津岛先生构思的虚构故事。可是，他的计划中有个重大的失误。”

“重大失误？这到底是……”九流间显得十分紧张。

“这座馆里有怪物。”

“怪物？！”梦读连声音都变了，“那就是说，果然有我们不知道的妖魔鬼怪藏在馆里？”

“不对。那怪物就在我们之中。神津岛先生无意之间，给这座馆招来了不可估量的灾厄。并且，那怪物脱离了神津岛先生的掌控，将发生在这里的《玻璃馆杀人》攫为己有。"

"攫为己有，是什么意思呢？"左京好像冻僵了似的瑟缩着身子。

"她将神津岛先生等三人杀害，把虚构的连环杀人案变成了现实。"

九流间等人的脸色"唰"地变了。游马继续解释道：

"神津岛先生的胸口插着一把匕首，那并非有人想损毁尸体以泄私愤，而是有人将神津岛先生活生生地刺死了。"

"可是，最后加加见君的死是……按照前面的推断，他服下的东西应该没有毒……"九流间的说话声接近呻吟。

"那怪物早已算准了我会把药盒塞给加加见先生，也猜到加加见先生会吞下里面的胶囊，那是最戏剧性的一幕了。所以，她提前将药盒里的东西调了包，换成了真正的毒药。"

"真正的毒药？这种东西，哪里是随随便便就能弄到的？"

酒泉厉声打断了游马，大概是对恐怖推测本能的抵触吧。

"不，没那么难的，酒泉君。地下仓库就有剧毒——老鼠药。"

酒泉瞪大了双眼。

"巴小姐不是说过吗？为了驱赶老鼠，地下仓库放了好几份老鼠药。那怪物将药盒里的胶囊药粉换成了老鼠药。"游马挠了挠鬓角，"仔细想想，痛苦地按着胸口呕吐和昏睡，并不是河豚毒素中毒的症状。加加见先生大概死于老鼠药成分中的磷化锌中毒。磷化锌和胃酸产生化学反应，产生有毒气体磷化氢，侵入中枢神经，阻断呼吸。"

喋喋不休地说了半天，游马疲惫地叹了口气。此时，月夜眯着眼向前一步：

"一条君，你讲得很有意思。现在是时候开启名侦探的高光时刻了吧？你口中的那个'怪物'，究竟是谁呢？"

游马和月夜四目相对，目光交融之际，游马微笑着静静开口：

"就是你呀，碧小姐。你才是杀害神津岛先生等人，将《玻璃馆杀人》攫为己有的怪物。"

几秒钟的沉默后，月夜身边的人全都面露恐惧，向后退了几步。可是，月夜端正的面容上依然笑意盈盈。

"你说我是杀了神津岛先生他们三个，不，算上加加见先生——是杀了四个人的凶手？你的话可真有意思呀，一条君。"

"复盘全局，原来你一直在给我提示。你说过，我们也许就是迷失在本格推理小说的世界中；又不知从什么时候开始，你开始提到'玻璃馆杀人'这个词。第三天，你将神津岛先生的故事据为己有时，应该已经发现他演出的剧本名叫《玻璃馆杀人》了吧？哦，你还说过，《玻璃馆杀人》不需要考虑后期奎因问题。现在想来，这也是一个很重要的线索呢。"

"咦，不需要考虑后期奎因问题，怎么也能成为线索呢？"看月夜的样子，仿佛是打心眼里开心。

"后期奎因问题的解决方法之一，是从更高的层级入手，也就是通过超越等级的干预，保证作品中出现的证据都是真的。对《玻璃馆杀人》这部作品来说，神津岛先生就是超越等级的存在。你杀了他，占据了他的位置，拿下了名侦探的角色。麻耶雄嵩的作品《神的游戏》中，就是通过更高层级的神明来扮演侦探角色，从而解决后期奎因问题的。《玻璃馆杀人》的故事结构也是这样。"

"原来如此，你的想法很有意思。不愧是一条君，没有愧对你推理爱好者的身份。只不过……"月夜倏地眯起双眸，"仅凭这一点就把我当作凶手，是不是有点儿牵强？你有更充分的证据来揭发我的罪行吗？"

"当然有了。"游马点头。

"那么，我洗耳恭听。"月夜的声音铿锵有力。

"要解决的第一点是，你在何时截断了神津岛先生对《玻璃馆杀人》的掌控和推进，并将它攫为己有。也就是说，神津岛先生他们是在什么时间被杀的。"

月夜摊开手心，示意游马继续说下去。

"至少在昨天早上，大家发现巴小姐身穿婚纱倒在陆之屋的时候，神津岛先生的计划应该还在照常执行。当时，加加见先生禁止大家靠近巴小姐，宣布她已死亡，还告诉我们她的大腿上有严刑拷打留下的伤痕。之所以不让我们靠近，是因为巴小姐其实活着，大腿上的伤痕也是用特殊化妆一类方式制造的假象，他担心我们会看出破绽。接着，我们看到束腰内衣上的血字来到地牢，发现了一具假的人骨。这些情节想必也是按照神津岛先生的构思来推进的。"

"欸，那具白骨是假的吗？"

梦读一个劲儿地眨眼。游马的话说到一半却被她打断，歪着脸道：

"那应该不是被绑架的遇难者尸体腐烂殆尽的结果。为了不被看穿，神津岛先生特意将骨架放在昏暗的地牢中，让我们没法近距离地观察。不过，那很有可能是真的人骨。毕竟可以从国外购买骨骼标本。依神津岛先生的性格，大概还是想尽量做得逼真些。"

游马重新看向悠然自得的月夜。

"所以，直到昨天早上，《玻璃馆杀人》都在按照规定的剧本上演。可到了傍晚，神津岛先生他们三个就死了。也就是说，在这段时间里，原本虚构的连环杀人案成了现实。这期间，发生了一件值得注意的事：我从楼梯上摔了下来。当时你说有人在门外偷听我们说话，于是我们分头去找那个偷听的人。我沿着楼梯向上，在观景室找了一圈之后折返，来到肆之屋附近时，不知被谁从背后推了下去。"

"可是，观景室和楼梯间里没有别人吧。"月夜在脸旁竖起食指，"那么，也许是加加见先生干的？他住在贰之屋，你从他的门前经过后，可能是他从房间偷偷溜出来，从背后推的你。"

"直到刚才为止，我一直以为是加加见先生干的。可放到《玻璃馆杀人》这个虚构的故事中，就未免显得蹊跷。幸亏我运气好，没有什么大碍。楼梯间的台阶那么陡，摔下去弄不好就是致命伤。加加见先生只是受邀扮演凶手的角色，没必要真去犯罪。"

"那么一条君认为，将你推下去的人是从哪里冒出来的呢？"

"从叁之屋啊，是藏在叁之屋的人，把我推下去的。"

"欸？！"酒泉发出一声怪叫，"你……你瞎说什么？那可不是我干的。我为什么非要让一条大夫受伤不可呢？"

"你别着急。"游马对激动的酒泉说，"我没以为是你干的。因为那时候，你就在这游戏室，和九流间老师、左京先生待在一起。"

酒泉放心地长出了一口气。月夜耸肩道：

"那你说说看，推你的人是怎么进叁之屋的？酒泉先生，你离开房间的时候没有锁门吗？"

"不，我肯定锁了。这四天这么可怕，我更不可能不锁门。"

"那么，除了酒泉先生，其他人都无法从叁之屋的房门出入了。一条君，你是不是认为有人从你说的隐藏楼梯进了叁之屋？"

"并不是。那时，神津岛先生还活着，还在推进《玻璃馆杀人》的情节。如果用了隐藏楼梯，他或者他的同伙肯定会发现。"

"那不就没人能进叁之屋了吗？"

"不，只有一个人能打开叁之屋的房门。碧小姐，就是你呀。"

"我？"月夜指着自己，"难不成你认为我用了什么开锁的办法，打开了叁之屋的门锁？那是不会的。馆里的钥匙都是特制的，内嵌了 IC 芯片。只有万能钥匙或者叁之屋的钥匙，才能打开叁之屋的门锁呀。"

"对，所以你用了叁之屋的钥匙。"

轻蔑的笑容从月夜脸上消失了。

"你之前说过，身为名侦探，你掌握了盗窃的技术。第三天，第三起案件发生后，大家把万能钥匙放进地下的保险柜。那时，酒泉君因失去巴小姐而悲痛得站不稳，你扶了他一把。你就是在那时从他兜里偷走了叁之屋的钥匙，对吗？"

酒泉震惊地望着月夜。

"拿到钥匙后，你声称有人在门口偷听我们的对话，把我支到观景室。然后，你趁机潜入叁之屋，看到我从屋门口经过后离开房间，从后面把我推了下去。"

"可……可是，一条大夫，钥匙，在我身上呢。"酒泉从裤兜里掏出钥匙。

"那是昨天晚上我们到游戏室说服九流间老师一起去取万能钥匙的时候，她一边假装摇晃烂醉如泥的你，一边还给你的。我没说错吧，碧小姐？"

被点到名字的月夜勾起单薄的唇角。

"好悲哀啊，我珍惜的搭档竟然怀疑我要杀了他。"

"你大概不想杀我，只想让我在一段时间内动弹不得。受伤后，我被抬到肆之屋，喝了你递过来的水，便酣然入梦。现在想来，就算之前再怎么因为紧张而失眠，也不至于一下子睡上半天。如此反常，一定是你在水里下了药。你之前说过，自己总是随身带着各种药品，以防万一。掺在水里也不会被发现、能让人酣然入梦的药，应该是利培酮口服液吧。无臭无味，用起来很方便。"

"那我为什么非要让你睡着？"

"这还不简单？"游马微微低头，目光朝上，望着月夜，"不就是为了在这段时间杀死神津岛先生他们，将《玻璃馆杀人》攫为己有吗？"

月夜的唇边仍然漾着笑容，游马注视着她，展开说明：

"你用安眠药让我睡着后，应该先埋伏在地下仓库。因为巴小姐很可能会到那里取食材，准备神津岛先生的饭菜。你胁迫了她，将她带到陆之屋……加以拷问。"

酒泉怒视着月夜，可月夜的表情却一点儿也没变。

"你在陆之屋问出了和《玻璃馆杀人》有关的信息、进入隐藏楼梯的密码，还有神津岛先生未来的计划等消息。消息中应该提到，计划开始后，神津岛先生等人和加加见先生不会碰头的事。不然，加加见先生就有可能察觉神津岛先生他们真的被杀了。"游马苦笑道，"操纵案件的高层级人物一贯不和登场人物接触。神津岛先生办事考究，会这样做并不意外。"

"……然后发生了什么？"

酒泉的声音里暗含着危险的情绪。他盯着身旁的月夜，目光如炬。

"巴小姐交代了一切之后就被杀了，像她在《玻璃馆杀人》中扮演的角色一样，被套上婚纱，放在床上。"

游马听见酒泉将牙齿咬得咯咯作响，再次把目光投向月夜。

"然后，你杀了老田管家和神津岛先生。硬要让神津岛先生喝下毒药实在很困难，你不得不用刺杀的方式。所有的犯罪都结束后，你换了衣服，回到我的房间冲澡，洗去了溅在你身上的血。"

讲完案件的概要后，游马闭口不言，静待月夜的反应。她突然开始拍手。

"好精彩啊，一条君。你的推理，逻辑非常通顺。但是，根基不牢靠吧？"

"根基？"游马反问。

"对。你的推理建立在我偷了酒泉先生的钥匙这一假说之上。可是，没有任何证据证明我做了这件事。你有确凿的证据，证明将《玻璃馆杀人》攫为己有的人是我吗？"

"有的。"

游马话音刚落，月夜便向他投去一束妖媚的目光："哦？那我洗耳恭听。"

"是药盒的胶囊。胶囊里的粉末原本应该是无毒的，却不知在什么时候，被换成了老鼠药。第一天晚上，我将药盒藏在马桶的水箱里，从昨天晚上开始，才将它揣进外衣口袋，随身携带。可见是你杀了神津岛先生他们之后，回到肆之屋的卫生间淋浴的时候换的。"

"也可能是在那之前换的哦。"月夜的语气轻飘飘的，带着嘲弄的意味。

"不会的，我每次离开房间都锁门了。"

"说不定是从隐藏的楼梯间偷偷进去的呢。"

"真正的凶手开始使用隐藏楼梯，是在第三天的午后，杀死神津岛先生他们之后。"

"那会不会是其他人从隐藏楼梯进入肆之屋的呢——就在神津岛先生他们被杀，到你醒来的那段时间里。"

"这也不可能。你心里有数的，碧小姐。"游马翘起嘴角，"我睡着的时候，你肯定一直守在我旁边。如果有其他人在那段时间从隐藏楼梯潜入房间，肯定会被你看到。可你对此只字未提。这就说明，你才是杀害神津岛先生等人，又将药盒里的胶囊粉末换成老鼠药的真凶。"

月夜依然带着几分喜悦的微笑，再次拍手：

"精彩，太精彩啦，一条君，完美的推理！只剩下一个问题。"

"一个问题？你觉得哪里不对劲？"

"不是不对劲，你的推理全都符合逻辑。可是，它毕竟建立在一种假说的基础上：神津岛先生斥巨资打造了《玻璃馆杀人》这个恢宏的虚构故事。"

"但不是有隐藏楼梯吗？而且我还能感受到使用隐藏楼梯的人的气息。"

月夜锐利的目光扫过插话的梦读。梦读"呀"地发出一声低低的哀叫，整个人都蔫了。

"隐藏楼梯的存在，证明不了任何事。也许神津岛先生只是有窥探别人隐私的癖好才建了它。而且，你所感受到的气息，也不排除只是错觉。"

听了月夜的解释，梦读缩了缩脖子。

"第二天晚上吃饭时，巴小姐没有一点犹疑；壹之屋的窗户上没有积雪，这些都无法直接证明三起密室杀人案都是虚构故事。另外，也只有你一个人检验了尸僵是否存在，很难说它是客观证据。想揭发我这个名侦探是杀人凶手，可不能用这么模棱两可的信息来断案，必须拿到确凿的证据。一条君，你有确凿的证据吗？"

"……不，还没有。"

"那你刚才说的话，岂不就成了杀人凶手为了脱罪而想出的胡话？"

月夜低下头，晃了晃脑袋，叹了口气道："太遗憾啦。"

"别这么早下结论。我刚才说的是'还'没有。"

"这是什么意思？"

月夜抬起头，她的声音中，仿佛含着某种期待。

"九流间老师，从观景室拿走的毒药瓶子，您还带在身上吗？"

"啊，带着……"话头突然转到九流间这边，他慌忙从怀里掏出一只小玻璃瓶，上面写着"河豚肝脏"。

"请把它扔过来。"

"把玻璃瓶子扔给你？为什么？"

"我现在需要它，请您帮帮忙。"

在游马恳切的请求下，九流间踌躇片刻，将玻璃瓶从下向上抛了过去。瓶子划出一条抛物线，游马单手抓住它，用大拇指打开瓶盖。也许是明白了游马的意图，九流间抽了一口气：

"一条大夫，快住手！不要做傻事！"

"这不是傻事。神津岛先生、老田管家和巴小姐都说过，这只瓶子里装的是剧毒。可如果他们说的是假话，它无非就是将我和毒杀犯绑定的小道具，从而也就可以证明，《玻璃馆杀人》是神津岛先生设计的虚构故事。"

可万一猜错了，服下瓶中的药粉便会丧命。游马紧紧地攥着玻璃瓶，力气大到几乎发颤。

愿意为自己的推理付出性命——我真的能做到这一点吗？

口腔里的水分迅速流失，膝盖瑟瑟发抖。视野中的远近感消失了，手中的玻璃瓶仿佛随时要朝自己扑过来。游马感到浑身上下像被钢铁的锁链禁锢住似的，动弹不得。

呼吸困难，仿佛氧气稀薄。游马抬起头，迎上月夜的目光。月夜的脸上漾出笑容，少女般无忧无虑的笑容。

看到这个笑容的瞬间，禁锢游马的锁链散开了。他将瓶口放到嘴边，一仰脖子将里面的粉末倒进嘴里。在九流间等人近乎哀号的叫喊声中，游马睁大双眼，浑身发抖，喉咙中发出打嗝似的气音。

"吐出来！快把毒药吐出来！"

听到九流间大喊的同时，游马的情绪爆发了：

"哈哈……哈哈哈！啊哈哈哈哈！"

笑声从丹田迸发而出，中间抽噎了好几次，饶是如此，仍没止住这阵狂笑。

几十秒后，游马才找回冷静，在哑然伫立的九流间等人面前恢复了正常的神态。

"你……你还好吗？"九流间大概怀疑游马已经疯了，小心翼翼地询问。

游马高高举起玻璃瓶："是砂糖！"

"什么？"

"我说，是砂糖，这瓶子里装的是砂糖啊。"

游马将手指伸进瓶中，然后舔了舔指尖沾着的白色粉末。

"有点儿齁得慌，想喝咖啡了。"游马望着月夜，吐了吐舌头，"这下如何？我有点儿侦探的样子了吧？"

"哎呀呀，一条君，名侦探简直让你演活了啊。"月夜的开心仿佛发自肺腑。

"好吧，"她自豪地张开套着西装的双臂，朗声宣布，"那么，请允许我重新做一次自我介绍。我才是在玻璃馆中作祟的怪物。我碧月夜，是《玻璃馆杀人》中的名侦探，也是这座玻璃尖塔中所有惨案的罪魁祸首。"

"真正的凶手……是你……"九流间喃喃着，面露惧色。

"嗯，没错，九流间老师。正是我杀了神津岛先生、老田先生和巴小姐他们三个，并且将《玻璃馆杀人》攫为己有。哦，将装了老鼠药的胶囊调包一事也是我干的，相当于我也间接杀害了加加见先生。"

月夜像讨论天气一样若无其事地回答。她的话音刚落，游戏室立刻响起了野兽般的咆哮：

"你竟然！你竟然把圆香……"

怒发冲冠的酒泉扑向月夜。可是，月夜跳舞般优雅地闪过他的拳头，从西服内兜里掏出一个黑色的方块，按在酒泉脖子上。酒泉的身体如遭雷击似的痉挛起来，继而脸朝下趴倒在地上，发出沉闷的声响。

月夜俯视着躺倒的酒泉，举起手里的东西。

"是电击枪啦。名侦探做久了，总会遇到各种各样的危险，所以我总是随身携带它。用它防身很方便。而且……"月夜顿了顿，露出妖冶的笑容，"它还能让对手失去抵抗能力，然后，想用什么方式将其杀害都随我的便。"

酒泉发出不成句的呻吟。他的身体动弹不得，但意识似乎还在。"麻烦你安静点儿。"月夜将膝盖抵在他的脸上，身体压了上去。酒泉口中发出类似于青蛙被踩扁的声音。

"放开酒泉君！"游马将霰弹枪的枪口对准月夜。

"喂喂，一条君，那对我构不成威胁。你拿的可是霰弹枪，只要扣下扳机，霰弹覆盖的范围十分广阔。不光我，酒泉先生，搞不好连九流间老师也会中弹呢。"

月夜忍不住笑了出来，游马咬紧嘴唇，调低了枪口的位置。

"能得到你的理解，我很开心呢。剑拔弩张的，可没法冷静下来说话。"

"你，你不是侦探吗？！"梦读颤抖的手指指向月夜。

"我不是侦探，是名侦探——曾经的名侦探啦。"

看到月夜瞪着自己，梦读短促地惨叫一声，踉跄着坐了下去。九流间站到梦读前面，像是有意保护她。

"碧小姐，为什么你一个名侦探要做这样的事？"

月夜的手放在下巴上，略微沉吟："您是问动机，也就是'Why done it'[1]吗？我个人更喜欢诡计和凶手的推理，请大家来推理我为什么要杀害神津岛先生，并没有那么重要。九流间老师怎么想？"

"……你是不是和神津岛君有什么仇怨，所以才抢占了他的计划，将犯罪变成事实？"

"不是啦，九流间老师。我的杀人动机不像因恨杀人这么单纯，我下定决心犯罪，有更高尚的用意。"

月夜的目光挪回游马身上，挑衅似的眯起双眼：

"一条君，你也许能明白吧？我为什么要杀掉神津岛先生他们，杀掉他们的时候，又抱着怎样的心情？"

"嗯……我知道啊。"游马低声说，"因为你不满意《玻璃馆杀人》。"

月夜脸上的笑容就像花苞绽放一般。

---

1. "Why done it（为何做）""How done it（如何做）""Who done it（谁来做）"分别代指"动机""诡计""凶手"，是构成推理小说的三大要素。

"你说的不满意……是什么意思？"

九流间似乎察觉到了空气中流动的邪恶气息，声音低弱地问。游马长吐了一口气。

"就是字面的意思。像刚才我说的那样，神津岛先生的《玻璃馆杀人》剧本存在各种各样的逻辑破绽，完成度不高。对推理爱得疯狂的碧小姐不允许这样的事发生。对吧？"

听见游马提到自己的名字，月夜只是收了收下巴，仿佛在催促他说下去。

"第二天早上，壹之屋的窗户上没有积雪，你已经感到蹊跷。晚饭时，巴小姐的样子丝毫看不出她担心饭菜里有毒，你便察觉出这座馆里发生的案件是虚构的。说起来，最开始请巴小姐先吃饭的人是你呢。你是特意想确认这一点，才这样做的吧。"

"并不是，更早的时候，我就觉得不对劲了：早在听说这座馆是照着托莱德的结构精准打造的时候。"

"……原来如此。第一起案件发生后，你在观景室里像个孩子似的兴奋地跳着脚走路。原来你不是因为看到神津岛私藏而兴奋，而是在用脚步声的虚实寻找隐藏楼梯的位置？"

月夜在那个时候，就想到这座馆可能有两条旋转楼梯了啊……这么说来，自己第二天去伍之屋时，她把行李箱挡在镜子前头，还把书架上的书都拿了下来，原来是在防止有人从隐藏楼梯间偷看或侵入房间。她竟聪慧到这个地步，游马不禁脊背发凉。

"记性不错嘛，一条君。就是你说的这样。不过，能见识神津岛私藏，也的确令我兴奋。"

左京指着乐在其中的月夜问：

"那……那就是说，你发现被神津岛先生骗了，因此暴怒？"

"不是啦。"游马摇头，"碧小姐打心里热爱推理，就算知道是一个虚构的推理故事，她也不会因为走入如此逼真的本格推理小说的世界而愤怒。不但不愤怒，她还一定兴致勃勃地想要知道，在这个世界中究竟会发生什么。截至第二天，她的心气儿都非常高。可是第三天的密室杀人案出了问题。"

"第三天的案件，有哪个地方出了问题？"

"诡计的质量呀。尸体利用馆的倾斜角度滑落，倒在床上，这未免也太依靠偶然了。窗户很可能耐不住冲击而损坏，万一用力过猛，尸体还可能从开着的窗户上方飞出去。实际操作中，很难想象凶手会使用如此复杂的技巧，而且这一方式也缺乏原创性。已经有出色的本土作品利用建筑物的倾斜角度构思过诡计了。"

游马眼前浮现出那部名作的名字。他把目光投向月夜，她没有说话，只是满足地点了点头，于是游马继续道：

"第二起案件中，虽然搞不清楚凶手为何要将现场做成密室，至少诡计是真的很精彩——利用了玻璃馆这座特殊建筑的特性，又细致地将桌布涂成深色，以便引起火焰，还用血字信息来扰乱人们的判断。这恐怕是神津岛先生此生此世最棒的诡计了吧。碧小姐，你应该也很受用吧？因为直到第二天，你都那么兴奋。"

月夜不说话，可她欣慰的表情意味着游马做了正确的假设。

"神津岛先生肯定先想出了这个诡计，然后才斥巨资建了这座玻璃馆，再订立计划，花时间打造出这个逼真的本格推理世界。可凭他的才华，无法确保其他案件的诡计和细节的质量。看过第三起案件的现场后，你已经意识到《玻璃馆杀人》是一部烂尾之作。接着又在地牢看了那场毫无新意的演出，那让你格外失望和落寞。"

游马想起第三天见到月夜时，她悲痛的侧脸。当时他满以为那悲痛来源于名侦探没能阻止悲剧的发生，使新的受害者出现，不料就在那时，已经有一个完全不同的想法在月夜脑海中旋转，一个可怕的计划已经在她心中萌芽。

"正因如此，你下定决心将神津岛先生的计划攫为己有。你一面扮演《玻璃馆杀人》中的侦探，一面在同一时间杀掉了神津岛先生他们，完成了凶手应尽的职责，令那三起密室杀人成为现实。你代替神津岛先生，成了高层次的存在，升华了《玻璃馆杀人》这部原本糟糕的作品，完成了常人不敢想象的壮举——构建一部极富艺术水准又美轮美奂的本格推理，并在其中内嵌了双重结构的惨剧。"

游马说话时自然而然地用了接近于称赞的词语。月夜犯下的罪怎么看都是惨无人道、绝不能被饶恕的。可另一方面，从她灰色的脑细胞中孕育出的谜题则经过绵密的推算，深深打动着每一个推理爱好者的心。

"谢谢你，一条君，我由衷地感谢你。"月夜恭敬地低下头，"没想到你如此理解我，简直超越了我的想象。没错，我大失所望。用玻璃建造的巨大尖塔，贯穿其中心的双螺旋阶梯，绝不会有备用钥匙的门锁，还有应邀而来、与众不同的客人们。放眼全世界，恐怕只有神津岛先生能为宾客准备如此完美的本格推理舞台了。这座玻璃馆可以说是他庞大的资产和对推理无限的爱孕育的奇迹。但遗憾的是，他没有足够的品位，去编制美丽的谜题。除去第二起案件的诡计，《玻璃馆杀人》堪称一部平庸无奇的推理。所以，我取代了神津岛先生的位置，为各位献上一顿美味的大餐。"

月夜又望着九流间，风情万种地轻轻歪头问道："味道如何？"

九流间沉下脸："你是说……你仅仅因为对神津岛君构思的本格推理感到失望，就杀了四个人？"

"不，如果只是觉得剧本的质量不好，我应该还是会将《玻璃馆杀人》的名侦探角色演到最后吧。真正触动我的，是失望，还有……愤怒。"

"愤怒？到底是什么触了你的逆鳞？"

"神津岛先生似乎相当重视推理的公平性，他不仅提示了三起密室杀人案的破案关键，还提供线索，让参与者意识到发生在馆里的案件全都是虚构的。他告诉大家，玻璃馆是精准参照托莱德的构造建的，从而暗示我们，馆内有两条旋转楼梯。他告诉一条君，他要发表一部'能彻底颠覆推理历史的未公开原稿'，也是提示之一。哦，'观景室的空调坏了'，这应该是假话。他通过这些设计，特意制造出不和谐的效果，试图让我们意识到他还活着——观景室的玻璃上明明有雪，壹之屋的窗户上却没有。并且，神津岛先生在每个人的房间里都埋下了最大的线索。"

"那最大的线索是？"

月夜又将目光挪回游马身上，似乎无意回答九流间的提问。

"一条君，你刚才说，我是在第三天杀掉神津岛先生他们的时候，知道自己参演于这部栩栩如生的本格推理作品名叫《玻璃馆杀人》的，对吧？你说错了。我在更早的时候，就知道它的名字了。之所以拖到第三天的傍晚才第一次将这个名字说出口，是因为那时我已经替代神津岛先生成为高层次的存在，我认为说出来也不会影响它的公平性。"

"你说你更早的时候就知道了，到底是怎么知道的？"

见游马蹙起眉头，月夜轻哼了一声：

"嗯，一条君，作为名侦探，你的注意力可不够集中啊。线索一直都在你身边呀。从壹之屋到拾之屋，每间屋子的书架最上面都有。"

"最上面……"

游马回忆起肆之屋的书架。放在上层的肯定都是岛田庄司、绫辻行人、法月纶太郎、有栖川有栖等人的作品，和神津岛喜欢新本格的性子一致。尤其是最上面一层，从《十角馆事件》到《奇面馆事件》，摆着十一本"馆系列"的简装本……

回忆到这里，游马忽然叫了出来："啊！"

"看来你发现了。绫辻行人的'馆系列'简装版只出版了十本，可每间屋子的书架上却放着十一本'馆系列'图书。为什么呢？答案很简单。因为夹着这么一本——"

月夜从西装口袋里拿出一本书，书脊和讲谈社的简装版小说如出一辙，上面却印着书名《玻璃馆杀人》和作者名"神津岛太郎"。

"你看。"

月夜将书朝着游马随随便便地扔过去。游马小心地捡起掉在脚边的书，哗啦啦地翻开。正文的部分还是空白，但第一页上印着玻璃馆的立体图和登场人物名单。

一条游马　医生

游马在名单上看到了自己的名字，咬住嘴唇。

"在我看来，这才是真正的无法原谅。'馆系列'是新本格推理运动的导火索，也是新本格推理运动的象征。而神津岛竟然捏造出这种粗制滥造的故事，根本不能算是向'馆系列'致敬。非但如此，他还试图将这部糟糕透顶的作品放到'馆系列'里滥竽充数，简直不知羞耻、愚蠢至极。这毫无疑问是对本格推理的侮辱。一条君，你不这么认为吗？"

——我想成为的不是沃森或克里克，而是绫辻行人。

游马想起神津岛第一天说过的话。当时他还以为，那句话源自神津岛对绫辻行人强烈的敬意，实际上他也许是出于嫉妒才这样说。

兴许神津岛认为，如果自己起初没有以研究者为志向，而是立志成为一名推理作家，如今也许已能取代绫辻行人的地位，成为点燃本格推理运动之火的火炬手。

强烈的羡慕在不知不觉间转变为妄念，最终具象地赋形为玻璃馆这座建筑。神津岛企图在这座馆中将自己构思的本格推理化为现实，并将其命名为《玻璃馆杀人》混在"馆系列"作品中，从而冲淡自卑。

可是，这一举动触到了碧月夜的逆鳞。

"……即便如此，我也不会因为这样的情由就去杀人。"

"不，我是要杀的。最宝贵的东西被践踏时，人就会去杀戮。对你来说最宝贵的是妹妹，对我来说则是推理小说，我们的区别仅此而已。"

月夜的语气强硬，没有一丝迷茫。这时，九流间开口道：

"不，碧小姐，你的行为不合常理。"

"不合常理？哪里不合常理呢？"月夜声音中的温度急剧下跌。

"你不是对名侦探有强烈的执着吗？你不是说过，自己从小就在寻求名侦探吗？饶是如此，你竟然还杀了四个人！这样一来，你就再也不能以名侦探的身份行动了啊！"

在九流间的谴责下，月夜以手掩口，低下头去。不一会儿，她的肩膀开始轻轻地颤抖。到底还是忍耐不住，手底下传出咻咻的笑声。

"有什么好笑的！"

听到九流间的怒吼，月夜递给游马一个眼神，看样子好像在说：你应该明白吧？

"九流间老师，不是这样的。"游马压低了声音，"对她来说，追求名侦探和杀人，没有任何矛盾。"

"你在……说什么？简直是一派胡言……"九流间双手抱住秃顶的脑袋。

"她的确对名侦探很执着，多年以来不断求索。不过，她对'自己成为名侦探'没有过多的执念，因为这不过是不断妥协之后的结果。"

"妥协？那么碧小姐的愿望到底是什么呢？"左京战战兢兢地问。

"是遇见名侦探。碧小姐痛苦的年幼时代是躲进推理的世界中度过的，因此，她一直迫切地想与名侦探相遇。可是现实生活毕竟不是

445

虚构故事，她迟迟觅不到名侦探的影踪。所以，她只好自己成为名侦探。可是在内心深处，她一直渴求的是与名侦探邂逅，就像等待白马王子的少女。"

"一条君，白马王子这个比喻，女人听了多少会有点儿不开心呢。"

"抱歉。"游马谢罪。

月夜翘起一边嘴角："不过，你的话大部分是对的。我一直梦想着遇见名侦探，一直翘首以盼那一天的到来。"

"这个愿望，是怎么和杀人联系起来的？"

九流间望着月夜，如同望着某种身份不明的生物。

"因为名侦探是无法独立存在的。"

听了游马的话，九流间皱起眉来：

"拜托你不要说这种莫名其妙的话，难以理解的东西太多了，我的脑袋都要爆炸了。"

"啊，对不起。碧小姐昨天和我说过，名侦探只能被动地等待难案发生，处于弱势地位。也就是说，想要名侦探出现，首先要有一件值得名侦探去解决的难案。"

也许是理解了游马的意图，九流间和左京沉下了脸。只有梦读还眨巴着眼睛问："这是什么意思？"

"碧小姐比任何人都需要名侦探，对她来说，主动制造难案，寻找能破案的人，和她的愿望一点儿也不矛盾。也就是说，她希望自己创造出一个名侦探。"

梦读轻轻地张开了嘴，看样子是没跟上游马的思路，而她身旁的九流间全身上下开始轻轻地颤抖。

"这……不可能有人做到。理论上也许能成立，但为了这个就毫不犹豫地杀人，这怎么也……"

"不，她就做到了。因为……她习惯了。"

"习惯了？"九流间颤抖得更厉害了。

"九流间老师，您还记得吗？第一天晚饭后，大家在游戏室放松时加加见先生提到的事。他列举了碧小姐拒绝调查的几个神秘而尚未告破的案子。当时她的回答是：'名侦探也没法一个人干两个人的活儿。'"

游马斜着眼睛，一边看月夜一边继续说：

"当时，我以为她那句话的意思仅仅是自己还有其他的案子在调查，脱不开身才拒绝。可如果是那样的话，这种表达方式就不够贴切。她那句话的真正意思原来是……"

游马停顿了一下，继而严肃地说：

"我没法一个人同时扮演名侦探和凶手的角色。"

"那……那么……"九流间的脸上渐渐没了血色。

"是的。喷气式客机乘客失踪案、游泳选手于泳池烧死案、博物馆恐龙化石突袭案。这三起轰动世界的谜案真凶，就是名侦探碧月夜本人啊。没错吧，碧小姐？"

听到游马的询问，月夜略微扬了扬下巴颏。

"你说得很有意思嘛，一条君。"

"你是说，我说得不对？"

"不，我没有这个意思。只是，证据只有我一句'一个人干两个人的活儿'，恕我难以接受。侦探阐述推理过程的时候，得更有说服力才行啊。"

"那么，用你的名侦探启蒙故事来做证据，又如何呢？"

"名侦探启蒙？"月夜的声音低沉了些。

"对，就是令你以名侦探为目标的案件，也就是你的双亲在密室中被残害的那起案子。"

"你继续。"月夜翘起嘴角。

"没有名侦探侦破你父母的案子，你因此失望，并决心自己成为名侦探，最终做到了这一点。可是你前两天还说，自己仍在等待能侦破那件案子的名侦探。这不蹊跷吗？"

"哪里蹊跷了？"月夜挑衅似的又仰了仰脖子。

"你已经成了名侦探。既然如此，不是理应尝试亲自侦破父母的案件吗？可你却说，事到如今，你依然在等待'其他名侦探'的出现。"

"你认为这是为什么呢？"

"因为你无法一个人干两个人的活儿啊。"

月夜脸上荡漾开一抹幸福的笑容，仿佛找到了此生第一个理解她的人的笑容。

"也就是说，碧小姐她……"

九流间的嘴开开合合，活像缺氧的金鱼。

"没错。碧小姐残忍杀害了自己的父母，又将现场做成了密室。她以为这样一来，就能见到自幼憧憬的名侦探。"

"难道她因为这个就杀掉了自己的父母？"

　　"不，我想这不是她唯一的理由。她说她在父母遇害之前，一直遭受身边人的迫害，于是将自己关在房间里不出门。她和我讲这些的时候，我以为她是在学校遭遇了欺凌，可回想起来，从她对校园时代的回忆之中，又感受不到她是一个饱受欺凌的学生。那么，令她恐惧到将自己锁在房间里的对象，恐怕不是同班同学……而是她的父母。"

　　"……虐待。"

　　九流间说出这个词时，月夜的脸上立刻闪过一道暗影。

　　"我不清楚虐待的程度如何，总之她为了从恶劣的环境中挣脱而将父母杀害，同时憧憬着和名侦探的相遇。可是名侦探迟迟不出现，她只得自己成为名侦探，来填补内心的罅隙。尽管如此，她仍旧没有舍弃与名侦探相遇的梦想，于是便有了两张不同的脸孔。"

　　"两张脸孔？"

　　九流间像丢了魂一样喃喃自语。

　　"一张脸孔，是侦破了一件又一件难案的名侦探碧月夜。在以名侦探的身份活跃于人世间的同时，她又亲自制造不可思议的难案，寻找能破解它们的名侦探，因此可以这样称呼她的另一张脸孔——"

　　游马望着从心底露出幸福微笑的月夜，轻轻报上她的姓名：

　　"名凶犯，碧月夜。"

　　"名凶犯……"

　　九流间和左京异口同声地念叨着这个别扭的词。

　　"制造多起才华出众者才能破解的难案，挖掘名侦探。一位出色的'名凶犯'，可能会催生出好几位名侦探。对渴望名侦探的人来说，这样的选择极为合理。而碧小姐，有足够的才华、行动力和……特异性，去付诸行动。"游马双手交叠，"哦，说起来，我交代罪行时，曾自诩莫里亚蒂，那时你表现得极为抗拒呢。这份抗拒是否源于你的自豪感呢——你认为自己才是真正的莫里亚蒂：名侦探的对手。"

游马凝视着月夜，语气沉稳。月夜笑了，是那种打心里感到幸福的笑容。

"谢谢你，一条君。真的谢谢你。我还是第一次遇到真正理解我的人。你是最棒的华生。"

月夜用手背蹭了蹭湿润的眼角，长叹了一口气，似乎在努力让激昂的情绪归于平静。

"那么接下来你打算如何呢？"

"接下来？"

"是啊，一条君。现阶段你还在扮演名侦探，但光是揭露真相还不够，真正将案件解决才担得起名侦探的称号。"

月夜的膝盖还压在酒泉的脖子上，她进一步将身体的重量压上去。酒泉吐出痛苦的呻吟。

"人质在我手里，你用不了枪。那么，现在你打算如何将我缉拿归案呢？你不会以为揭露了全部真相，我就会老老实实地向警察自首吧？"

"警……警察很快就要来了啊！你放弃吧！"

听到梦读躲在九流间等人身后大喊，月夜惊讶地说道：

"梦读小姐，警察要来是神津岛先生构思的《玻璃馆杀人》中的情节，是完全虚构的。实际上根本没人报警，雪崩阻断了山道的消息也是胡说八道。难道你还不明白吗？"

"……即使如此，情况也没有改变。"九流间压低了声音，"迟早会有人发现联系不上我们，最终找到这里。那样一来，他们一定也会通报警方。到时候，你在这座馆里犯下的一切罪行都会浮出水面。你已经无路可逃了。"

"九流间老师，我可是'名凶犯'呀，也就是这方面的专家。这些简单的问题，难道我不会考虑吗？就算一条君今天不揭露真相，只要鉴定科的人仔细调查，就会发现《玻璃馆杀人》是一部虚构作品，我利用它犯了案。这是不言自明的道理。当然，我也有办法应对。"

月夜的目光从九流间身上移到游马那里。

"想必一条君已经发现了吧？我会的本事，之前和你说过很多。"

——只要我愿意，还能用这馆里的东西做一个远程爆破装置呢。

第二天和月夜交谈时，她说的话不经意间在耳边响起。同时，几小时前在发电室看到的空架子也浮上眼帘。

"难道你做了炸弹？！"游马的声音变了。

话音刚落，月夜便从西装外套的怀中拿出一个能一手抓握的东西。她打开黑色长方体的机器外盖，里面赫然是一个鲜红的按钮。

"只要我按下它，放在地下厨房的大量汽油便会引爆，玻璃馆将被火焰吞噬。我本来是不打算杀掉九流间老师他们的啊。我只希望得到《玻璃馆杀人》的详细证词，让一条君和加加见先生替我成为凶手。可是现在也办不到了，真可惜。"

梦读失声尖叫，当场崩溃倒地，要往门口爬去。

"不许动！"

月夜一声怒喝，梦读的身子抖成筛糠，又手脚并用地爬了回来。

眼里沁出的泪珠晕花了浓妆，那模样如小丑一般。

"你要是乱动，我就按下这按钮。不想我按的话，就给我老实一点儿。好了，一条君，抱歉让你久等了。让我听听身为名侦探的你准备如何选择。你打算怎么收拾这个难堪的局面？"

月夜的语气中透着兴奋，就像要去郊游的孩子，脸上飞着红晕。

"照目前的状况看，你是打算挟人质从大门逃跑，把我们锁在这玻璃馆中烧死，最后再把人质杀掉，然后销声匿迹，是吧？"

"这是对我来说最好的选择。这样一来，就没有人知道我是'名凶手'，我依然可以保留名侦探和'名凶手'这两张脸孔。"

"你这样做太卑鄙了。"

"……什么？"月夜的面颊抽搐了一下。

"我说你这样太卑鄙啦。你改写了《玻璃馆杀人》这部虚构的本格推理故事，编织出现实意义上的本格推理犯罪。接着我成了侦探，破解了故事的谜题。从某种意义来说，本格推理是一种纯粹的脑力游戏。也就是说，我向'名凶手'你发起挑战，并且获胜。游戏的获胜方应该获得奖赏，失败方应该受到惩罚。这难道不是常识吗？"

"你没想到我会用炸弹这一招，并不算完全获胜。"

"所以，我也不会要求你放了我们所有人再去自首。我们相互妥协，找一个折中的方案吧。"

"折中的方案？你这话听起来有点儿意思。"月夜越发阴沉的表情忽然有了一丝晴朗，"那我们商量看看吧。一条君，你愿意开出怎样的条件呢？"

"除了我以外，让其他人都逃离玻璃馆。"

"你想让我确保其他人的安全？可那样的话，警方就会知道我是'名凶手'了。"

"这就是你的游戏惩罚，也没什么大不了的吧？反正你昨天已经下定决心放弃名侦探，今后要以'名凶手'的身份活下去了。"

"这是指的哪一出呢？"月夜装傻充愣。

"'做你现在应该做的事吧！找回你原本的样子吧！'这是昨天发生第三起案件后，我对失落的你说的话。之后，你就恢复了气势。当然，我的本意是想让你做名侦探该做的事；可你会错了意，觉得'名凶犯'才是你的真面目。于是你心意已决，准备将《玻璃馆杀人》攫为己有，并站在更高的层级，创造出独具艺术性的本格推理故事。"游马重重叹息一声，"从某种角度来说，是我推了迷茫中的你一把，让你决心以'名凶犯'的身份活下去。"

"所以你就准备承担这份责任，只将自己留在这座馆里？"

"嗯，是的。我觉得这是个不错的建议，不知你意下如何？"

"在《玻璃馆杀人》中担任华生一角、又在我创作的故事中承担名侦探角色的你，要和我一同迎接故事的高潮？这确实是个不错的建议……那就这么办吧。"

月夜忽然将手中的引爆开关朝游马扔去。游马瞪大了眼睛，伸出双手，小心翼翼地接住划着抛物线朝自己逼近的开关。开关稳稳当当地落入手中，与此同时，游马的心窝处猛然受了一道冲击。扑倒在地的刹那间，他才意识到那是月夜扔出开关的同时朝自己跑来，利用惯性撞倒了自己。

月夜拿起掉在地上的霰弹枪和引爆开关，把枪口对准了正剧烈呛咳的游马。

"既然这样，我就接受你提出的条件。九流间老师，烦请您和左京先生、梦读小姐一起带着酒泉先生从大门离开。这里危险，请各位尽量离得远些。嗯，躲到停车场那边应该就安全了。"

"可是，一条大夫……"九流间显得极其犹豫。

"我没事，你们快走！这是我和她之间的问题！"游马按着胸口喊道。

"快走吧！"在梦读的催促下，九流间表情沉痛地和左京一起架起酒泉，往出口走去。一行人走到大门口，游马冲举棋不定的九流间用力点了点头。

四个人的身影消失了，空气中响起大门关闭的沉重声音。

"现在就剩我们两个了，可以冷静下来说话了吧。"

"我可不觉得被人用枪指着，如何能冷静下来说话。"

游马苦笑。奇怪的是，他并不感到恐惧。能和月夜独处，他甚至觉得心情舒畅。

"好啦一条君，我们要给故事一个怎样的结局呢？就算诡计精彩绝伦，如果最后一幕不够完美，也难以称之为推理名作哦。"

"如何收尾是你的工作吧？毕竟这是你的故事。不过，在故事落下帷幕前，请让我多说一句。"游马眯起眼，"谢谢你。"

"谢我？谢什么？"月夜眨巴着眼睛，像是觉得莫名其妙。

"谢谢你给了我机会。你本可以不给我解谜的余地，草草将我们和这座玻璃馆一起烧掉了事。可你却特意给我留下了线索。观景室的托莱德模型、遗传基因工学参考书和那本《想一个数字》是你放的吧。我其实根本不具备名侦探的实力，谢谢你的关照，给我留下了那么多重要的线索，我才能勉强抵达案件的真相。"

"好不容易费尽心思创作的故事，要是没人挑战就结束，也未免太让人难过了。你说我将《玻璃馆杀人》攫为己有，说得轻巧，其实我也是煞费苦心才办到的。当你鼾声大作、坠入美梦中时，我又是给巴小姐的尸体穿上婚纱，又是把老鼠药磨成细粉的，还要把药粉一点点儿装进胶囊里。"

游马想象着月夜千辛万苦地把老鼠药装进小小的胶囊里的样子，不禁眉头舒展。

"你看，就算被枪指着，我们两个还是可以放轻松的嘛。"

月夜说着俏皮话。两人望着彼此，同时忍俊不禁。说不清原因，心情竟然很是舒爽。

"对了，碧小姐，假如你找到了名侦探，打算做什么呢？"

不受控制地笑了一阵后，游马问。

"做什么？"月夜讶异地反问。

"遇上名侦探，就意味着你的罪行会被揭露。到那时，身为凶犯的你……"

"是'名凶犯'。"

"好吧……身为'名凶犯'的你打算怎么办呢？"

"怎么办啊……我倒没想过这么多呢。嗯，我如果真的遇见了名侦探，到底要怎么办呢？"

月夜的手放在下巴上，一本正经地陷入沉思。

"要听我推理一下吗？"

月夜眨了几下眼睛，莞尔一笑：

"当然要听啦，一条君。你现在就是名侦探嘛。"

"那么，我就恭敬不如从命。"游马羞涩地向月夜表白自己的感受，"你会和名侦探一起，跃入莱辛巴赫瀑布的吧？"

"……你是说，我想和名侦探同生共死？"

"嗯，是的。我因杀害神津岛先生被抓时曾自诩莫里亚蒂，那时你显得极为抗拒。那是因为你的潜意识里有强烈的自信，认为自己才是莫里亚蒂。你梦想着和名侦探共赴黄泉。所以你自比莫里亚蒂，不是汉尼拔·莱克特[1]，也不是真贺田四季[2]。"

"我会……和名侦探……"

月夜喃喃着，声音里没有起伏，目光在空中彷徨。如果现在扑过去，也许能从她手中夺过枪和引爆开关。可游马没有这么做。

月夜的眼眶逐渐湿润了，脸上逐渐浮现出恍惚的神情。

"嗯，对啊，确实如此。我一直想和名侦探一起赴死。我想和最棒的对手战斗，然后和他一起殒命。"

月夜凝视着游马，目光清亮。

"谢谢你，一条君。如果不是现在这番情景，我都想抱着你亲一通了。"

"你不是不打算和搭档发展男女关系吗？"

"现在我甚至觉得，这个戒就算破了也无妨。而且我和你的搭档

---

1. 汉尼拔·莱克特：托马斯·哈里斯创作的推理小说中的虚构人物，是一名食人医师。

2. 真贺田四季：森博嗣创作的推理小说中的虚构人物，是一位计算机博士天才。

关系，在今天早上就已经解除了。"

月夜粉红的舌头舔了舔嘴唇，那份妖媚和色气不禁令游马脊背一紧。

"这个嘛……说实话，这个提议让我有些开心，但现在不是做这种事的时候吧？"

"嗯，很遗憾，没时间和你紧紧相拥了。而且在这个地方，外面的人能把我们看得一清二楚。我可没有这类特殊的癖好。"

说不上为什么，游马甚至对这段彼此说俏皮话的时间有些恋恋不舍。想和月夜一直在一起的欲望渐渐填满他的胸口。

可无论月夜多有魅力，她都是连环杀人犯，和身为医生的自己水火不容。

"好了，"游马微笑道，"虽然恋恋不舍，但也该做个了断了。你想好，是要用那把枪打死我，还是按下引爆按钮。"

"可以由我来决定吗？"

"当然啦。将《玻璃馆杀人》攫为己有的你，才是这个故事的支配者。你有义务将这部既残酷又像玻璃工艺品一般美轮美奂的本格推理画上句号。"

"无论我怎么选择，你都会丧命。"

"是的。"游马望着天花板上垂下来的吊灯，"我没脏自己的手，就让神津岛先生命丧黄泉了。这下妹妹能受益于新药，也不会被人谴责是杀人犯的家人了。没有比这更好的结果了。而且……"

游马吐出肺里的全部空气。

"尽管实际上并没杀掉神津岛先生，但我怀着明确的杀意，将胶囊递给了他。我也应该为此接受惩罚。"

"一条君好认真啊。那你是愿意以名侦探的身份，跟我一起跳下莱辛巴赫瀑布喽？"

"全靠凶手让着，才一步步逼近了真相。我充其量是个丢人的冒牌名侦探，根本无法和真正的'名凶犯'抗衡。但如果你不嫌弃，我很乐意陪你去地狱走一遭。"

如果能和月夜携手迎来人生的终结也不坏——游马真心这样想。

"谢谢你，一条君，认识你真是太好了。"

月夜放下枪，拿着引爆按钮的手冲着天花板高举起来。

"啊，请稍等。"

听到游马的声音，月夜略微偏头，大拇指仍然放在按钮上："怎么了？"

"想在最后请教一下，你创造的这部故事的名字。"

"名字？"

"是啊。你抢占了《玻璃馆杀人》，将它升华成自己的本格推理。这个故事几乎是完全不同于《玻璃馆杀人》的创新。所以，在生命结束之前，我想知道它的名字。我想知道，自己究竟在哪部故事中扮演了名侦探并丧命。我想将它的名字刻在心里。"

"哦，本格推理小说的书名的确重要。书名的好坏，有时会给书的销量带来很大影响。但是，好糟糕呀……我没想这么多欸。"

月夜皱起眉头，盯着地板。

"刚才一条君说，这部本格推理像玻璃工艺品一样美轮美奂，那叫它《玻璃精工杀人》怎么样……不，既然是以闭环的神奇场馆为舞台，还是应该取一个引人遐想的书名……本格推理的话，名字里还是应该出现'杀人'或'惨案'之类的词……"

月夜一本正经地念叨了一通，大概沉思了数十秒，然后慢慢地抬起头。

"想好了吗？"

"嗯，想好啦。"

月夜幸福地微笑着。

她说出了故事的名字：

"《玻璃塔谜案》。"

她的大拇指按下了红色的按钮。

5

几乎穿透耳膜的爆炸声传来，整座建筑像遭了地震一般晃动起来，天花板上的吊灯像钟摆似的摇摆。

"汽油爆炸的效果了得，再加上建筑中心的旋转楼梯制造的烟囱效果，玻璃馆马上就会被大火包围。用不了多久，这间屋子也将遭到浓烟和火焰的蹂躏。"

"是啊，希望我们死得不会太痛苦。"

游马平静地说。不知道为什么，他几乎感受不到对死亡的恐惧。

"这个大概不用担心。对一个医生讲这些，我大概是班门弄斧，不过在火灾中丧生的人主要死于浓烟引起的一氧化碳中毒，吸多了浓烟，人很快就会失去意识。而且……"

月夜将手中的引爆开关扔到一旁，又举起霰弹枪。

"你不会死于火灾。"

"你打算用它解决我？"

"是啊。凶手和侦探和和美美地迎接死亡，还是不够妥当。你不觉得，既然互为对手，最理想的方式还是全力以赴地战斗，然后壮阔地凋零吗？"

"大概是吧。"

游马盯着枪口作答的同时，黑烟从门缝里涌进来。烟雾瞬间增多，天花板上渐渐盘起一条黑蛇。

"看来已经没时间了。一条君，故事差不多该落下帷幕了吧？"

"嗯，来吧。比起死于滚滚浓烟，我更想死在你手里。"

"这是我的光荣。那好，我开枪了。"

游马闭上眼。下一秒钟，持续不断的轰鸣响起，五脏六腑在轰鸣下震颤，但预想中的冲击和疼痛却并未袭来。

怯怯地睁开眼，游马低头看了看自己的身子。没有出血。却有刺骨的寒风吹来，鞭笞着他的侧脸。

游马条件反射般向风吹来的方向望去，立刻屏住了呼吸。游戏室的窗玻璃碎了一地，恐怕是被霰弹打的。

他不明所以地回头，想要再看看月夜。就在这一霎，脖子上传来一阵震荡，全身的肌肉剧烈地绷紧，继而颓然松弛。游马像断了线的人偶一般倒下去。

看到月夜粗鲁地攥在手里的器具，游马才意识到自己挨了电击。

"你……要干吗？"他的舌头僵硬，说不清话。

"一会儿再跟你解释，我们得先避难。"

月夜说完，扔下电击枪，双手伸到游马肋下，开始将他向外拖。她拽着游马，从被枪击碎的窗口来到外面。

"碎玻璃可能会扎到你，稍微忍一忍吧。窗户破了，提供了新鲜的空气，但说不定会发生回燃。"

月夜一刻不停地将游马的身体拽到雪原上，娇小的身体迸发出令人难以想象的力量。

两人来到离玻璃馆二十米左右的地方，月夜松开了游马的身体："到这儿应该就安全了。"几乎与此同时，空气中传来类似于陶器被打破的声响，玻璃馆观景室外围的圆锥形玻璃裂开了。雪花纷飞的夜空中腾起一条火龙。

"看来烟囱效果已经发挥到了极致。尽管没有别的办法，但神津岛私藏被付之一炬到底令人心痛。哎呀，真是可惜。"

月夜双手捂住胸口，仿佛从心里感到哀伤。

"为什么……没有杀我？"

游马的舌头总算渐渐恢复了原样，但身体还是一点儿也不听使唤。

"和你手牵手消失在火焰之中，确实是很吸引人的提议。但我觉得，还是不能忘记初心。"

"初心？"

"那就是遇上真正的名侦探啊。世界那么大，我所追求的人，一定在这世上的某个地方。今后我要以'名凶犯'的身份，继续寻找名侦探呀。"

"是我……做得还不够好吗？"

游马自嘲地说着，月夜顺势坐在他身边。细雪纷纷扬扬地飞舞。

"是啊，说实话，你离我追求的名侦探还差得远呢。"

说不清为什么，游马的胸口传来一阵尖锐的疼痛，他紧闭着嘴。月夜朝他投来温柔的目光。

"不过啊，尽管做侦探还不够格，但你是理想的华生人选呢。你是我做名侦探时最棒的搭档。虽然时间短暂，但是能和你一起查案，我非常愉快。"

游马的眼睛睁得大大的，看着月夜轻轻抚摸了自己的额头。

"所以，我决定做好名侦探的最后一项工作——拯救搭档，这也是最重要的工作。"

月夜凑过来，嘴唇轻轻抵在游马的脸上。

"这是分别之吻。这种程度的亲吻，应该算在友情范围内吧。"

她调皮地眨眨眼，然后带着一丝惋惜站起来。

"我想我们应该不会再见面了，多保重。"

月夜转身走远。

"等等，等一下，月夜！"

游马拼尽全力支起身体，朝逐渐缩小的背影大喊。月夜停下脚步，回过头：

"最后，你终于喊了我的名字啊。我好开心。再见啦，我亲爱的华生君。"

月夜像少女般红了脸，与此同时，横飞的雪花将视线染得纯白。游马下意识地闭上眼睛，再睁开眼的时候，曾经的名侦探，如今成了

"名凶犯"的那个女人，已经消失得无影无踪。

"月夜……"

风夹着雪花，淹没了游马的声音。

吞噬玻璃塔的火焰，将他的侧脸映得通红。

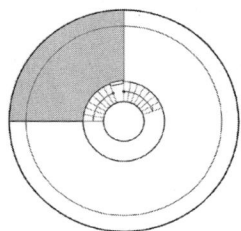

终章

465

"哥哥，早安。信我帮你取了。"

妹妹一条美香拄着拐杖，蹒跚地走进起居室。

"喂，你这样没问题吗？我不是说了很多次了？不要一个人走来走去的。"

游马啃着吐司面包，慌忙要站起来扶妹妹。

"都说了没关系。复健的医生不是也打了包票吗？说我可以自己走路。哥哥，你这是过度保护啦。要是因为这个，让我推迟了回归社会的进度，你打算怎么补偿？"

听了妹妹泼辣的话，游马撇着嘴说了一句"知道啦"，目光落回桌上的手机屏幕。

"什么，你怎么又在查玻璃馆的新闻？早就没什么重要的新消息了吧？"美香惊讶地问。

玻璃尖塔的惨案发生后，已经过去了半年多。那一天，游马被月夜拖到馆外，很快被九流间等人发现并获救。

暴风雪中，游马他们待在停车场，靠车里的空调总算挨过了一晚，没被冻僵。

　　第二天早上，前一天的暴风雪散去，天气像不曾下过雪似的放晴，一辆面包车爬上山道。艺人事务所的经纪人联系不上梦读，担心她出事便找了过来。游马等人坐面包车下山后，立刻报警。

　　神津岛是当地的知名人士，又是世界闻名的科学家，听说他惨遭杀害，当地警方立刻投入大量警力，追查凶手月夜的行踪。可不仅没能将她缉拿归案，就连她的一个脚印也没有找到。

　　长野县警方最终判定，碧月夜于那场暴风雪中在山里遇难。文件送检时称嫌疑人死亡，强行拉下了案件的帷幕。

　　名侦探在奇妙的馆里引发的连环杀人案令媒体轰动一时，但架不住官方宣布凶手已死亡的推断，再加上以游马为首的相关人等一律缄口不言，没过多久，发生在玻璃馆的惨剧就被世人逐渐忘却。

　　幸运的是，九流间等人没有告诉警方游马曾企图毒杀神津岛。警方只当游马是不幸被卷进案件的一个普通人，并未对他进行严厉的审讯。

　　神津岛的死使叫停发售的诉讼中断，渐冻症的新药平安地获得生产许可，如今美香可以一直服用这类药物了。托新药的福，她的肌肉力量没有进一步衰弱，再加上复健有效果，最近已经可以撑着拐杖走一点路，也几乎不再需要日常看护了。上个月起，游马开始以非常驻医生的身份在家附近的综合医院上班。

　　《玻璃塔谜案》结束了，游马也开始了新的生活。可这半年里，在他心里的一个角落，一直有个悬而未决的疑问：

　　碧月夜真的在蝶之岳丧命了吗？

　　在那样一场暴风雪中徒步走入雪山，的确没有生还的可能。可是，游马不相信那位美丽的"名凶犯"如此轻易就会丧命。

神津岛太郎是一个慎重的男人。他在剧本中切断了玻璃塔和城镇的联络方式，又将人们的车胎扎瘪。为了避免紧急情况的发生，应该也会准备些什么才对。

比如在森林里藏一辆雪地摩托，如果有需要，可以用它独自下山……

总想这些也没有用——游马摇摇头，继续啃吐司。就算月夜还活着，也不会再见到她了。分开的两个人，已经不会再有相交的可能。

好啦，再不出门就要让门诊患者等了。游马把剩下的吐司塞进嘴里，就着牛奶咽下去。

"给你——"刚要站起来，美香就递上一张明信片。

"这是什么啊？"

"我也不知道，好像是寄给哥哥的。"

手中的明信片正面写着"一条游马君"几个字。没有寄件人的名字。

到底是谁寄来的？一般来说，怎么也该在收件人的名字后面加个敬称吧。

游马带着这些疑问翻过明信片，立刻瞪大了眼睛：

明信片的背面是一幅漂亮的画。繁星点点的深蓝色夜空中，一轮满月熠熠生辉。

画上有一行流丽的手写字："Godspeed you, my dear Watson."

"什么呀？一张漂亮的明信片，碧蓝色的月夜画得好美。这是什么意思？"

"……祝你旅途幸福，亲爱的华生君。"

游马眯起眼，凝视明信片上的文字。

"这么简单的英语，我能看懂。华生君，是《夏洛克·福尔摩斯》里的人物吧。我问的是，为什么明信片上要写这么一句话？这也是你的推理御宅朋友寄来的？"

美香将拐杖立在桌边，在椅子上坐下。

"不是'御宅'，是'爱好者'，推理爱好者。"

"没什么区别嘛。你和这人是什么关系？"

"我们是搭档。不，是前搭档。"

"搭档？难不成是恋人？！欸，你什么时候谈的恋爱？把她介绍给我认识呀！"

美香眼中闪着好奇的光，游马苦笑着站起来。

"都说是前任啦，我和她不会再见面了。"

"哎呀，分手了啊，好无聊。"

美香双手交叉放在脑后，游马没有看她，依然望着明信片。

是啊，月夜已经不需要我了。莫里亚蒂需要的不是华生，而是最强大的对手：夏洛克·福尔摩斯。

也许应该把这张明信片交给警方。可游马不打算这样做。

即使知道她还活着，警方也不可能抓得到她。

能将她逼上绝路的，只有她渴望多年的名侦探。

"名凶犯"，碧月夜——

从今往后，她仍会不断寻找愿和她一起跳入莱辛巴赫瀑布的名侦探吧。

　　游马也说不清楚，自己是否希望她的愿望成真。

　　"总之，我也为你祈祷，愿你的旅途与幸运相伴……月夜。"

　　游马轻声呢喃，将明信片装进外套内兜里，朝门口走去。

　　"我先走了。"

　　他打开大门，来到公寓的走廊上，妹妹的声音追来："路上小心，哥哥。"

　　初夏的风吹过来。

　　游马深吸了一口气，空气里尽是新绿的芳香。

写于《玻璃塔谜案》出版之际

岛田庄司

从平成到令和，日本的推理文坛出现了放眼世界也难得一见的现象：支撑文坛的写手全都二十来岁。这本《玻璃塔谜案》于令和横空出世，俯瞰被称为"新本格"的特殊时代，集时代之大成，将类型小说的写作技巧运用得超神入化，乃是新本格推理运动落幕之际出人意料的杰作。此一佳话，恐怕也是世间少有。

闭环设定，个性突出的建筑，集合在建筑中的古怪房客，男男女女性格鲜明的发言、举止，前半部分毫不吝啬地交代信息、埋好伏笔，并灵活操纵这些要素，以严密的逻辑令故事脉络浮出水面。读者一度以为故事将迎来终章，但作者并不满足，又展开新一轮陈述，推演隐藏在真相背后的真正逻辑，使情节迎来惊天反转。真正的写作功力到此才得以显现，作者对超推理结构的理解颇有见地，活用得自在洒脱。

这些都是"新本格"写法的完美展现，故事中随处可见作者的推理素养，充分体现了其对类型作品的海量阅读与深入理解。书中出现的复杂理念囊括了名校毕业生的学识，对这些理念的推演彰显出作者对它们的高度理解与把握，也体现出一位医生的智慧及丰富的医学知识。这部力作的蓝图可谓是智慧的结晶，构思如同在书桌前推演方程式一般深思熟虑。本作品绝非对本格派推理的机械式临摹，在平成逐渐远去的当下，作品的完成度超乎想象，只怕会令众多推理爱好者大跌眼镜。

笔者早前便知道作者倾心于本格推理，总对身边的朋友说：等着瞧吧，他迟早会写一部真正的本格小说。这部作品的问世令我感到前所未有的满足。知念先生在福山推理文学新人奖中崭露头角，那些误以为他是冒险小说写手而退避三舍的出版人，看到其获奖作品《存在的意义》[1]时，想必会为自己的愚笨惭愧万分。

本作品的一个章节中提到，点燃日本新本格运动之火的是岛田庄司，为其添柴加火的是绫辻行人。如今，这二人联名出现在这部新作的腰封上，而作者知念实希人这部倾情力作的问世，或许能为推理史上值得特书一笔的时代画上一个句号，这也不得不让人感叹新旧时代的完美更迭，感念创作女神冥冥中的安排。

此后，知念先生必将迈出新的步伐，想必挑起新本格大梁的无数才俊也将以此为起点，以饱经岁月磨砺的笔法和意念，立下开创下一个新世纪推理时代的决心。

这部优秀的作品中蕴含的力量，能使为本格推理奋战的日本写作者自强不息。我预感，知念先生带来的这部杰作将会使世人发现：我们的本格推理，并非以盎格鲁 - 萨克逊人为代表的推理世界中任何一类才华的戏仿，而是引领中国、韩国乃至泰国、越南、印度尼西亚推

---

1. 『レゾン・デートル』，2011 年获第四届蔷薇之城福山推理文学新人奖。

理才华的亚洲先驱。我们需从中读出时代的意志，将过去的成绩铭记在心，开启崭新的篇章。

2021 年 6 月 3 日